D1012837

Anton Tchekhov

THÉÂTRE COMPLET
I

Ce fou de Platonov
Ivanov
La Mouette
Les Trois Sœurs

*Préface et notices
de Roger Grenier
Textes français
de Pol Quentin,
Nina Gourfinkel, Jacques Mauclair,
Génia Cannac et Georges Perros*

Gallimard

Les personnages de Tchekhov n'y vont pas par quatre chemins :

« Vous n'avez aucune idée de l'enfer dans lequel je vis ! Un enfer de vulgarité et de déception » (Platonov dans Ce fou de Platonov).

« Je ne suis qu'un citron pressé, une lavette, un clou rouillé... » (Svetlovidov dans Le Chant du cygne).

« Je suis un être mauvais, pitoyable, nul » (Ivanov, dans Ivanov).

« Jour et nuit, comme un démon familier, vient me hanter la pensée que ma vie est irrémédiablement perdue » (Voïnitzki dans L'Esprit des bois).

« Allons, dis-moi pourquoi je vis ? Pourquoi cette suite ininterrompue de souffrances physiques et morales ? » (Tolkatchov dans Le Tragédien malgré lui).

« Rien ne me réussit, je vieillis, je deviens bête » (Nioukine dans Les Méfaits du tabac).

« Je porte le deuil de ma vie, je suis malheureuse » (Macha dans La Mouette).

« Tout est vieux. Je suis le même qu'autrefois, peut-être plus mauvais parce que je suis devenu paresseux, je ne fais rien que bougonner comme un vieux racorni » (Voïnitzki dans Oncle Vania).

« J'ai senti diminuer chaque jour, goutte à goutte, mes

forces et ma jeunesse » (*Olga dans* Les Trois Sœurs).

« *Si je pouvais enlever de mon âme, de mes épaules, la lourde pierre, si je pouvais oublier mon passé* » (*Mme Lioubov dans* La Cerisaie).

Ce ne sont pas des personnages de tragédie qui parlent ainsi. Ce ne sont pas des héros lancés sur une trajectoire par quelque inexorable passion. Les personnages du théâtre de Tchekhov sont des rêveurs, des distraits. Ils sont intelligents et nous voyons toutes sortes de pensées et d'émotions les assaillir, puis les quitter. Ce sont des provinciaux qui ont réfléchi pendant des années. Ils étouffent lentement. Écrasés par leur vie présente, ils prophétisent des jours meilleurs pour les générations qui vont venir. Ils évoquent demain avec un lyrisme émouvant. Mais le pessimisme l'emporte. Si la vie n'a pas de sens, elle n'est « qu'une farce de collégien » (Les Trois Sœurs).

Dans la même pièce, Touzenbach ironise : « *Le sens ? ... Tenez, regardez la neige qui tombe, quel sens ça a-t-il ?* »

Dans les siècles futurs, il sera toujours aussi difficile de mourir, sinon de vivre. Et la vie restera tout aussi incompréhensible :

« *Les oiseaux migrateurs, les grues par exemple, volent et volent toujours, et quelles que soient les pensées élevées ou mesquines qui leur passent par la tête, elles continueront à voler de même, sans savoir où, ni pourquoi. Le vol des oiseaux continue et continuera, quels que soient les philosophes qui verraient le jour parmi eux. Ils peuvent bien philosopher à leur guise, pourvu qu'ils volent* » (Les Trois Sœurs). *Quand ils ont constaté la vanité de la philosophie, les héros de Tchekhov se remettent à parler de n'importe quoi.*

Dans ce théâtre, la construction est invisible. Il est sans action, ou tout au moins sans péripéties. Il semble fait de l'heure qui passe, de choses tues, d'un peu de musique. Parfois un coup de pistolet vient briser ce silence. Ce n'est pas un dénouement. Comme le dit Macha, à la fin des Trois Sœurs : « *Il faut vivre.* »

Dans cet art, hésitant comme la vie, chaque instant semble raté. *Leur succession laisse un goût d'inaccompli, d'inexprimé qui est le vrai sujet.* Aussi ce théâtre donne-t-il plus qu'un autre l'impression du temps qui s'écoule. On sait que rien ne va changer, que tout va se répéter. Éternellement, on pleurera sur le passé et on parlera de l'avenir, sans y croire. L'action se réduit à la durée, à la fuite des ans. Le ressort dramatique, c'est que les jours passent et qu'il ne se passe rien. Le temps, qui est devenu le personnage principal du roman moderne, est déjà une conquête du théâtre tchekhovien.

La vie intérieure des protagonistes se révèle, indépendante du dialogue. Pendant qu'ils parlent, on sent qu'ils pensent à autre chose. « *Sur la scène, laisse-toi aller à tes pensées au milieu même des conversations* », conseille Tchekhov à Olga Knipper.

Parfois même, les personnages sont si occupés par leurs propres pensées que le dialogue leur devient insupportable, et qu'ils réclament le silence, ce qui est un extraordinaire paradoxe puisque nous sommes au théâtre. « *Tais-toi que je me souvienne de tout, tais-toi...* » dit Anna Petrovna, dans *Ce fou de Platonov*.

Ces héros rêveurs ne réagissent pas selon la réalité, mais selon leur imagination. Ils n'aiment pas les gens pour ce qu'ils sont, mais pour l'idée qu'ils se font d'eux. Sinon, la jeune Sacha s'éprendrait-elle de cet homme usé, brisé qu'est Ivanov ? « *Elle ressuscitera celui qui est tombé... Ce n'est pas Ivanov qu'elle aime, mais cette tâche* », remarque Tchekhov. Pour jouer l'écrivain Trigorine, dans *La Mouette*, Stanislavski s'était habillé avec élégance. Tchekhov lui dit que ça n'allait pas :

— *Il porte un pantalon à carreaux et des chaussures trouées.*

Cela veut dire que Nina tombe amoureuse non du vrai Trigorine, personnage plutôt minable, mais de l'idée qu'elle se fait d'un écrivain. Elle est amoureuse de ses propres rêves.

Dans une réplique de la même pièce, Tchekhov nous dit on ne peut plus clairement comment il échappe à l'alternative posée par le vieux Sophocle :

« *Il faut montrer la vie non telle qu'elle est, ni telle qu'elle doit être, mais telle qu'elle nous apparaît en rêve.* »

Aux objections de ses amis, Tchekhov réplique :

« *Il n'y a pas besoin de sujet. La vie ne connaît pas de sujets, dans la vie tout est mélangé, le profond et l'insignifiant, le sublime et le ridicule. Vous autres, vous êtes hypnotisés et asservis par la routine, incapables de vous en détacher. Il nous faut des formes nouvelles, oui, des formes nouvelles.* »

« *Des formes nouvelles* » : *il mettra l'expression dans la bouche de Treplev, le jeune écrivain de* La Mouette.

Bien sûr, poussé par la contradiction, il exagère. Si la construction de ses pièces est invisible, cela ne veut pas dire qu'elle n'existe pas. Anton Tchekhov sait toujours où il va. Il pense, comme le docteur Evgueni Dorn, dans La Mouette :

« *Chaque œuvre doit avoir une pensée claire et définie. Vous devez savoir pourquoi vous écrivez. Mais si vous suivez ce chemin pittoresque sans but défini, vous vous égarerez et votre talent lui-même vous perdra.* »

Le mélange de donjuanisme et de lâcheté de Platonov, la faiblesse de caractère d'un homme qui veut le bien, comme Ivanov, les jeunes provinciaux qui se brisent à leurs rêves de gloire théâtrale et littéraire dans La Mouette, *les vies ruinées par les vrais et les faux départs des* Trois Sœurs, *Voïnitski et Sonia sacrifiés à l'égoïsme de leurs parents dans* Oncle Vania, *la maison perdue dans* La Cerisaie, *oui, chaque pièce obéit à une pensée claire, et si l'action n'avance pas de façon traditionnelle, elle n'en a pas moins son unité.*

Ce qui semble particulier à Tchekhov, c'est qu'il ne réserve pas le malheur de vivre à ses premiers rôles. La moindre de ses créatures se débat entre l'impossible, l'à quoi bon, le trop tard. Les trois sœurs de la pièce qui porte ce titre sont malheureuses, mais leur frère aussi : « *Ma femme ne me comprend pas, mes sœurs je les crains...* » *et Verchinine également qui aime tant se plaindre. Dans* La Mouette, *tout un roman tient dans une phrase d'un personnage très secondaire, Paulina :*

« *Evgueni, mon chéri, mon bien-aimé, emmène-moi !
Le temps passe, nous ne sommes plus jeunes. Si, à la fin
de notre vie au moins, nous pouvions ne pas nous cacher,
ne pas mentir.* »

*Le dialogue, qui semble si spontané, obéit à une composi-
tion musicale. A des suites de propos insignifiants, de conversations banales où tout ce qui est important est tu, succèdent
des tirades lyriques. Elles fusent dans le silence. Parlant
d'Ivanov, Tchekhov révèle un de ses trucs à son frère Alexandre :*

« *Je mène tout l'acte tranquillement et doucement, mais
à la fin, pan dans la gueule du spectateur !* »

A propos de La Mouette, *il remarque :*

« *Au mépris de toutes les règles de l'art dramatique,
je l'ai commencée* forte *et terminée* pianissimo. »

*Mais bien sûr la technique n'est qu'un moyen. Pour en
revenir aux « formes nouvelles », le jeune Treplev (et Tchekhov
avec lui) finissent par dire que ce n'est pas l'essentiel :*

« *Je crois de plus en plus que la question n'est pas dans
les formes nouvelles ou anciennes, mais dans ce que l'homme
écrit sans penser à toutes ces formes, il écrit parce que cela
vient librement de son âme.* »

*L'âme de Tchekhov est loin d'être simple, et ses ambiguïtés,
ses contradictions, se retrouvent dans son théâtre et lui donnent
sa profondeur.*

*Sensible à la misère de l'homme, mais aussi à sa sottise,
il aime les situations équivoques où l'on ne sait s'il faut
accuser le destin ou s'en prendre à l'ineptie humaine. Témoin
cette histoire idiote, rapportée par un idiot, dans* Les Trois
Sœurs :

« *A Moscou, un entrepreneur le racontait tout à l'heure
au bureau, il y avait deux marchands qui mangeaient des
crêpes. Et l'un d'eux, celui qui a mangé quarante crêpes,
on dit comme ça qu'il est mort ! Si c'est quarante crêpes,
ou bien si c'est cinquante, ça je ne m'en souviens pas au juste.* »

*Son théâtre suit cette dialectique. Tous ces imbéciles,
ces paresseux, ces inutiles sont en même temps des victimes.*

*Faut-il rire de leurs malheurs ou les plaindre ? Tchekhov
lui-même ne le sait pas toujours. Il passe de la misanthropie
à la pitié, de la froideur à la révolte contre la souffrance.
Le spectacle de la douleur, familier au docteur Tchekhov,
le pousse à rejeter le tolstoïsme et sa doctrine de non-résis-
tance au mal. Dans* Ivanov, *où l'affrontement entre le pauvre
Ivanov et le dur et pur docteur Lvov préfigure celui de Laïevski
et de von Koren dans la grande nouvelle* Le Duel, *Tchekhov
montre qu'il aime encore mieux la faiblesse que la vertu,
lorsque celle-ci se veut tranchante comme un couperet. « Si
le public quitte le théâtre avec l'impression que les Ivanov
sont des misérables et les docteurs Lvov de grands hommes,
je n'aurai plus qu'à prendre ma retraite et envoyer ma plume
à tous les diables. »*

Souvent, Tchekhov pense comme Astrov, dans Oncle
Vania :

« *Je n'aime pas les hommes. Il y a longtemps que je n'aime
plus personne...* »

*Mais que signifie aimer les hommes ? Tchekhov qui, de
son propre mouvement, n'aimait sans doute personne, fut
l'être le plus généreux, le plus bienfaisant, le plus attentif
à son prochain. Qui d'autre aurait entrepris une équipée
comme celle qui le mena, malade et épuisé, jusqu'au bagne
de Sakhaline, entreprise inexplicable, si ce n'est par le respect
pour les souffrances des hommes ? Ses amis ne s'y sont pas
trompés : « Il pouvait être bon et généreux sans aimer »,
écrit Alexandre Kouprine. « J'ignore si Tchekhov a jamais
eu des amis intimes, déclare de son côté Vladimir Némi-
rovitch-Dantchenko. En était-il capable ? » Et Ignace Potapenko : « Je crois que Tchekhov n'avait pas d'amis. Je ne
veux attribuer ni à la vanité ni à des prétentions injustifiées
le fait qu'après sa mort on ait vu surgir tant de ses " vrais
amis ". Je suis persuadé que ces gens étaient sincères, qu'ils
vouaient à Tchekhov une affection profonde et étaient prêts
à lui ouvrir leur âme. Peut-être le faisaient-ils vraiment,
car il possédait un charme irrésistible qui forçait chacun
à se confier à lui ; c'est pourquoi il connaissait si bien les*

replis les plus intimes du cœur humain. Mais lui-même n'ouvrait jamais son âme devant personne. »

Sa bienveillance universelle est la contrepartie de son pessimisme. Sa bonté envers n'importe qui celle de son masochisme.

Maxime Gorki a bien deviné le jeu de balance entre l'indifférence et la pitié, qui est celui de Tchekhov face aux hommes. Après avoir vu Oncle Vania, Gorki écrit à l'auteur :

« Nous sommes des êtres pitoyables — oui, vraiment, des gens assommants. Grincheux, rebutants ; et il faut être un monstre de vertu pour aimer, plaindre, aider à vivre ces riens du tout, ces sacs à tripes que nous sommes. Mais quand même, les hommes n'en font pas moins pitié. Moi qui suis loin d'être un homme vertueux, je sanglotais en voyant Vania et les autres avec lui, bien que ce soit tout à fait stupide de sangloter et plus encore de le dire. Il me semble, voyez-vous, que dans cette pièce vous traitez les hommes avec la froideur du démon. »

Dans Oncle Vania, le docteur Astrov, que Tchekhov a fait à son image, ne cesse de dire son dégoût de la vie, « ennuyeuse, bête, sale », des gens stupides, des originaux de province, de lui-même qui se met à leur ressembler. Mais il se tue à soigner les épidémies, à opérer, à courir les chemins sans s'accorder un instant de repos. Avec ce sournois masochisme dans lequel il est permis de reconnaître celui d'Anton Pavlovitch dans ses mauvais jours, Astrov invente assez étrangement des raisons supplémentaires de désespérer :

« Ceux qui vivront dans cent ans, dans deux cents ans après nous, pour qui nous frayons maintenant le chemin, est-ce qu'ils s'en souviendront, est-ce qu'ils auront seulement un mot gentil pour nous ? »

« Un mot gentil... » Tel est le modeste salaire auquel aspirent souvent les meilleurs, mais il leur est généralement refusé.

Tchekhov, en tout cas, avec sa lucidité désabusée, et son fonds de misanthropie, ne l'attend pas du public :

« Pour qui est-ce que j'écris ? Pour le public ? Mais je ne le vois pas et je crois à lui encore moins qu'au domovoï *(génie domestique). Il est ignorant, mal élevé, et ses meilleurs éléments manquent de conscience et de sincérité envers moi. Écrire pour de l'argent ? Mais je n'ai jamais d'argent et le manque d'habitude fait que je suis presque indifférent à son égard. Écrire pour des louanges ? Elles ne font que m'irriter. »*

Stanislavski, le fondateur du Théâtre d'Art, note dans le même sens :

« *Il ne nous lisait jamais ses œuvres personnellement et ce n'est pas sans gêne et sans confusion qu'il assistait à leur lecture devant les acteurs. Si on lui demandait des précisions, il se récusait, très embarrassé, et disait :*

« *— Mais voyons, j'ai écrit tout ce que je savais.* »

Sa littérature est une affaire personnelle qui finalement, à ses yeux, concerne assez peu les autres. On connaît l'histoire de la première représentation de La Mouette, au théâtre Alexandrinski, de Pétersbourg. Elle était donnée au bénéfice d'une actrice comique qui ne faisait pas partie de la distribution, mais dont le nom avait rempli la salle de marchands, de camelots, d'officiers s'attendant à bien rigoler. Quand ce public, symbole à peine caricatural de tous les publics, sort indigné de ce spectacle qui n'a su le faire ni rire, ni pleurer, Tchekhov, plus solitaire que jamais, se console assez bien avec lui-même :

« *Je suis passé à côté d'eux en leur tirant mentalement la langue : " Parlez toujours, vous ne savez pas que c'est moi qui ai écrit cela ! "* »

Le moins qu'on puisse dire c'est que, les jours où il pense ainsi, il n'est pas tenaillé par le fameux « besoin de communiquer » si indispensable, paraît-il, à la plupart de nos auteurs. Mais alors, pourquoi a-t-il tant aimé le théâtre, c'est-à-dire le moyen d'expression où le public cesse d'être invisible, où on le touche du doigt ? J'avoue que je n'ai pas de réponse à apporter. « Le théâtre le reliait à la vie », dit Olga Knipper du Tchekhov malade des dernières années.

Lorsqu'il est obligé de rester « déporté » à Yalta, qu'il appelle son « île du Diable », le monde matériel du théâtre *lui manque. A son retour à Moscou, Stanislavski, afin de lui montrer comment sa troupe joue* La Mouette, *organise pour lui seul une représentation dans une salle de fortune :*

« *Il se promenait sur le plateau et visitait les loges mal tenues des acteurs avec une joie presque enfantine. De la vie du théâtre, il aimait aussi bien l'envers que l'endroit.* »

Le théâtre est un jouet. *Quand le Théâtre d'Art donne* Les Trois Sœurs, *Tchekhov critique le bruit du tocsin, au troisième acte, et demande à s'en occuper lui-même. Il arrive dans un fiacre plein de casseroles, de cuvettes et de boîtes en fer-blanc et se met à diriger l'équipe de machinistes chargée du bruitage. Le résultat est un tintamarre qui empêche d'entendre la pièce, et Tchekhov va se réfugier dans une loge d'artiste, comme un enfant qui a détraqué le beau train électrique qu'on avait bien voulu lui prêter.*

Le théâtre exerce aussi sur lui l'attirance que nous éprouvons pour tout ce qui est contraire à notre nature.

« *Les nouvelles, les romans, sont une chose paisible et sacrée. La forme narrative est une épouse légitime, le théâtre une amante sophistiquée, tapageuse, insolente, épuisante...* »

Il avait déjà employé cette image à propos de sa double nature de médecin et d'écrivain :

« *La médecine est ma femme légitime et la littérature ma maîtresse. Quand l'une m'ennuie, je couche chez l'autre.* »

On pense à un homme dont la vie privée compliquée ne se contente pas d'une épouse et d'une maîtresse, mais qui a besoin de sortir de ces habitudes en fréquentant quelque demi-mondaine.

C'est un fait que, dès l'enfance, à Taganrog, Tchekhov a adoré le théâtre. Avec ses frères, il écrivait et jouait des farces et des drames, pleins d'enlèvements et d'attaques de trains. En 1888, alors que ses contes et ses nouvelles lui ont déjà apporté la gloire, il prétend :

« *Quand je serai épuisé, j'écrirai des vaudevilles et en vivrai. Il me semble que je pourrais en écrire une centaine par an. Les sujets de vaudevilles suintent de moi comme le pétrole du sol de Bakou.* »

Le *refus, par le théâtre Maly, de* Platonov, *écrit à l'âge de vingt-deux ans, l'interdiction par la censure de* Sur la Grand-Route, *la générale plus que houleuse d'*Ivanov *au théâtre Korch, la catastrophe qu'est la première représentation de* La Mouette, *en 1896, au théâtre Alexandrinski, de Saint-Pétersbourg, ne le détournent chaque fois que peu de temps de la scène. Et il n'est pas sans signification que, lorsqu'il se décide enfin à prendre femme, il choisisse une actrice.*

A *la froideur et à la pitié, il faut ajouter l'humour qui est un des recours les plus fréquents de Tchekhov pour supporter l'absurde. L'humour est toujours présent dans son théâtre. Tchekhov est tellement sensible à l'absurde qu'il distingue mal le comique du tragique. Dans son idée,* La Mouette *et* Les Trois Sœurs *sont des comédies. Mais qui peut lire le dernier acte des* Trois Sœurs *sans avoir les larmes qui montent aux yeux ?*

La *politesse attentive que Tchekhov accorde à chaque être trouve son salaire. L'humanité tout entière lui appartient. Il n'a pas besoin d'inventer. Il lui suffit de choisir. Il reconnaît au passage les personnages dérisoires et pitoyables, les situations cruelles et burlesques qui, avant même d'être consignées sur le papier, sont déjà du Tchekhov. Derrière son lorgnon, son œil capte ce qui servira son œuvre. Et il perce si bien à jour les êtres, jusque dans leur possible, qu'il lui arrive de devancer la vie, et de se montrer un peu prophète.*

Ainsi, *Nina, « la mouette », avait pour modèle Lika Misinova. Cette jeune femme, professeur au lycée de jeunes filles Rjevski, où elle avait pour collègue la sœur de Tchekhov, essaya de faire du théâtre, puis du chant, sans beaucoup de succès. Elle était belle, avec une chevelure blond cendré, des yeux gris. Elle était très parfumée et avait toujours une cigarette aux lèvres. Elle aima Anton Pavlovitch sans retour. De désespoir, elle prit pour amant l'écrivain Potapenko. Elle eut un enfant et Potapenko l'abandonna, de même que, dans la pièce, Nina a un enfant et Trigorine revient à sa femme.*

Oui, mais, Tchekhov, pour son dénouement, n'a pas copié la vie. C'est le contraire. Lika fut mère et abandonnée trois ans après qu'il eut imaginé La Mouette.

Aucune des pièces de Tchekhov n'a connu le succès immédiat. Les acteurs eux-mêmes mettaient du temps à les comprendre, et à bien les jouer. En France, ce théâtre ne s'imposa que lentement. Les premiers à jouer Tchekhov chez nous furent les Pitoëff qui présentèrent Oncle Vania *au Vieux-Colombier en 1919.* La Mouette *fut jouée à la Comédie des Champs-Élysées en 1922,* Les Trois Sœurs *au Théâtre des Arts en 1929. Ce n'est que depuis la guerre, et surtout ces dernières années, que le théâtre de Tchekhov est devenu à la mode. On monte des pièces retrouvées, comme* Ce fou de Platonov, Ivanov *ou ce* Génie des forêts *qui est un brouillon d'*Oncle Vania.

Parfois l'ensemble de ce théâtre me semble une seule histoire qui se déroule en province, dans une propriété menacée. Au milieu de gens intelligents qui disent des choses stupides et d'imbéciles à qui échappe parfois une parole profonde, se débat un être blessé à mort. Quand tout va retomber dans le silence, dans un coin s'agite encore un grotesque presque touchant, comme le mari de Macha, des Trois Sœurs, *qui choisit le moment où sa femme a le cœur brisé, par l'amour d'un autre, pour s'affubler d'une fausse moustache et d'une barbe. Au moment où le rideau se baisse, chacun reprend sa place du début, à peine meurtri, vieilli, parce qu'il faut bien recommencer à vivre, à attendre.*

Dans ces variations sur un même thème, comment oublier le « Pourquoi? » de Platonov quand on le tue; les larmes du vieux Chabelski, dans Ivanov, *parce qu'il voit un violoncelle et que ça le fait penser « à la petite youpine » qui est morte sans amour; Nina, la mouette, qui est bien devenue actrice, comme elle le rêvait, mais fait des tournées en troisième classe, avec les paysans, et subit les galanteries des boutiquiers; le cri hystérique d'Irina, dans* Les Trois Sœurs *: « A Moscou, à Moscou, à Moscou! »; le vieux domestique Firs, seul sur la scène vide, dans* La Cerisaie, *quand tout le monde* *est parti, et qui marmonne : « Ils m'ont oublié... La vie a filé... Je vais m'étendre un moment... Eh, va donc... empoté ! ... »*

Comment oublier les dernières répliques de Oncle Vania? *Sonia et Voïnitzki, revenus à leur solitude, à leur vie sacrifiée ne trouvent, pour se consoler, que des paroles enfantines évoquant la vie après la mort, la douceur du repos, au paradis, douces phrases d'autant plus touchantes que l'auteur ne croit pas à la vie future. Comment oublier cette promesse qui est aussi une plainte : « Tu n'as pas connu de joies dans ta vie, oncle Vania, mais patiente un peu, patiente... Nous nous reposerons... Nous nous reposerons ! »*

Roger Grenier.

Ce fou de Platonov

DRAME EN QUATRE ACTES

Texte français de Pol Quentin

PERSONNAGES

ANNA PETROVNA VOINITZEV, *veuve du général Voinitzev.*

SERGUEY PAVLOVITCH VOINITZEV, *son beau-fils.*

SOFIA EGOROVNA, *sa femme.*

MICHEL VASSILIEVITCH PLATONOV, *maître d'école.*

IVAN IVANOVITCH TRILETZKI, *colonel en retraite.*

NICOLAS IVANOVITCH TRILETZKI, *médecin, son fils.*

SACHA IVANOVNA, *sœur de Nicolas Triletzki et femme de Platonov.*

PORFIRY SEMEONOVITCH GLAGOLAIEV, *vieux banquier fort riche.*

KIRYL PORFIRITCH GLAGOLAIEV, *son fils.*

ABRAM ABRAMOVITCH VENGEROVITCH, *usurier juif.*

PETRIN
BOUGROV [1] } *prêteurs sur gages habitant la région.*

MARIA EFIMOVNA GREKOVA, *jeune femme, propriétaire des environs.*

OSSIP, *un moujik.*

YAKOV
VASSILY } *serviteurs de Voinitzev.*
KATIA

MARKOV, *huissier.*

*L'action se déroule en Russie vers 1880,
dans le petit village de Voinitzevka.*

1. Dans le texte original : Chterbouk, patronyme d'une prononciation difficile auquel il a fallu renoncer pour la scène. (N. d. T.)

ACTE PREMIER

La scène : un jardin chez Anna Petrovna Voinitzev.

Au premier plan, un massif avec un sentier circulaire. En son centre, une statue porte une lanterne allumée. Chaises et tables de jardin. A gauche, la façade d'une grande maison. Un large escalier aboutit à des portes-fenêtres ouvertes. Perron et marches. Rires et brouhaha de conversations animées arrivent par vagues. Musique de danse. Piano et violon. Quadrilles et valses. Dans le fond du jardin, un pavillon d'été chinois décoré de lanternes. Au-dessus de son entrée, un monogramme marqué « S. V. ». A côté du pavillon d'été, on joue aux boules. On entend des cris du jeu : « cinq bonnes ! quatre mauvaises ! ». Le jardin et la maison sont illuminés. Des invités se promènent dans les profondeurs du jardin. Les serviteurs, Vassily et Yakov, en redingotes noires, suspendent des lampions puis les allument. C'est le crépuscule d'une belle journée d'été. Descendant de la terrasse, invités et serviteurs passent de temps en temps.

SCÈNE PREMIÈRE

NICOLAS TRILETZKI, BOUGROV,
LE VIEUX GLAGOLAIEV

Bougrov et le vieux Glagolaiev viennent par l'escalier, suivis de près par Triletzki qui est légèrement gris.

TRILETZKI, *qui a réussi à attraper Bougrov par le bras.*

Allons, allons, Pavel Petrovitch, exécutez-vous.

BOUGROV

Ne m'humiliez pas, docteur, en me forçant à vous répéter que cela m'est impossible.

TRILETZKI, *se raccrochant à Glagolaiev.*

Et vous, mon cher ami ? me refuserez-vous ce service ? Je vous le jure devant Dieu, je ne vous demande presque rien. J'en prends Bougrov à témoin.

BOUGROV, *levant les bras au ciel.*

Je ne suis témoin de rien. On m'appelle dans le jardin.

Il s'éloigne.

TRILETZKI, *passant son bras sous celui de Glagolaiev.*

Allons, un bon mouvement. Vous avez des monceaux d'or. Vous pourriez acheter la moitié du monde si vous le vouliez. Vous allez me dire que vous réprouvez les emprunts ? Que je vous rassure, il ne s'agit pas d'un prêt car je n'ai aucune intention de vous rembourser. Je le jure.

GLAGOLAIEV

C'est sur cet argument que vous comptez pour me décider ?

TRILETZKI

Ah! vous manquez de générosité, homme de bien!
(Comme Glagolaiev veut s'éloigner :) Allons, Glagolaiev,
dois-je me mettre à genoux devant vous? Vous avez
sûrement un cœur quelque part.

GLAGOLAIEV, *soupirant profondément.*

Docteur Triletzki, vous ne me soulagez jamais de
mes maux, mais quelle science par contre pour m'extor-
quer de l'argent!

TRILETZKI

C'est ma foi vrai.

Il soupire lui aussi.

GLAGOLAIEV, *tirant son portefeuille.*

Vous me désarmez. Allons, combien vous faut-il?

Il sort son portefeuille.

TRILETZKI, *dévorant des yeux la liasse de billets.*

Mon Dieu! Et on voudrait nous faire croire que la
Russie manque d'argent! Où avez-vous pris tout cela?

GLAGOLAIEV

Tenez. *(Il lui donne de l'argent.)* Voilà cinquante
roubles. Et n'oubliez pas que c'est la dernière fois.

TRILETZKI

Mais vous avez bien plus! Regardez. Cela ne demande
qu'à être dépensé. Donnez-le-moi.

GLAGOLAIEV

Prenez-le. Prenez tout, sinon, vous partirez avec ma
chemise. Quel voleur vous faites, Triletzki.

TRILETZKI, *comptant toujours.*

Soixante-dix... soixante-quinze... tout en billets d'un

rouble. A croire que vous les avez ramassés à la quête!
Vous êtes sûr qu'ils ne sont pas faux?

GLAGOLAIEV

Si oui, rendez-les-moi.

TRILETZKI, *faisant hâtivement disparaître la liasse.*

Je le ferais si cela pouvait vous être utile. Dites-moi,
Porfiry Séméonovitch, pourquoi menez-vous une vie
aussi anormale? Vous buvez, vous discourez, vous
transpirez, vous passez vos nuits debout, alors que
nécessairement vous devriez vous coucher tôt. Vous
êtes sanguin, apoplectique même. Regardez vos veines
saillantes. Et vous êtes là ce soir! Franchement, voulez-
vous vous suicider?

GLAGOLAIEV

Mais, docteur...

TRILETZKI

Il n'y a pas de « mais ». Je ne veux pas vous alarmer.
Vous pouvez, bien sûr, vivre encore quelques années.
Avec des soins. Dites-moi : vous avez vraiment beau-
coup d'argent?

GLAGOLAIEV

Suffisamment.

TRILETZKI

Alors vous êtes doublement impardonnable. Des
soirées comme celle-ci, voilà votre mort.

GLAGOLAIEV

Je refuse de...

TRILETZKI

A présent, parlons entre amis. Plus en médecin!
Ne croyez pas que je sois aveugle. Je sais ce qui vous

retient ici. La jolie veuve, n'est-ce pas? Mais vous feriez cependant mieux d'aller vous coucher.

GLAGOLAIEV

Vous êtes une canaille, Triletzki. Vous m'amusez parfois, mais vous n'en êtes pas moins une canaille.

Il a une quinte de toux.

TRILETZKI

Là. Vous voyez. Vous voyez. Pitié pour vous. Je vous en supplie amicalement. Allez faire un petit somme dans le Pavillon d'Été. Vous vous sentirez beaucoup mieux après.

GLAGOLAIEV, *s'éloignant.*

Oui, vous avez raison. Mais vous êtes tout de même une canaille.

Il sort.

SCÈNE II

NICOLAS TRILETZKI, YAKOV, VASSILY, VOINITZEV, ANNA PETROVNA

NICOLAS TRILETZKI, *regardant son argent.*

De l'argent de banquier, ça pue le paysan! Et maintenant, pour l'amour du Ciel, à quoi vais-je le dépenser?

Deux domestiques traversent la scène. Tandis qu'ils sortent, Voinitzev descend l'escalier. Anna Petrovna paraît derrière lui à la fenêtre.

VOINITZEV

Mais, maman! je l'ai cherchée dans toute la maison. Je ne l'ai trouvée nulle part.

ANNA PETROVNA, *gentiment.*

Regarde dans le jardin, bêta!

> *Elle rentre dans la maison.*

VOINITZEV, *appelant.*

Sofia! Oh! Sofia! *(A Triletzki :)* Docteur, je ne trouve pas ma femme. L'auriez-vous vue par hasard?

NICOLAS TRILETZKI

Non. Je ne crois pas. Mais j'ai quelque chose d'autre pour vous. Trois adorables roubles. *(Il met les billets dans la main de Voinitzev qui les range automatiquement dans sa poche, puis les rejette dans un geste d'impatience et s'enfuit vers le jardin.)* Pas même un remerciement! *(A lui-même :)* Écœurant! Telle est l'humanité actuelle. Pas de gratitude. Aucun sentiment de gratitude.

> *Il se penche en titubant pour ramasser les billets.*

SCÈNE III

SACHA, IVAN TRILETZKI, NICOLAS TRILETZKI

Sacha entre, venant de la maison en poussant son père.

SACHA

Allons-nous-en maintenant.

IVAN TRILETZKI

Mais pourquoi, ma jolie, ma fleur?

SACHA

Il n'est pas encore l'heure de dîner et déjà tu es soûl comme un cocher. Tu n'as pas honte de m'humilier de cette façon?

IVAN TRILETZKI

Mon enfant, tu es naïve! Tu ne pourras jamais comprendre un homme comme moi! Ta mère était pareille! Mêmes cheveux, mêmes yeux. Tiens, tu marches comme elle, comme une petite oie. Dieu ait son âme.

SACHA

Père!

IVAN TRILETZKI

Et je ne suis pas le seul. Regarde comme ce digne individu se vautre par terre.

SACHA, *c'est une femme douce, mais elle est à bout.*

Mon Dieu, cela ne finira donc jamais? Lève-toi, Nicolas. N'est-ce pas assez que ton père soit un ivrogne? Qu'est-ce que tu fais?

NICOLAS TRILETZKI

Patience. Patience. Je suis en train de mettre de l'argent de côté.

SACHA

Nicolas, ne te souviendras-tu jamais que tu es le médecin du pays? Tu devrais donner le bon exemple.

IVAN TRILETZKI

Très juste! Très, très, très juste!

SACHA

Et toi, père, à ton âge! Même si tu ne te soucies pas de ce que les gens pensent de toi, tu devrais avoir au moins honte envers Dieu!

IVAN TRILETZKI

Sacha, ma fleur, tu perds la tête. Qui crois-tu donc être? Portes-tu le courroux divin dans ta poche? — Ssh...

sh, je le reconnais. Je n'essaierai pas de te mentir, mon
petit. J'ai goûté à l'alcool. Goûté simplement. Et pourquoi pas ? Je suis un militaire. Dans l'armée, on comprend
ces choses-là. Mais toi, tu ne comprends rien. Rien du
tout. Ah ! si seulement j'étais encore dans l'armée. C'était
la vie. Si j'y étais resté un peu plus longtemps, un an
seulement, je serais devenu général. Penses-y.

SACHA

Rentrons à la maison !

IVAN TRILETZKI

J'ai dit : général !

SACHA

Les généraux ne boivent pas autant. Allez, rentrons
maintenant.

IVAN TRILETZKI

Que dis-tu ? Tu t'imagines que les généraux ne boivent
pas ! Ils boivent toute la journée. A l'armée tout le monde
boit par simple « *joie de vivre* ».

SACHA

Comme tu veux.

IVAN TRILETZKI

Chut. Tais-toi ! Fais-moi la grâce d'écouter ce que j'ai
l'intention de te dire. Mon enfant, tu es comme ta pauvre
mère. Bzz, bzz, bzz, voilà le bruit familier qui l'annonçait.
Tu te souviens, Nicolas ? Bzz, bzz, bzz. Je jure devant
Dieu qu'elle passait sa journée à bourdonner, et la nuit
aussi. Si elle ne prenait pas la boisson pour prétexte,
c'était autre chose. Aucune de vous deux ne m'a jamais
compris. Bzz, bzz, bzz, bzz. Oh ! enfant, tu es la vivante
image de ta mère. Quand je pense que je ne verrai plus
jamais son visage, j'ai envie de pleurer. Oh ! comme je
l'aimais. Mais le Seigneur me l'a donnée, et le Seigneur

me l'a ôtée. *(S'agenouillant :)* Oh! pardonne-moi, pardonne-moi, petite Sacha. Je suis un vieillard faible et insensé, mais tu es ma fille. Dis-moi que tu me pardonnes.

SACHA

Naturellement je te pardonne. Je te pardonne. Mais relève-toi.

IVAN TRILETZKI

Jure-le-moi.

SACHA

Oui, je te le jure. Mais tu vas me promettre quelque chose à ton tour.

IVAN TRILETZKI

Quoi donc?

SACHA

Cesse de boire. Si Nicolas veut se conduire comme un pourceau, à son aise! Mais c'est indigne d'un vieillard comme toi.

IVAN TRILETZKI

Ma petite fille, l'ombre de ta mère disparue vit en toi comme un avertissement. A partir de cette minute, pas une goutte d'alcool ne franchira ces lèvres. Je le jure sur mon honneur de soldat. Je le jure. Sauf comme médecine. Si c'est indispensable.

> *Triletzki a ramassé ses billets et s'approche.*

NICOLAS TRILETZKI

Il y en a pour cent copecks, Excellence. Permettez-moi de les consacrer à votre médication.

IVAN TRILETZKI

Cent copecks? Ah! jeune homme, seriez-vous, par le
plus grand des hasards, le fils du colonel Ivan Ivanovitch
Triletzki, qui servit dans la Garde impériale?

NICOLAS TRILETZKI

Je le suis.

IVAN TRILETZKI

Dans ce cas, je les recevrai volontiers. *(Il rit.)* Merci.
Je refuse la charité mais je l'accepterai de mon fils. Je
suis honnête, mes enfants! Je vous jure que j'ai toujours
été honnête. Je n'ai jamais dévalisé un camarade, même
lorsque je tenais un emploi élevé au gouvernement. Et
pourtant, ç'aurait été facile. J'ai été le témoin de cor-
ruptions telles qu'on ne pourrait même pas les qualifier
de babyloniennes. Mais partout j'ai gardé les mains
nettes. Hors ma solde, je n'aurais pas touché à un seul
copeck.

NICOLAS TRILETZKI

C'est très louable, père. Mais il n'est pas indispensable
de s'en glorifier.

IVAN TRILETZKI

Je ne m'en glorifie pas, Nicolaï. Je vous fais un sermon,
simplement! N'aurais-je pas à répondre de vous devant
Dieu? Sur ce, bonsoir.

NICOLAS TRILETZKI

Où vas-tu?

IVAN TRILETZKI

A la maison! Cette coccinelle m'a demandé de la laisser
partir. Je vais l'escorter. Les soirées la terrorisent. Je
vais la ramener à la maison et je reviendrai *seul*.

NICOLAS TRILETZKI

Tiens, prends trois roubles pour le voyage.

IVAN TRILETZKI, *en furie subite.*

Ne me suis-je donc pas fait comprendre? Cette main n'a jamais connu la couleur de la corruption! Mon fils, mon fils, quand je servais pendant la guerre contre les Turcs...

NICOLAS TRILETZKI

Bravo, colonel. Allez, à droite, droite et en avant marche!

IVAN TRILETZKI

Non. A gauche. Demi-tour, et en avant marche.

SACHA

Allons, viens, cela suffit. Partons!

IVAN TRILETZKI

Dieu te protège, Nicolaï. Oui, oui, tu es un homme juste, Nicolas! Ton beau-frère, Platonov, est un libre penseur mais c'est aussi un homme juste! *(A Sacha :)* Je viens, je viens.

SACHA, *en partant.*

Tu es un véritable enfant.

IVAN TRILETZKI

Oui, c'est vrai.

Ils sortent.

SCÈNE IV

PETRIN, BOUGROV, NICOLAS TRILETZKI,
ANNA PETROVNA

Entrent Petrin et Bougrov, bras dessus bras dessous.

PETRIN

Tu n'as qu'à poser cinquante mille roubles, là devant moi, et je le jure, je les volerai. Mais j'ai peur de me faire prendre. Et n'importe qui en ferait autant. Toi aussi. Ne dis pas le contraire!

BOUGROV

Oh! non, non, Petrin. Pas moi.

PETRIN

Je volerai même un seul rouble! L'honnêteté? Peuh! L'honnête homme est un fou.

BOUGROV

Alors je suis fou!

NICOLAS TRILETZKI, *surgissant.*

Voilà un rouble pour votre honnêteté, mes amis!

Il donne un billet à Bougrov.

BOUGROV, *l'empochant.*

Oh! merci, docteur.

PETRIN

Eh! Tu t'en es emparé assez vite, honnête Bougrov!

NICOLAS TRILETZKI

Dites-moi, vous avez biberonné, estimés gentlemen!

PETRIN

Un tantinet. Mais je suis prêt à parier que je ne me suis pas gavé moitié autant que vous.

NICOLAS TRILETZKI

En toute justice je devrais vous tourner le dos, car j'ai horreur des ivrognes. Mais je serai généreux, voilà encore un rouble pour chacun de vous.

Il leur donne. Anna Petrovna apparaît à la fenêtre.

ANNA PETROVNA

Triletzki, donnez-moi un rouble à moi aussi.

Elle se retire de la fenêtre.

NICOLAS TRILETZKI

Non pas un, mais cinq, puisque vous êtes la femme d'un major-général! Et je vous l'apporte moi-même.

Il entre dans la maison.

SCÈNE V

PETRIN, BOUGROV

PETRIN

La fée s'est retirée.

BOUGROV

Oui.

PETRIN

Je ne peux pas supporter cette femme. Trop d'orgueil pour moi. Et trop éclatante! J'aime que les veuves soient discrètes et tranquilles. Elles n'ont pas lieu de se vanter.

— Je me demande ce que ce vieux hibou de Glagolaiev peut lui trouver...

BOUGROV

Qui sait?

PETRIN

Le vieux est fou, malgré tout son argent.

Ils se promènent dans le jardin.

BOUGROV

C'est vrai! Il se précipite à toutes les soirées chez la veuve. Il s'assied, bouche bée, et la contemple. Je te le demande, Petrin : est-ce ainsi qu'on fait la cour aux dames?

PETRIN

On dit qu'il veut l'épouser.

BOUGROV

A son âge! *(Il ricane.)* Enfin, il n'a pas loin de cent ans.

PETRIN

C'est possible, mais moi j'aimerais assez les voir se marier.

BOUGROV

Pourquoi?

PETRIN

Depuis que son mari est mort la veuve a englouti tout l'argent de la famille. La maison et la propriété sont hypothéquées. Rien à espérer. *(Un temps.)* Si elle épouse le vieux Glagolaiev, je récupère aussitôt mon argent. Je réalise mon hypothèque, je commence par faire opposition, puis saisie! C'est qu'elle me doit seize mille roubles!

BOUGROV

Et trois mille à moi. Ma femme m'ordonne de les récupérer. Mais je ne peux pourtant pas entrer tranquillement dans la maison et dire : « Chère Anna Petrovna, j'ai besoin de mon argent. Veuillez me payer immédiatement. » Après tout, nous ne sommes pas des moujiks! Non, non, si ma femme veut l'argent elle n'a qu'à aller le réclamer elle-même. Moi je ne peux pas. C'est là une question d'éducation.

Ils sont entrés maintenant dans la maison.

SCÈNE VI

SOFIA, VOINITZEV

Le rythme de cette scène est assez rapide.

SOFIA, *sans colère.*

Sincèrement, je n'ai rien à te dire.

VOINITZEV

Tu as déjà des secrets pour ton mari. Quels sont-ils?
Ils s'asseyent.

SOFIA

Mais non! Je ne sais pas ce qui m'arrive. Ne fais pas attention à moi. *(Silence, puis vivement :)* Partons, Serguey!

VOINITZEV

Partir! Mais pourquoi?

SOFIA

J'en ai besoin. — Partons à l'étranger. — Dis oui.

VOINITZEV

Mais pourquoi ?

SOFIA

Je t'en prie, ne m'interroge pas.

VOINITZEV, *il lui embrasse la main.*

Bien. Nous partirons demain. Tu t'ennuies ici au milieu de tous ces paysans ! Bougrov ! Petrin !

SOFIA

Personne n'est responsable.

VOINITZEV

Je me demande où vous, femmes, vous prenez tout cet ennui. *(Il l'embrasse sur la joue.)* En tous les cas, réjouis-toi à présent. Vivons. Tu devrais suivre les recettes de Platonov ! Pourquoi ne pas bavarder avec lui quelquefois ? Et maman ! Et Triletzki ! Cause avec eux ! Ne les regarde pas de haut. Quand tu les connaîtras mieux, tu les aimeras toi aussi.

SCÈNE VII

LES MÊMES, ANNA PETROVNA

ANNA PETROVNA, *de sa fenêtre.*

Serguey ! Serguey !

VOINITZEV

Oui, maman.

ANNA PETROVNA

Veux-tu venir un instant.

VOINITZEV

J'arrive. *(A Sofia :)* Je te promets que nous partirons demain. — A moins que tu ne changes d'avis.

Il entre dans la maison.

SCÈNE VIII

SOFIA, PLATONOV

SOFIA, *après un silence, pour elle-même.*

Que dois-je faire? Dieu miséricordieux, dites-moi ce que je dois faire! C'est terrible. C'est si inattendu.

PLATONOV, *sortant de la maison en s'écriant.*

J'ai chaud. J'aurais dû m'abstenir de boire. — Vous ici, Sofia Egorovna! Et toute seule?

Il rit, Sofia se lève et se prépare à partir. Tout au long de cette scène, ne pas ralentir. Presto.

SOFIA

Oui.

PLATONOV

Dites-moi, est-ce que vous évitez les « humbles mortels »?

SOFIA

Je n'évite personne.

Elle s'assied.

PLATONOV, *s'asseyant à son côté.*

Vous permettez? — Si vous n'évitez personne, pourquoi m'évitez-vous, *moi*? Quand j'entre dans une pièce, vous en sortez. Quand je mets un pied au jardin, c'est

pour vous voir disparaître. Nos relations me laissent
perplexe! Suis-je à blâmer? Suis-je répugnant? Ai-je la
peste? *(Il se lève.)* Franchement, je ne me trouve pas
coupable! Je vous en prie, tirez-moi de cette stupide
situation. Je ne la supporterai pas plus longtemps.

SOFIA, *presto.*

Il est exact que je vous ai évité. Un peu. Si j'avais su
que je vous faisais de la peine, j'aurais agi différemment.

PLATONOV, *la coupant.*

... Ainsi vous m'évitez! Vous le reconnaissez! Et pour
quelle raison?

SOFIA, *sans ralentir. Enchaîner presque continûment
toutes ces petites phrases.*

Ne parlez pas si fort. Je ne puis supporter les gens qui
élèvent la voix. *(Silence.)* Dès que je suis arrivée ici, j'ai
pris plaisir à vous écouter. Mais, peu à peu, cet intérêt
s'est transformé en un sentiment désagréable. Je vous
en prie, comprenez-moi. Je n'ai rien contre vous. Mais
nous nous sommes mis à nous voir chaque jour. Vous
m'avez raconté que vous m'aimiez depuis longtemps,
et que ce sentiment était réciproque. « *L'étudiant aimait
la jeune fille, la jeune fille aimait l'étudiant.* » Cela est une
histoire banale et sans signification! Mais là n'est pas
la question. Quand vous me parlez du passé, vous le
faites comme si vous me réclamiez quelque chose.
Comme si, dans ce passé, vous aviez manqué ce que
vous désirez maintenant. Le son de votre voix est
tyrannique. Vous dépassez les règles de l'amitié. Vous
êtes en colère. Vous criez. Vous saisissez ma main. Vous
me poursuivez. Une constante surveillance! Aucune
paix! Que voulez-vous? Que suis-je pour vous?

PLATONOV

C'est tout? Eh bien, « merci » pour votre franchise!

Il s'éloigne.

SOFIA, *fière, presque insolente.*

Voilà. Vous êtes en colère. — Et ne vous vexez pas, Michael Vassilievitch!

PLATONOV, *revenant.*

Oui, je comprends! Vous ne me haïssez pas. Vous avez peur. (*Il vient tout près d'elle.*) Sofia Egorovna, vous avez peur.

SOFIA, *l'arrêtant de la main.*

Éloignez-vous, Platonov. Vous mentez, je n'ai pas peur!

PLATONOV

Où est votre force de caractère, si chaque banale rencontre met en danger l'amour que vous avez pour votre mari! Voyez-vous, je venais tous les jours ici parce que vous me sembliez ne pas avoir de préjugés. Mais quelle dépravation! — En tout cas je dois être à blâmer : j'ai été tenté.

SOFIA

Assez, vous n'avez pas le droit de dire cela. Allez-vous-en.

PLATONOV, *riant.*

Ainsi, on vous poursuit. On vous épie. On vous saisit les mains. Pauvre petite chose, quelqu'un veut vous dérober à votre époux! Et Platonov, cet affreux Platonov vous aime. Grotesque! Ce n'est pas ce que j'attendais d'une femme intelligente.

Il s'éloigne à grands pas vers la maison.

SOFIA

Vous êtes un insolent, Platonov! Vous perdez le sens. (*Voyant qu'il l'a quittée :*) Oh! c'est terrible. Il faut que je le retrouve et me justifie. Je ne puis supporter cela.

SCÈNE IX

YAKOV, VASSILY, OSSIP

Sofia s'éloigne vers la maison à la recherche de Platonov. Yakov et Vassily traversent la scène en conversant, lorsque Ossip apparaît et va à leur rencontre.

YAKOV, *assez en colère, mais sympathique.*

Le diable seul sait ce que ces invités vont encore inventer. Pourquoi ne pas se contenter de jouer aux cartes comme tout le monde?

OSSIP

Est-ce que Abram Abramovitch Vengerovitch est là?

Arrêt subit de Yakov et de Vassily.

YAKOV

Dans la maison.

OSSIP

Alors, va le chercher. Dis-lui que je suis arrivé.

Yakov sort. Presque aussitôt, Ossip décroche un lampion, l'éteint et le met dans sa poche.

VASSILY, *craintif et ferme à la fois. Il craint Ossip.*

Ces lampions n'ont pas été accrochés là pour ton plaisir. Pourquoi les enlèves-tu?

OSSIP

Qu'est-ce que cela peut bien te faire, imbécile? *(Il prend le chapeau de Vassily et le jette à la volée.)* Eh bien, fais quelque chose! Gifle-moi par exemple! Non?

VASSILY

J'aime mieux que quelqu'un d'autre s'en charge.

OSSIP

Agenouille-toi devant moi. *(Il s'avance menaçant.)*
Tu ne m'as pas entendu? A genoux! Par terre.

Vassily s'agenouille.

VASSILY

C'est un péché contre vous-même, Ossip.

SCÈNE X

VENGEROVITCH, OSSIP, PLATONOV

*Vengerovitch apparaît. Vassily en profite pour s'échapper.
Le dialogue s'enchaîne assez vivement pendant toute la scène.*

VENGEROVITCH

Qui m'appelle?

OSSIP, *insolent.*

Moi, Votre Excellence.

VENGEROVITCH

Que veux-tu?

OSSIP

Vous m'avez fait demander à la taverne. Me voici.

VENGEROVITCH

N'aurions-nous pas pu nous rencontrer ailleurs?

OSSIP

A l'homme de bien, Excellence, tout endroit est bon.

VENGEROVITCH

J'aurais préféré quelqu'un d'autre. Tu es une belle brute.

OSSIP

Vous n'avez pas demandé un infirme, n'est-ce pas?

VENGEROVITCH, *très craintif.*

Parle bas! Tu connais Platonov?

OSSIP

Le professeur?

VENGEROVITCH

Oui. Celui qui est si satisfait de lui-même, si arrogant. Combien veux-tu pour l'abîmer un peu? Attention, pas le tuer. Tuer est un tel péché! Mais modifier un peu sa physionomie dont il est si fier, lui casser une côte ou deux : une leçon, quoi, pour le reste de sa vie. *(Platonov apparaît sur la terrasse au fond.)* Attention, quelqu'un! — Nous nous retrouverons.

> *Ossip s'éloigne et disparaît vivement ; tandis que Platonov, au lieu de s'approcher, reste immobile en haut des marches. Alors Vengerovitch fait quelques pas vers lui.*

SCÈNE XI

VENGEROVITCH, PLATONOV

VENGEROVITCH

Vous cherchez quelqu'un?

PLATONOV

Je cherche plutôt à m'éviter moi-même.

Silence.

VENGEROVITCH

C'est agréable, n'est-ce pas ? Boire du champagne et se promener ensuite à travers les arbres sous le clair de lune.

PLATONOV

Quand je suis soûl, du haut de ma Tour de Babel, j'aime à m'élancer vers le ciel ! Asseyons-nous.

VENGEROVITCH

Merci. *(Ils s'asseyent sur les marches.)* J'ai pris l'habitude de remercier pour tout. Où est votre femme ?

PLATONOV

Elle est rentrée.

Pause.

VENGEROVITCH, *après avoir soupiré très profondément.*

Quelle nuit magnifique ! Les sons lointains de la musique et des rires, le chant des grillons, le murmure de l'eau. Ah ! jardin d'Éden, auquel il manque un élément !

PLATONOV

Ah, oui ? — Lequel ?

VENGEROVITCH

L'adorable présence d'une femme que l'on désire. Il manque à la brise du soir le son de sa voix. Les murmures de la terre réclament les protestations de son amour. O femmes... *(A Platonov :)* Vous semblez surpris ! Vous vous dites que je ne parlerais pas de la sorte si j'étais sobre ? Interdisez-vous à un juif d'avoir du sentiment ?

PLATONOV

Nullement !

VENGEROVITCH

Peut-être pensez-vous que de tels propos sonnent étrangement chez un homme de ma condition? Oui, regardez-moi! Je n'ai pas un visage de poète? N'est-ce pas?

PLATONOV

Franchement, non!

VENGEROVITCH

Hm, eh bien, j'en suis heureux. Aucun juif n'a jamais été beau. Pourquoi serais-je différent? Mon ami, notre vieille mère, la Nature, nous a joué un bon tour. Nous sommes une race d'artistes bien que notre aspect physique le démente. Or on juge toujours un homme sur son apparence. C'est pourquoi l'on prétend qu'aucun juif n'a jamais été un vrai poète.

PLATONOV

Qui dit cela?

VENGEROVITCH

Oh! tout le monde. C'est connu.

PLATONOV

Assez de niaiseries : qui le dit?

VENGEROVITCH

Tout le monde. Et ce ne sont que mensonges. Regardez Salomon et David, par exemple. Voyez Heine. Voyez Goethe.

PLATONOV

Pardon, Goethe était Allemand.

VENGEROVITCH

Oui, bien sûr! Un juif allemand.

PLATONOV

Non, non. Un pur Allemand.

VENGEROVITCH

Il était juif par sa mère.

PLATONOV

Je vous l'abandonne. Pourquoi discuter?

VENGEROVITCH

Bien sûr. (*Pause.*) De toute façon cela n'a aucune espèce d'importance. Qui donc se soucie des poètes? Ce sont tous des parasites et des égoïstes. Est-ce que Goethe a seulement jamais donné une malheureuse miche de pain à un ouvrier allemand?

PLATONOV, *il se lève et va pour partir, puis se retourne.*

En tout cas, il n'en a jamais retiré une miette à qui que ce soit! Qui peut en dire autant? Vous?

VENGEROVITCH

Alors, là, vous dites des stupidités.

PLATONOV

Certainement pas et j'ajoute ceci : un seul poète vaut plus qu'un millier de misérables commerçants. Plus que cent mille! Et maintenant, assez!

VENGEROVITCH (*ne pas prendre trop de temps*).

Comment pouvez-vous vous mettre en colère par une nuit pareille? — Asseyez-vous, je vous en prie. Vous êtes désarmant, Platonov. Vous auriez dû vivre à une autre époque. Oui, vous êtes né en dehors de notre siècle. Et, ne vous en froissez pas, nous sommes tous très sauvages ici. A demi civilisés. Même la veuve, Anna Petrovna. Et pourtant, quelle adorable créature! Trop intelligente. Mais quelle poitrine! Quelle nuque! — Et pourquoi,

dites-le-moi, suis-je réellement si inférieur à vous ? Et si,
une fois dans la vie, cette chance *(il fait allusion à Anna
Petrovna)* m'arrivait! Imaginez-la ici près des arbres, me
faisant signe de ses longs doigts transparents. Ah! Inutile de me regarder comme cela. Je sais bien que je suis
stupide.

PLATONOV

Mais...

>   *Il commence à regarder la chaîne de montre que
>   porte Vengerovitch.*

VENGEROVITCH

D'ailleurs, tout bonheur personnel n'est qu'égoïsme.

PLATONOV, *sarcastique.*

Bien sûr! Et la misère, le sommet de la vertu! *(Il
poursuit :)* Comme votre chaîne de montre brille au
clair de lune!

VENGEROVITCH

Ha ? Vous aimez ces « choses » ? *(Il rit.)* Ces colifichets
en toc attirent donc les philosophes ? Vous me parlez
de l'éthique poétique et voilà que vous êtes prêt à vous
faire voleur pour un peu d'or. — Prenez-la!

>   *Avec mépris, il jette sa chaîne de montre par terre.*

PLATONOV

Elle est lourde.

VENGEROVITCH

Et pas de son seul poids : l'or pèse comme des fers
sur les cœurs de ceux qui en possèdent.

PLATONOV, *le coupant.*

Il est facile de s'en défaire.

VENGEROVITCH

... Combien de pauvres hères, combien d'affamés, combien d'ivrognes sont là, sous la lune? Quand donc ces millions de semeurs qui s'acharnent au travail et qui ne récoltent jamais, cesseront-ils d'avoir faim? — Quand? — Je vous le demande, Platonov. Pourquoi ne répondez-vous pas?

PLATONOV

Fichez-moi la paix! L'incessante sonnerie d'une cloche m'est insupportable. Je vais me coucher.

VENGEROVITCH

Ainsi, pour vous, je ne suis que cela. Hm! Vous aussi! Mais accordée sur un ton différent.

PLATONOV

Oui, certes. Mais vous, n'importe quoi vous fait résonner. Bonsoir!

Une horloge sonne le trois quarts dans le lointain.

VENGEROVITCH, *il regarde sa montre.*

Hm! Près de deux heures! Si j'étais sage je rentrerais directement à la maison! Le champagne, les soirées tardives, l'insomnie, tout cela constitue une existence anormale... et détruit l'organisme. *(Il se lève.)* D'ailleurs je commence déjà à avoir mal à la poitrine. Bonne nuit. *(Il s'éloigne.)* Je ne vous tendrai pas la main. Vous ne le méritez pas.

PLATONOV

Parfait.

Vengerovitch revient.

PLATONOV

Eh bien, quoi?

VENGEROVITCH

J'ai laissé ma chaîne de montre ici.

Silence. Vengerovitch la cherche.

PLATONOV

Abram Vengerovitch, faites-moi une faveur.

VENGEROVITCH

Laquelle?

PLATONOV

Donnez-moi cette chaîne. Pas pour moi! Pour quelqu'un que je connais. Quelqu'un qui travaille mais ne récolte jamais.

VENGEROVITCH, *il trouve la chaîne.*

Je regrette. Il ne m'appartient pas de jouer avec les souvenirs de famille.

PLATONOV, *criant.*

Allez-vous-en!

VENGEROVITCH

Ne me parlez pas sur ce ton-là!

Il repart dans le jardin.

PLATONOV, *criant.*

Allez-vous-en!

SCÈNE XII

GREKOVA, PLATONOV

GREKOVA, *sortant de la maison.*

Pourquoi criez-vous, Platonov? Êtes-vous ivre, ou fou?

PLATONOV

Ni l'un ni l'autre. Je ne faisais qu'exprimer mon opinion sur l'incohérence humaine. Si vous le voulez — et pour votre bien personnel — je la répéterai.

GREKOVA

Merci! — Vous feriez bien mieux de tenir compte de l'opinion des autres sur vous-même. Il y a un certain nombre de choses que j'aimerais vous dire, moi aussi, mais à quoi bon!

PLATONOV

Exprimez-vous, exprimez-vous, ma beauté!

GREKOVA

Je ne suis pas une beauté. — Ceux qui prétendent que je suis belle manquent de goût. *(Un temps.)* Me trouvez-vous vraiment belle? — Soyez franc!

PLATONOV

Je vous répondrai plus tard. Dites d'abord ce que vous vouliez me révéler : l'homme que je suis.

GREKOVA

Vous êtes soit un être extraordinaire soit un vaurien sans scrupule. L'un ou l'autre. *(Platonov rit.)* Bon, riez, si vous trouvez cela drôle.

Et elle rit elle-même.

PLATONOV, *riant toujours.*

C'est qu'elle l'a dit, cette petite dinde! Allons, continuez. *(Il passe son bras autour de la poitrine de Grekova.)* Une fille comme vous! majeure et émancipée! qui a des connaissances philosophiques! du goût pour la chimie! et qui dit de telles sottises!

Il l'embrasse.

GREKOVA, *se débattant.*

Mais je vous en prie! *(Elle se dégage et s'assied.)* Pourquoi m'embrassez-vous?

PLATONOV

C'est bien ce que vous vouliez, n'est-ce pas? et que j'ajoute : quelle fille perspicace! *(Il l'embrasse à nouveau.)* Regardez comme elle est émue.

Il l'embrasse encore.

GREKOVA

Vous m'aimez? — Oui?

PLATONOV, *l'imitant.*

« Vous m'aimez »?

GREKOVA, *en larmes.*

Vous ne m'auriez pas embrassée sans cela, n'est-ce pas? *(Marmottant :)* Vous m'aimez? Vous m'aimez?

PLATONOV

Pas le moins du monde, ma beauté! Mais j'aime les petites folles! Quand je n'ai rien de mieux à faire! Ça y est, la voilà qui pâlit de colère. Et ses yeux lancent des éclairs. Elle est prête à me gifler.

GREKOVA

Je suis fière, je ne voudrais pas me salir les mains. *(Elle se lève.)* Je vous ai dit tout à l'heure que vous pouviez être soit un être magnifique, soit un vaurien. Eh bien, je sais que vous n'êtes qu'un vaurien! Je vous déteste! *(Elle s'en va vers la maison.)* Vous me le paierez.

Elle se dirige vers la maison et rencontre Nicolas Triletzki sur l'escalier.

SCÈNE XIII

NICOLAS TRILETZKI, GREKOVA

NICOLAS TRILETZKI

Quel vacarme! Les corneilles ne sont donc pas couchées?

GREKOVA

Nicolas Ivanovitch, si vous avez le moindre respect pour moi, ou pour vous, vous cesserez de fréquenter cet homme!

Elle désigne Platonov.

NICOLAS TRILETZKI, *riant.*

Ayez pitié, Maria! C'est mon beau-frère.

GREKOVA

Et un ami?

NICOLAS TRILETZKI, *confirmant.*

Un ami!

GREKOVA

Alors, j'ai une bien triste opinion de vos goûts. Vous êtes un homme honnête mais qui se moque toujours. Il est des moments où la bouffonnerie n'est pas de saison! Vous me voyez là, humiliée, et vous riez. Très bien, conservez votre ami!... admirez-le! *(Elle pleure.)* Faites-lui la révérence. Craignez-le. Cela ne me regarde pas! Je n'attends rien de vous!

Et elle rentre vivement dans la maison.

SCÈNE XIV

NICOLAS TRILETZKI, PLATONOV

NICOLAS TRILETZKI

Voilà! Vous l'avez encore prise à rebours.

PLATONOV

Je n'ai rien fait.

NICOLAS TRILETZKI

Pourquoi n'arrêtez-vous pas de la tourmenter? Vous n'êtes pas un sot, Michel Vassilievitch, et vous êtes trop âgé pour ce genre de fredaines. Ne pouvez-vous pas laisser cette pauvre fille? *(Silence.)* Pensez à moi, déchiré entre vous deux. La moitié de mon cœur vous est acquise. L'autre moitié sympathise avec la fille.

PLATONOV

Excusez-moi, il n'est pas nécessaire de vous partager ainsi.

NICOLAS TRILETZKI

La veuve du général me dit toujours : « Vous n'avez pas les façons d'un gentleman. » Ils vous désignent comme l'exemple à suivre. J'ai l'impression qu'ils prennent le problème à l'envers.

PLATONOV

Exprimez-vous plus clairement.

NICOLAS TRILETZKI

Je pense que je me suis fait suffisamment comprendre. Devant moi, vous l'avez traitée de folle et vous vous dites un gentleman! Les gentlemen n'ignorent pas que ceux

qui aiment ont un certain « amour-propre [1] ». Elle n'est
pas folle, beau-frère! Elle n'est pas folle! Oh! je sais,
il y a des moments où il nous faut blesser quelqu'un,
le blesser et l'humilier. Et n'est-elle pas toujours à votre
portée? Elle est douce. Et vous savez qu'elle ne vous
rendra jamais vos coups. — Bon. — Au fond, je comprends parfaitement tout cela. — Au revoir! Je vais
prendre un verre!

Il s'éloigne et va revenir.

PLATONOV

Attendez... Vous ne comprenez rien du tout. Vous
n'avez aucune idée de l'enfer dans lequel je vis! Un enfer
de vulgarité et de déception. Ne haïssez-vous jamais ceux
chez qui vous discernez une lueur de votre propre passé?
Ne les haïssez-vous pas de vous rappeler ces jours enfuis
où vous étiez jeune — et pur — et plein de rêves idéa-
listes? Tout est tellement simple lorsqu'on est jeune.
Un corps vif, un esprit clair, une honnêteté inaltérable,
le courage et l'amour de la liberté, de la vérité et de la
grandeur. *(Il rit.)* Mais voilà que surgit la vie quotidienne. Elle vous enveloppe toujours plus étroitement de
sa misère. Les années passent, et que voyez-vous alors?
Des millions de gens dont la tête est vidée par l'intérieur.
Eh bien, cependant, que nous ayons su vivre ou non,
il y a quand même une petite compensation : l'expérience commune, la Mort. Alors, on se retrouve à son
point de départ : pur. *(Silence.)* « *A peine au monde,
nous pleurons, car nous sommes entrés sur cette grande scène
de folie.* » C'est terrible, ne trouvez-vous pas?

NICOLAS TRILETZKI, *qui vient d'être anormalement sérieux
pendant quelque temps, reprend ses esprits.*

Allons, venez prendre un verre. Je suis votre médecin.
C'est mon ordonnance pour le cas présent... Qu'arrive-

---

1. En français dans le texte russe. (N. d. T.)

t-il à Anna Petrovna, ce soir ? Vous n'avez pas remarqué ?
Elle rit, embrasse tout le monde. Comme si elle était
amoureuse.

PLATONOV

Qui pourrait-elle aimer ici ? Elle sans doute ! Ne croyez
pas trop à son rire. Il ne faut pas faire confiance au rire
d'une femme qui ne sait pas pleurer. Croyez-moi sur
parole. D'ailleurs notre veuve ne désire pas tant pleurer
que se brûler la cervelle. Cela se voit dans ses yeux.

NICOLAS TRILETZKI

Erreur ! Les femmes n'aiment pas les armes à feu. Le
poison reste leur arme favorite. Mais ne parlons plus de
cela. Vous ne venez donc pas avec moi ?

PLATONOV

Non.

NICOLAS TRILETZKI

Alors je vais boire seul. Ou avec le pope. *(Entrant dans
la maison, il bouscule le jeune Glagolaiev.)* Excusez-moi,
Excellence, voici trois roubles pour le coup d'épaule.

SCÈNE XV

LE JEUNE GLAGOLAIEV, PLATONOV

LE JEUNE GLAGOLAIEV, *à Platonov.*
C'est indécent d'être vulgaire à ce point-là !

PLATONOV

Pourquoi ne dansez-vous pas ?

LE JEUNE GLAGOLAIEV, *poli, ferme.*

Danser? Ici? Et avec qui, permettez-moi de vous le
demander?

Il s'assied.

PLATONOV

Personne ne trouvera-t-il grâce à vos yeux?

LE JEUNE GLAGOLAIEV

Les avez-vous regardées? Quelles binettes! Des nez
crochus. Et quelle affectation! Quant aux femmes...
(il rit)... criblées de petite vérole, poudrées à la chaux,
et le diable sait encore quoi! Vraiment, je préfère le
buffet. — Voilà ce que nous respirons en Russie. Je ne
peux pas supporter la Russie. Quelle infection! Et quel
ennui! — Brrr! — Avez-vous jamais été à Paris?

PLATONOV

Non.

LE JEUNE GLAGOLAIEV

Dommage! Il n'est pas trop tard, vous savez. Si vous
y allez, prévenez-moi. Je vous révèlerai tous les secrets
de Paris. Je vous donnerai trois cents lettres d'introduction et vous aurez trois cents cocottes françaises sur
les bras.

PLATONOV

Je vous remercie. — Dites-moi, est-il exact que votre
père ait l'intention de payer les hypothèques d'Anna
Petrovna?

LE JEUNE GLAGOLAIEV, *bâillant.*

Je vous avoue que je n'en sais rien. Le commerce ne
m'intéresse pas. — A propos, avez-vous remarqué comment mon père tournicote autour de la veuve? Le vieux
blaireau voudrait se marier. Quant à la veuve, elle est

charmante. Pas désagréable à regarder du tout. Et quelles formes! Veinard! (*Il frappe Platonov sur l'épaule.*) Est-ce vrai qu'elle porte un corset?

PLATONOV

Je l'ignore. Je n'assiste jamais à sa toilette.

LE JEUNE GLAGOLAIEV

Ah! — On m'avait dit... Je croyais...

PLATONOV, *calme.*

Vous êtes un imbécile.

LE JEUNE GLAGOLAIEV

Je plaisantais. Pourquoi vous mettre en colère? Vous êtes un curieux homme. Dites-moi, cela est-il vrai? J'ai entendu dire qu'elle n'était pas indifférente à l'argent. Et qu'elle buvait.

PLATONOV

Pourquoi ne pas l'interroger vous-même?

LE JEUNE GLAGOLAIEV, *se levant.*

Tiens, c'est vrai. C'est une grande idée. Mille diables, je vais lui demander. Et je vous donne ma parole, Platonov, qu'elle m'appartiendra. J'ai un pressentiment.

> *Il se précipite vers la maison, et en montant l'esca-*
> *lier du perron quatre à quatre, il se heurte à Anna*
> *Petrovna et à Triletzki.*

SCÈNE XVI

LES MÊMES, NICOLAS TRILETZKI, ANNA PETROVNA

LE JEUNE GLAGOLAIEV

Ah! *(S'inclinant :)* « Mille pardons, Madame[1]. »

Il sort.

NICOLAS TRILETZKI, *désignant Platonov.*

Le voilà. Comme je vous le disais : un sombre oiseau de philosophie attendant sa proie.

ANNA PETROVNA, *plaisantant.*

Et il mord?

NICOLAS TRILETZKI

Oh non! Une fois pris dans ses griffes, il vous récite un sermon. Pauvre garçon, je suis désolé pour lui, mais il refuse de s'enivrer comme un chrétien. *(Il enchaîne :)* Oh! j'oubliais : un rendez-vous urgent! Le pope m'attend au buffet!

Et il sort vivement.

SCÈNE XVII

ANNA PETROVNA, PLATONOV

ANNA PETROVNA, *venant vers Platonov.*

Pourquoi restez-vous à l'écart?

1. En français dans le texte russe. (N. d. T.)

PLATONOV

Il fait très chaud là-dedans et le ciel est plus agréable qu'un plafond de plâtre.

ANNA PETROVNA, *s'asseyant près de lui.*

Oui. — Quelle nuit adorable! L'air est frais! La lune ressemble à une lanterne vénitienne. Quel dommage que les femmes n'aient pas le droit de dormir sous les étoiles. Quand j'étais toute jeune, ma mère me permettait de passer la nuit sur la véranda, pendant l'été. *(Silence.)* ... Vous avez une cravate neuve ce soir.

PLATONOV

Oui. Je l'ai achetée hier.

Silence. Toute la scène ira d'un bon rythme, désormais.

ANNA PETROVNA

Oh! Je me sens d'une humeur étrange, ce soir. Tout me plaît. Pourquoi vous taisez-vous, Michael? Je suis venue vous écouter parler.

PLATONOV, *riant.*

Eh bien, que voulez-vous m'entendre dire?

ANNA PETROVNA

Je ne sais pas, du nouveau! Il me semble que ce soir je vous aime plus que les autres jours. Vous êtes un amour, cette nuit...

Ils rient ensemble.

PLATONOV

Et vous, vous êtes une beauté! D'ailleurs, vous êtes toujours belle.

ANNA PETROVNA

Nous sommes amis, Platonov, n'est-ce pas?

PLATONOV

Certainement. Je vous suis profondément attaché, Anna Petrovna. Rien ne peut altérer mes sentiments à votre égard. Rien. Jamais.

ANNA PETROVNA

Nous sommes donc réellement de grands amis?

PLATONOV

Oui.

ANNA PETROVNA

Bien. *(Silence.)* Avez-vous parfois pensé, mon cher, que l'amitié entre homme et femme conduit souvent à l'amour et qu'il n'y a qu'un tout petit pas à franchir?

Elle rit.

PLATONOV

Eh bien, ni vous ni moi ne ferons jamais ce petit pas vers les affres de l'enfer.

ANNA PETROVNA

Et pourquoi? Ne sommes-nous pas des êtres humains? L'amour est agréable. Pourquoi rougissez-vous?

PLATONOV

Vous êtes de bonne humeur, ma chère. Venez. Allons valser!

ANNA PETROVNA

Non! Vous dansez trop mal! Et d'ailleurs, je tiens à avoir une conversation sérieuse avec vous. Tenez, éloignons-nous un peu plus de la maison. *(Ils vont s'installer sur un autre siège.)* Ce soir, votre attitude est si étrange que je ne sais vraiment par où commencer.

PLATONOV

Voulez-vous que je parle le premier?

ANNA PETROVNA

Oh! Vous allez dire tant de bêtises, Platonov! Mais tant pis, je vous écoute. Oh! Michel, cher et insensé Michel, soyez bref!

PLATONOV

Je le serai. Je puis tout dire en un mot : « Pourquoi? »

ANNA PETROVNA

Et « pourquoi pas? » *(Un temps.)* Si vous étiez libre, vous n'hésiteriez pas à me demander d'être votre épouse et je remettrais « mon Excellence » entre vos mains. *(Une pause.)* Qui ne dit mot consent. *(Une pause.)* Platonov, si vous êtes de mon avis, vous n'avez pas le droit de garder le silence.

PLATONOV

Oublions cette conversation, Anna Petrovna. Au nom du ciel, vivons comme si elle n'avait jamais eu lieu!

ANNA PETROVNA, *haussant les épaules.*

Je me demande parfois si vous êtes aussi intelligent qu'on le dit! *(Enchaînant :)* M'expliquerez-vous au moins pourquoi?

PLATONOV

Parce que je vous respecte. Parce que je ne veux pas manquer à ce respect. Je ne suis pas opposé à me donner du bon temps et je ne refuserais pas une petite aventure discrètement menée. Mais je ne pourrais supporter de vous voir vous compromettre dans des intrigues et risquer des déceptions. Nous vivrions stupidement un mois ou deux, puis nous nous séparerions honteusement. Ce n'est pas ce que je veux.

ANNA PETROVNA

Mais je parlais d'amour!

PLATONOV

Eh bien, est-ce que je ne vous aime pas? — Vous êtes bonne, intelligente et pitoyable. Je vous aime désespérément, absolument. Je donnerais ma vie pour vous.

ANNA PETROVNA

Encore des bêtises!

PLATONOV

L'amour doit-il toujours être traité à son niveau le plus bas?

ANNA PETROVNA, *se levant.*

Parfait, mon cher. Bonne nuit. Nous en reparlerons. Vous êtes fatigué.

PLATONOV

Et d'ailleurs, je suis marié.

Il lui baise la main.

ANNA PETROVNA

Cependant vous m'aimez. Allez-vous-en! — Pourquoi parler de votre femme en ce moment?

PLATONOV

Vous n'êtes pas en colère, j'espère? Si je le pouvais, il y a longtemps que je serais votre amant.

Il rentre dans la maison.

ANNA PETROVNA

Quel être insupportable. Il sait qu'il ne peut pas vivre sans moi, mais : « Je vous respecte! »

SCÈNE XVIII

LE VIEUX GLAGOLAIEV, ANNA PETROVNA

Le vieux Glagolaiev revient au pavillon d'été ; il apparaît.

LE VIEUX GLAGOLAIEV (*rage lugubre. Ne pas ralentir*).

Allons, je lui parlerai et je partirai !

ANNA PETROVNA

Que marmottez-vous, Porfiry Séméonovitch ?

LE VIEUX GLAGOLAIEV, *radieux tout d'un coup.*

Oh ! vous êtes là ? Je vous cherchais.

ANNA PETROVNA

Que vouliez-vous me dire ?

LE VIEUX GLAGOLAIEV, *quelque peu timide.*

Mon Dieu ! En fait, simplement à titre de renseigne-
ment, Anna Petrovna, qu'avez-vous l'intention de
répondre à mes lettres ?

ANNA PETROVNA

Que voulez-vous de moi, Porfiry Séméonovitch ?

LE VIEUX GLAGOLAIEV

Ne le savez-vous pas ? Je renonce à tous les droits d'un
époux. Mon foyer est un paradis mais l'ange est absent.

ANNA PETROVNA

Je ne saurai que faire d'un paradis : je suis un être
humain !

LE VIEUX GLAGOLAIEV

Comment savoir ce que vous feriez au paradis, alors que vous ne savez pas ce que vous ferez demain. Une belle âme trouve sa place en tous lieux, sur la terre comme au ciel.

ANNA PETROVNA

Mais je ne vois toujours pas que le fait de vivre sous votre toit constitue pour mon état une amélioration. Excusez-moi, Porfiry Séméonovitch, mais votre proposition me surprend. Pourquoi vous marier? Pourquoi vous faut-il un ami en jupons? Cela ne me regarde pas, bien sûr, mais si j'avais votre âge et vos biens, votre bon sens et votre honnêteté, je ne souhaiterais rien de plus. Et si mon cœur avait quelque amour à offrir, il irait entièrement à mon prochain. « Aimer son prochain », voilà la plus belle occupation de la vie.

LE VIEUX GLAGOLAIEV

C'est très mal de vous moquer de moi. Je suis incapable de m'intéresser à mes semblables. Il y faut quelque habileté et de l'obstination. Dieu ne m'a donné ni l'un ni l'autre. J'ai essayé de faire quelques bonnes actions, mais je n'ai réussi qu'à me rendre importun. Je n'étais bon à rien, sauf à aimer. Venez à moi.

ANNA PETROVNA

Non! N'en parlons plus! Et croyez-moi, ceux qui refusent ne sont pas forcément ingrats. *(Elle éclate de rire. Bruit en coulisse.)* Grands dieux, qu'est-ce que ce bruit? C'est sans doute Platonov qui fait un scandale. *(Sans dureté :)* Quelle créature!

SCÈNE XIX

LES MÊMES, GREKOVA, NICOLAS TRILETZKI

Entrent Grekova et Nicolas Triletzki en pleine discussion. Ils sont suivis de plusieurs invités parmi lesquels Glagolaiev Jeune, Petrin et Bougrov.

GREKOVA, *elle pleure, un peu hystérique.*

Je n'ai jamais été aussi humiliée! *(A Triletzki :)* Il faut être dépourvu de toute virilité pour rester là sans rien faire!

NICOLAS TRILETZKI

Maria Grekova, je vous le demande, que pouvais-je faire? Vous ne vouliez pas que je le provoque avec la pelle à charbon?

GREKOVA

Vous auriez dû le frapper avec le tisonnier si vous n'aviez rien d'autre sous la main. Allez-vous-en, allez-vous-en! Moi, une femme, je ne serais pas restée indifférente si quelqu'un vous eût traité aussi abominablement!

NICOLAS TRILETZKI

Essayez de considérer la chose de plus haut, plus intelligemment...

GREKOVA

Un lâche! Voilà ce que vous êtes. Retournez à votre sale buffet. Je ne veux plus vous revoir. Adieu.

NICOLAS TRILETZKI

Je vous en prie, ne prenez pas cela au tragique. Toute cette histoire me rend malade. Des larmes maintenant! Ah, mon Dieu, j'ai la tête qui tourne! Coerurus cerebralis...

SCÈNE XX

GREKOVA, ANNA PETROVNA, LE VIEUX GLAGOLAIEV

Triletzki s'enfuit avec un geste d'impuissance et s'éloigne en se tenant la tête. Grekova s'écroule sur un siège et pleure bruyamment.

GREKOVA

Coerurus cerebralis! Mon Dieu! Qu'ai-je donc fait pour mériter un tel mépris?

ANNA PETROVNA, *allant vers elle.*

Maria Efimovna, je vous en prie. A votre place, je m'en irais. *(L'embrassant :)* Ne pleurez pas, chérie. La plupart des femmes ont malheureusement à souffrir bien des vexations de la part des hommes.

GREKOVA, *criant.*

Pas moi! Je me vengerai. Quand j'aurai dit ce que j'ai à dire, on l'exclura de l'Enseignement. Demain matin, la première chose que je ferai sera d'aller voir le directeur des Écoles nationales.

ANNA PETROVNA

Bon. En attendant, du calme, ne pleurez plus! J'irai vous voir demain. Que s'est-il passé?

GREKOVA

Il m'a embrassée devant tout le monde, m'a traitée de folle, puis il m'a jetée sur la table. *(Pleurant :)* Mais il ne s'en tirera pas cette fois. Je lui montrerai!

Grekova sort.

ANNA PETROVNA, *appelant Yakov à la cantonade.*

Yakov! Yakov! Prépare la voiture pour Maria Efimovna.

SCÈNE XXI

ANNA PETROVNA, LE VIEUX GLAGOLAIEV,
LE JEUNE GLAGOLAIEV

ANNA PETROVNA

Oh! Platonov, Platonov! Un de ces jours vous allez
vous brûler les doigts!

LE VIEUX GLAGOLAIEV

C'est une fille charmante. Mais on dirait que notre
instituteur ne l'aime guère. Il est évident qu'il a heurté
ses sentiments.

ANNA PETROVNA

Ce n'est pas très sérieux. Il la rudoie ce soir, demain il
lui demandera pardon. C'est toujours la même chose.

LE JEUNE GLAGOLAIEV, *à part.*

Le vieux fou! Toujours avec elle! *(Venant vers Glagolaiev Père :)* Alors?

LE VIEUX GLAGOLAIEV

Eh bien, que veux-tu?

LE JEUNE GLAGOLAIEV

Ce que je veux? Mais, toi, bien sûr. Les gens se demandent ce qui t'est arrivé, papa.

LE VIEUX GLAGOLAIEV

Qui donc?

LE JEUNE GLAGOLAIEV

Toute la compagnie.

LE VIEUX GLAGOLAIEV

J'y vais. *(Il se lève. A Anna Petrovna :)* Laissons les choses où elles sont pour le moment, chère madame. Quand vous m'aurez compris votre réponse sera tout autre.

Il sort.

SCÈNE XXII

LE JEUNE GLAGOLAIEV, ANNA PETROVNA

LE JEUNE GLAGOLAIEV, *s'asseyant à côté d'Anna Petrovna.*

Vieux gâteux! Personne ne l'attend, vous savez. Je me suis moqué de lui.

ANNA PETROVNA

Quand vous serez plus âgé, vous regretterez votre conduite à l'égard de votre père.

LE JEUNE GLAGOLAIEV

Vous me faites rire. De toute façon, je me suis débarrassé de lui pour être seul avec vous. Voilà.

ANNA PETROVNA

Ah?

LE JEUNE GLAGOLAIEV

Je voulais votre réponse : « Oui » ou « Non »?

ANNA PETROVNA

Comment?

LE JEUNE GLAGOLAIEV

Ne jouez pas au plus fin avec moi. Vous comprenez parfaitement. C'est oui, ou non?

ANNA PETROVNA

Je vous le répète, je ne comprends pas.

LE JEUNE GLAGOLAIEV

Je vois. Un peu d'argent éclaircira vos idées. Parfaitement. *(Sortant un portefeuille :)* Si la réponse est « oui », vous pourrez garder ceci. Il y en a encore beaucoup, ailleurs.

ANNA PETROVNA

Vous êtes franc, en tout cas. Mais il arrive parfois au plus intelligent de recevoir un soufflet.

LE JEUNE GLAGOLAIEV

Une gifle ne compte jamais pour moi quand elle est donnée par une jolie femme. D'abord la gifle, puis le « oui »!

ANNA PETROVNA, *se levant*.

Prenez votre chapeau et filez. Immédiatement.

LE JEUNE GLAGOLAIEV

Où?

ANNA PETROVNA

Où vous voudrez. Mais ne vous présentez jamais plus devant moi.

LE JEUNE GLAGOLAIEV

Peuh! — Ne me faites pas croire que vous êtes en colère. Je ne partirai pas, Anna Petrovna.

ANNA PETROVNA

Alors, je vais vous faire jeter dehors.

Elle va vers la maison.

LE JEUNE GLAGOLAIEV, *la suivant.*

Dieu, que cette femme est susceptible ! Je ne lui ai pourtant rien dit, rien qui puisse provoquer toute cette histoire en tout cas !

Il s'élance à sa poursuite.

SCÈNE XXIII

PLATONOV, SOFIA

Un temps. On entend la musique de danse, les rires dans le calme de la nuit et une horloge proche sonner l'heure. Entrent Platonov et Sofia.

PLATONOV

Je n'ai pas de place en ce monde. Sauf celle d'un instituteur. Les années dorées m'ont quitté pour toujours. J'ai tout enterré. Tout, sauf le corps. Je n'ai plus trente ans, Sofia. Alors quelles sont mes espérances ? Une existence de mannequin. Une indifférence croissante. Une vie perdue. Et puis la mort. — Que j'aille au diable, moi oui. Mais vous ? Où est la pureté de votre âme ? Votre sincérité ? Votre hardiesse ? *(Il lui prend les mains.)* Dites-moi franchement, ma chère, au nom de notre passé commun : qu'est-ce qui vous a fait épouser cet homme ?

SOFIA

C'est un homme exceptionnel.

PLATONOV

Ne mentez pas.

SOFIA, *se levant.*

Il est mon mari et je dois vous prier...

PLATONOV, *la coupant et la forçant à se rasseoir.*

Cela m'est égal. Et je vous dirai vos vérités. Pourquoi n'avez-vous pas choisi un travailleur? Quelqu'un qui ait souffert. Pourquoi ce pygmée, perdu de dettes et d'oisiveté? Pourquoi lui parmi tous les hommes?

SOFIA

Arrêtez. Et ne criez pas. Nous ne sommes pas seuls. *Plusieurs invités sortent de la maison et passent.*

PLATONOV

Eh bien, qu'ils entendent! — Pardonnez ma brutalité. Je vous aimais. Je vous aimais par-dessus tout sur cette terre. *(Il caresse sa joue.)* Pauvre enfant! — Pourquoi vous mettre de la poudre, Sofia Egorovna? Otez-la. Si vous pouviez rencontrer une autre sorte d'homme que votre mari, vous vous relèveriez rapidement. Si j'avais plus de force et plus de chance, ma chère Sofia, je vous arracherais à votre boue et je vous montrerais comment vivre.

D'autres invités sortent. On entend du bruit dans la maison. Sofia s'éloigne de Platonov.

SOFIA, *elle se lève et couvre son visage de ses mains.*

Laissez-moi. Allez-vous-en.

Et elle va vers la maison.

PLATONOV, *la rattrapant.*

Promettez-moi de ne pas partir demain... Nous sommes amis, Sofia. Nous aurons encore d'autres conversations, n'est-ce pas? Dites oui.

SOFIA

Oui!

SCÈNE XXIV

LES MÊMES, VOINITZEV, ANNA PETROVNA,
NICOLAS TRILETZKI, LE VIEUX GLAGOLAIEV,
LE JEUNE GLAGOLAIEV

*D'autres invités paraissent conduits par Voinitzev.
Ils sont tous excités.*

VOINITZEV

Ah! Voilà ceux que nous cherchions! *(A Platonov :)*
Nous allons allumer le feu d'artifice! *(Criant vers les
coulisses :)* Yakov! *(A Sofia :)* As-tu réfléchi, Sofia?

PLATONOV

Elle a décidé de rester.

VOINITZEV

Hourra! Serrez-moi la main, Michel! Je savais que
votre éloquence lui ferait entendre raison. Allons faire
partir les fusées! *(Tout en s'éloignant et les invités le
suivant, il enchaîne :)* Maman, où êtes-vous?... Platonov!

PLATONOV

Le diable les emporte, il faut que j'y aille. *(Criant :)*
Je viens, Serguey Pavlovitch! N'allumez pas, attendez-
moi!

　　*Il suit les autres tandis qu'Anna Petrovna sort
　　de la maison.*

ANNA PETROVNA, *sortant de la maison avec Triletzki.*

Attends, Serguey, attends. Il y a d'autres invités qui
viennent. *(A Sofia :)* Eh bien, vous êtes pâle. Vous êtes
toute triste. Avez-vous un ennui?

　　Elle sort. Reste Sofia. Elle s'éloigne dans le jardin.

VOIX DE PLATONOV

Qui m'accompagne dans le bateau? *(Il appelle :)* Sofia Egorovna!

SOFIA, *perplexe.*

Irai-je?

VOIX DE VOINITZEV

Où est Triletzki? Ohé! Triletzki!

NICOLAS TRILETZKI, *il sort en courant de la maison.*

J'arrive, j'arrive!

> *Mais il voit Sofia, s'arrête et la dévisage.*

SOFIA

Que me voulez-vous?

NICOLAS TRILETZKI

Rien.

SOFIA

Ayez alors la bonté de me laisser seule. Ce soir je ne suis pas d'humeur à écouter. Et moins encore à bavarder.

NICOLAS TRILETZKI, *grommelant.*

Je comprends, je comprends! « Pour je ne sais quelle raison, j'ai envie sur ton front de tracer une croix. Oh! la terrible envie. Mais de quoi est-il fait?... Non pour t'humilier. Mais pour y graver un mot : chasteté! »

SOFIA

Bouffon! *(Elle s'écarte.)* Un clown!

NICOLAS TRILETZKI, *s'inclinant.*

Délicieuse! J'ai l'honneur de m'incliner devant vous. J'aimerais rester et bavarder un peu plus, mais on me réclame. Je suis débordé. « Souviens-toi, ô nymphe, de tous mes péchés dans tes prières. »

> *Il sort. Un feu de joie s'allume.*

VOIX DE PLATONOV

Qui vient dans le bateau avec Platonov?

SOFIA

Que faire?... *(Elle crie :)* Je viens!

> *Elle sort. Platonov et Voinitzev continuent à s'appeler. Les deux Glagolaiev entrent, venant de la maison.*

LE VIEUX GLAGOLAIEV, *profondément ému mais vif.*

... Tu mens, sale voyou. Tu mentais déjà quand tu n'étais qu'un enfant. Je ne te crois pas.

LE JEUNE GLAGOLAIEV

Demande-lui! Pourquoi te mentirais-je? Dès que tu es parti elle a commencé à me faire des avances. Elle m'a serré dans ses bras, elle m'a embrassé. Au début, elle en voulait trois mille. J'ai discuté! Alors elle est descendue jusqu'à mille roubles. Donne-moi mille roubles.

LE VIEUX GLAGOLAIEV

Tu parles de l'honneur d'une femme, Kiryl! Ne le souille pas. Il est sacré. Tais-toi!

LE JEUNE GLAGOLAIEV

Sur mon propre honneur, je le jure! Tu ne me crois pas? Donne-moi ces mille roubles et je les lui apporte.

LE VIEUX GLAGOLAIEV

Je ne te crois pas. Elle s'est moquée de toi, imbécile.

LE JEUNE GLAGOLAIEV

Je te le dis. Je l'ai enlacée. Elles sont toutes ainsi à présent. Je les connais. Et dire que tu voulais l'épouser.

LE VIEUX GLAGOLAIEV

Pour l'amour du Ciel, Kiryl, sais-tu ce que tu dis?

LE JEUNE GLAGOLAIEV

Donne-moi ces mille roubles. Je les lui remettrai devant toi. Mais tu ne me crois pas quand je te dis que je sais vaincre les femmes. Donne-lui-en deux mille et elle est à toi.

LE VIEUX GLAGOLAIEV, *il tire son portefeuille.*

Tiens, prends. *(Il jette le portefeuille par terre. Son fils le ramasse et compte soigneusement les billets. Le vieux Glagolaiev s'asseyant, la tête dans ses mains :)* Et dire que je priais pour elle. O Seigneur!

ACTE II

Un bois. Amorce d'un panorama. A gauche, l'école. Au lointain du panorama, des poteaux télégraphiques. La nuit.

SCÈNE PREMIÈRE

OSSIP, SACHA

A la fenêtre ouverte, Sacha assise. Ossip, un fusil en bandoulière, se tient à l'extérieur.

OSSIP

Comment c'est arrivé? Très simplement.

SACHA

Mais comment l'as-tu rencontrée?

OSSIP

Le jour même où je suis arrivé au village. Je me promène le long de la rivière, et brusquement je la vois. Elle est dans l'eau, la jupe troussée, elle boit. Je m'arrête. Je la regarde. Elle ne fait pas attention à moi. Je suis un moujik! Alors, je lui parle. Je lui dis : « Votre Excel-

lence, ce n'est pas possible, vous n'aimez sûrement pas
l'eau de la rivière? — Tiens ta langue, dit-elle, va faire
ton travail. » Elle dit cela et ne me regarde plus. J'ai
honte, honte. « Pourquoi restes-tu planté là, imbécile,
me dit-elle, tu n'as jamais vu de femme? » et elle me
regarde droit dans les yeux : « ou bien est-ce que je te
plairais? » Je réponds : « Oh! Votre Excellence, je ne
peux pas me permettre de vous dire comme vous me
plaisez. » Ça la fait rire, alors je dis : « Quelle chance il
aurait, celui qui aurait le droit de vous embrasser. C'est
un coup à faire tomber raide un bonhomme, sûr! —
Parfait, dit-elle, essaie et tu verras! » C'est comme ça
que ça a commencé. Je m'approche d'elle, elle ne bronche
pas. Je la prends par les épaules et je l'embrasse. Je
l'embrasse sur la bouche.

SACHA, *riant.*

Oh! oh! Qu'est-ce qu'elle a dit alors?

OSSIP

Elle a éclaté de rire. « Et maintenant, elle dit, tombe
raide mort! »...

SACHA

Et c'est ce que tu as fait?

OSSIP

Non, je suis resté tranquillement à me fourrager la
barbe comme un idiot. Alors, elle : « Espèce de fou,
retourne travailler, coupe-toi les ongles et lave-toi si tu
en as l'occasion. » Elle est partie. Voilà comme ça a
commencé.

SACHA

C'est une curieuse femme. (*Elle lui tend une assiette.*)
Tiens. Assieds-toi, et mange.

OSSIP

Je peux rester debout. *(Il mange.)* Un jour, je vous
revaudrai ça.

SACHA

Alors, commence tout de suite en faisant ce que je te
dis. On retire son chapeau quand on mange. *(Il enlève
son chapeau.)* Et pourquoi ne rends-tu jamais d'actions
de grâce avant le repas ?

OSSIP, *sans appuyer sur le « ça ».*

Oh ! il y a bien longtemps que je n'ai pas fait ça.
(Silence ; il mange.) Comme je le disais : depuis ce jour-
là, je n'ai jamais été le même. Je ne dors plus et je ne
mange plus. *(Il mange.)* Je la vois toujours, elle. Si je
ferme les yeux je la vois toujours. *(Il mange.)* D'abord
j'ai essayé de me noyer, mais je nage comme une loutre.
Alors j'ai pensé tuer son mari, mais le vieux fou était
mort. Dans son lit. Sans m'attendre. Après ça, j'ai fait
les commissions. Je l'ai servie. Mon cœur s'est amolli et
c'est très mauvais pour un homme. Mais qu'y faire ?

SACHA

Quand je suis tombée amoureuse de Michel Vassilievitch, je pensais qu'il ne me remarquait même pas, alors
j'ai souffert le martyre. Souvent, j'ai prié pour que la
mort me délivre. Et brusquement un matin, il est venu
me voir chez mon père et m'a demandé : « Petite fille,
que diriez-vous si nous nous mariions ? » J'ai presque
pleuré de joie, j'ai perdu toute dignité et je me suis jetée
à son cou.

OSSIP

Oui, oui ! C'est terrible. *(Il rend son assiette vide.)*
Y a-t-il encore un peu de cette soupe au chou ? J'ai
très faim.

> *Sacha entre dans la maison quelques instants.
> Ossip suce ses doigts. Sacha revient.*

SACHA

Non. Mais veux-tu des pommes de terre frites dans de la graisse d'oie ?

Elle lui tend une grande casserole.

OSSIP

Merci ! *(Il prend la casserole et mange avec ses doigts.)* L'année dernière, j'ai trouvé un lièvre tout ce qu'il y a de plus rare. « Votre Honneur, je dis, voilà une nouveauté : un lièvre qui louche. » Elle le prend sur ses genoux et elle le caresse ! puis elle me demande : « C'est vrai ce que disent les gens ? Tu es réellement une brute ? » Je réponds : « Oui, c'est vrai », et je lui parle de mon existence de païen. « Il faut te corriger, elle me dit. Va à pied jusqu'à Kiev, de Kiev à Jérusalem, tu reviendras ici transformé et meilleur. » Alors j'ai pris une besace et je suis parti pour Kiev. *(Il mange.)* Et puis, voilà qu'en arrivant vers Kharkov je m'embarque dans une troupe de bandits. Après j'ai gaspillé mon argent en boisson. Je suis revenu ! *(Silence.)* Maintenant, elle ne veut plus me voir.

SACHA

Ossip, pourquoi ne vas-tu pas à l'église ?

OSSIP

Les gens riraient. « Il se repent », diraient-ils. Non, ce n'est pas la peine de le faire savoir à la racaille.

SACHA

Ossip, pourquoi méprises-tu les paysans ? Je t'ai vu parfois frapper un homme et le faire agenouiller devant toi. Pourquoi es-tu si cruel ?

OSSIP

Pourquoi on ne les corrigerait pas ?

SACHA

Parce que le Christ a dit...

OSSIP

Non, non! Vous ne comprenez rien à ces choses-là.
Est-ce que votre honorable mari ne bat pas les enfants?

SACHA

S'il le fait, c'est par devoir. Pour leur enseigner les
bonnes manières.

OSSIP

Mmm...

SACHA

Au fond de son cœur, il les aime tous. C'est un être
tellement bon.

OSSIP

Je n'ai encore jamais rencontré une femme comme
vous. Sans méchanceté.

*Il rend l'assiette à Sacha et s'approche d'elle. Elle
se lève et s'éloigne un peu.*

SACHA

J'entends mon mari qui revient.

OSSIP

Mais non. Il est en conversation avec une vraie « dame
du monde ». Quel homme! Les femmes lui courent après
comme des biches, elles « aiment son allure ». « Il parle
si bien. » *(Il rit.)* Il est tout le temps après la veuve, mais
elle lui est bien supérieure. Elle le remettra à sa place
un de ces jours.

SACHA

Vous parlez trop. Allez vous coucher et que Dieu vous
garde.

OSSIP

Oh! Je me moque pas mal de Dieu. Vous attendez
vraiment votre mari?

SACHA

Oui.

OSSIP

Platonov devrait brûler une douzaine de cierges par
semaine à tous les saints, pour les remercier de vous
avoir.

> *Il sort en sifflant. Après son départ Sacha revient
> avec une lampe et un livre.*

SCÈNE II

SACHA, *seule.*

SACHA

Il est tard. *(Elle s'assied.)* Si seulement il prenait soin
de lui. Ces soirées lui font du mal *(elle bâille)* et je suis
si fatiguée. Où en étais-je ? *(Elle lit :)* « Par une grise
matinée d'hiver... » *(Bâillant :)* Je ne pourrai pas lire
cela, ce sont uniquement des descriptions. *(Elle tourne
les pages. Écoutant :)* Quelqu'un vient. C'est Michel ?
Enfin. *(Elle se lève et éteint la lampe.)* Je suis là ! Gauche,
gauche, gauche, droite, gauche !

SCÈNE III

PLATONOV, SACHA

PLATONOV, *entrant.*

Non, non, non ! Tu te trompes, droite, droite, droite,
gauche, droite. Mon petit, comme un fait exprès, un

ivrogne ne reconnaît jamais sa droite de sa gauche. Il connaît seulement : devant, derrière, au-dessus, au-dessous.

SACHA

Assieds-toi et je te dirai ce que j'en pense. Assieds-toi.

PLATONOV

J'obéis. (*Il s'assied. Sacha jette ses bras autour de son cou. Silence.*) Pourquoi n'es-tu pas couchée, petite fille laide ?

SACHA

Je n'ai pas sommeil. (*Elle s'assied près de lui.*) Tu as passé une bonne soirée ?

PLATONOV

Il y avait bal, souper et feu d'artifice. Le feu d'artifice t'aurait plu.

SACHA

Le petit hurlait quand je suis arrivée.

PLATONOV

Au fait, le vieux Glagolaiev a eu une attaque.

SACHA, *spontanément apitoyée.*

Mon Dieu ! Est-il sauf ?

PLATONOV

Ton frère l'a examiné.

SACHA

Il avait l'air en bonne santé.

PLATONOV

Cela l'a pris dans le jardin. Son crétin de fils s'en est à peine inquiété.

SACHA

Anna Petrovna et Sofia ont dû être terrorisées.

PLATONOV

Mm...

SACHA

J'admire Sofia Egorovna. Il y a quelque chose de droit et de loyal en elle. Et quelle jolie femme!

PLATONOV

Sacha! Je suis stupide, je suis maudit.

SACHA

Quoi?

PLATONOV

Oh! J'ai encore succombé. *(Cachant son visage dans ses mains :)* Le diable s'est emparé de moi.

SACHA

Dis-moi ce que tu as fait.

PLATONOV

C'est insensé, honteux. Dieu seul peut en prévoir les conséquences.

SACHA

Viens te coucher. Tu ne tiens plus debout.

PLATONOV

Quand je pense que j'ai condamné ton frère. Oh! Sacha! Y a-t-il la moindre étincelle de sincérité en moi?

SACHA, *douce.*

Allons, au lit.

PLATONOV

Je me suis conduit encore plus mal que d'habitude.
Comment puis-je avoir de l'estime pour moi maintenant ?
Il n'est pas de plus grand malheur que d'être privé de
l'estime de soi-même. Mon Dieu, il n'y a plus rien en
moi qu'on puisse aimer ou respecter... Et pourtant tu
m'aimes ? Vraiment je ne comprends pas pourquoi. Tu
aurais trouvé quelque chose en moi qu'on puisse aimer ?
Tu m'aimerais ?

SACHA

Quelle question ! Comment pourrais-je ne pas t'aimer ?
Tu es mon mari.

PLATONOV

Et tu m'aimes uniquement parce que je t'ai épousée ?

SACHA

Comme tu es désagréable ce soir. Il y a des moments où
je ne te comprends pas.

PLATONOV, *riant.*

Garde ton bonheur et reste aveugle. *(Il l'embrasse sur
le front.)* Que le Seigneur te préserve de jamais rien
comprendre. Tu es une femme parfaite, ma chérie.

SACHA

Tu dis des bêtises.

PLATONOV

Non, tiens, réflexion faite, tu ne devrais même pas être
une femme. Tu devrais être une mouche ! Ma petite idiote
chérie, pourquoi n'es-tu pas née mouche ? Avec ton intelligence, tu aurais été l'insecte le plus subtil du monde.
Et pourtant tu as porté notre fils ? Tu devrais fabriquer
des petits soldats en pain d'épices.

Il veut l'embrasser.

SACHA, *coléreuse.*

Laisse-moi tranquille! Pourquoi m'as-tu épousée si je
suis sotte? Quel dommage que tu n'aies pas choisi l'une
de tes intelligentes amies. Je ne t'ai jamais demandé de
m'épouser.

PLATONOV

Dieu me pardonne, voilà quelque chose de nouveau :
tu es capable de te mettre en colère!

SACHA

Et toi. Tu es ivre! Parfait, reste là et grise-toi de
paroles. Je vais me coucher!

                        Elle rentre rapidement dans la maison.

SCÈNE IV

PLATONOV, *seul.*

Ivre? C'est possible... Et si je le suis, toutes ces stupidités avec Sofia ne seraient-elles pas... (*Il va rentrer
quand on entend le galop d'un cheval arrivant vers la maison.
Il s'arrête.*) Qui cela peut-il être? Anna Petrovna!

SCÈNE V

ANNA PETROVNA, PLATONOV

ANNA PETROVNA, *entrant en costume de cheval
et portant une cravache.*

Je pensais que vous n'étiez pas couché.

PLATONOV

Mais...

ANNA PETROVNA

Dieu a créé l'hiver pour dormir, n'est-ce pas ? *(Silence.)*
Qu'est-ce qui ne va pas ?... Tendez votre main. *(Il le fait.)*
Vous êtes ivre ?

PLATONOV

Le diable seul le sait. Mais vous-même... souffrez-vous
d'insomnie ? Venez prendre l'air, chère et estimée som-
nambule.

ANNA PETROVNA, *s'asseyant près de lui.*

Oui et non, mon très cher Michael Vassilievitch. *(Elle
rit.)* Vous me regardez avec des yeux où l'ignorance le
dispute à la crainte.

PLATONOV

Je n'ai pas peur. En tout cas, pas pour moi. *(Un
temps.)* Avez-vous choisi l'incohérence ?

ANNA PETROVNA

Mettez cela sur le compte de la vieillesse qui commence.

PLATONOV

On peut pardonner ces caprices chez une femme qui
vieillit, mais regardez-vous, vous êtes jeune... *(Elle va
parler.)* Chut ! Vous êtes comme l'été en juin ! Vous avez
toute la vie devant vous !

ANNA PETROVNA

Mais je ne veux pas avoir ma vie devant moi. Je la
veux dès maintenant. Oui ! Cette nuit, je me sens diabo-
liquement jeune. Impitoyablement jeune !

Silence.

PLATONOV

Que voulez-vous de moi? Je ne veux rien. Partez!
(Un temps.) Laissez-moi tranquille, je vous en implore.
(Un temps.) ... Cessez de me dévisager de cette façon.
(Silence.) Pourquoi me traquez-vous comme vous le
faites?

ANNA PETROVNA, *éclatant de rire.*

Oui, je vous traque, oui! Et à cheval encore! Eh bien,
il y a un moment pour l'hallali.

PLATONOV

Pourquoi moi, parmi tous les hommes? Je ne suis pas
capable de vous résister. Je suis la faiblesse elle-même.
Comprenez-moi.

ANNA PETROVNA, *s'approchant tout près de lui.*

Orgueil d'abord puis humiliation de soi-même! —
Pourquoi vous défendez-vous, Platonov? A quoi bon,
Michel, à quoi bon! — Il faut bien que cela finisse.

PLATONOV

Comment finir quelque chose que je n'ai même pas
commencé?

ANNA PETROVNA

Oh! vous et votre pesante philosophie! Vous passez
votre temps à vous mentir à vous-même. — Et par une
nuit comme celle-ci. Michel, si vous devez mentir, choi-
sissez l'automne. Quand les pluies sont venues et que
tout est noir et bourbeux. Mais pas maintenant! Regardez, fou que vous êtes, regardez les étoiles! Voyez, elles
vacillent devant vos mensonges! *(Elle l'embrasse.)* Il n'y a
pas d'être au monde que je pourrai jamais aimer comme
je t'aime. Il n'y a pas de femme au monde qui pourra
jamais t'aimer comme moi. Prenons l'amour et laissons
le reste.

Elle l'embrasse encore.

PLATONOV

Si je pouvais seulement te rendre heureuse. *(Il l'embrasse.)* Mon Dieu, comme tu es belle. Comme tu es belle. Mais je ne t'apporterai pas le bonheur. Je n'attire que la misère. Je te rendrai affreusement malheureuse. Comme j'ai rendu malheureuses toutes les femmes qui se sont jetées à ma tête.

ANNA PETROVNA

Vous vous prenez trop au sérieux. Croyez-vous être aussi terrible que vous vous l'imaginez, Don Juan? *(Riant :)* Comme vous êtes beau au clair de lune! Très séduisant.

PLATONOV, *sèchement.*

Je ne me connais que trop. *(Silence.)* Ce genre de choses ne se termine heureusement que dans les romances.

ANNA PETROVNA, *en parlant, le prend par le bras.*

Asseyons-nous là. *(Ils s'installent sur un tronc d'arbre mort. Un temps.)* Qu'avez-vous d'autre à me dire, monsieur le philosophe?

PLATONOV

Si j'étais honnête, je m'enfuirais. Maudite lâcheté!

ANNA PETROVNA

Fou que tu es, Micha : prends, saisis, étreins! *(Elle rit et sans absolument aucune hystérie. Puis, taquine :)* Comme tu es bête, Michel, comme tu es bête! Une femme vient à toi, elle t'aime, tu l'aimes, la nuit est belle, quoi de plus simple?

PLATONOV

Anna Petrovna, je vous aime. Je vous aime et je vous respecte...

ANNA PETROVNA, *le coupant.*

Ne recommencez pas...

PLATONOV

... Par conséquent, je ne tolérerai pas que vous pataugiez dans une intrigue mesquine.

ANNA PETROVNA, *s'approchant de lui.*

Tu m'aimes et tu me respectes. Moi je t'aime, je te l'ai dit, et tu le sais bien toi-même. Que faut-il de plus ? *(Geste de Platonov.)* Mais c'est la paix que je veux. *(Posant sa tête sur sa poitrine.)* La paix ! Comprends-moi ! Me reposer, oublier et rien d'autre. Tu ne sais, tu ne peux pas savoir combien ma vie est difficile et je veux vivre.

PLATONOV, *il la prend dans ses bras.*

Écoutez-moi... Pour la dernière fois, je parle en honnête homme : pars.

ANNA PETROVNA, *riant.*

Je ne vous quitterai pas. Vous aurez beau crier, tempêter et philosopher jusqu'à en perdre le souffle... je ne partirai pas.

PLATONOV

Sur mon honneur...

ANNA PETROVNA

Envoyez votre honneur au diable. *(Elle lui entoure le cou d'un mouchoir comme d'un licol.)* Allez, venez maintenant... venez.

PLATONOV, *riant et cédant.*

Folle que vous êtes... vous ne savez pas ce que vous faites...

ANNA PETROVNA, *riant.*

Allons... *(Elle le prend par le bras.)* Venez! Dépêchez-
vous. *(On entend Triletzki chanter à proximité.)* Attendez!
Quelqu'un vient. Cachons-nous derrière cet arbre.

SCÈNE VI

NICOLAS TRILETZKI, SACHA

Nicolas Triletzki entre, ivre.

NICOLAS TRILETZKI, *appelant à la fenêtre.*

Sacha, petite sœur, Sacha. Je voudrais entrer.

SACHA, *de l'intérieur.*

Qui est là?

NICOLAS TRILETZKI

C'est moi, ton frère.

Sacha apparaît à la fenêtre.

SACHA

Il est tard. Tu devrais être au lit.

NICOLAS TRILETZKI

Je sais. *(Un temps.)* C'est pour cela que je suis ici.

SACHA

Pourquoi n'es-tu pas chez toi?

NICOLAS TRILETZKI

Ne me pose pas tant de questions, ma chérie. Je suis
fatigué. Je n'arrive plus à trouver mon chemin. Laisse-
moi dormir ici cette nuit.

SACHA

Je vais ouvrir la porte.

NICOLAS TRILETZKI

Sacha! Il ne faut pas que Mikhail sache que je suis là. Il recommencerait ses éternels reproches. Je vais dormir dans la classe.

Il commence à grimper par la fenêtre.

SACHA

Ne fais pas tant de bruit. Dépêche-toi!

NICOLAS TRILETZKI

Cela me rappelle que, près du pont, tu sais? j'ai voulu me moucher. Alors, j'ai sorti mon mouchoir et j'ai perdu quarante roubles! Sois gentille d'aller les chercher demain matin. Tu regarderas bien autour. Tu pourras les garder, si tu les trouves.

SACHA

Quel pitre tu fais, Kolya. — Mon Dieu, j'allais oublier : la femme de l'épicier est venue te chercher. Son mari est malade. Une crise d'étouffement. Il faut y aller tout de suite.

NICOLAS TRILETZKI

Dieu le protège! — Qu'y puis-je! Je suis affreusement malade moi-même, Sacha. Douleurs dans le crâne et à l'estomac! Laisse-moi entrer!

Il entre.

SACHA, *sans méchanceté mais vive.*

Oh! fais attention! Tu m'as donné un coup de pied avec tes bottes!

> *Elle ferme la fenêtre. Tandis que Sacha et Nicolas Triletzki disparaissent, Anna Petrovna et Platonov rejoignent le centre de la scène.*

SCÈNE VII

PLATONOV, ANNA PETROVNA

PLATONOV

Le diable nous envoie encore quelqu'un!

ANNA PETROVNA

Ne bougez pas!

PLATONOV

Lâchez-moi, je ferai ce que je veux.

ANNA PETROVNA

C'est Petrin et Bougrov.

SCÈNE VIII

LES MÊMES, PETRIN, BOUGROV

Entrent Petrin et Bougrov, zigzaguant, ayant perdu leurs redingotes. Le premier porte un chapeau haut de forme noir, l'autre un gris.

PETRIN

Hourra! Hourra! — Où est le chemin? Où sommes-nous? *(Il rit.)* Ici, mon cher Paul, est le sanctuaire de l'Éducation nationale. Ici, on apprend aux enfants à oublier Dieu et à tricher. C'est ici qu'habite Plati-Platonov, homme civilisé. Où est-il ce Plati en ce moment? Sans doute chante-t-il un duo avec la veuve.

Il chante :

« Glacolette, t'es un fou
« Elle te repousse et t'as une attaque. »

BOUGROV, *pleurnichant*.

Je veux rentrer, Gerasya. J'ai terriblement sommeil.

PETRIN

Où sont nos redingotes, Paul ? — Nous allons passer
la nuit chez le chef de gare et nous n'avons pas nos vestes.
— Les filles nous les ont prises. Paul, tu as bu beaucoup
de champagne, n'est-ce pas ? Eh bien, tout ce que tu as
bu était à moi. Ce que tu as mangé, aussi. La robe de la
veuve est à moi. Les chaussettes de son Serguey. Tout
est à moi. Ils me doivent tout. Et qu'ai-je reçu en retour ?
Ils froncent le nez devant moi. C'est tout.

PLATONOV

Je ne les supporterai pas plus longtemps.

ANNA PETROVNA, *le retenant*.

Ils vont s'en aller.

PETRIN

Le juif, lui, inspire plus de respect. Vengerovitch a
droit aux sourires et aux bons morceaux. Et pourquoi ?
Parce que le juif prête encore plus d'argent ! Mais je
vais exécuter mon hypothèque. Pas plus tard que demain !
Je ne supporterai pas d'être frustré. Je la ruinerai. Je
la piétinerai...

SCÈNE IX

PLATONOV, PETRIN, BOUGROV

PLATONOV, *surgissant*.

Fichez-moi le camp, espèce de porc !

PETRIN

Quoi?

PLATONOV

Vous avez entendu? Filez!

PETRIN, *obséquieux.*

Pourquoi vous mettre en colère? Ça ne sert à rien.
Où est le chemin? Adieu, monsieur Platonov. Avez-vous
entendu ce que j'ai dit de la veuve?

PLATONOV

Oui.

PETRIN

Alors, ne lui dites rien. Je plaisantais. — N'est-ce pas,
Paul?

PLATONOV

Bon; mais filez. Et comprenez-moi bien, Gerasim
Kouszmitch : si jamais je vous revois chez les Voinitzev,
si jamais je vous entends reparler de ces seize mille
roubles, je vous jette par la fenêtre.

PETRIN

Je comprends, jeune homme. Emmène-moi, Paul. Tu
es mon seul ami.

SCÈNE X

ANNA PETROVNA, PLATONOV

ANNA PETROVNA, *paraissant.*

Sont-ils partis?

PLATONOV

Oui.

ANNA PETROVNA

Alors, partons aussi!

PLATONOV

Je ferai ce que vous me dites, mais Dieu sait à quel point je m'en veux... Le diable m'a toujours mené. Il me pousse maintenant. Il me crie « Va! Va! »

ANNA PETROVNA, *le frappant de sa cravache.*

Insolent! Et maintenant, restez ou venez... Je m'en moque.

Elle s'éloigne.

PLATONOV, *la prenant dans ses bras.*

Attendez. Je n'ai pas voulu vous insulter...

ANNA PETROVNA, *se dégageant.*

Vraiment!

SCÈNE XI

LES MÊMES, SACHA

SACHA, *apparaissant à la fenêtre.*

Michel! Michel! Où es-tu?

PLATONOV

Le diable l'emporte!

SACHA

Ah! tu es là... Y a-t-il quelqu'un avec toi?

ANNA PETROVNA

Bonsoir, Sacha Ivanovna.

SACHA

Tiens, c'est vous, Anna Petrovna? En costume de cheval? Comme ce doit être agréable de faire du cheval par une aussi belle nuit.

ANNA PETROVNA

Je ne fais que m'arrêter un instant.

SACHA

Comme vous voudrez. — Michel, tu viens? Nicolas est malade... Il a trop bu. Viens, je te prie. Et vous aussi, Anna Petrovna, entrez. Je remplis le samovar et je fais du thé.

ANNA PETROVNA

Non merci. Il faut que je rentre. *(A Platonov :)* Je vous attends.

SACHA

Viens, Mischa.

Elle disparaît de la fenêtre.

SCÈNE XII

PLATONOV, ANNA PETROVNA

PLATONOV

Je l'avais oubliée. Je la mets au lit et je reviens.

ANNA PETROVNA

Ne tardez pas trop.

Il entre dans l'école.

ANNA PETROVNA, *seule.*

Après tout, ce n'est pas la première fois qu'il trompe
cette pauvre fille.

SCÈNE XIII

ANNA PETROVNA, VENGEROVITCH, OSSIP

Ossip, qui était caché, apparaît soutenant Vengerovitch,
soûl.

VENGEROVITCH

Anna!...

ANNA PETROVNA, *effrayée.*

Qui est là? — Qui êtes-vous?

VENGEROVITCH, *s'agenouillant violemment devant elle*
et saisissant sa main.

... Anna Petrovna... Anna!

> *Baisers sur la main, petit délire.*

ANNA PETROVNA

Comment, c'est vous, Abram Abramovitch. *(Essayant*
de se libérer :) Mais vous êtes fou!

VENGEROVITCH, *c'est la première fois qu'il l'appelle*
par son prénom.

Ma chère Anna.

> *Il lui couvre la main de baisers.*

ANNA PETROVNA, *qui va parvenir à se libérer.*

Voyons! Cela suffit! Allez-vous-en!

VENGEROVITCH, *en s'éloignant, complètement confus,*
tout à coup.

Comme tout cela est stupide.

SCÈNE XIV

ANNA PETROVNA, OSSIP

ANNA PETROVNA

Alors, Ossip, tu me surveilles?

OSSIP

Oh! Votre Excellence... Vous êtes tombée bien bas.

ANNA PETROVNA, *le prenant par le menton.*

Alors, tu as écouté?

Un temps.

OSSIP

Tout.

Un temps.

ANNA PETROVNA

Comme tu es pâle... Tu m'aimes, n'est-ce pas?

OSSIP

Ne me torturez pas! *(Il tombe à genoux.)* Je vous ai
toujours vénérée. Si vous m'aviez ordonné de me jeter
dans le feu, je l'aurais fait.

ANNA PETROVNA

Alors, pourquoi n'as-tu pas marché jusqu'à Kiev?

OSSIP

Je n'avais pas besoin d'aller jusqu'à Kiev! Vous étiez
ma sainte.

ANNA PETROVNA

Assez! Viens demain : je te donnerai de quoi prendre
le train jusqu'à Kiev. Bonsoir. Et ne touche pas à
Platonov, tu entends?

OSSIP

Je ne vous oublierai plus, à présent.

ANNA PETROVNA

Pourquoi?

OSSIP

Parce que vous n'avez pas su conserver votre rang.

ANNA PETROVNA

Vraiment! Alors tu vas m'expédier dans un couvent,
n'est-ce pas? Mais voilà qu'il pleure, à présent... Allons,
allons! — Écoute, Ossip... quand il sortira de chez lui,
tu tireras un coup de fusil.

OSSIP

Sur lui?

ANNA PETROVNA

Mais non! En l'air!

OSSIP

Bon... Je tirerai...

ANNA PETROVNA

Tu es un bon garçon...

OSSIP

Mais il ne viendra pas. Il dort avec sa femme.

ANNA PETROVNA

Ne t'inquiète pas... Assassin!

Elle sort

SCÈNE XV

PLATONOV, NICOLAS TRILETZKI, OSSIP

Ossip reste en scène et s'assied, en attente, lorsque dans un grand mouvement sort Platonov poussant Triletzki.

PLATONOV

Allez-vous-en... Sortez d'ici...

TRILETZKI, *mal réveillé.*

Mais pourquoi! Dites-moi au moins pourquoi?

PLATONOV

Vous le savez très bien. L'épicier est malade. Il a besoin de vous. Allez le voir tout de suite.

TRILETZKI, *bâillant et s'étirant.*

Vous ne pouviez pas attendre demain matin pour me réveiller?

PLATONOV

Vous êtes un coquin, Triletzki, vous entendez? Un coquin, une canaille!

TRILETZKI

Le Bon Dieu m'a fait comme cela. Il sait sûrement ce qu'il fait.

PLATONOV

Supposez que l'épicier meure.

TRILETZKI

Eh bien, s'il meurt, il ira au paradis. Et s'il ne meurt pas vous aurez gâché mon sommeil pour rien. *(Bâillant :)* Je ne veux pas y aller! Je veux dormir.

PLATONOV

Vous êtes une bête. Vous devriez avoir honte. — A quoi servez-vous?

Il le secoue.

TRILETZKI

Je vous en prie. Je vous en prie, ne vous mettez pas en colère! J'ajoute que vous n'avez absolument aucun droit, sur le plan moral, de vous interposer entre un médecin et ses patients... *(Platonov a un geste de menace.)* Merci! Merci! Si vous commencez à me faire la morale, je pars. Vous me donnerez votre avis un autre jour.

PLATONOV, *le frappant du pied.*

Filez.

TRILETZKI

J'y vais. *(Fausse sortie.)* Mais je ne comprends pas pourquoi vous vous intéressez tant à un épicier! Ne savez-vous pas que c'est un ivrogne? Enfin, c'est votre affaire! *(Il s'éloigne et s'arrête encore.)* Juste un mot encore et je m'en vais. Prenez l'avis d'un médecin digne d'estime. Appliquez vous-même vos beaux principes. Je me comprends... *(Il revient.)* Si j'étais loyal envers moi-même, je vous tirerais une balle dans la tête au lieu de vous écouter. Vous m'avez compris?

PLATONOV, *stupéfait, inquiet.*

Non.

TRILETZKI

Non. — Il y a une certaine petite fille... Je pourrais parler plus nettement. Mais je suis un piètre duelliste. C'est votre chance. Bonsoir.

Il sort. Platonov demeure immobile puis crie après lui.

SCÈNE XVI

PLATONOV, *seul.*

Je ne suis pas seul à être de la sorte. Tout le monde!
Tout le monde l'est... Irai-je ou n'irai-je pas? Y aller ou
ne pas y aller? *(Il soupire.)* Si j'y vais, va commencer
une longue chanson que je connais bien mais qui n'est
pas belle. Des hommes s'attaquent à des questions à
l'échelle du monde. Moi c'est à une femme. Toute ma vie,
une femme. César a eu son Rubicon, moi j'ai une femme.
Un coureur de jupons, voilà ce que je suis. Tout cela ne
serait pas si pitoyable, si je n'essayais de l'éviter. Mais
je lutte. Et je suis faible. Si faible.

SCÈNE XVII

SACHA, PLATONOV

SACHA, *à la fenêtre.*

Michel, es-tu là?

PLATONOV

Oui, je suis là, mon ange.

SACHA, *bâillant.*

Allons, viens.

PLATONOV

J'ai besoin d'air. Dors, petite fille.

SACHA

Bonne nuit.

Elle ferme la fenêtre.

SCÈNE XVIII

KATIA, YAKOV, PLATONOV

KATIA, *à Yakov.*

Attends là un instant. *(Elle va vers la maison.)* Oh!
C'est vous, monsieur. Comme vous m'avez fait peur!
Ma maîtresse vous envoie cette lettre.

PLATONOV

De qui parlez-vous?

KATIA

Sofia Egorovna. Je suis sa femme de chambre.

PLATONOV, *avec une totale mauvaise foi.*

Sofia? Vous plaisantez? Pourquoi m'écrirait-elle?
                                    Il lui arrache le papier.

KATIA

Elle vous demande de venir aussitôt que possible.

PLATONOV

Quoi? C'est une plaisanterie! *(Lisant.)* « Je suis enfin
résolue. Je vais tout sacrifier comme vous me l'avez
ordonné. Nous partirons ensemble. Je vous appartiens. »
Au diable! *(Brusquement à Katia :)* Qu'est-ce que vous
regardez?

KATIA

J'ai des yeux. Je m'en sers.

PLATONOV

Eh bien! Regardez ailleurs! Cette lettre est pour moi?

KATIA

Oui.

PLATONOV

Vous mentez! Allez-vous-en! *(Elle sort. Platonov lisant :)* « Je suis enfin résolue. Je vais tout sacrifier comme vous me l'avez ordonné. Nous partirons ensemble. Je vous appartiens. »

SCÈNE XIX

PLATONOV, *seul.*

Sofia? Une vie nouvelle, des visages nouveaux, un décor nouveau... J'y vais. *(Il part, revient et presse les mains sur sa tête.)* Non, je n'irai pas, je n'irai pas. *(Il se met en marche.)* Allons, brisons tout, piétinons tout. J'y vais.

Il sort.

SCÈNE XX

OSSIP, *seul.*

Ossip réapparaît et va frapper aussitôt à la fenêtre et aux portes.

Sacha Ivanovna!

SCÈNE XXI

SACHA, OSSIP

Sacha apparaît en vêtement de nuit à la porte avec une bougie.

SACHA

Qui est là?

OSSIP

Vite! Appelez Michael Vassilievitch!

SACHA

Mais il n'est pas là. Qu'y a-t-il, pour l'amour du ciel?

OSSIP

Il s'est enfui avec la veuve. Elle était là il y a un instant. J'ai tout entendu. Dieu les maudisse! Il s'est enfui avec la veuve du général.

SACHA, *calmement.*

Tu mens!

OSSIP

Non, je les ai vus. Ils s'embrassaient. Courez après lui, Sacha Ivanovna.

SACHA

Tu mens!

OSSIP

Il s'est enfui! Vous comprenez? Il a quitté sa femme! Et vous êtes seule! *(Il prend son fusil à la main.)* Anna Petrovna m'a donné un ordre. Je lui obéis. Pour la dernière fois. *(Il tire.)* Si je le trouve, je vous venge, Sacha Ivanovna! Oui, je vais lui arracher le cœur. *(Sacha,*

livide, s'affaisse tout d'un coup.) Ah! pauvre petite âme.
Ne vous inquiétez pas. Je le trouverai. Je vous vengerai.
Je lui arracherai le cœur. Avec mes mains. Oui, le cœur.
Ne vous inquiétez pas, Sacha Ivanovna.

ACTE III

*Une pièce dans l'École. A droite et à gauche des portes.
Un placard, un meuble à tiroirs, des chaises, un divan, etc.
Complet désordre.*

SCÈNE PREMIÈRE

PLATONOV, OSSIP

*Platonov est couché sur le divan, le visage caché par un
vieux chapeau de paille. Débraillé. Il dort.*

*Dès le lever du rideau, on voit, par une fenêtre ouverte,
se faufiler Ossip. Il entre. Il vient vers le divan. Il soulève
le chapeau sur la tête de Platonov. Il est sur le point de le
réveiller lorsqu'il est interrompu par Sofia qui arrive et frappe
à la porte d'entrée.*

SCÈNE II

SOFIA, PLATONOV

Ossip se glisse dans une chambre voisine et Sofia, après avoir frappé deux fois, se précipite dans la chambre, très agitée.

SOFIA

Platonov! Mikhaïl Vassilievitch! Mischa, réveille-toi! *(Elle enlève le chapeau de Platonov.)* Comment peux-tu mettre un chapeau aussi sale sur ta figure! Michel, je te parle.

PLATONOV, *à moitié endormi.*

Ah!

SOFIA

Réveille-toi, je t'en prie!

PLATONOV

Plus tard...

SOFIA

Tu as assez dormi. Lève-toi.

PLATONOV

Qui est là? *(Se dressant sur son séant.)* Ah! c'est toi.

SOFIA

Regarde l'heure!

PLATONOV

Très bien!

Il se recouche.

SOFIA

Platonov.

PLATONOV

Que veux-tu ?

Il se relève.

SOFIA

Regarde l'heure !

PLATONOV

Et alors ? — Tu cries toujours !

SOFIA, *au bord des larmes.*

Oui, je crie. Regarde l'heure.

PLATONOV

Sept heures et demie exactement.

SOFIA

Oui, sept heures et demie. As-tu oublié ta promesse ?

PLATONOV

Épargne-moi tes devinettes aujourd'hui. Quelle promesse ?

SOFIA

Tu devais me retrouver à la villa à six heures.

PLATONOV, *la tête dans les mains.*

Eh bien ?

SOFIA, *s'asseyant à son côté.*

N'as-tu pas honte ? Tu avais donné ta parole d'honneur.

PLATONOV

Si je ne m'étais pas endormi, j'aurais tenu parole.

SOFIA

Tu n'as aucune conscience. — Pourquoi me regardes-

tu ainsi ? Je suis venue vers toi et toi, sac à vin, tu me
réponds grossièrement.

PLATONOV, *répétant.*

« Elle est venue ! »

Il se lève et marche de long en large.

SOFIA

Es-tu ivre ?

PLATONOV

Qu'est-ce que ça peut te faire ?

SOFIA

C'est charmant !

Elle pleure.

PLATONOV

Oh ! les femmes !

SOFIA

Ne me parle pas des femmes ! Tu m'en parles mille fois
par jour ! Je ne suis pas n'importe qui et je ne permettrai
pas... Oh ! mon Dieu.

PLATONOV

Assez ! — Penses-y toi aussi : je t'ai privée de ta famille,
de ton bien-être, de ton avenir et pourquoi ? — Je t'ai
volée comme si j'étais ton pire ennemi. Le nœud illégal
qui nous lie est notre malheur, notre ruine.

SOFIA

C'est une chose sacrée ! Une...

PLATONOV, *la coupant.*

Ce n'est pas le moment de jouer sur les mots. J'ai
détruit ta vie, voilà tout. Et ce n'est pas la seule : attends

un peu et tu entendras l'air que chantera ton mari quand il saura tout. Il te tuera.

SOFIA

Il sait tout.

PLATONOV

Oui?

SOFIA

Je lui ai tout dit cet après-midi.

PLATONOV

Tu plaisantes!

SOFIA

Tu es pâle. Tremble, oui, tremble. Il sait. Je le jure sur mon honneur. Tremble!

PLATONOV

Impossible! C'est impossible.

SOFIA

Tout.

PLATONOV

Et tu ne trembles pas, toi? — Que lui as-tu raconté?

SOFIA

Je lui ai dit que j'avais déjà...! que je ne pouvais plus.

PLATONOV

Qu'a-t-il fait?

SOFIA

Il m'a regardée comme toi. Terrifié.

PLATONOV

Qu'a-t-il dit?

SOFIA

Il a cru d'abord que je plaisantais. Puis il a pâli, tremblé, commencé à pleurer, rampé sur ses genoux devant moi! Sa figure était aussi répugnante que l'est la tienne en ce moment.

PLATONOV

Damnée folle, tu l'as tué! Comment pouvez-vous, comment osez-vous parler si froidement. Avez-vous dit mon nom?

SOFIA

Oui. — Que faire d'autre?

PLATONOV

Qu'a-t-il dit?

SOFIA

Désirais-tu que toute notre vie je garde la chose secrète? Il fallait que je m'explique. Je suis une femme honnête, moi!

PLATONOV

Sais-tu ce que tu as fait? Tu as perdu ton mari pour toujours.

SOFIA

Pouvait-il en être autrement? Platonov, vous êtes une canaille de me parler ainsi.

PLATONOV

Pour toujours! — Et que deviendras-tu le jour où nous nous séparerons? Et c'est toi qui t'en iras la première! *(Un temps.)* Quoi qu'il en soit, fais ce que tu voudras. Je m'en remets à toi de ce qu'il faut dire et faire.

SOFIA

Nous partirons demain. J'ai déjà écrit à ma mère. Nous irons chez elle!

PLATONOV

Où tu voudras.

SOFIA

Michel! Demain, nous allons commencer une vie nouvelle. Crois-moi chéri, tu vas renaître. Je ferai de toi un travailleur. Nous vivrons du pain que nous aurons gagné à la sueur de nos fronts. *(Elle pose sa tête sur sa poitrine.)* Je travaillerai moi-même, Mischa.

PLATONOV

Où ça?

SOFIA

Tu verras! Je te montrerai ce que peut une femme qui sait ce qu'elle veut; crois-moi, Mikhaïl, j'éclairerai ton chemin. Toute ma vie ne sera que l'expression de ma gratitude. Viens à la villa à dix heures, apporte tes affaires. Réponds.

PLATONOV

Je viendrai.

SOFIA

Donne-moi ta parole d'honneur.

PLATONOV

Je l'ai déjà donnée.

SOFIA

Ta parole d'honneur!

PLATONOV

Je te jure que je viendrai.

SOFIA

Je te crois, je te crois. Demain, un sang nouveau cou-
lera dans tes veines... *(Elle rit.)* Dis adieu au vieil
homme. Voici ma main. Presse-la fortement.

*Platonov lui embrasse la main. Sofia se jette à son
cou.*

PLATONOV

As-tu dit dix ou onze heures ?

SOFIA

Dix !

Elle sort enthousiaste.

SCÈNE III

PLATONOV, *seul*, *puis* MARKOV

PLATONOV, *seul*.

C'est une vieille chanson. Déjà entendue une centaine
de fois. Il faut que je *leur* écrive une lettre... Elles vont
pleurer un peu, naturellement, et puis elles oublieront.
(Il va à la fenêtre.) Adieu, village de Voïnitzevska ! Adieu
à tout. Adieu, Sacha. Adieu, Anna Petrovna... *(Il ouvre
l'armoire à vins.)* Demain je serai un homme neuf. *(Il va
à la table et se verse une large rasade.)* Adieu, École !...
(Il boit.) Adieu, enfants... Tsst, tsst, je viens encore de
boire. J'avais dit : non... La veuve va rire... A propos,
où est sa lettre ? *(Il la trouve près de l'appui de la fenêtre.
Il lit :)* « Platonov, vous n'avez pas répondu à mes
lettres, vous êtes un rustre. » Hm, hm !... « Si je ne reçois
pas une réponse immédiatement, je viendrai moi-même

et le Diable vous emporte. » *(Markov entre par la porte ouverte. Il tousse pour attirer l'attention.)* Une apparition!

Platonov se lève.

SCÈNE IV

MARKOV, PLATONOV

MARKOV

Pour Votre Honneur. *(Il tend un papier à Platonov.)* Une citation à comparaître.

PLATONOV

Et d'où vient-elle?

Il rit.

MARKOV

D'Ivan Andreivitch, juge de paix.

PLATONOV

M'invite-t-il à un baptême? Aussi prolifique qu'une sauterelle, ce vieux pécheur! *(Arrachant le papier des mains de Markov :)* « Michel Platonov, cité comme accusé... affront public à Maria Efimovna Grekova, fille du conseiller d'État, et dommage causé à sa réputation... »

MARKOV

Voulez-vous signer le reçu, s'il vous plaît.

PLATONOV, *s'asseyant devant la table et observant Markov.*

Savez-vous, mon ami, que vous avez une tête de canard mort?

MARKOV

Je suis fait à l'image de Dieu, Votre Honneur. Je suis un chrétien si vous voulez le savoir. J'ai servi Dieu et le tsar pendant plus de vingt-cinq ans. J'ai prêté serment sur les Saints Évangiles.

PLATONOV

Alors vous avez servi sous le tsar Nicolas?

MARKOV

C'est exact. J'étais sous-officier dans l'artillerie.

PLATONOV

Et les canons étaient bons?

MARKOV

Ceux du genre habituel. Des canons à âme lisse.

PLATONOV

Puis-je me servir de votre crayon?

MARKOV

Bien entendu. *(Désignant le papier :)* C'est là : « Reçu cette citation à la date du... » N'accepteriez-vous pas de m'offrir la valeur d'un verre, Votre Honneur? Un pourboire, Votre Honneur, c'est l'habitude, et j'ai parcouru un long chemin pour venir jusqu'ici.

PLATONOV

Un verre? Pas question! Je vais vous préparer un samovar.

Il fouille dans le placard pour trouver la boîte à thé.

MARKOV

Si cela ne vous fait rien, Votre Honneur, j'aurais plus vite fait d'emporter le thé avec moi.

PLATONOV

Dans le samovar?

MARKOV

Non, dans ma poche! *(Il ouvre une vaste poche latérale.)*
Voyez! il y a largement la place.

> *Il prend la boîte et commence à la vider dans sa poche.*

PLATONOV, *lui arrachant la boîte à thé presque vide.*

Vous êtes sûr d'en avoir assez?

MARKOV

Je vous remercie très humblement.

PLATONOV

Vieux soldat! Vieux chapardeur!

MARKOV

Dieu seul est sans péché. En vous souhaitant bonne
chance, monsieur.

PLATONOV

Attendez une minute... *(Il s'assied et écrit un mot.)*
Tu sais où demeure Maria Grekova?

MARKOV

Oui. A douze verstes environ. En passant la rivière.

PLATONOV

C'est exact. A Zhilkov. Porte-lui tout de suite cette
lettre et elle te donnera trois pièces d'argent. Donne-lui
la lettre toi-même et n'attends pas la réponse. Laisse de
côté toutes les autres citations jusqu'à demain.

MARKOV

Je comprends. Dieu vous protège, Votre Honneur

PLATONOV

Et toi de même! Adieu, mon ami.

Markov sort

SCÈNE V

PLATONOV, *seul.*

Eh bien, Grekova, nous sommes quittes. Pour la première fois de ma vie, une femme me punit. *(Il s'affaisse
sur le divan.)* Et Sacha! Pauvre petite fille... Quand elle
a su la vérité, elle a pris l'enfant et elle est partie.

SCÈNE VI

ANNA PETROVNA, PLATONOV

Anna Petrovna arrive et frappe à la porte d'entrée.

ANNA PETROVNA

Y a-t-il quelqu'un ici?

PLATONOV, *regardant par la fenêtre.*

Anna Petrovna!

ANNA PETROVNA, *appelant.*

Inutile de vous cacher. Si vous ne vous montrez pas,
je casse le carreau et j'entre.

PLATONOV

Comment puis-je l'empêcher... *(Il tente de se coiffer
devant un petit miroir.)* J'aurais, au moins, dû me coiffer.

ANNA PETROVNA

Très bien. J'entre. *(Elle entre.)* Bonsoir, Michel.

PLATONOV

Au diable ce placard. Il ne ferme pas.

ANNA PETROVNA

Êtes-vous sourd? J'ai dit bonsoir, Michel.

PLATONOV

Ah! c'est vous, Anna Petrovna? Je ne vous voyais pas.
Décidément cette porte ne restera pas fermée.
Il laisse tomber la clef et se penche pour la ramasser.

ANNA PETROVNA

Venez ici et laissez cette porte tranquille. Alors?

PLATONOV

Comment allez-vous?

ANNA PETROVNA

Pourquoi ne me regardez-vous pas?

PLATONOV

Parce que j'ai honte.

ANNA PETROVNA

Et pourquoi?

PLATONOV

A cause de tout.

ANNA PETROVNA

Ah! je vois. Vous avez séduit quelqu'un.

PLATONOV

Peut-être.

ANNA PETROVNA

C'est donc vrai! Laquelle?

PLATONOV

Je ne dirai rien.

ANNA PETROVNA

Fort bien. Asseyez-vous! *(Ils s'asseyent sur le divan.)*
Et maintenant, dites-moi, pourquoi ce mystère? Allons,
e connais vos petits péchés depuis des années.

PLATONOV

Je ne suis pas d'humeur aujourd'hui à subir une
nquête.

ANNA PETROVNA

Bon. *(Silence.)* Avez-vous reçu ma lettre?

PLATONOV

Oui.

ANNA PETROVNA

Et pourquoi n'êtes-vous pas venu cette nuit-là?

PLATONOV

Cela m'a été impossible.

ANNA PETROVNA

Pourquoi?

PLATONOV

Je ne pouvais pas, simplement. Au nom du Ciel, ne
me posez plus de questions.

Il se lève.

ANNA PETROVNA

Répondez, Mikhaïl Vassilievitch! Asseyez-vous! *(Il
s'assied.)* Pourquoi n'êtes-vous pas venu chez moi depuis
quinze jours?

PLATONOV

J'ai été malade.

ANNA PETROVNA

Vous mentez.

PLATONOV

Bon, je mens.

ANNA PETROVNA

Vous mentez. Vous puez le vin. Vous êtes écœurant et la pièce est une porcherie! Vous buvez?

PLATONOV

Oui.

ANNA PETROVNA

Alors, c'est la même histoire que l'année dernière! Je vous défends de boire.

PLATONOV

Entendu.

ANNA PETROVNA

Votre parole d'honneur. — Oh! à quoi bon! Où cachez-vous ce vin? *(Platonov désigne le placard.)* Vous n'avez pas honte, Mischa? Où est votre fameuse force de caractère? *(Ouvrant le placard :)* Et regardez-moi cette saleté! Vous souhaitez que votre femme revienne, naturellement.

PLATONOV

Je ne veux qu'une chose : que l'on ne me pose plus de questions. Et ne me regardez pas dans les yeux. Cela surtout.

ANNA PETROVNA

Laquelle est votre bouteille de vin?

PLATONOV

Toutes.

ANNA PETROVNA

De quoi enivrer la Grande Armée. Il est temps que
votre femme revienne. Je vous la renverrai ce soir. Ne
me croyez pas jalouse. J'admets parfaitement de vous
partager. *(Reniflant une bouteille débouchée :)* Il est bon.
Nous allons boire un verre avant de jeter le reste.
(Platonov va chercher deux verres sur la table.) Vous êtes
un pauvre individu, mais vous avez bon goût : ce vin me
semble parfait. Droit! *(Elle boit.)* Encore un, et puis je
jetterai le reste.

PLATONOV

Comme vous voudrez.

ANNA PETROVNA, *versant.*

Alors vite : « Au bonheur! »

PLATONOV

« Au bonheur! » Dieu veuille vous l'accorder.

Silence. Ils boivent.

ANNA PETROVNA

J'espère vous avoir un peu manqué. Asseyons-nous.
(Ils s'asseyent.) Vous ai-je manqué?

PLATONOV

A chaque instant.

ANNA PETROVNA

Alors pourquoi vous obstinez-vous à me fuir?

PLATONOV

Je vous en prie, cessez de me questionner. Ce n'est pas
parce que j'ai honte que je ne répondrai pas, c'est uniquement parce que je cours à ma ruine! A la ruine com-
plète! Ma conscience me gêne. Une agonie.

ANNA PETROVNA

Jouez-vous le rôle d'un héros de roman ? — Spleen ?
Ennui ? Conflits de passions ? Amours verbeux ? — Bon
sang, vivez ! Vous prenez-vous pour un archange qui ne
saurait vivre au milieu des mortels ?

PLATONOV

Raillez si vous voulez ! Mais dites-moi ce que vous
voulez que je fasse.

ANNA PETROVNA

Être un homme ! Avant tout ! C'est-à-dire : ne pas se
cacher pour boire. Se laver de temps en temps ! Et me
rendre visite ! Ensuite : être satisfait de son sort. *(Elle
se lève.)* Allons, venez chez moi.

PLATONOV, *il se lève, puis.*

Non ! Non !

ANNA PETROVNA

Allons, debout ! Vous parlerez, vous bavarderez, vous
mangerez.

PLATONOV

Non ! Non !

ANNA PETROVNA

Votre chapeau ! Et venez ! Une deux, une deux, en
avant, Platonov ! — Mischa, mon chéri.

PLATONOV, *s'arrachant de son étreinte.*

Je ne viendrai pas, Anna Petrovna.

ANNA PETROVNA

Eh bien, partez en vacances. Moscou ou Saint-Pétersbourg. Vous verrez d'autres visages, vous irez au théâtre.
Je vous prêterai de l'argent et vous aurez des lettres

d'introduction. Je viendrais bien, si vous vouliez... Ce serait tellement amusant. Vous reviendriez ici rénové, neuf et brillant. Voilà.

PLATONOV

C'est la dernière fois que nous nous voyons, je vous assure. Oubliez le fou, l'entêté, le pitoyable, l'insolent Platonov. La Terre va l'avaler. Nous nous retrouverons peut-être. Alors nous rirons de tout cela. Mais aujourd'hui « que tout cela aille au diable »!

ANNA PETROVNA, *versant à boire.*

Allons, encore un verre!

PLATONOV, *il boit.*

Je me souviendrai de vous, ma fée. Riez, vous qui êtes clairvoyante. Demain, je fuirai. Je me fuirai. Un autre homme! Une autre vie.

ANNA PETROVNA

Allons, dites-moi donc ce qui vous est arrivé.

PLATONOV

Quand vous l'apprendrez, ne me maudissez pas. Vous dire adieu est une peine suffisante. Vous souriez? Non, croyez-moi : je dis la vérité.

ANNA PETROVNA, *après un silence.*

Vous ne voulez pas d'argent?

PLATONOV

Non. — Je ne sais pas. — Votre portrait, peut-être. — Quittez-moi, Anna Petrovna! Ou Dieu sait ce qui va se passer! Je vais me mettre à pleurer! Pourquoi me regardez-vous comme cela?

ANNA PETROVNA

Eh bien, adieu! *(Elle lui donne sa main à baiser.)* Nous nous reverrons, peut-être.

PLATONOV

Jamais! *(Il lui baise la main.)* Il ne faut pas! Partez maintenant!

Il couvre sa figure avec la main d'Anna Petrovna.

ANNA PETROVNA

Pauvre petit garçon. — Allons, laissez ma main! Un dernier verre avant de partir. *(Elle verse le vin.)* Heureux voyage! Et toutes les joies! *(Ils boivent.)* Quel crime avez-vous bien pu commettre? Dans un aussi petit village, il est peu vraisemblable que vous ayez pu aller très loin dans la vilenie. Un autre verre... « Au chagrin! »...

PLATONOV

Oui.

ANNA PETROVNA, *versant.*

Buvez, mon âme. *(Ils boivent.)* Ah! Que le diable t'emporte! Je n'aime pas les demi-mesures! *(Versant encore du vin :)* Quand on boit, on meurt, dit-on. Mais si l'on ne boit pas, on meurt aussi. Alors il est sûrement plus agréable de boire et de mourir. *(Elle boit.)* Je vais te confier quelque chose, Platonov. Je bois depuis longtemps et personne ne le sait. C'est vrai! J'ai commencé du vivant du général. Et je continue. Est-ce que j'en ouvre une autre? Non. Nous perdrions l'usage de la parole. Tu sais, il n'y a rien de pire au monde qu'une femme libre. Et pourquoi? Parce qu'elle n'a rien à faire. Quelle est mon utilité? Pour qui ai-je vécu? Et attends, j'ai autre chose à te dire... Je suis une femme immorale, Platonov! *(Elle éclate de rire.)* Et c'est probablement pour cela que je t'aime. *(Elle se frotte le front.)* Oui, il faut que je meure. Tous les gens comme moi doivent disparaître. Si seulement j'étais professeur. Ou directeur. Ou quelque chose d'autre! Diplomate! Intervenir dans les affaires du monde! *(Elle boit.)* C'est terrible d'être une femme libre. Les chevaux, le bétail, les chiens ont un rôle sur cette terre. Moi, je n'en ai pas. Je suis superflue. — Qu'est-ce que vous dites?

PLATONOV

Rien. — Nous n'avons rien à nous envier.

ANNA PETROVNA

Si seulement j'avais des enfants! — Aimez-vous les enfants? Cela occupe. *(Se levant :)* Restez à Voinitzevka, mon cœur. Si tu pars, que vais-je devenir? J'aimerais tant me reposer. Il faut que je me repose. J'ai besoin de repos, Mischa. Je voudrais être encore une femme. Une mère. Parle. Mais parle. Tu vas rester, n'est-ce pas? Parce que tu m'aimes. C'est vrai que tu m'aimes?

PLATONOV

Qui pourrait ne pas vous aimer?

ANNA PETROVNA

Alors pourquoi n'es-tu pas venu l'autre nuit? Michel, dis-moi que tu restes.

PLATONOV

Pour l'amour du Ciel, partez. Ou je vais tout vous dire. Et si j'avoue, il faudra que je me tue. D'ailleurs, quand vous aurez découvert la vérité, vous ne voudrez plus me voir. *(Il l'attrape et il l'embrasse.)* Allez, pour la dernière fois, allez et soyez heureuse.

ANNA PETROVNA

Très bien. Voilà ma main. Je vous souhaite les plus grands bonheurs. *(Platonov prend sa main.)* Adieu!

Elle sort.

SCÈNE VII

PLATONOV, *seul*.

Bondissant à la fenêtre.

Partie! — Une femme délicieuse! Mais aussi une sorcière!

SCÈNE VIII

OSSIP, PLATONOV

OSSIP

Comment allez-vous, Mikhaïl Vassilievitch?

PLATONOV

Hm, à quoi dois-je l'honneur?... Dites ce que vous avez à dire et filez immédiatement.

OSSIP

Merci, monsieur. Mais d'abord je vais m'asseoir.

PLATONOV

Je vous en prie *(Silence.)* Êtes-vous malade? Sur votre visage sont inscrites les dix plaies d'Égypte. *(Un temps.)* ... Pourquoi êtes-vous venu?

OSSIP

Pour vous dire adieu.

PLATONOV

Vous quittez le pays?

OSSIP

Pas moi, vous.

PLATONOV

Oui, c'est vrai, je pars. — Ossip, vous êtes le diable.

OSSIP

Voilà, vous voyez, je sais. Je sais même où vous allez.

PLATONOV

Alors, peut-être pourriez-vous me le dire?

OSSIP

Vous voulez vraiment le savoir?

PLATONOV

Naturellement. Comme c'est intéressant! Où vais-je?

OSSIP

Dans l'autre monde.

PLATONOV

Un long voyage. *(Silence.)* J'imagine que vous souhaitez m'envoyer là-bas vous-même...

OSSIP

Bien sûr. J'ai amené la charrette.

PLATONOV, *un temps.*

Et vous attendez pour me tuer.

OSSIP

Oui.

PLATONOV, *l'imitant.*

Insolent! — Avez-vous reçu un ordre? Et de qui?

OSSIP, *sortant un paquet de billets.*

Oh! de plusieurs personnes. Vengerovitch d'abord, puis le jeune maître Voinitzev qui vient de me donner cela pour vous couper la gorge.

PLATONOV

Le jeune Serguey?

OSSIP, *déchirant les billets.*

Lui-même.

PLATONOV

Pourquoi déchirez-vous ces billets? Est-ce pour prouver votre grandeur d'âme?

OSSIP

Je n'ai rien à prouver. J'ai déchiré les billets pour que vous ne puissiez pas dire dans l'autre monde qu'Ossip vous a tué uniquement pour de l'argent.

Platonov marche de long en large. Silence.

OSSIP

Vous avez peur, Mikhaïl Vassilievitch? *(Il rit.)* C'est affreux, hein? *(Il rit. Un temps.)* Vous ne me croyez pas?

PLATONOV, *allant vers Ossip et le dévisageant.*

Étonnant! *(Un temps.)* Pourquoi souriez-vous, imbécile! *(Il lui saisit le bras.)* Assez! Ne ris plus. Je te parle! Je t'apprendrai l'éducation. Je te ferai flanquer en prison. — Rustre!

Il s'est éloigné rapidement d'Ossip.

OSSIP

Giflez-moi pour me punir d'être un rustre.

PLATONOV, *revenant vers Ossip.*

Comme tu voudras! *(Il le frappe à la joue.)* Voilà. Te
souviens-tu comment est mort Filka?

OSSIP

Comme un chien.

PLATONOV

Tu es une bête répugnante. Un monstre. Je suis prêt
à te tuer. Tiens! *(Il frappe Ossip à nouveau.)* File!

Il s'éloigne.

OSSIP

J'avais beaucoup de respect pour vous, Platonov, dans
le temps... Je vous regardais comme un monsieur. A
présent, je regrette d'avoir à vous tuer, mais il le faut. —
Vous êtes nuisible!

PLATONOV

Allez! Tue-moi si tu veux, mais vite.

OSSIP

Pourquoi la jeune maîtresse est-elle venue vous voir
aujourd'hui?

PLATONOV

Tuez-moi. Allez, tuez-moi.

OSSIP

Et pourquoi la veuve du général est-elle venue elle-
même? Vous vous moquez de la veuve, n'est-ce pas? Et
où est votre femme? Laquelle des trois est la bonne?
Hein? Eh bien, n'êtes-vous pas nuisible? *(Il fait rapidement trébucher Platonov et ils tombent sur le plancher.
Ils se battent.)* Vous saluerez pour moi le général Voinitzev quand vous le rencontrerez dans l'autre monde.

PLATONOV

Lâchez-moi.

OSSIP, *sortant un couteau de sa ceinture.*

Restez tranquille. Je vous tuerai de toute façon.

PLATONOV

Ma main, oh! ma main! Assez.

OSSIP

Vous feriez mieux de garder votre souffle pour dire
vos prières.

On entend un attelage approcher. Il s'arrête.

PLATONOV

Lâchez mon poignet... J'ai une femme! Un enfant!
Le couteau! Non, Ossip! Non!

Sacha suivie des deux Glagolaiev fait irruption.

SCÈNE IX

LES MÊMES, SACHA, LE VIEUX GLAGOLAIEV,
LE JEUNE GLAGOLAIEV

SACHA

Que se passe-t-il? *(Hurlant :)* Michel! *(Aux Glagolaiev :)* Arrêtez-les, séparez-les tout de suite!

*Elle tente de séparer les combattants tandis que
les Glagolaiev hésitent à s'en mêler.*

OSSIP, *bondissant.*

Vous arrivez un peu trop tôt, Sacha Ivanovna. C'est
sa chance. Voilà un joli cadeau pour vous. *(Il lui donne*

son couteau.) Je ne peux pas le tuer devant vous. Je le retrouverai plus tard. On n'échappe pas à Ossip.

Il saute par la fenêtre.

PLATONOV

La brute! *(Un temps.)* Et vous autres, que voulez-vous?

LE VIEUX GLAGOLAIEV

Excusez-nous, Michel Platonov. Je venais vous demander... Nous allons attendre, mon fils et moi, dans le jardin, pendant que vous reprenez vos esprits. Viens, Kiryl.

Ils vont dans le jardin.

SCÈNE X

SACHA, PLATONOV

SACHA, *agenouillée auprès de Platonov.*

Peux-tu te lever? Essaie.

PLATONOV, *gémissant.*

Un démon.

SACHA

Tu es insupportable. Je t'avais prévenu de te garder de lui.

Il s'allonge et elle le panse.

PLATONOV

Le divan?

SACHA

Allons, reste tranquille. Là, mets ta tête sur l'oreiller.

PLATONOV

Ainsi, tu es venue, mon trésor.

> *Il pose la main de Sacha contre sa joue. Un temps.*

SACHA

Notre petit Kolya est malade.

PLATONOV

Qu'est-ce qu'il a?

SACHA

Une éruption. La scarlatine, peut-être. Il n'a pas dormi ces deux dernières nuits. Il ne veut rien prendre. *(Pleurant :)* Oh! Michel, j'ai tellement peur pour lui.

PLATONOV

Et ton frère, que fait-il? Après tout, il est docteur!

SACHA

Il y a quatre jours, il est venu le voir une minute.

PLATONOV

Alors?

SACHA

Il a simplement bâillé et m'a dit que j'étais folle.

PLATONOV

Une canaille! Souviens-toi de ce que je te dis, un de ces jours il éclatera à force de bâiller.

SACHA

Oui, mais que faire en attendant?

PLATONOV

Dieu nous préservera. Pourquoi te ferait-il souffrir, toi? Uniquement parce que tu t'es embarrassée de ce bon à

rien de Platonov? *(Un temps.)* Sacha, prends bien soin
du petit. Sauve-le et je te le promets, j'en ferai un homme.
Car c'est aussi un Platonov! Comme homme je suis petit,
mais comme père je serai grand! Oui, nous serons tellement heureux tous les trois. Sacha, tu ris. Bien, voilà
que tu pleures à présent. *(Il lui embrasse la tête.)* Je
t'aime, ma petite chérie, je t'aime et tu me pardonnes,
n'est-ce pas?

SACHA

Est-ce que cette aventure dure toujours?

PLATONOV

Aventure! Quel mot.

SACHA

Alors, elle continue?

PLATONOV

Ma foi! ce n'est rien qu'une accumulation de malentendus. Et même si ce n'est pas réellement terminé, ce
le sera demain.

SACHA

Quand?

PLATONOV

Oh! très bientôt. Il y a certaines choses dans son
caractère que je ne pourrais pas supporter. Sofia ne sera
jamais ta rivale. *(Sacha se lève et vacille.)* Qu'y a-t-il?
(Il se lève.) Sacha!

SACHA

Ainsi tu as une intrigue avec Sofia en même temps
qu'avec la veuve?

PLATONOV

Tu ne le savais pas?

SACHA

Sofia? — Oh! C'est affreux! C'était déjà très mal de t'intéresser à Anna Petrovna, mais prendre la femme d'un autre, c'est un péché! Tu n'as pas de conscience!

Elle va vers la porte.

PLATONOV

Tu lis trop de romans, Sacha. — Je la quitterai. Reste ici.

SACHA

Non. Je ne veux pas! C'est impossible! Oh! Mon Dieu! *(Elle pleure. Un temps.)* Je ne sais plus ce que je dois faire.

PLATONOV, *allant vers elle.*

C'est très simple : reste! Sacha, je suis un débauché, je le sais. Mais tu me pardonnes, n'est-ce pas?

SACHA

Peux-tu te pardonner toi-même?

PLATONOV

Ceci, mon enfant, est une énigme philosophique.

Il l'embrasse sur le front.

SACHA

Je suis perdue! On ne peut pas reconstruire deux fois le même bonheur, et nous étions heureux, n'est-ce pas?

PLATONOV

Tu nourris Ossip, tu recueilles tous les chiens et les chats perdus du voisinage et tu n'as pas pitié de ton époux...

SACHA

Tu ne comprends donc pas? Je ne peux plus vivre avec toi, maintenant. Tu n'es plus digne de respect.

PLATONOV

Je sais. Je suis un scélérat. Mais qui t'aimera jamais comme je t'aime? Qui te comprendra comme je te comprends? Qui d'autre t'enfermera dans ses bras comme je le fais? *(Il l'étreint.)* Et je suis le seul être humain qui pourra jamais manger ta cuisine. C'est vrai! Avoue que tu sales toujours atrocement la soupe?

SACHA

Laisse-moi m'en aller. Mon cœur est brisé et tu plaisantes!

PLATONOV

Eh bien, va. *(Il la lâche.)* Va-t'en et que Dieu te protège.

Sacha s'assied et pleure.

SACHA

Pourquoi nous as-tu mis dans une telle impasse? Nous étions si heureux, Kolya et moi...

PLATONOV

Tu es encore là? Je te croyais partie...

Sacha éclate en sanglots et s'enfuit.

SCÈNE XI

PLATONOV, *seul.*

Sacha! Sacha!

Il ouvre la porte et bute contre le vieux Glagolaiev.

SCÈNE XII

LE VIEUX GLAGOLAIEV, PLATONOV,
puis LE JEUNE GLAGOLAIEV

LE VIEUX GLAGOLAIEV, *il entre appuyé sur sa canne.*

Inutile de crier. Mme Platonov est partie. Je suis
navré de vous déranger. Mais je ne serai pas long. Répondez-moi en une phrase, Michel Platonov, et je partirai.

Il se lève.

PLATONOV

Je suis ivre. La chambre tourne.

LE VIEUX GLAGOLAIEV

Ma question est assez inattendue et vous me croirez
peut-être stupide. Mais répondez-moi pour l'amour du
Ciel. C'est pour moi une affaire de vie ou de mort. J'accepterai votre verdict, car je vous tiens pour un honnête
homme. Je me trouve dans une situation humiliante.
Vous la connaissez bien. A mon avis, elle est le plus haut
point de la perfection. Quiconque connaît Anna Petrovna
Voinitzev... *(Il s'approche de Platonov et le soutient.)* Eh
là, ne vous évanouissez pas!

PLATONOV

Allez-vous-en! J'ai toujours pensé que vous étiez un
vieil imbécile!

LE VIEUX GLAGOLAIEV

Vous êtes son ami. Vous la connaissez comme vous-
même. Mikhaïl Vassilievitch, Anna Petrovna est-elle
une honnête femme? A-t-elle le droit d'être l'épouse
d'un honnête homme?

Un temps.

PLATONOV

Tout est vil, immoral et sale dans ce monde.

> *Il s'écroule inconscient contre Glagolaiev et roule
> par terre.*

LE JEUNE GLAGOLAIEV, *entrant.*

Franchement, papa! vais-je passer ici toute la journée
à monter la garde? Je ne suis pas en humeur d'attendre.

LE VIEUX GLAGOLAIEV, *citant les paroles de Platonov.*

« Tout est vil, immoral et sale dans ce monde... »

LE JEUNE GLAGOLAIEV, *voyant Platonov.*

Qu'est-il arrivé à Platonov?

LE VIEUX GLAGOLAIEV

Soûl comme un porc! *(Pour lui :)* Oui. Voilà la
cruelle vérité. « Vil et immoral. » Et « sale »! — *(Silence.)*
Nous partirons demain matin pour Paris!

LE JEUNE GLAGOLAIEV, *riant.*

Que veux-tu donc faire à Paris, toi?

> *Dehors, la tempête commence à se lever.*

LE VIEUX GLAGOLAIEV

Je veux m'y conduire exactement comme cet individu
s'est conduit ici.

LE JEUNE GLAGOLAIEV

A Paris?

LE VIEUX GLAGOLAIEV

Oui, nous tenterons notre chance sous d'autres cieux.
Assez de comédie. Plus d'idéal. Je n'ai plus ni foi ni
amour. Nous partons. J'en ai fini avec tout cela. Je fais
mes valises et je pars.

LE JEUNE GLAGOLAIEV

A Paris?

LE VIEUX GLAGOLAIEV

Oui. S'il faut pécher, que ce soit en terre étrangère.
Je ne suis pas trop vieux. Viens, mon fils!

Ils sortent et l'orage éclate.

ACTE IV

Deux jours plus tard. Un cabinet de lecture chez les Voinit-
zev. Deux portes. Des meubles anciens, tapis persans, fleurs.
Au mur, des collections de pistolets et de poignards cauca-
siens. Des oiseaux empaillés. Une table submergée de bro-
chures avec une arme comme presse-papiers [1].

C'est une sombre matinée : la pluie frappe lourdement
les vitres et des rafales de vent secouent les fenêtres. On
découvre Sofia marchant de long en large, tandis que Katia
se tient près du feu.

SCÈNE PREMIÈRE

SOFIA, KATIA

KATIA

Tout est louche. Les portes sont ouvertes. Tout est
sens dessus dessous. Une fenêtre est arrachée de ses

---

1. Tchekhov a oublié d'indiquer : au mur ou sur un chevalet
le portrait du major-général Voinitzev. (N. d. T.)

gonds. Il s'est passé quelque chose de terrible. D'ailleurs, une de nos poules a crié comme un coq. C'est un signe.

SOFIA

A ton avis, que s'est-il passé?

KATIA

Je ne sais pas, madame. Pour moi, quelqu'un a assassiné M. Platonov. Ou alors, il est parti se pendre. *(Un temps.)* Il n'est pas au village non plus. J'ai marché pendant près de quatre heures. *(Pleurant :)* Oubliez-le, madame, oubliez-le. C'est un péché. *(Un temps.)* Pensez au maître... C'est lui qui me fait de la peine. C'était un garçon content de vivre et voyez ce qu'il est devenu : il erre de tous côtés, comme s'il avait perdu l'esprit. Je suis triste pour lui, madame, voilà ce que je suis. Ce n'est pas bien. *(Un temps.)* — Qu'est-ce que vous trouvez à cet amour? C'est un scandale, uniquement. Vous avez changé, vous aussi, ces derniers jours. Vous ne mangez plus, vous ne buvez plus. Vous ne dormez plus. Vous ne faites que tousser.

SOFIA, *un temps.*

Va, Katia. Essaie une fois encore. Retourne à l'école.

KATIA, *partant.*

J'y vais. Mais vous feriez mieux d'aller vous coucher.

Elle sort.

SCÈNE II

VOINITZEV, SOFIA

VOINITZEV, *au-dehors.*

Oui, maman. — Je vais m'allonger... *(Entrant et voyant Sofia :)* Toi... Ici? Pourquoi?

SOFIA

Je m'en vais...

Elle s'éloigne.

VOINITZEV, *aussitôt.*

Une minute, Sofia, je te prie.

SOFIA

Tu as quelque chose à me dire?

VOINITZEV

Oui. *(Un temps.)* Il y a une éternité que nous ne nous sommes pas trouvés dans cette pièce.

SOFIA

Oui. Une éternité.

VOINITZEV

Tu vas me quitter?

SOFIA

Oui.

VOINITZEV

Bientôt?

SOFIA

Aujourd'hui.

VOINITZEV

Avec lui ?

SOFIA

Oui.

VOINITZEV

La passion et le désespoir d'un autre, voilà de quoi fonder un solide bonheur.

SOFIA, *vivement.*

Tu voulais me dire quelque chose ?

VOINITZEV

Je regrette ce que j'ai pu faire ces derniers jours. J'ai prononcé des paroles blessantes, brutales : pardonne-moi.

SOFIA

Je te pardonne.

Elle s'en va.

VOINITZEV, *divaguant légèrement.*

Ne pars pas encore. Je ne t'ai pas tout dit. Je deviens fou, Sofia. Je ne suis pas assez fort pour supporter ce choc. Il me reste encore un petit coin clair dans l'esprit. Quand il s'éteindra, je serai perdu. Je sais, par exemple, que je me trouve dans mon bureau. Ce bureau a appartenu à mon père, Son Excellence le major-général Voinitzev, chevalier de Saint-Georges. Un homme grand et fier. Beaucoup l'ont calomnié, naturellement. Ils prétendaient que c'était un tyran, qu'il battait ses gens, qu'il les humiliait. Mais ce qu'il avait à supporter, lui, ils refusaient de le voir. *(Au portrait :)* Puis-je vous présenter Sofia Egorovna, mon ex-épouse ? *(Sofia essaie de partir, mais il la retient.)* Non, ne t'en va pas encore. Tu m'entendras jusqu'à la fin. Après tout, c'est la dernière fois.

SOFIA

Nous nous sommes tout dit. Et je sais parfaitement
ce que je dois penser de moi-même.

VOINITZEV

Tu ne sais rien. Absolument rien. Sinon tu ne me
regarderais pas de cette façon. *(Il tombe à genoux et lui
prend les mains.)* Sofia, pense à ce que tu fais... Aie pitié
de moi, ne me quitte pas! Regarde, je t'ai déjà pardonné.
Je te donnerai le bonheur. J'en suis capable. Lui, ne
t'apportera rien. Vous vous perdrez lui et toi. Tu vas
détruire Platonov, Sofia! Reste. Il viendra nous voir. Tu
verras. Nous ne parlerons jamais du passé. Reste, je
t'en supplie. Platonov sera d'accord avec moi. Il ne
t'aime pas. Il t'a prise parce que tu t'es donnée à lui.

SOFIA

Vous êtes tous ignobles. — Où est-il?

VOINITZEV, *se levant.*

Je ne sais pas.

SOFIA

Je te hais. — Où est Platonov?

VOINITZEV

Je lui ai donné un peu d'argent et il m'a promis de
s'en aller.

SOFIA, *presque défaillante.*

Tu mens.

VOINITZEV

Un millier de roubles et il a renoncé à toi. — Non. Ne
me crois pas, c'est un mensonge. Tu n'as eu que de bons
rapports avec lui, n'est-ce pas? Cela n'a pas été plus loin?

SOFIA, *froidement.*

Je suis sa femme. Pourquoi me retenir ? Qu'espères-tu ?

Elle s'élance pour sortir.

VOINITZEV, *l'attrapant et criant.*

Tu es sa maîtresse et tu me parles avec cette insolence ?

*

SCÈNE III

LES MÊMES, ANNA PETROVNA

Entre Anna Petrovna.

SOFIA

Laisse-moi partir...

Elle sort.

SCÈNE IV

ANNA PETROVNA, VOINITZEV

ANNA PETROVNA

Tu sais la nouvelle, Serguey ?

VOINITZEV

Platonov a disparu. Je sais.

ANNA PETROVNA

Je parlais de l'affaire de notre propriété.

VOINITZEV

Quelle affaire ?

ANNA PETROVNA

C'est fini... complètement... Pouf! Comme cela! Un joli tour de passe-passe. Dieu nous l'a donnée, Dieu nous la reprend. Glagolaiev! Qui aurait pu s'en douter?

VOINITZEV

Je ne comprends pas. Excuse-moi, mais je ne suis plus tout à fait moi-même.

ANNA PETROVNA

Porfiry Glagolaiev avait promis de payer pour nous les hypothèques.

VOINITZEV

Comme il l'a toujours fait.

ANNA PETROVNA

Eh bien, il ne le fera pas cette fois-ci. Il a disparu. Ses domestiques disent qu'il est parti pour Paris. L'imbécile a dû se vexer... Si seulement il avait payé les intérêts, nous aurions pu nous arranger avec les créanciers au moins pendant un an. En ce monde il faut se méfier de ses ennemis et tout autant de ses amis.

VOINITZEV

Oui, il faut se méfier de ses amis.

ANNA PETROVNA, *concluant.*

Bon, cher seigneur féodal, que vas-tu faire maintenant? Où vas-tu aller?

VOINITZEV

Cela m'est égal.

ANNA PETROVNA

Certainement pas autant que tu le crois. Assieds-toi, mon enfant... Tout d'abord, garde ton sang-froid.

VOINITZEV

Ne fais pas attention à moi, maman. Tes propres nerfs
sont à l'épreuve. Il doit bien y avoir un moyen d'en sortir.

ANNA PETROVNA

Les femmes ne comptent pas. Leur rôle est secondaire.
Du sang-froid, d'abord. Ce que tu as devant toi, cela seul
compte! Et tu as toute la vie. Une vie d'honnêteté et
de travail. Pourquoi t'attrister? Tu pourrais prendre un
poste au collège. Tu es un garçon intelligent. Tu es fort
en philologie. Tu as des convictions solides, tu as du bon
sens et une bonne épouse.

VOINITZEV

Maman...

ANNA PETROVNA

Tu n'as pas à te plaindre! Tu iras loin.

VOINITZEV

Mais...

ANNA PETROVNA

Si seulement tu ne te chamaillais pas avec ta femme!
Voyons, pourquoi n'es-tu pas franc avec moi? Y a-t-il
quelque chose qui ne va pas? Que se passe-t-il entre
vous?

VOINITZEV

Il ne se passe rien, tout est déjà passé. — Ce n'est
qu'hier que j'ai appris la vérité. *(Un temps.)* J'ai l'honneur de te présenter un mari avec des cornes.

ANNA PETROVNA

Serguey! Quelle stupide plaisanterie! Sens-tu la gravité de cette accusation?

VOINITZEV

Je la sens, mère. Et pas « au figuré »!

ANNA PETROVNA

Tu calomnies ta femme.

VOINITZEV

Je te le jure devant Dieu!

ANNA PETROVNA, *vivement*.

Ici? à Voinitzevka?

VOINITZEV

Dans ce maudit Voinitzevka.

ANNA PETROVNA

Qui diable dans ce hameau aurait eu cette idée bizarre!

VOINITZEV, *aussitôt*.

Platonov!

ANNA PETROVNA, *répétant machinalement*.

« Platonov »?

VOINITZEV

Platonov!

ANNA PETROVNA, *bondissant*.

Il est permis de dire des bêtises, mais à ce point-là, non! Tu devrais savoir t'arrêter.

VOINITZEV

Bon. Demande-leur. A elle. Et à lui. — Je ne voulais pas le croire moi non plus, mais elle me quitte aujourd'hui et il l'accompagne.

ANNA PETROVNA

Allons, Serguey, tu as tout inventé. Comme un enfant.

VOINITZEV

Crois-moi. Elle part aujourd'hui. Durant ces deux derniers jours elle n'a pas cessé d'affirmer qu'elle était sa maîtresse.

ANNA PETROVNA

Maintenant, je me souviens. Je me souviens. Je comprends tout maintenant. Tais-toi, que je me souvienne de tout, tais-toi...

Entre Vengerovitch.

SCÈNE V

LES MÊMES, VENGEROVITCH

VENGEROVITCH

Bonjour. J'espère que vous allez bien.

ANNA PETROVNA, *pour elle-même, toujours préoccupée.*

Oui... Oui.

VENGEROVITCH

Il pleut à verse et pourtant le fond de l'air est chaud. *(S'essuyant le front :)* Pouah! Je suis trempé jusqu'aux os. J'avais cependant un parapluie. *(Comme il voit qu'on ne fait pas attention à lui, il répète :)* J'espère que vous allez bien? *(Personne ne répond.)* Je suis venu vous voir au sujet de cette vente épouvantable. C'est honteux, bien sûr. Et c'est dur pour vous. Je... Je vous en prie, ne le prenez pas en mauvaise part. Ce n'est pas moi, à la vérité, qui a forclos les hypothèques. Vos créanciers se sont solidarisés...

VOINITZEV, *violent, agitant la sonnette de table fortement.*

Où sont les domestiques?

VENGEROVITCH

Ce n'est pas moi. Ils ont forclos en mon nom.

VOINITZEV

Je les ferai fouetter. Je leur ai dit cent fois que je ne voulais recevoir aucune visite aujourd'hui.

ANNA PETROVNA

Il y a des mois qu'ils n'ont été payés.

VOINITZEV

Des brutes! Il aurait fallu qu'ils soient à notre service du temps de mon père!

Il jette la cloche à travers la pièce et marche de long en large.

VENGEROVITCH

C'est juridiquement en mon nom que l'action a eu lieu, vous comprenez? Mais en mon nom ils ont dit que vous pourriez vivre ici comme par le passé! Au moins jusqu'à Noël, en tout cas. Il faudra évidemment procéder à quelques changements. Mais... enfin, cela ne vous gênera pas. Et si ça en arrivait là, vous pourriez toujours vous installer dans les dépendances. C'est chaud, c'est coquet et il y a beaucoup de chambres. *(Silence.)* ... Ils m'ont chargé aussi de vous demander si vous seriez disposée à vendre vos carrières, Anna Petrovna, vous comprenez? Ces mines de tourbe que vous a laissées votre mari. Vous pourriez en tirer un bon prix si vous vouliez me les abandonner...

ANNA PETROVNA

Je ne les vendrai à personne! Que m'en donneriez-vous? Un copeck? Gardez le copeck et qu'il vous étouffe.

VENGEROVITCH

Ils m'ont également autorisé à vous prévenir qu'ils

intenteraient une action si vous refusiez de vendre les biens qui vous restent. Il faudra bien que je me joigne à eux, car j'ai racheté vos créances à Petrin et à Bougrov. Je déplore de telles méthodes, je l'avoue. Mais que voulez-vous! L'amitié est une chose, l'argent en est une autre. Le Commerce! Le Commerce! C'est une chose maudite! Je sais.

VOINITZEV

Je ne laisserai pas les biens de ma mère aller à n'importe qui! — Oh! puis, faites ce que vous voudrez.

ANNA PETROVNA

Je suis désolée, Abram Abramovitch, mais il faut que je vous demande de nous laisser.

VENGEROVITCH, *se levant*.

Très bien! Très bien! Ne vous troublez pas, d'ailleurs vous pourrez rester ici. Jusqu'à Noël. Je reviendrai. Merci.

Il sort.

SCÈNE VI

ANNA PETROVNA, VOINITZEV

ANNA PETROVNA, *à Voinitzev*.

Nous partirons demain. (*Pour elle-même :*) Oui, je m'en souviens maintenant. C'est pour cela qu'il s'est enfui.

VOINITZEV

Oh! qu'ils fassent ce qu'ils veulent à présent!

SCÈNE VII

LES MÊMES, GREKOVA

GREKOVA, *très heureuse et très gaie.*

Ah! la voilà! *(Elle tend sa main à Anna.)* Comment allez-vous, Serguey Pavlovitch? J'arrive à un mauvais moment, me semble-t-il, excusez-moi! C'est — comment dit-on? une visite de Tartare. Oh! je ne reste qu'une minute. *(Riant; à voix haute :)* Excusez-moi, Serguey Pavlovitch, je dois confier un secret à Anna Petrovna. *(Elle prend Anna Petrovna à l'écart et lui donne une lettre.)* Je l'ai reçue hier.

ANNA PETROVNA

Ah!

GREKOVA

Écoutez, c'est de lui. *(Lisant aussitôt :)* « Si je vous ai embrassée au cours de cette soirée, c'est parce que j'étais irrité, hors d'état de me contrôler. Pourtant vous êtes sacrée pour moi et je vous embrasse. J'ai agi comme un animal. Mais ai-je agi autrement avec les autres? Nous ne nous rencontrerons pas dans la salle d'audience. Je m'en vais demain et pour toujours. Soyez heureuse, je vous le demande. Non, ne me pardonnez pas. » Faites-le chercher, Anna Petrovna! Qu'il vienne!

ANNA PETROVNA

Est-ce nécessaire?

GREKOVA

Sachez-le : Mikhaïl Vassilievitch va être déplacé! — J'avais porté plainte auprès du directeur de l'Enseignement. — Quel gâchis j'ai fait! N'écoutez pas, Serguey

Pavlovitch. *(A Anna Petrovna :)* Comment se douter qu'il m'écrirait cette lettre. Si j'avais su! Ah! Ce que j'ai souffert.

ANNA PETROVNA

Passez dans la bibliothèque, ma chérie, je vous rejoins. J'ai un mot à dire à Serguey.

GREKOVA

Dans la bibliothèque? Bon! Et vous l'envoyez chercher? Je veux voir son regard. Où est la lettre? Ah oui! *(Elle la cache dans son corsage.)* Ma chère, je vous en supplie.

ANNA PETROVNA, *la poussant.*

Je vous rejoins.

GREKOVA

Bien, bien. *(Elle l'embrasse.)* Ne soyez pas en colère contre moi, vous ne pouvez pas imaginer comme je souffre.

Elle sort.

SCÈNE VIII

ANNA PETROVNA, VOINITZEV

ANNA PETROVNA, *à Voinitzev.*

Je vais voir Sofia... lui parler... Je le verrai aussi... Toi, assieds-toi et pleure. Soulage-toi. Je m'occuperai de tout.

Anna Petrovna sort. Voinitzev pleure. Entre Platonov, le bras en écharpe.

SCÈNE IX

PLATONOV, VOINITZEV

PLATONOV

Il pleure. Mon pauvre ami. *(Il s'approche de lui.)*
Écoutez-moi.

Entre Anna Petrovna.

SCÈNE X

LES MÊMES, ANNA PETROVNA

ANNA PETROVNA

Comment, il est là? *(Elle s'approche lentement de Platonov.)* Platonov, toute cette histoire est-elle vraie?

PLATONOV

Oui.

ANNA PETROVNA

Voyou!

PLATONOV

Vous devriez être plus polie.

ANNA PETROVNA, *elle hausse la voix.*

Vous ne l'aimez pas. Vous n'avez fait cela que par
désœuvrement.

VOINITZEV

Demande-lui, maman, ce qu'il est venu faire ici?

ANNA PETROVNA

Se jouer des gens, voilà qui est immonde! Ce sont des êtres humains, comme vous, homme intelligent.

PLATONOV

Je vois que nous ne nous comprenons pas, Anna Petrovna. Oui, il a raison celui qui dans son malheur ne va pas chez ses amis mais court à la taverne. Je pensais que vous étiez civilisés, mais vous êtes comme les autres, des paysans. Mal dégrossis. Je me suis humilié pour rien. *(A Voinitzev, nettement :)* N'oubliez pas que j'ai moi aussi — et par votre faute — souffert de certaines blessures.

Il sort.

SCÈNE XI

ANNA PETROVNA, VOINITZEV

ANNA PETROVNA

A quoi faisait-il allusion, Serguey? L'as-tu vu hier? Ne me torture pas. Parle.

VOINITZEV

Est-ce nécessaire?

ANNA PETROVNA

Parle, qu'est-il arrivé?

VOINITZEV

Aie pitié de moi.

ANNA PETROVNA

Parle.

VOINITZEV

J'ai envoyé Ossip pour le tuer.

ANNA PETROVNA

Et tu l'as traité de « voyou » ? — Cours après lui.
Montre-lui au moins que tu es humain.

SCÈNE XII

LES MÊMES, PLATONOV

*Platonov reparaît. Il va s'allonger sur le divan. Voinitzev
se dresse.*

PLATONOV

J'ai très mal à la main. J'ai froid, je grelotte. J'ai mal.

VOINITZEV, *allant à Platonov.*

Michel Vassilievitch... Il faut nous pardonner mutuelle-
ment. Je... je suis sûr que vous avez compris mes sentiments. *(Un temps.)* Je vous pardonne. Sur mon honneur.
Si je pouvais tout oublier, j'en serais heureux. Essayons
de vivre en paix tous les deux.

PLATONOV

Oui !... *(Un temps.)* Je suis brisé.

       Voinitzev s'éloigne de Platonov et s'assied.

PLATONOV, *s'étendant sur le divan.*

Une couverture... Il pleut. Je coucherai ici.

ANNA PETROVNA

Je vous ferai accompagner par un domestique. Je
veillerai à ce que l'on s'occupe de vous mais à présent
vous feriez mieux de rentrer.

PLATONOV

Si quelqu'un ne supporte pas ma présence, qu'il quitte la pièce.

SCÈNE XIII

LES MÊMES, SOFIA

SOFIA, *entrant.*

Ossip s'est pendu. On a trouvé son corps près du puits.

PLATONOV, *se dressant, triomphant.*

Enfin!

SOFIA, *l'apercevant.*

Que faites-vous ici?

Un silence.

PLATONOV

Tout est terminé, Sofia.

SOFIA

Que voulez-vous dire?

PLATONOV

Nous en reparlerons plus tard.

SOFIA

Mais pourquoi?

PLATONOV

Sofia, ayez pitié de moi. Vous êtes si nombreux et je suis si seul. Je ne veux rien. La paix seulement.

SOFIA

Vous dites?

PLATONOV

Je ne veux pas d'une vie nouvelle. Je ne saurais même pas quoi faire de l'ancienne. Je ne veux rien.

Il fait signe à Sofia de s'éloigner.

SOFIA

Vous êtes un infâme voyou.

Elle pleure.

PLATONOV

Je sais. J'ai entendu cela cent fois. *(Un temps.)* Ce qu'il y a de plus superflu dans le malheur, ce sont les larmes. Cela devait arriver et c'est arrivé. La nature a ses lois et notre vie a sa logique. Et tout cela est arrivé conformément à notre logique. *(Criant :)* Mais vous ne voyez donc pas que je suis malade?

SOFIA, *se tordant les mains.*

Sauvez-moi, Platonov, ou je mourrai. Je le jure. Je ne survivrai pas à cette infamie.

VOINITZEV, *s'approchant de Sofia.*

Sofia!

SOFIA, *se retournant vers Anna Petrovna.*

Je sais à qui je dois tout cela. Cela vous coûtera cher.

ANNA PETROVNA

Vous perdez votre temps.

*Sofia s'élance hystériquement hors de la pièce.
Une discussion bruyante s'élève dans le corridor.
Triletzki apparaît à la porte.*

SCÈNE XIV

LES MÊMES, NICOLAS TRILETZKI, YAKOV

TRILETZKI, *sur le pas de la porte, à Yakov.*

Alors, tu m'annonces?

YAKOV

Le maître m'a donné des instructions.

TRILETZKI

Va et embrasse ton maître. C'est un âne aussi grand que toi. *(Il se jette sur le divan.)* C'est épouvantable! *(Il sursaute en voyant Platonov.)* O tragédien! Votre histoire atteint son point culminant, hein? *(Un temps.)* Vous vous prélassez ici, donc. Toujours en train de philosopher, n'est-ce pas? de prêcher?

PLATONOV

Parlez-moi comme à un être humain, Nicolas! Que voulez-vous?

TRILETZKI

Vous êtes certainement une bête, Platonov! *(Il s'assied et se couvre le visage de ses mains.)* Quel drame! Mais comment le prévoir?

PLATONOV

Qu'est-il arrivé?

TRILETZKI

Vous ne le savez pas? Il ne le savait pas! Oh! bien sûr, cela vous concerne-t-il? Vous n'avez pas le temps!

ANNA PETROVNA, *à Triletzki.*

Nicolas Ivanovitch...

PLATONOV

Sacha?

TRILETZKI

Elle a fait bouillir une pleine casserole d'allumettes au
phosphore et elle a bu.

ANNA PETROVNA

Quoi?

TRILETZKI, *criant.*

Elle s'est empoisonnée avec du phosphore! *(Il bondit
et brandit un papier sous le nez de Platonov. Il crie :)* Tenez...
lisez... lisez... Monsieur le Philosophe.

PLATONOV

« Se suicider est un péché, je le sais. Mais, chéri, souviens-toi de moi. Je l'ai fait parce que je n'en pouvais
plus. Aime notre petit Kolya comme je l'aime. Veille sur
mon frère. N'abandonne pas notre père. Vis selon les
Écritures, et Dieu te bénira comme je te bénis. Pardonne-
moi, je suis une pécheresse. La clef du buffet de bois est
dans ma robe de laine. » ... Mon trésor!

Il pleure.

TRILETZKI

Alors, on pleure à présent? Une bonne correction,
voilà ce que vous méritez. Mettez votre chapeau et
filons. Vous avez détruit une femme pour rien, Platonov.
Et cependant tous ces gens qui vous entourent vous
aiment. Ils trouvent que vous êtes un sujet intéressant
et que votre regard est obscurci d'un noble chagrin. Eh
bien, allons donc contempler sur place le gâchis qu'a
provoqué cet être d'exception.

PLATONOV

Assez, Triletzki.

TRILETZKI

Une chance pour vous que je sois sorti ce matin de bonne heure. Sans cela, elle serait morte. *(Réaction de Platonov.)* Vous comprenez? Allons, partons. Je ne voudrais pas l'échanger contre dix esprits exceptionnels comme le vôtre.

PLATONOV

Vous voulez dire qu'elle n'est pas morte?

TRILETZKI

Vous préféreriez qu'elle le soit?

> *Platonov rit et embrasse Triletzki.*

ANNA PETROVNA

Je ne comprends pas. Parlez clairement, Triletzki. Nous sommes tous ridicules et je n'aime pas cela. Que signifie cette lettre?

TRILETZKI

Elle serait posthume si je n'étais arrivé à temps. Actuellement d'ailleurs elle n'est pas hors de danger. Elle a besoin de grands soins... *(A Platonov :)* Je vous en prie, écartez-vous de moi!

SCÈNE XV

LES MÊMES, IVAN TRILETZKI, *puis* SOFIA

Entre Ivan Triletzki à demi vêtu d'une robe de chambre

NICOLAS TRILETZKI

Il ne manquait plus que lui!

IVAN TRILETZKI

Ma Sacha. Oh! ma petite Sacha. *(Il va à Platonov.)*
Oh! mon cher Mischa, mon très cher Michel, je t'implore.
Au nom de l'Éternel et des Saints Esprits et de tous les
Anges, va vers elle! Tu es un homme sage, intelligent,
noble, honnête, généreux. Retourne près d'elle! Vite,
dis-lui que tu l'aimes! Abandonne un instant tes belles
dames romantiques, je t'implore. *(S'agenouillant :)*
Regarde, je suis à genoux! Si elle meurt, je suis perdu
pour toujours. Mischa, mon cher, viens lui dire que tu
l'aimes, qu'elle est toujours ta femme! Pour sauver quelqu'un, parfois il faut mentir! Dieu sait que tu es un
homme de bien, mais fais ce mensonge pour sauver quelqu'un qui t'est cher. Fais-moi cette charité, au nom du
Christ. Je suis un vieil homme.

NICOLAS TRILETZKI

Père!

IVAN TRILETZKI

Ne te moque pas de moi, je suis un vieillard très fou,
mais très bon. Plus de quatre-vingts ans, à une heure
près!

PLATONOV, *riant.*

Très bien, colonel, relevez-vous! Nous allons guérir
votre enfant et nous boirons un verre ensemble.

IVAN TRILETZKI

Allons-y, mon noble ami! Deux mots de toi et sa vie
est sauvée. Aucun docteur ne saurait la guérir. C'est
son âme qu'il faut sauver.

Platonov s'affaisse sur le divan.

NICOLAS TRILETZKI, *éloignant son père.*

Que vas-tu donc inventer? Elle ne court plus aucun

danger! — Tu devrais avoir honte de venir dans cet accoutrement.

IVAN TRILETZKI, *à Anna Petrovna.*

Le courroux de Dieu vous poursuivra pour ce qui est survenu, madame. Vous avez commis des actes coupables. C'est un homme jeune et inexpérimenté. Tandis que vous, Diane au front de marbre...

NICOLAS TRILETZKI

Papa! Sors!

IVAN TRILETZKI

Oui, oui.

Triletzki pousse son père dans le couloir.

NICOLAS TRILETZKI

Sors. *(A Platonov :)* Et vous, avez-vous l'intention de m'accompagner, oui ou non?

PLATONOV, *tentant de se lever.*

Oui, partons.

Entre Sofia.

SCÈNE XVI

SOFIA, ANNA PETROVNA, PLATONOV,
NICOLAS TRILETZKI, VOINITZEV

SOFIA, *à Platonov.*

Platonov, une fois encore je vous supplie...

ANNA PETROVNA

Sofia!

SOFIA, *à Platonov.*

Partirez-vous sans moi?

PLATONOV

O... o... h...?!

> *Il se prend la tête à deux mains.*

SOFIA, *s'agenouillant.*

Platonov!

ANNA PETROVNA

C'en est trop, Sofia! Levez-vous. *(Elle la relève et la force à s'asseoir sur une chaise.)* Il y a une ou deux choses qu'on ne doit pas faire, parce que personne n'en est digne. Pas à genoux!

SOFIA, *pleurant.*

Aidez-moi... Suppliez-le... Persuadez-le.

ANNA PETROVNA

Assez! Montez à votre chambre. Et couchez-vous! *(A Triletzki :)* Que peut-on faire, Nicolaï Ivanovitch? *(A Voinitzev qui pleure :)* Serguey, sois un homme. Ne perds pas la tête. Je suis bien plus meurtrie que toi, mais je tiens. Allons, Sofia... Quelle journée! *(Ils emmènent Sofia.)* Sois un homme, Serguey.

VOINITZEV

Je fais de mon mieux.

TRILETZKI

Ne vous attristez pas, frère Serguey. Vous n'êtes ni le premier, ni le dernier.

> *Ils emmènent Sofia, laissant Platonov seul.*

SCÈNE XVII

PLATONOV, *seul.*

Il regarde autour de lui. Un temps.

Quel gâchis! J'ai détruit de faibles femmes. Innocentes.
Il eût mieux valu les tuer carrément dans un accès de
passion, à la manière espagnole plutôt que de les torturer
stupidement, à la manière russe! *(Il se couvre la face de
ses mains.)* Honte! J'ai honte! Je souffre de honte.
(Silence.) Je devrais me tuer. *(Il prend un revolver.)*
Hamlet avait peur de rêver, moi j'ai peur de vivre. *(Il
met le revolver sur sa tempe.)* Christ! Pardonne-moi.

Il s'assied sur le divan. Entre Grekova.

SCÈNE XVIII

PLATONOV, GREKOVA

PLATONOV

De l'eau, de l'eau. Où est Triletzki?... *(Il voit enfin
Grekova. Il se met à rire. A Grekova :)* Alors, irons-nous
demain au tribunal?

GREKOVA

Bien sûr que non! Après votre lettre nous ne sommes
plus des ennemis.

PLATONOV

Je voudrais un peu d'eau...

GREKOVA

De l'eau? Mais pourquoi?

PLATONOV

Eh bien, j'ai essayé de me tuer. *(Il rit.)* Je n'y ai pas réussi. *(Riant :)* L'instinct! Mais l'esprit poursuit un but, la Nature un autre! *(Il lui baise la main.)* Voulez-vous m'écouter?

GREKOVA

Oui, oui, oui.

PLATONOV

Je souffre. Emmenez-moi avec vous, chez vous.

GREKOVA

Bien sûr. Avec plaisir.

PLATONOV

Merci, mon intelligente petite fille. Une cigarette, un peu d'eau et un lit. Il pleut toujours?

GREKOVA

Oui.

PLATONOV

Nous partirons donc sous la pluie. Et nous n'irons pas devant la cour de justice.

> *Grekova se lève et il la regarde fixement.*

GREKOVA

Ne vous préoccupez pas de la pluie. J'ai une voiture couverte.

PLATONOV

Attendez. Vous êtes adorable. — Pourquoi rougissez-vous?

GREKOVA

Non, non, je vous en prie.

PLATONOV

Je ne vous toucherai pas. Je baiserai votre main fraîche uniquement.

> *Il lui embrasse la main et l'attire vers lui.*

GREKOVA

Quel regard étrange! Lâchez ma main!

PLATONOV

Sur la joue, alors... *(Il l'embrasse sur la joue.)* Rien d'autre. Sur la joue. *(Il l'embrasse sur la joue.)* ... Je délire, je sais... J'aime tous les êtres humains. Et vous aussi... Je ne voulais faire de mal à personne et j'en ai fait à tout le monde.

> *Il lui embrasse la main.*

GREKOVA

Je comprends, c'était Sofia, n'est-ce pas?

PLATONOV

Sofia, Zizi, Mimi, Macha. Elles sont toutes là. Je vous aime toutes. J'étais à l'Université et j'avais l'habitude de dire des mots gentils aux prostituées, dans le square du théâtre. Les gens allaient au théâtre et moi j'étais dans le square.

GREKOVA

Reposez-vous, calmez-vous.

PLATONOV

Elles m'ont toutes aimé, toutes! Oui! Et je les ai humiliées et elles m'ont aimé tout de même. Par exemple,

il y avait Grekova. Je l'ai humiliée. Ah! oui... vous êtes
Grekova, je suis désolé.

GREKOVA

Qu'est-ce qui vous fait tant souffrir?

PLATONOV

Platonov. Le monde et Platonov... Vous m'aimez,
n'est-ce pas? Vous m'aimez? Dites oui.

GREKOVA

Oui.

*Elle pose sa tête sur la poitrine de Platonov. Entre
Sofia.*

SCÈNE XIX

LES MÊMES, SOFIA

Sofia va à la table et cherche quelque chose.

GREKOVA, *prenant Platonov par la main.*

Chut! Chut!

*Sofia prend le revolver, tire sur Platonov et le man-
que.*

GREKOVA, *se plaçant entre Platonov et Sofia.*

Que faites-vous? (*Elle se jette sur Sofia.*) Au secours!
Vite!

SOFIA

Lâchez-moi.

*Elle repousse Grekova et mettant le revolver contre
la poitrine de Platonov, elle appuie sur la détente.*

PLATONOV

Attendez... Attendez... Pourquoi?...

Il s'effondre. Anna Petrovna, le vieux Triletzki, Triletzki et Voinitzev accourent.

Ivanov

DRAME EN QUATRE ACTES

Texte français de Nina Gourfinkel et Jacques Mauclair

PERSONNAGES

NICOLAÏ ALEXEÏÉVITCH IVANOV, *membre permanent de la Commission pour les affaires paysannes.*

ANNA PETROVNA, *sa femme, née Sarah Abramson.*

MATVEI SÉMIONOVITCH CHABELSKI, *oncle d'Ivanov du côté maternel.*

PAVEL KIRILLYTCH LÉBÉDEV, *président du conseil de district.*

ZINAÏDA SAVICHNA, *sa femme.*

SACHA (Sachenka), *fille des Lébédev*, vingt ans.

IEVGUÉNI CONSTANTINOVITCH LVOV, *jeune médecin de campagne.*

MARTHA IÉGOROVNA BABAKINA, *jeune veuve, propriétaire foncière, fille d'un riche marchand.*

DIMITRI NIKITICH KOSSYKH, *fonctionnaire de la Régie des tabacs.*

MIKHAÏL MIKHAÏLOVITCH BORKINE, *parent éloigné d'Ivanov, gérant de sa propriété.*

AVDOTIA NAZAROVNA, *vieille femme à la profession mal définie.*

IÉGOROUCHKA, *pique-assiette des Lébédev.*

PREMIER INVITÉ.

SECOND INVITÉ.

TROISIÈME INVITÉ.

QUATRIÈME INVITÉ.

PIOTR, *domestique d'Ivanov.*

GAVRILA, *domestique des Lébédev.*

INVITÉS DES DEUX SEXES ET DOMESTIQUES.

L'action se passe dans un district de la Russie centrale.

ACTE PREMIER

Jardin dans la propriété d'Ivanov. A gauche, façade de la maison avec terrasse. Une des fenêtres est ouverte. Devant la terrasse, un espace assez vaste, en demi-lune, d'où partent deux allées vers le jardin. A droite, des sièges de jardin et des guéridons. Sur un des guéridons, une lampe allumée. C'est le crépuscule. Au moment où le rideau se lève, de la maison nous parviennent les échos d'un duo qu'on étudie : piano et violoncelle.

SCÈNE PREMIÈRE

IVANOV *et* BORKINE

Ivanov lit, assis devant une table. Borkine, affublé de grandes bottes, un fusil à la main, apparaît au fond du jardin ; il est éméché ; apercevant Ivanov, il se dirige vers lui sur la pointe des pieds, et, arrivé à sa hauteur, le met en joue, visant la tête.

IVANOV, *il aperçoit Borkine et sursaute, effrayé.*

C'est malin, ça !... Vous m'avez fait peur... déjà j'ai les nerfs détraqués... et vous voilà avec vos plaisanteries idiotes... *(Il se rassied.)* Vous m'avez fait peur, vous êtes content de vous, hein?

BORKINE, *riant aux éclats.*

Ça va, ça va... je m'excuse. *(Il s'assied à côté d'Ivanov.)* ... Je ne le ferai plus... *(Il enlève sa casquette.)* Quelle chaleur! Si je vous disais qu'en trois heures j'ai fait dix-sept verstes, d'une seule traite... Je suis éreinté... Tenez, tâtez mon cœur, comme il bat...

IVANOV, *qui a repris sa lecture.*

Oui, oui, tout à l'heure...

BORKINE

Non, tâtez tout de suite. *(Il prend la main d'Ivanov et la pose sur sa poitrine.)* Vous entendez? Tou-tou-tou-tou-tou-tou. Donc, j'ai le cœur malade. Je suis à la merci d'une embolie. Dites donc, vous auriez du chagrin si je mourais?

IVANOV

Je suis en train de lire... Tout à l'heure...

BORKINE

Non, sans blague, vous auriez du chagrin si je mourais brusquement? Dites, Nicolaï Alexeïévitch, vous auriez du chagrin si je mourais?

IVANOV

Fichez-moi la paix!

BORKINE

Dites, mon vieux, vous auriez du chagrin?

IVANOV

Ce qui me chagrine, c'est que vous empestez la vodka. C'est répugnant, Micha.

BORKINE, *riant.*

Vraiment, j'empeste? C'est bizarre!... Pourtant, ça
n'est pas si bizarre. Pour tout vous dire, j'ai rencontré
le juge d'instruction à Plessniki et, de fil en aiguille,
nous avons lampé quelque huit petits verres chacun.
Au fond, boire est mauvais pour la santé. N'est-ce pas?
Très mauvais?

IVANOV

Mais c'est insupportable, à la fin... Est-ce que vous
vous fichez de moi?

BORKINE

Ça va, ça va... Je m'excuse... du calme... *(Il se lève
et fait quelques pas.)* Drôles de gens, on ne peut même
pas leur parler. *(Il revient sur ses pas.)* Sapristi! J'allais
oublier... Quatre-vingt-deux roubles, s'il vous plaît!

IVANOV

Quoi, quatre-vingt-deux roubles?

BORKINE

C'est demain qu'on paie les ouvriers.

IVANOV

Je ne les ai pas.

BORKINE

Grand merci. *(Il le contrefait.)* Je ne les ai pas...
Pourtant, il faut bien payer les ouvriers? Non?

IVANOV

Je ne sais pas. Aujourd'hui je suis à sec. Attendez
jusqu'au premier, j'aurai touché mon mois.

BORKINE

Comment voulez-vous qu'on s'entende avec des

types pareils!... Ce n'est pas le premier, c'est demain matin que les ouvriers viendront réclamer leur salaire.

IVANOV

Eh bien, tant pis! Coupez-moi en petits morceaux, sciez-moi en deux ou en quatre... Quelle abominable habitude vous avez de me harceler juste au moment où je suis en train de lire, d'écrire ou...

BORKINE

Je vous demande : faut-il oui ou non payer les ouvriers? D'ailleurs, à quoi bon discuter avec vous? *(Il fait un geste de la main.)* Et ça se dit patron, propriétaire foncier... je ne sais quoi... économie rationnelle... mille déciatines de terres et pas un kopek en poche... On a une cave mais pas de tire-bouchon... Et si demain je vendais la troïka? Parfaitement!... J'ai vendu l'avoine sur pied mais je peux vendre aussi le blé. *(Il arpente la scène.)* Vous croyez que je vais me gêner? Vraiment? Eh bien non, je ne suis pas de cette espèce...

SCÈNE II

LES MÊMES, CHABELSKI, *dans la coulisse,*
et ANNA PETROVNA

LA VOIX DE CHABELSKI, *venant de la fenêtre
de la maison.*

Impossible de jouer avec vous... Vous avez moins d'oreille qu'une carpe farcie, et puis vous tapez à tour de bras sur les notes, c'est odieux...

ANNA PETROVNA, *paraissant à la fenêtre.*

C'est vous, Micha, qui criez si fort? Vous êtes bien agité.

BORKINE

On le serait à moins avec celui-là.

ANNA PETROVNA

Écoutez, Micha, donnez l'ordre d'apporter du foin
au croquet.

BORKINE, *il fait un geste de la main.*

Laissez-moi tranquille, je vous prie...

ANNA PETROVNA

En voilà un ton! Il ne vous sied pas du tout. Si vous
voulez être aimé des femmes, ne vous fâchez jamais en
leur présence et ne faites pas l'esprit fort... *(A son
mari.)* Nicolaï, viens faire des culbutes dans le foin!...

IVANOV

Aniouta, ne reste pas devant la fenêtre ouverte,
c'est très mauvais pour toi. Je t'en prie, va-t'en... *(Il
crie :)* Oncle, ferme la fenêtre!

On ferme la fenêtre.

BORKINE

Et puis, n'oubliez pas que dans deux jours il faut
payer les intérêts de Lébédev.

IVANOV

Je ne l'oublie pas. Je vais aller aujourd'hui chez
Lébédev pour lui demander de patienter.

Il regarde sa montre.

BORKINE

Quand irez-vous?

IVANOV

Tout de suite.

BORKINE, *avec vivacité.*

Attendez, attendez!... n'est-ce pas aujourd'hui l'anniversaire de Sachenka?... Bon sang... et moi qui n'y
pensais plus... Quelle mémoire, hein? *(Il sautille.)*
Nous irons, nous irons... *(Il chantonne.)* ... nous irons
... eh bien, je vais me baigner, je mâcherai du papier,
je prendrai trois gouttes d'ammoniaque, et frais comme
l'œil, prêt à recommencer... Cher Nicolaï Alexeïévitch,
mon petit cœur, ange de mon âme, vous ronchonnez,
vous geignez tout le temps, vous broyez du noir, et
pourtant, à nous deux, que de choses nous pourrions
faire, bon sang! Pour vous, je suis prêt à tout... Voulez-
vous que j'épouse Marfouchka Babakina? Je vous cède
la moitié de la dot... Et puis non! prenez tout!...

IVANOV

Assez de bêtises...

BORKINE

Mais non, c'est sérieux! Voulez-vous que j'épouse
Marfouchka? La dot par moitié... Mais je parle dans le
vide, vous ne comprenez rien. *(Il imite Ivanov :)* « Assez
de bêtises. » Vous êtes bon, vous êtes intelligent, mais
il vous manque, voyez-vous, ce je ne sais quoi, comment
dire, l'élan. Ah! prendre son élan, à faire tourner la
tête au diable... Vous êtes un psychopathe, un geignard,
si vous étiez un homme normal, au bout d'un an vous
auriez un million. Moi, par exemple, si j'avais aujour-
d'hui deux mille trois cents roubles, dans deux semaines
j'en aurais vingt mille. Vous ne me croyez pas? Vous
croyez que je blague? Eh bien, pas du tout... Essayez,
donnez-moi deux mille trois cents roubles et dans une
semaine je vous en apporte vingt mille. Sur l'autre
rive, juste en face, Ovsianov vend une bande de terrain
pour deux mille trois cents roubles. Si nous l'achetons,
les deux rives sont à nous et nous avons le droit de

faire un barrage. Vous me suivez? Nous annonçons la construction d'un moulin et notre intention de barrer la rivière. Comme de juste, les riverains en aval font un boucan de tous les diables, et nous : « *kommen sie hier* », le barrage ou la galette, compris? La fabrique Zarev allongera cinq mille roubles, Korolkov trois, le couvent en lâchera bien cinq mille...

IVANOV

Je n'aime pas ces combines, Micha... et je vous conseille de ne plus m'en parler.

BORKINE, *s'asseyant sur la table.*

Et voilà!... J'en étais sûr... Vous ne fichez rien vous-même et vous m'empêchez d'agir, moi...

SCÈNE III

LES MÊMES, CHABELSKI *et* LVOV

CHABELSKI, *sortant de la maison avec Lvov.*

Les médecins et les avocats, c'est du pareil au même, à cette différence près que les avocats se contentent de vous piller, alors que les médecins vous pillent et vous assassinent... Je ne parle pas des présents. *(Il s'installe dans un fauteuil.)* Des charlatans, des exploiteurs... Il se peut que dans une quelconque Arcadie il y ait des exceptions à cette règle, mais... au cours de ma vie j'ai dilapidé en médecins une vingtaine de milliers de roubles sans en avoir rencontré un seul qui ne m'apparût comme un escroc patenté.

BORKINE, *à Ivanov.*

Parfaitement, vous ne fichez rien et vous m'empêchez d'agir, c'est pour ça que nous n'avons pas d'argent.

CHABELSKI

Je répète : je ne parle pas des présents... Peut-être y a-t-il des exceptions, bien que... ma foi...

Il bâille.

IVANOV, *fermant son livre.*

Eh bien, docteur, qu'avez-vous à dire ?

LVOV, *avec un regard sur la fenêtre.*

La même chose que ce matin : il faut qu'elle parte sans tarder pour la Crimée.

Il arpente la scène.

CHABELSKI, *il s'esclaffe.*

La Crimée !... Dis donc, Micha, on va s'établir médecins, toi et moi. Rien de plus simple... Dès qu'une madame Angot ou une Ophélie est enchiffrenée ou qu'elle se met à tousser par désœuvrement, tu prends vite un papier et tu rédiges une ordonnance selon toutes les règles de l'art : d'abord un jeune médecin, ensuite un voyage en Crimée ; là, un Tatare...

IVANOV, *au comte.*

Assez ! Assez ! *(A Lvov :)* Pour aller en Crimée, il faut de l'argent, mettons que j'en trouve ; mais puisqu'elle refuse catégoriquement de partir...

LVOV

Oui, elle refuse.

Pause.

BORKINE

Est-ce que ce départ est indispensable ? Anna Petrovna est vraiment si malade ?

LVOV, *avec un regard vers la fenêtre.*

Oui... la phtisie.

BORKINE

Tss... mauvais ça... A la voir j'ai compris qu'elle
n'en avait plus pour longtemps.

LVOV

Voyons, parlez moins fort... on entend de la maison.

Pause.

BORKINE, *avec un soupir.*

Notre vie... la vie humaine... est semblable à une
fleur qui s'épanouit dans un champ : vient à passer un
bouc, il la bouffe — finie la fleur...

CHABELSKI

Tout ça c'est des bêtises, des bêtises, des bêtises.
(Il bâille.) Bêtises et filouterie.

Pause.

BORKINE

Quant à moi, messieurs, je ne cesse d'enseigner à
Nicolaï Alexeïévitch comment gagner de l'argent. Je
lui ai fait part d'une idée merveilleuse, mais comme
d'habitude, ma poudre était humide. Impossible de
rien lui faire entrer dans la tête... Voyez de quoi il a
l'air : mélancolie, spleen, affliction, désolation, tristesse...

CHABELSKI, *il se lève et s'étire.*

Toi qui dispenses la sagesse, qui enseignes à chacun
l'art de vivre, tu ferais bien de t'occuper un peu de moi.
Prodigue-moi tes lumières, ô vaste intelligence, montre-
moi une issue.

BORKINE, *se levant.*

Je vais me baigner... Adieu, messieurs. *(Au comte :)*
Vous avez vingt issues... A votre place, en une semaine
j'aurais vingt mille roubles...

Il fait quelques pas.

CHABELSKI, *le suivant.*

Comment ça? Développe.

BORKINE

Rien à développer. C'est enfantin... *(Il revient sur ses pas.)* Nicolaï Alexeïévitch, donnez-moi un rouble.

Sans un mot, Ivanov lui tend l'argent.

BORKINE

Merci! *(Au comte :)* Vous avez encore beaucoup d'atouts en main.

CHABELSKI, *le suivant.*

Voyons, quels atouts?

BORKINE, *sortant avec le comte.*

A votre place, il me suffirait d'une semaine pour me faire trente mille roubles, sinon plus...

IVANOV, *après un silence.*

Des hommes inutiles, des mots inutiles, des questions absurdes auxquelles il faut répondre. Je suis à bout, docteur, vraiment, j'en suis malade. Je suis devenu irritable, irascible, violent, mesquin, au point que je ne me reconnais plus moi-même. Des jours entiers la tête me fait mal, je souffre d'insomnies, les oreilles me bourdonnent... Mais où fuir? Je ne vois vraiment pas...

LVOV

Nicolaï Alexeïévitch, j'ai besoin de vous parler sérieusement.

IVANOV

Allez-y.

LVOV

C'est au sujet d'Anna Petrovna. *(Il s'assied.)* Il est

vrai qu'elle refuse d'aller en Crimée ; mais avec vous elle irait.

IVANOV, *après avoir réfléchi.*

Pour partir à deux il faut avoir les moyens. D'ailleurs, je n'obtiendrai pas un nouveau congé, j'en ai déjà pris un cette année...

LVOV

Admettons que ce soit vrai. Mais ce n'est pas tout. Le meilleur remède pour un phtisique, c'est le repos absolu ; or, votre femme n'a pas un instant de repos. Votre façon d'agir la bouleverse continuellement. Pardonnez-moi, je vous parle peut-être un peu librement mais je suis très ému et, sincèrement, vous êtes en train de la tuer. *(Pause.)* Nicolaï Alexeïévitch, laissez-moi croire que vous êtes mieux que ça...!

IVANOV

C'est vrai, c'est très vrai... Je suis sans doute très coupable, mais mes pensées sont si confuses, mon âme est comme engourdie ; je ne parviens pas à me comprendre. Je ne comprends ni les autres ni moi-même... *(Il jette un regard sur la fenêtre.)* On pourrait nous entendre, allons faire quelques pas. *(Ils se lèvent.)* Je voudrais vous expliquer tout ça, mais c'est une si longue histoire, et si compliquée... Nous en aurions jusqu'au matin. *(Ils marchent.)* Aniouta est une femme admirable, extraordinaire... Pour moi elle a changé de confession, elle a quitté son père et sa mère, elle a renoncé à la richesse, et si je lui demandais cent autres sacrifices, elle accepterait sans une hésitation. Voilà. Et moi, qui suis-je ? Un homme très quelconque. Quel sacrifice ai-je fait ? Aucun. D'ailleurs, c'est une longue histoire... La morale de ceci, cher docteur, c'est que... *(Il hésite.)* ... que ... bref, lorsque je me suis marié, j'étais follement amoureux de ma femme et je jurais de l'aimer pour la vie...

Malheureusement... cinq ans ont passé, elle m'aime
toujours, et moi... *(Il ouvre les bras.)* Vous me dites
qu'elle va bientôt mourir, et moi je ne ressens ni tendresse ni pitié, mais comme un vide étrange... une
grande lassitude. A me regarder de l'extérieur, cela doit
être affreux, je le sens : mais je ne comprends pas moi-
même ce qui se passe dans mon âme...

Ils s'éloignent vers le fond de l'allée.

SCÈNE IV

CHABELSKI, *ensuite* ANNA PETROVNA.

CHABELSKI, *il entre en riant aux éclats.*

Parole d'honneur, ce n'est pas un escroc, c'est un
penseur, un génie! On devrait le statufier de son vivant.
C'est un condensé de toute la pourriture humaine, avo-
cat, médecin, financier... *(Il s'assied sur la première
marche du perron.)* Et le plus étonnant, c'est qu'il ne
semble avoir fait ses études à aucune faculté... Alors,
quelle prodigieuse fripouille il aurait pu faire! « Vous
pouvez ramasser vingt mille roubles en une semaine,
car vous possédez un dernier atout : votre titre de
comte... *(Il rit aux éclats.)* N'importe quelle fille à dot
vous épousera... » *(Anna Petrovna ouvre la fenêtre et
regarde dans le jardin.)* Voulez-vous, me dit-il, que je
vous fasse épouser Marfouchka? Qui est-ce Marfouchka? Ah! oui, cette bonne femme, Balabalkina...
Babakalkina... celle qui ressemble à une blanchisseuse...

ANNA PETROVNA

C'est vous, comte?

CHABELSKI

Qu'est-ce qu'il y a?

Anna Petrovna rit.

CHABELSKI, *imitant l'accent yiddisch.*

Pourquoi riez-vous?

ANNA PETROVNA

Je me suis souvenue d'une de vos phrases; vous savez, ce que vous avez dit pendant le dîner... « Un voleur pardonné, un cheval... » Comment est-ce déjà?

CHABELSKI

Un juif baptisé, un voleur acquitté, un cheval retapé, c'est le même prix.

ANNA PETROVNA

Pourquoi faut-il que vos plaisanteries soient toujours perfides? Vous êtes un homme méchant. Je parle sérieusement, comte, vous êtes très méchant. On est mal à l'aise avec vous. Il faut sans cesse que vous récriminiez, que vous rabaissiez vos semblables qui ne sont pour vous que des scélérats ou des imbéciles. Dites-moi franchement : vous est-il jamais arrivé de dire du bien de quelqu'un?

CHABELSKI

Qu'est-ce que c'est que cette enquête?

ANNA PETROVNA

Voilà cinq ans que nous vivons sous le même toit, et pas une seule fois je ne vous ai entendu parler des hommes sans fiel ni dérision. Quel mal vous ont-ils fait? Vous croyez-vous meilleur que les autres?

CHABELSKI

Mais pas du tout. Je suis un vaurien, un cochon, comme tout le monde. Une lavette avec une grande

gueule. Je ne cesse de me sermonner, croyez-moi. Qui
suis-je? Qu'est-ce que je représente? J'ai été riche, libre,
assez heureux, et maintenant... Un parasite, un pique-
assiette, un bouffon sans visage à lui. Il m'arrive de
crier à haute voix mon indignation pour cet homme,
mon mépris. Alors les gens se mettent à rire et moi je
ris avec eux; et voilà qu'on secoue tristement la tête et
qu'on dit : « Il est maboule, le vieux »... Mais le plus
souvent on ne m'entend pas, on ne me remarque pas...

ANNA PETROVNA, *calmement.*

La voilà qui crie encore...

CHABELSKI

Qui ça?

ANNA PETROVNA

La chouette. Tous les soirs elle crie.

CHABELSKI

Laissez-la crier. Au point où en sont les choses...
(Il s'étire.) Ah! Sarah de mon cœur, si je pouvais gagner
cent ou deux cent mille roubles, je vous montrerais
comment il faut vivre. Pfuitt...! Envolé! Loin de ce
trou et de l'assiette du pauvre; jusqu'au jugement dernier vous ne me reverriez.

ANNA PETROVNA

Et où iriez-vous?

CHABELSKI, *après réflexion.*

Je commencerais par aller à Moscou, pour entendre
chanter les tziganes. Ensuite... ensuite, tout droit à
Paris. Je louerais un appartement, j'irais à l'église russe...

ANNA PETROVNA

Et puis?

CHABELSKI

Je passerais mes journées sur la tombe de ma femme,
à songer. Assis sur la tombe, jusqu'à ce que je crève.
Ma femme est enterrée à Paris.

Pause.

ANNA PETROVNA

Quel ennui. On reprend le duo, voulez-vous?

CHABELSKI

Bon, préparez la partition.

SCÈNE V

CHABELSKI, IVANOV et LVOV.

IVANOV, *apparaissant dans l'allée avec Lvov.*

Vous, mon cher, vous n'avez achevé vos études que
l'année dernière, vous êtes encore plein de jeunesse, de
fraîcheur, et moi, j'ai trente-cinq ans. J'ai le droit de
vous donner des conseils. N'épousez ni des juives, ni
des cérébrales, ni des bas-bleus; trouvez-vous plutôt
un article courant, quelconque, terne et sans relief.
D'une manière générale, bâtissez toute votre vie sur
la médiocrité. Plus c'est médiocre, mieux ça vaut. Et
surtout, mon cher, ne vous battez pas un contre mille,
n'attaquez pas les moulins à vent, ne vous fracassez
pas la tête contre les murs... N'essayez pas d'appliquer
de nouveaux systèmes économiques, d'ouvrir des écoles
pour les enfants du peuple... Évitez les discours enflam-
més. Rentrez bien sagement dans votre coquille et
attelez-vous à la petite tâche que le destin vous a dévo-
lue... C'est plus honnête, plus sain et plus confortable,
croyez-moi. Vous n'imaginez pas combien ma vie a été

épuisante!... Mon Dieu, que d'erreurs, d'injustices, d'absurdités... *(Il aperçoit le comte ; avec violence :)* Tu es toujours dans mes jambes, toi! Impossible de parler seul à seul!

CHABELSKI, *d'une voix geignarde.*

Que le diable m'emporte, partout je suis de trop...

Il se lève brusquement et rentre dans la maison.

IVANOV, *criant derrière lui.*

Pardonne-moi... pardonne-moi...! *(A Lvov :)* Pourquoi l'ai-je blessé? Je suis vraiment détraqué. Il faut faire quelque chose... il faut...

LVOV, *avec agitation.*

Nicolaï Alexeïévitch, depuis un moment je vous écoute et... pardonnez-moi, si je vous parle avec franchise, mais sans tenir compte de ce que vous dites, votre voix, votre ton, trahissent tant d'égoïsme, d'insensibilité, tant de froide indifférence... Un être qui vous est proche est en train de mourir, ses jours sont comptés, et vous ne manifestez aucune émotion, vous trouvez la force de vous promener, de pérorer, de... de pontifier... Je m'exprime mal, je n'ai pas le don de la parole, mais... mais vous m'êtes profondément antipathique!...

IVANOV

Évidemment... évidemment... Vous voyez mieux de l'extérieur... vous pouvez mieux juger. C'est probablement ma faute, ma très grande faute... *(Il tend l'oreille.)* On dirait que les chevaux sont là. Je vais m'habiller... *(Il va jusqu'à la maison, s'arrête, se retourne vers Lvov.)* Vous ne m'aimez pas, docteur, et vous ne vous en cachez pas. Cela fait honneur à votre cœur...

Il entre dans la maison.

LVOV, *seul.*

Quel maudit caractère!... Une fois de plus j'ai laissé passer l'occasion de lui parler comme il faudrait. Je ne parviens pas à garder mon calme avec lui. J'ouvre la bouche, je veux parler, mais je suffoque dès les premiers mots, mon cœur bat à tout rompre, je reste muet, et pourtant de toute mon âme, je hais ce tartufe, ce faussaire de sentiments nobles... Il s'en va, voyez-vous... Pour cette pauvre femme, tout le bonheur est de l'avoir à côté d'elle, elle ne vit que par lui, elle le supplie de passer avec elle ne fût-ce qu'une soirée, et lui... il ne peut pas... il est à l'étroit à la maison, voyez-vous, il étouffe. Si ce soir il devait rester chez lui, d'ennui il se tirerait une balle dans la tête. Le pauvre homme... il a besoin d'espace pour élaborer ses plans sordides... Oh! je sais bien pourquoi tu te rends tous les soirs chez ces Lébédev, je le sais bien!

SCÈNE VI

LVOV, IVANOV *en manteau et en chapeau,*
CHABELSKI *et* ANNA PETROVNA

CHABELSKI, *sortant de la maison*
avec Ivanov et Anna Petrovna.

Enfin, Nicolas, c'est inhumain...! Tous les soirs tu nous laisses seuls. Nous en sommes réduits à nous mettre au lit à huit heures. Ce n'est pas une vie, c'est dégoûtant. Pourquoi as-tu le droit de sortir, et pas nous, dis, pourquoi?

ANNA PETROVNA

Comte, laissez-le. Qu'il s'en aille...

IVANOV, *à sa femme.*

Tu voudrais sortir, malade comme tu es? Il ne faut
pas que tu quittes la maison après le coucher du soleil...
Tiens, demande au docteur. Tu n'es pourtant plus un
enfant. Allons, Aniouta, sois raisonnable... (*Au comte :*)
Et toi, qu'est-ce que tu veux?

CHABELSKI

Je suis prêt à aller au diable, à me jeter dans la gueule
d'un crocodile pourvu que je ne reste pas ici. Je m'ennuie! Je suis abruti par l'ennui et j'abrutis tout le monde.
Tu me laisses à la maison pour la distraire, et moi, je
l'assomme, je l'exaspère.

ANNA PETROVNA

Laissez-le, comte, laissez-le! Qu'il y aille puisqu'il
s'y amuse.

IVANOV

En voilà des réflexions! Tu sais très bien, Aniouta,
que ce n'est pas pour m'amuser que j'y vais. Il faut que
je discute cette affaire de traite.

ANNA PETROVNA

Je ne comprends pas pourquoi tu cherches à te jus-
tifier? Vas-y, qui t'en empêche?

IVANOV

Ah! je vous en prie, assez de jérémiades! Je trouve
cette scène parfaitement déplacée.

CHABELSKI, *d'une voix lamentable.*

Nicolaï, mon ami, je t'en supplie, emmène-moi
là-bas! J'y verrai des filous et des imbéciles, cela me
distraira peut-être. Depuis Pâques je ne suis pas sorti.

IVANOV, *irrité.*

Bon, viens! Ah! ce que j'en ai assez de vous tous!

CHABELSKI

Oui? Merci, merci!... *(Il prend Ivanov gaiement par le bras et l'entraîne à l'écart.)* Tu permets que je mette ton chapeau de paille?

IVANOV

Oui, mais je t'en prie, dépêche-toi!

Le comte entre en courant dans la maison.

IVANOV

Ne plus les voir, ne plus les voir! Mon Dieu, qu'est-ce que je raconte, moi? Pardonne-moi, Aniouta, je te parle sur un ton impossible. Jamais cela ne m'est arrivé. Enfin... adieu, je rentrerai vers une heure.

ANNA PETROVNA

Kolia, mon chéri, reste à la maison!

IVANOV, *avec agitation.*

Ma chérie, mon amie, ma pauvre petite, je t'en supplie, ne m'empêche pas de sortir le soir. C'est cruel, c'est injuste de ma part, mais permets-moi de commettre cette injustice. La maison me pèse tellement! Dès que le soleil se couche, mon âme est à la torture, je suis pris d'angoisse; ne me demande pas pourquoi, je n'en sais rien. La maison m'est insupportable, je cours chez les Lébédev, et, une fois là-bas, c'est encore pire; je rentre, et, de nouveau, l'angoisse me saisit, et ainsi toute la nuit... C'est à désespérer.

ANNA PETROVNA

Kolia... si tu essayais de rester quand même!... Nous causerons comme jadis... nous dînerons ensemble, puis nous ferons la lecture... Le vieux grognon et moi,

nous avons étudié pour toi des tas de duos, tu verras...
(Elle l'entoure de ses bras)... Reste !... *(Pause.)* Je ne te
comprends pas. Comme tu as changé depuis un an.
Pourquoi ?

IVANOV

Je ne sais pas, je ne sais pas...

ANNA PETROVNA

Et pourquoi ne veux-tu pas que je sorte avec toi le
soir ?

IVANOV

Tu tiens à le savoir ? Eh bien, je vais te le dire. C'est
plutôt cruel, mais je préfère m'expliquer... Lorsque je
suis tourmenté, je... je cesse de t'aimer. Je ne peux plus
te supporter. Bref, il faut que je m'éloigne de la maison.

ANNA PETROVNA

Tu es tourmenté ? Je comprends, je comprends... Sais-
tu, Kolia ? essaie donc de chanter, de rire, de te fâcher
comme autrefois... Reste, nous allons bien rire, nous
boirons des liqueurs et en un instant ton angoisse s'envolera. Veux-tu que je chante ? Ou bien, allons nous
asseoir dans ton bureau, dans le noir, comme avant, et
tu m'ouvriras ton cœur... Tu as des yeux si doulou-
reux ! Je plongerai mon regard dans tes yeux et je pleu-
rerai, et tous les deux nous serons soulagés... *(Elle
pleure et rit en même temps.)* A moins que... comment
est-ce déjà, Kolia ? « Les fleurs renaissent chaque printemps, mais pas les joies. » C'est bien ça ?... oui ?... Eh
bien, pars, pars...

IVANOV

Prie le bon Dieu pour moi, Aniouta ! *(Il fait quelques
pas, s'arrête, hésite.)* Non, je ne peux pas !

                                                    Il sort.

ANNA PETROVNA

Pars...

Elle s'assied devant la table.

LVOV, *arpentant la scène.*

Anna Petrovna, faites-vous une règle : à six heures, vous devez rentrer et ne plus sortir jusqu'au matin. L'air du soir est humide, c'est très mauvais pour vous.

ANNA PETROVNA

A vos ordres.

LVOV

Je ne plaisante pas, vous savez. C'est très sérieux!

ANNA PETROVNA

Et moi, je ne veux pas être sérieuse.

Elle tousse.

LVOV

Ça y est, vous voyez bien, vous toussez déjà.

SCÈNE VII

LVOV, ANNA PETROVNA *et* CHABELSKI

CHABELSKI, *sortant de la maison
avec un manteau et un chapeau.*

Mais où est Nicolaï? Les chevaux sont prêts? *(Il baise la main d'Anna Petrovna.)* Bonne nuit, ma charmante! *(Bouffonnant, avec l'accent yiddisch :)* Aï-waï, che fous demante bardon!

Il sort vivement.

LVOV

Pitre !

Pause. On entend les sons lointains d'un accordéon.

ANNA PETROVNA

Quel ennui !... Les cochers et les cuisinières se donnent
un bal, et moi... moi... comme une abandonnée...
Ievguéni Constantinovitch, où courez-vous ? Venez ici,
asseyez-vous.

Un silence.

LVOV

Je ne peux pas rester assis.

ANNA PETROVNA

A la cuisine, on joue « Le canari ».

Elle chante :

> *Canari, d'où viens-tu là ?*
> *J'ai lampé de la vodka.*

Un silence.

Docteur, vous avez vos parents ?

LVOV

Mon père est mort, j'ai encore ma mère.

ANNA PETROVNA

Vous vous ennuyez d'elle ?

LVOV

Je n'en ai pas le temps.

ANNA PETROVNA, *elle rit.*

« Les fleurs renaissent chaque printemps... mais pas
les joies. » Qui donc m'a appris cette phrase ? Voyons...
Je crois bien que c'est Nicolaï... *(Elle écoute.)* De nouveau la chouette qui crie.

LVOV

Laissez-la crier!

ANNA PETROVNA

Savez-vous, docteur, je commence à croire que le
destin m'a roulée. Il y a un tas de gens qui peut-être ne
valent pas mieux que moi et qui cependant connaissent
le bonheur sans avoir rien déboursé. Et moi, j'ai payé
pour tout, absolument pour tout... et cher! Pourquoi
me réclamer maintenant de si gros intérêts?... Mon ami,
pourquoi toutes ces précautions avec moi, cette conspi-
ration du silence autour de mon état? Pensez-vous que
j'ignore ma maladie? Je la connais parfaitement. D'ailleurs, c'est un sujet ennuyeux... *(Prenant l'accent yiddisch :)*
Che fous temante bardon! Vous connaissez des histoires
amusantes?

LVOV

Non.

ANNA PETROVNA

Nicolaï en connaît, lui. Et puis, je commence à
m'étonner de toute cette injustice : pourquoi l'amour ne
répond-il pas à l'amour? pourquoi paye-t-on la vérité
par le mensonge? Dites? Combien de temps encore
mon père et ma mère me haïront-ils? Ils habitent à cinquante verstes d'ici, et moi, je sens leur haine nuit et
jour, même en dormant. Et comment voulez-vous que
j'interprète l'angoisse de Nicolaï? Il dit qu'il cesse de
m'aimer quand vient le soir. Je le comprends et je
l'admets; mais, supposez qu'il cesse de m'aimer tout à
fait! Évidemment, c'est impossible, mais si... tout de
même...? Non, non, il ne faut pas y penser... *(Elle
chante :)* « Canari, d'où viens-tu là? »... *(Elle frissonne.)*
Quelles affreuses pensées! Vous n'êtes pas marié, docteur, il y a bien des choses que vous ne pouvez comprendre...

LVOV

Vous vous étonnez... *(Il s'assied à côté d'elle.)* Sachez
que moi aussi bien des choses m'étonnent. Par exemple,
expliquez-moi, faites-moi comprendre comment, vous,
une femme intelligente, honnête, presque une sainte,
vous avez pu vous tromper aussi grossièrement, et vous
laisser cloîtrer dans ce nid à chouettes ? Que faites-vous
ici ? Qu'avez-vous de commun avec cet homme froid,
insensible ?... Mais laissons votre mari ! — Qu'avez-vous
de commun avec ce milieu insignifiant, vulgaire ? Mon
Dieu, mon Dieu !... Ce comte toqué, rouillé, qui ne
cesse de grogner, cet aigrefin de Micha, roi des escrocs,
avec sa trogne de voyou... Vous, ici !... Comment est-ce
possible... ?

ANNA PETROVNA, *riant.*

Lui aussi disait cela autrefois... Mot pour mot... Mais
ses yeux sont plus grands que les vôtres, et lorsqu'il
parlait avec flamme, ils brûlaient comme des charbons
ardents... Parlez, parlez !...

LVOV, *il se lève et fait un geste de la main.*

A quoi bon ? Allons, rentrez !

ANNA PETROVNA

Vous dites du mal de Nicolaï, il est ceci, il est cela...
Vous croyez le connaître ? Comment peut-on connaître
quelqu'un en six mois ? Non, docteur, c'est un homme
remarquable et je regrette que vous ne l'ayez pas connu
il y a deux ou trois ans. A présent il est mélancolique,
taciturne, il n'a de goût pour rien, mais avant... ah ! qu'il
était magnifique ! Je me suis mise à l'aimer dès le premier regard. *(Elle rit.)* Je l'ai regardé, et pan, la souri-
cière. Il m'a dit : « Viens ! » et je me suis détachée du
monde où je vivais, comme une feuille morte se détache
de la branche... pour le suivre... *(Pause.)*... Et mainte-

nant, ce n'est plus la même chose... Maintenant, il s'en
va chez les Lébédev, pour se distraire avec d'autres
femmes, et moi... je suis clouée dans ce jardin et j'écoute
le cri de la chouette... (*On entend la claquette du gardien
de nuit.*) Docteur, vous n'avez pas de frères?

LVOV

Non.

Anna Petrovna éclate en sanglots.

LVOV

Eh bien, qu'est-ce qu'il y a? Qu'est-ce qui vous
prend?

ANNA PETROVNA, *elle se lève.*

Je ne peux pas, docteur... Il faut que j'aille là-bas...

LVOV

Où donc?

ANNA PETROVNA

Là-bas... avec lui... J'y vais... faites atteler les chevaux!

Elle court vers la maison.

LVOV

Eh bien, non! Je refuse absolument de vous soigner
dans ces conditions! Non seulement on ne me paye pas
un kopek, mais encore on me fait perdre la tête... J'en
ai assez!...

Il entre dans la maison.

ACTE II

La salle de bal dans la maison des Lébédev. Au fond, sortie vers le jardin; à droite et à gauche, des portes. Mobilier ancien et cossu. Lustres, candélabres et tableaux, le tout couvert de housses.

SCÈNE PREMIÈRE

ZINAÏDA SAVICHNA, KOSSYKH, AVDOTIA NAZAROVNA, IÉGOROUCHKA, GAVRILA, LA FEMME DE CHAMBRE, VIELLES FEMMES, INVITÉS, JEUNES FILLES, BABAKINA

Zinaïda Savichna est assise sur le divan. De chaque côté, les dames âgées dans des fauteuils. Les jeunes filles et les jeunes gens sont installés sur des chaises. Au fond, près de la sortie donnant sur le jardin, on joue aux cartes. Parmi les joueurs : Kossykh, Avdotia Nazarovna et Iégorouchka. Gavrila se tient près de la porte à droite ; la femme de chambre sert des sucreries sur un plateau. Pendant tout l'acte, les invités entrent ou sortent par la porte de droite.

Babakina entre par cette porte et se dirige vers Zinaïda Savichna.

ZINAÏDA SAVICHNA, *joyeusement.*

Marfa Iégorovna, ma petite âme...

BABAKINA

Bonjour, Zinaïda Savichna! J'ai l'honneur de vous présenter mes compliments à l'occasion de la nouvelle née... (*Elles s'embrassent.*) Que Dieu lui accorde...

ZINAÏDA SAVICHNA

Merci, ma chérie, je suis si contente... Eh bien, comment va la santé?

BABAKINA

Vous êtes trop aimable. (*Elle s'assied sur le divan.*) Bonjour, jeunes gens!...

Les invités se lèvent et saluent.

PREMIER INVITÉ, *riant.*

Jeunes gens?... Seriez-vous donc vieille?

BABAKINA, *soupirant.*

Nous ne sommes plus une jeunesse...

PREMIER INVITÉ, *riant avec componction.*

Allons donc, vous n'y pensez pas!... Vous êtes veuve pour l'état civil, mais vous pouvez rendre des points à n'importe quelle demoiselle.

Gavrila sert du thé à Babakina.

ZINAÏDA SAVICHNA, *à Gavrila.*

Comment sers-tu? Apporte donc des confitures. Des groseilles à maquereaux, par exemple...

BABAKINA

Ne vous mettez pas en frais. Merci grandement.

Pause.

PREMIER INVITÉ

C'est par Mouchkino que vous êtes venue, Marfa
Iégorovna?

BABAKINA

Non, par Zaïmistché. La route est meilleure.

PREMIER INVITÉ

Bien sûr.

KOSSYKH

Deux piques!

IÉGOROUCHKA

Je passe.

AVDOTIA NAZAROVNA

Je passe.

SECOND INVITÉ

Je passe.

BABAKINA

A propos, Zinaïda Savichna, l'emprunt s'est remis
à monter drôlement. Jamais vu ça : le premier emprunt
est déjà coté deux cent soixante-dix et le second presque
deux cent cinquante... C'est pas croyable!

ZINAÏDA SAVICHNA, *avec un soupir.*

Tant mieux pour celui qui en a beaucoup...

BABAKINA

Pas sûr, ma chérie; bien que le cours soit élevé,
ce n'est pas avantageux d'immobiliser son capital.
Rien que l'assurance vous mettra sur la paille.

ZINAÏDA SAVICHNA

Pour être juste, c'est juste, et pourtant, ma chère,
on espère toujours... *(Elle soupire.)* Le Seigneur est
miséricordieux...

TROISIÈME INVITÉ

En ce qui me concerne, *mesdames*, selon mon raisonnement, par le temps qui court, ce n'est pas du tout
avantageux de posséder un capital. Les titres donnent
bien peu de dividendes et spéculer est extrêmement
dangereux. A mon point de vue, *mesdames*, celui qui
par le temps qui court possède un capital, se trouve
dans une situation plus critique, *mesdames*, que celui
qui...

BABAKINA, *soupirant.*

C'est juste!

Le premier invité bâille.

BABAKINA

Est-ce que ça se fait de bâiller devant des dames?

PREMIER INVITÉ

Pardon, *mesdames*, c'est par inadvertance.

*Zinaïda Savichna se lève et sort par la porte de
droite; un long silence.*

IÉGOROUCHKA

Deux carreaux!

AVDOTIA NAZAROVNA

Je passe.

SECOND INVITÉ

Je passe.

KOSSYKH

Je passe.

BABAKINA, *à part.*

Mon Dieu, c'est à mourir d'ennui!

SCÈNE II

LES MÊMES, ZINAÏDA SAVICHNA *et* LÉBÉDEV

ZINAÏDA SAVICHNA, *entrant par la porte de droite
avec Lébédev. A voix basse.*

Pourquoi t'es-tu installé là-bas? En voilà une prima
donna! Reste avec les invités!

Elle reprend sa place.

LÉBÉDEV, *bâillant.*

Pitié pour nous, pauvres pécheurs! *(Il aperçoit
Babakina.)* Quelle bonne surprise! Mais la voilà! Ma
petite marmelade, mon rahat-loukoum! *(Il la salue.)*
Comment va cette précieuse santé?...

BABAKINA

Vous êtes bien aimable.

LÉBÉDEV

Que Dieu soit loué... que Dieu soit loué! *(Il s'assied
dans un fauteuil.)* Bon, bon... Gavrila!

*Gavrila lui sert un petit verre d'eau-de-vie et un
verre d'eau.*

PREMIER INVITÉ

A la bonne vôtre!

LÉBÉDEV

N'en demandons pas trop!... Heureux déjà si la crevaison nous épargne... *(A sa femme :)* Zizi, comment va notre nouvelle née?

KOSSYKH, *pleurnichant.*

Expliquez-moi ça : comment se fait-il qu'on n'ait pas fait une levée? *(Il se lève brusquement.)* Le diable m'emporte si je comprends comment nous avons pu perdre!

AVDOTIA NAZAROVNA, *se levant brusquement, en colère.*

Mais parce que tu ne sais pas jouer, mon petit père; alors reste chez toi. Pourquoi joues-tu dans leur couleur? Quand on a un as on ne le met pas en conserve...

> *Tous deux quittent la table et descendent en courant vers l'avant-scène.*

KOSSYKH, *pleurnichant.*

Permettez... J'ai à cœur : l'as, le roi, la dame... j'ai l'as de pique sec, mais aussi, hé oui, hé oui, voyez-vous, ce petit carreau... et c'est à cause de lui que je ne pouvais pas annoncer le petit chelem... J'ai dit : sans atout!...

AVDOTIA NAZAROVNA, *l'interrompant.*

C'est moi qui ai dit : sans atout! Toi tu as dit après : deux sans atout...

KOSSYKH

C'est révoltant!... Permettez... vous aviez... j'ai eu... vous avez eu... *(A Lébédev :)* Jugez vous-même, Pavel Kirillytch... J'ai à cœur : l'as, le roi, la dame...

LÉBÉDEV, *se bouchant les oreilles.*

Fiche-moi la paix, de grâce... fiche-moi la paix!...

AVDOTIA NAZAROVNA, *criant.*

C'est moi qui ai dit sans atout !

KOSSYKH, *féroce.*

Que je sois pendu et anathème si je rejoue jamais avec cet esturgeon !

> *Il s'en va rapidement dans le jardin. Le deuxième invité le suit. Iégorouchka reste seul devant la table.*

AVDOTIA NAZAROVNA

Ouf !... Je suis en nage... Esturgeon !... Esturgeon toi-même !

BABAKINA

Vous êtes un petit peu soupe au lait, grand-mère...

AVDOTIA NAZAROVNA, *elle aperçoit*
 Babakina et joint les mains.

Ma charmante, ma jolie... Elle est là... et moi, poule myope, je ne la vois pas... Ma colombe... *(Elle lui embrasse l'épaule et s'assied à côté d'elle.)* Quelle joie ! Laisse-moi te regarder, mon cygne blanc. *(Elle crache trois fois derrière son épaule gauche.)* Tffou, tffou, tffou... contre le mauvais œil !...

LÉBÉDEV

Et allez donc ! Regardez-la faire !... Trouve-lui plutôt un fiancé...

AVDOTIA NAZAROVNA

Mais j'en trouverai un ! Pécheresse que je suis, je ne m'étendrai pas dans le cercueil sans les avoir mariées, elle et Sachenka... Non, je ne m'étendrai pas dans le cercueil... *(Elle soupire.)* Seulement, voilà... au jour d'aujourd'hui les fiancés se font rares. Regardez-les : tous des poules mouillées !...

TROISIÈME INVITÉ

Comparaison malencontreuse. A mon point de vue, *mesdames*, si actuellement les jeunes gens préfèrent demeurer célibataires, la faute en est, pour ainsi dire, aux conditions sociales...

LÉBÉDEV

Assez... assez... pas de philosophie... Je déteste ça!...

SCÈNE III

LES MÊMES *et* SACHA

SACHA, *elle entre et se dirige vers son père.*
Il fait si beau, et vous, vous restez là, à étouffer.

ZINAÏDA SAVICHNA

Tu ne vois donc pas Marfa Iégorovna, Sachenka?

SACHA

Pardonnez-moi.

Elle va vers Babakina et la salue.

BABAKINA

T'es bien fière ce soir, Sachenka! t'aurais pu venir me voir avant. (*Elles s'embrassent.*) Mes félicitations, ma petite âme...

SACHA

Merci.

Elle s'assied à côté de son père.

LÉBÉDEV

Oui, Avdotia Nazarovna, ce n'est pas facile aujourd'hui avec les fiancés. Je dis les fiancés, mais on ne

trouve même plus de garçons d'honneur convenables.
La jeunesse moderne, sans vouloir l'offenser, est,
comment dire, que Dieu me pardonne, éventée, une
vraie piquette. Ils ne savent rien faire convenablement :
ni danser, ni avoir une conversation, ni boire un coup...

AVDOTIA NAZAROVNA

Ils savent bien boire, allez, quand on leur offre...

LÉBÉDEV

Boire !... la belle affaire !... Les chevaux aussi savent
boire... Non, il faut savoir s'y prendre... De mon temps,
par exemple, on bûchait toute la journée à l'Université,
mais dès que le soir venait, on allait chez n'importe qui
et jusqu'à l'aube, on tournait comme des toupies... et je
te danse... et je te fais rigoler les filles... et ce truc-là. *(Il
se donne une chiquenaude sur le cou.)* On racontait des
blagues, on faisait de la philosophie jusqu'à ce que la
langue ait des crampes... Alors que ceux d'aujourd'hui...
(il fait un geste de la main)... je n'y comprends rien... De
vraies chiffes... Dans tout le district, il y a un seul gars
qui vaille quelque chose ; mais il est marié *(il soupire)*
et je crois qu'il est en train de devenir enragé...

BABAKINA

Qui ça ?

LÉBÉDEV

Nicolacha Ivanov.

BABAKINA

Oui, c'est un homme bien *(elle fait une grimace)* ... pas
très heureux...

ZINAÏDA SAVICHNA

Comment voulez-vous qu'il soit heureux, ma petite
âme ? *(Elle soupire.)* En voilà un qui s'est trompé... Il a
épousé sa youpine, il comptait, le pauvre, ramasser la

grosse galette, et ça a été juste le contraire... Les beaux-parents ne veulent plus voir leur fille depuis qu'elle s'est convertie, ils l'ont maudite. Il n'y a pas eu un kopek de dot. Maintenant il s'en mord les doigts, mais c'est trop tard...

SACHA

Maman, ce n'est pas vrai.

BÁBAKINA, *avec ardeur.*

Comment, pas vrai, Sachenka? Tout le monde est au courant. S'il n'y avait pas d'intérêt, à quoi bon épouser une juive? Est-ce qu'il n'y a pas assez de Russes? Il s'est trompé, ma petite âme, il s'est trompé... *(Vivement :)* Mais à présent, qu'est-ce qu'il lui passe, Seigneur! C'est à crever de rire. Dès qu'il rentre à la maison, ça commence : « Tes parents sont des escrocs, fiche-moi le camp d'ici! » Et où pourrait-elle aller? Ses parents ne la recevront pas; elle serait prête à se placer comme femme de chambre, mais on ne lui a pas appris à travailler... Il lui en fait voir de toutes les couleurs, jusqu'au moment où le comte prend sa défense. Sans le comte, il lui aurait fait passer le goût du pain depuis longtemps.

AVDOTIA NAZAROVNA

Ou alors, il l'enferme dans la cave et il lui donne des noms d'oiseau : « Bouffe de l'ail, toi... » Et elle en bouffe jusqu'à n'en plus pouvoir...

Rires.

SACHA

Papa, ce sont des mensonges!

LÉBÉDEV

Et après? Laisse-les donc dire leurs bêtises... *(Il crie :)* Gavrila!

Gavrila lui sert la vodka et l'eau.

ZINAÏDA SAVICHNA

C'est pour ça qu'il s'est ruiné, le pauvre. Ses affaires sont en pleine déconfiture, ma petite âme. Si Borkine ne gérait pas le domaine il pourrait crever de faim avec sa youpine. *(Elle soupire.)* Par malheur, c'est nous qui payons les pots cassés, ma petite âme. Dieu seul sait ce que nous y avons perdu! Croyez-vous, ma chère, depuis trois ans il nous doit neuf mille roubles!

BABAKINA, *horrifiée*.

Neuf mille!...

ZINAÏDA SAVICHNA

Comme je vous le dis. Grâce à notre cher Pavel, incapable de discerner un emprunteur solvable d'un tapeur à fonds perdus. Le capital, passe encore, si au moins il payait les intérêts régulièrement.

SACHA, *avec chaleur*.

Maman, vous l'avez déjà dit mille fois!

AVDOTIA NAZAROVNA

Est-ce que cela te regarde? Pourquoi prends-tu sa défense?

SACHA, *se levant*.

Comment osez-vous parler ainsi d'un homme qui ne vous a fait aucun mal? Dites, qu'est-ce qu'il vous a fait?

TROISIÈME INVITÉ

Alexandra Pavlovna, permettez-moi de dire mon mot : j'ai de l'estime pour Nicolaï Alexeïévitch, c'est sans aucun doute un honnête homme, mais, *entre nous*, j'ai la conviction que c'est un combinard.

SACHA

Tiens!

TROISIÈME INVITÉ

A preuve un fait que m'a transmis son attaché ou,
pour ainsi dire, son cicérone, Borkine. Il y a deux ans,
pendant l'épizootie bestiale, il a acheté du bétail, l'a
fait assurer...

ZINAÏDA SAVICHNA

Mais oui, mais oui, mais oui, je m'en souviens.
A moi aussi on me l'a raconté.

TROISIÈME INVITÉ

Vous comprenez bien, il l'a fait assurer, puis il l'a
contaminé avec la peste et a touché l'assurance.

SACHA

Mais c'est inepte, inepte! Personne n'a acheté de
bétail ni ne l'a contaminé! C'est Borkine qui a eu l'idée
de ce projet et qui s'en est vanté à droite et à gauche.
Quand Ivanov l'a appris, il est resté deux semaines
sans adresser la parole à Borkine. Le seul tort d'Ivanov
est d'être faible, de ne pas avoir le courage de mettre
ce Borkine à la porte. Sa faute est d'être trop crédule.
On l'a pillé, on l'a dépouillé de tout ce qu'il possédait,
chacun s'engraisse de son travail et de ses entreprises
généreuses.

LÉBÉDEV

Sachenka, comme tu t'emballes!

SACHA

Mais pourquoi dire des inepties? C'est lassant à la
fin! Ivanov, Ivanov, Ivanov, il n'y a pas d'autre thème!
(Elle se dirige vers la porte et revient sur ses pas.) Vous
m'étonnez. *(Aux jeunes gens :)* Vraiment, vous m'étonnez
par votre patience, messieurs! Cela ne vous fatigue
donc pas de rester comme ça? L'air lui-même est figé
d'ennui! Dites donc quelque chose, amusez les jeunes

filles, bougez! Et si vous n'avez pas d'autre sujet
qu'Ivanov, riez, chantez, dansez, au moins...

LÉBÉDEV

Passe-leur un bon savon, vas-y!

SACHA

Écoutez, faites-moi ce plaisir! Si vous n'avez pas
envie de danser, de rire, de chanter, si tout cela vous
ennuie, eh bien, je vous en prie, je vous en supplie, au
moins pour une fois, par extraordinaire, pour étonner,
pour divertir, rassemblez toutes vos forces et tous
ensemble inventez quelque chose de spirituel, de brillant,
que ce soit insolent, vulgaire, peu importe, mais que
ce soit amusant, neuf! Ou bien, alors, faites quelque
chose de plus modeste, insignifiant même, mais arrangez-
vous pour que, de loin, cela puisse passer pour une
action d'éclat. Vous cherchez à plaire, n'est-ce pas?
Alors, qu'attendez-vous? Ah! messieurs, vous n'y
êtes pas, non, ce n'est pas ça, pas ça, pas ça! A vous
regarder, les mouches crèvent, les lampes se mettent
à fumer, ce n'est pas ça... je vous l'ai dit mille fois et
je vous le répète encore, ce n'est pas ça, pas ça, pas ça!...

SCÈNE IV

LES MÊMES, IVANOV *et* CHABELSKI

CHABELSKI, *entrant avec Ivanov par la porte de droite.*

Qui est-ce qui déclame ici? C'est vous, Sachenka?
(Il éclate de rire et lui serre la main.) Tous mes vœux, mon
ange. Que le Seigneur vous fasse mourir le plus tard
possible et qu'il vous épargne de naître une seconde fois.

ZINAÏDA SAVICHNA, *joyeusement.*

Nicolaï Alexeïévitch, comte...!

LÉBÉDEV

Bah! Qui vois-je... Comte!

Il va à leur rencontre.

CHABELSKI, *il aperçoit Zinaïda Savichna et Babakina
et leur tend les mains.*

Deux banques sur un même divan... Quel superbe
panorama! *(Il les salue; à Zinaïda Savichna :)* Bonjour,
Zizi! *(A Babakina :)* Bonjour, mon petit poupon!

ZINAÏDA SAVICHNA

Je suis si heureuse! Vous vous faites si rare, comte!
(Elle crie :) Gavrila, du thé! Asseyez-vous, je vous en
prie!

*Elle se lève, sort par la porte de droite et revient
aussitôt, très soucieuse. Sacha reprend son ancienne
place. Ivanov dit silencieusement bonjour à tout le
monde.*

LÉBÉDEV, *à Chabelski.*

Quel bon vent t'amène? Par quel mystère?... En
voilà une surprise! *(Il l'embrasse.)* Comte, tu es un vrai
brigand! Les gens comme il faut n'agissent pas ainsi!
(Il le prend par la main et l'entraîne vers la rampe.) Pourquoi ne viens-tu jamais? Tu nous bats froid?

CHABELSKI

Comment veux-tu que je rapplique? A cheval sur
un bâton? Je n'ai pas de chevaux et Nicolaï ne m'emmène
pas; il veut que je tienne compagnie à Sarah pour la
distraire. Envoie-moi chercher, je viendrai.

LÉBÉDEV, *il fait un geste de la main.*

Évidemment!... Mais Zizi aimerait mieux crever

que de faire atteler les chevaux. Mon vieux copain,
mon ami, mon meilleur ami, mon fidèle, de toute la
vieillerie il n'y a que toi et moi qui ayons survécu.

> *J'aime en toi mes peines anciennes,*
> *Ma jeunesse envolée...*

Blague à part, je suis prêt à pleurer.

Il embrasse le comte.

CHABELSKI

Allons, allons, on se croirait dans une cave à vin.

LÉBÉDEV

Mon petit vieux, tu ne t'imagines pas combien je
m'ennuie de mes amis. Un cafard à se pendre... *(A voix
basse :)* Zizi a fait le vide autour de nous avec sa banque
de prêts; tous les gens bien se sont éclipsés; tu vois,
il ne reste que des Zoulous... des Doudkine, des Boud-
kine... Enfin, prends le thé...

Gavrila sert du thé au comte.

ZINAÏDA SAVICHNA, *à Gavrila.*

Qu'est-ce que c'est que ce service? Apporte donc
de la confiture... Des groseilles à maquereaux, par
exemple...

CHABELSKI, *éclatant de rire, à Ivanov.*

Je te l'avais bien dit, hein? *(A Lébédev :)* En route,
je lui ai parié que dès notre arrivée, Zizi nous offrirait
des confitures de groseilles à maquereaux...

ZINAÏDA SAVICHNA

Vous êtes toujours aussi taquin, comte...

Elle s'assied.

LÉBÉDEV

On en a fait vingt tonneaux, il faut bien les écouler...

CHABELSKI, *s'installant à côté de la table.*

Alors on fait des petits placements, Zizi? Vous avez bien mis de côté un petit million, hein?

ZINAÏDA SAVICHNA, *soupirant.*

Bien sûr, pour les gens, nous sommes cousus d'or. L'argent ne tombe pas du ciel. Tout ça, c'est des ragots...

CHABELSKI

Comment donc!... Nous savons à quoi nous en tenir... *(A Lébédev :)* Allons, Pavel... la main sur le cœur... vous avez bien un petit million de côté...?

LÉBÉDEV

Je n'en sais rien. Demande à Zizi...

CHABELSKI, *à Babakina.*

Et notre petit poupon grassouillet aura bientôt, lui aussi, son petit million! Elle embellit et elle engraisse à vue d'œil! Ce que c'est que d'avoir beaucoup de galette...

BABAKINA

Mille grâces, Excellence, seulement je n'aime guère les railleries.

CHABELSKI

Des railleries? Qu'allez-vous penser, ma chère banque? C'est tout simplement un cri du cœur que l'excès de la passion me fait monter aux lèvres... Vous et Zizi... mais je vous adore... *(Gaiement :)* Oh! ravissement, oh! extase!... votre vue me transporte et m'enivre!

ZINAÏDA SAVICHNA

Vous êtes toujours le même. *(A Iégorouchka :)* — Iégorouchka, éteignez les chandelles! Puisque vous ne jouez pas, à quoi bon les gaspiller? *(Iégorouchka sursaute;*

il éteint les chandelles et s'assied. A Ivanov :) Nicolaï Alexeïévitch, comment va votre épouse?

IVANOV

Mal. Aujourd'hui, le docteur m'a dit nettement qu'elle était phtisique...

ZINAÏDA SAVICHNA

Vraiment? Quelle pitié!... *(Elle soupire.)* Et nous qui l'aimons tant...

CHABELSKI

Bêtises, bêtises, bêtises... aucune phtisie, rien que du charlatanisme médical, un tour de prestidigitation. Notre Esculape tient à nous rendre visite, alors il a inventé la phtisie. Heureusement, le mari n'est pas jaloux. *(Ivanov fait un geste d'impatience.)* En ce qui concerne Sarah, je ne crois pas un mot de ce qu'il peut dire ou faire. De ma vie je n'ai fait confiance ni aux médecins, ni aux avocats, ni aux femmes. Bêtises, bêtises, charlatanisme et tours de prestidigitation!

LÉBÉDEV, *à Chabelski.*

Tu es un drôle de type, Matveï!... Tu as enfourché le dada de la misanthropie et tu te crois tenu de faire l'idiot. A te regarder tu parais normal, mais dès que tu ouvres la bouche on dirait que tu es pris de coliques...

CHABELSKI

Tu voudrais peut-être que j'embrasse tous les salauds et toutes les canailles de la terre?

LÉBÉDEV

Et où vois-tu des salauds et des canailles?

CHABELSKI

Je ne parle pas des personnes présentes, évidemment... mais pour le reste...

LÉBÉDEV

Mais non, mais non... C'est une attitude chez toi...

CHABELSKI

Une attitude... Tu as de la chance de n'avoir aucune philosophie.

LÉBÉDEV

Ma philosophie ? La boucler en attendant de crever. C'est ça ma philosophie. Nous autres, vieux frère, nous n'avons plus le temps de faire de la philosophie. Voilà... *(Il crie :)* Gavrila !

CHABELSKI

Assez de Gavrila comme ça ! Regarde seulement la couleur de ton nez !

LÉBÉDEV, *buvant.*

Laisse donc, mon âme... je ne vais pas à une noce.

ZINAÏDA SAVICHNA

Il y a longtemps que le docteur Lvov n'est pas venu nous voir. Il nous a oubliés.

SACHA

Ma bête noire. L'honnêteté ambulante. Il ne demandera pas un verre d'eau, il n'allumera pas une cigarette sans faire étalage de son extraordinaire honnêteté. Qu'il parle ou qu'il se taise on peut lire sur son front : « Je suis un homme honnête. » Il est assommant.

CHABELSKI

Un médicastre étroit, rectiligne. *(Il imite Lvov :)* « Place au travail honnête ! » A tout bout de champ on l'entend brailler comme un perroquet, tel un prophète inspiré. Celui qui ne hurle pas est un salaud. Opinions d'ailleurs étonnantes par leur profondeur : si le moujik est aisé et vit convenablement, c'est qu'il est une canaille, un koulak; je porte une veste de velours et je me fais habiller par un valet, donc je suis une crapule, un esclavagiste. Il est si honnête, si honnête qu'il en pète sur toutes les coutures. Un être supérieur. Il m'impressionne... Ma parole! A tout instant il faut s'attendre à ce que par devoir il vous tape sur la gueule ou vous traite de salaud.

IVANOV

Il me fatigue terriblement; néanmoins il m'est sympathique; il a beaucoup de sincérité.

CHABELSKI

Belle sincérité! Hier soir, il s'approche de moi, et de but en blanc : « Comte, vous m'êtes profondément antipathique. » Merci bien! Et pas comme ça, non, mais avec une violence!... La voix qui tremble, les yeux qui lancent des étincelles, les genoux qui fléchissent... Fichue sincérité! Je lui répugne, je lui suis odieux? C'est naturel... Mais à quoi bon me le jeter à la face? Je suis un sale type, d'accord, mais j'ai des cheveux blancs...

LÉBÉDEV

C'est bon, c'est bon... toi aussi tu as été jeune, tu dois comprendre.

CHABELSKI

Oui, j'ai été jeune et bête, j'ai moi aussi joué les justiciers, j'ai dénoncé les scélérats et les escrocs, mais de ma vie je n'ai dit en face à un voleur : « Tu es un voleur. » On ne parle pas de corde dans la maison d'un pendu. J'ai reçu une bonne éducation. Tandis que lui, votre morticole obtus, il se sentirait au septième ciel et digne de l'admiration universelle, s'il avait l'occasion, au nom des principes et des idéaux humanitaires, de

me taper publiquement sur la gueule et de m'allonger
sur le carreau.

LÉBÉDEV

Tous les jeunes gens ont du tempérament. J'avais
un oncle, un hégélien... Il invitait du monde chez lui,
et quand la maison était pleine, après avoir bien bu,
il montait — vous voyez, comme ça — sur la chaise et se
mettait à hurler : « Vous êtes des ignorants! Forces
des ténèbres... Aube de vie nouvelle » ... Et patati, et
patata... et je te sermonne, et je te sermonne...

SACHA

Et les invités ?

LÉBÉDEV

Ils ne bronchaient pas... Ils écoutaient... et ils buvaient.
D'ailleurs, une fois, je l'ai provoqué en duel... mon
propre oncle... A cause de Schopenhauer. Je m'en
souviens comme si c'était hier. Voyons : j'étais assis
comme ça, comme Matveï, et l'oncle avec feu Guérassime Nilytch se tenaient à peu près là, où se trouve
Nicolacha... Tout à coup Guérassime Nilytch pose
une question...

Entre Borkine.

SCÈNE V

LES MÊMES *et* BORKINE

*Sur son trente et un, un rouleau à la main, Borkine entre
par la porte de droite en sautillant et en chantonnant. Il
est accueilli par une rumeur d'approbation.*

LES JEUNES FILLES

Mikhaïl Mikhaïlovitch!...

LÉBÉDEV

Michel Michélévitch! Toute la terre en parle...

CHABELSKI

Ame de la société!

BORKINE

Me voici! *(Il s'approche de Sacha en courant.)* Noble
Signorina, je prends la liberté de féliciter l'univers pour
la naissance d'une fleur aussi ravissante... Comme un
tribut de mon admiration, je me permets de déposer
à vos pieds *(il lui tend le rouleau)* des fusées de feu
d'artifice et des feux de Bengale de ma propre fabri-
cation. Qu'ils illuminent la nuit comme vous illuminez
l'obscurité du royaume des ténèbres.

Il salue théâtralement.

SACHA

Je vous remercie...

LÉBÉDEV, *éclatant de rire, à Ivanov.*

Pourquoi ne mets-tu pas ce Judas à la porte?

BORKINE, *à Lébédev.*

Mes respects à Pavel Kirillytch! *(à Ivanov :)* ...
au patron!... *(Il chante :)* Nicolas, le voilà, ha, ha,
ha... *(Il fait le tour des invités.)* A la très respectable
Zinaïda Savichna... à la divine Marfa Iégorovna...
à la très antique Avdotia Nazarovna... à Son Excellence
le comte...

CHABELSKI, *riant aux éclats.*

Ame de la société... Dès qu'il fait son apparition
l'atmosphère se détend, vous remarquez?

BORKINE

Ouf! J'en peux plus!... Je crois que j'ai dit bon

jour à tout le monde. Eh bien, quoi de neuf? d'extraordinaire, d'époustouflant? *(Vivement à Zinaïda Savichna :)*
Écoutez, la maman... sur votre chemin, là, devant...
(A Gavrila :) Donne-moi donc du thé, Gavrioucha,
mais sans confitures de groseilles à maquereaux! Donc,
sur votre chemin, là-devant, j'ai vu des moujiks cueillir
l'osier. Pourquoi n'affermez-vous pas l'oseraie?

LÉBÉDEV, *à Ivanov.*

Pourquoi ne mets-tu pas ce Judas à la porte?

ZINAÏDA SAVICHNA, *effrayée.*

C'est pourtant vrai. L'idée ne m'en est pas venue...

BORKINE, *faisant de la gymnastique avec ses bras.*

Je ne peux pas vivre sans exercice... Qu'est-ce que
je pourrais bien faire comme acrobatie? Hein, la maman?
Marfa Iégorovna, je suis d'attaque... je suis en pleine
forme! *(Il chante :)* « Me voici devant toi... »

ZINAÏDA SAVICHNA

Organisez quelque chose, tout le monde s'ennuie.

BORKINE

Ça m'en a l'air. Mesdames, messieurs, je vous trouve
sinistres; de vrais jurés d'assises!... Allons, on va inventer quelque chose. A quoi voulez-vous jouer? Aux
gages, à la ficelle, à la main chaude? Voulez-vous
danser? Voulez-vous que j'allume le feu d'artifice?

LES JEUNES FILLES, *battant des mains.*

Le feu d'artifice, le feu d'artifice!

Elles courent dans le jardin.

SACHA, *à Ivanov.*

Pourquoi êtes-vous si triste aujourd'hui?

IVANOV

J'ai mal à la tête, et puis, ces gens...

SACHA

Allons au salon.

> *Ils sortent par la porte de droite. Tout le monde va dans le jardin, sauf Zinaïda Savichna et Lébédev.*

ZINAÏDA SAVICHNA

Voilà ce que j'appelle un gaillard; en moins de deux il a réveillé toute la compagnie. *(Elle baisse la mèche de la grande lampe.)* Tant qu'ils sont au jardin, inutile que les chandelles brûlent.

> *Elle souffle les chandelles.*

LÉBÉDEV, *la suivant.*

Zizi, il faudrait servir quelque chose à nos invités...

ZINAÏDA SAVICHNA

Que de chandelles!... Je comprends pourquoi les gens nous croient riches.

> *Elle éteint.*

LÉBÉDEV, *la suivant.*

Zizi, fais donc servir quelque chose... Ce sont des jeunes gens, ils doivent avoir faim, les pauvres... Dis, Zizi...

ZINAÏDA SAVICHNA

Le comte n'a pas fini son thé. Il a gâché le sucre.

> *Elle sort par la porte de gauche.*

LÉBÉDEV

Bigre!...

> *Il sort dans le jardin.*

SCÈNE VI

IVANOV *et* SACHA

SACHA, *entrant avec Ivanov par la porte de droite.*
Tout le monde est allé au jardin.

IVANOV

J'en suis là, Sachenka. Autrefois, je pouvais travailler, penser pendant des heures, mais jamais je
ne me sentais fatigué; maintenant, je ne fais rien, je
ne pense à rien, et je suis exténué de corps et d'esprit.
Jour et nuit ma conscience me fait mal, je me sens
profondément coupable, mais je ne parviens pas à
comprendre en quoi. Et par surcroît, la maladie de
ma femme, le manque d'argent, des chamailleries
continuelles, des ragots, des discussions oiseuses, cet
imbécile de Borkine... Ma maison me fait horreur,
c'est pire que le bagne. Sincèrement, Sachenka, je
ne supporte même plus la compagnie de ma femme.
Pourtant, je sais qu'elle m'aime... Nous sommes de
vieux camarades, vous ne m'en voudrez pas de ma
sincérité. Je suis venu chez vous pour me distraire,
mais ici aussi je m'ennuie. J'ai déjà envie de rentrer.
Pardonnez-moi, je vais filer dans un instant...

SACHA

Nicolaï Alexeïévitch, je vous comprends. Votre
malheur est dans votre solitude. Il faut qu'il y ait
auprès de vous quelqu'un que vous puissiez aimer,
qui vous comprenne. Il n'y a que l'amour qui puisse
vous guérir.

IVANOV

En voilà une histoire, Sachenka! Il ne manquerait
plus que le vieux cheval de retour que je suis s'attelle

à un nouveau roman! Dieu me préserve d'un tel malheur!
Non, petite fille intelligente, ce n'est pas d'un roman
qu'il s'agit. Je le dis devant Dieu : je suis prêt à tout
supporter, le cafard, l'angoisse, la ruine, la perte de
ma femme, la vieillesse précoce, la solitude, mais
je ne peux pas supporter, je ne peux pas surmonter
cette parodie de moi-même. Je meurs de honte à la
pensée que moi, un homme sain, fort, je suis devenu
une sorte d'Hamlet, de Manfred, un homme de trop...
Le diable lui-même ne s'y retrouve pas! Il existe des
hommes pitoyables qui sont flattés qu'on les appelle
des Hamlet ou des « hommes de trop », mais pour
moi, c'est un déshonneur! Cela indigne mon orgueil,
la honte m'oppresse, je souffre...

SACHA, *plaisantant à travers ses larmes.*

Nicolaï Alexeïévitch, fuyons en Amérique.

IVANOV

Je n'ai pas le courage d'avancer jusqu'à ce seuil,
et vous parlez d'Amérique... *(Ils vont vers la porte
menant au jardin.)* Je comprends, Sachenka, qu'il vous
soit difficile de vivre dans ce milieu. Quand je regarde
les gens qui vous entourent, je prends peur : qui épou-
serez-vous ici? Le seul espoir, c'est qu'un lieutenant
de passage vous enlève...

SCÈNE VII

LES MÊMES *et* ZINAÏDA SAVICHNA

*Zinaïda Savichna entre par la porte de gauche
avec un pot de confitures.*

IVANOV

Excusez-moi, Sachenka... Je vous rattrape.

ZINAÏDA SAVICHNA

Qu'y a-t-il, Nicolaï Alexeïévitch?

IVANOV, *avec hésitation.*

C'est que, voyez-vous, après-demain ma traite vient à échéance. Vous m'obligeriez infiniment en m'accordant un nouveau délai ou en m'autorisant à ajouter les intérêts au capital. Pour le moment, je suis tout à fait dépourvu d'argent...

ZINAÏDA SAVICHNA, *affolée.*

Mais comment cela se peut-il, Nicolaï Alexeïévitch? C'est du désordre. Non, non, ne m'inventez pas des choses pareilles, ne me torturez pas, moi, pauvre femme...

IVANOV

Pardonnez-moi, pardonnez-moi...

Il va dans le jardin.

ZINAÏDA SAVICHNA

Mon Dieu, qu'il m'a fait peur... J'en tremble... j'en tremble...

Elle sort par la porte de droite.

SCÈNE VIII

KOSSYKH, *entrant par la porte de gauche et traversant la scène.*

A cœur, j'ai l'as, le roi et la dame; j'ai l'as de pique, et une... une toute petite carte à carreau, et elle, que le diable l'emporte, elle n'est pas foutue d'annoncer un petit chelem!

Il sort par la porte de droite.

SCÈNE IX

AVDOTIA NAZAROVNA *et le* PREMIER INVITÉ

AVDOTIA NAZAROVNA, *venant du jardin
avec le premier invité.*

J'étriperais cette pignoufe, je l'étriperais! Vous vous
rendez compte, depuis cinq heures que je suis ici,
elle ne m'a même pas offert un hareng pourri!... Quelle
maison!... quel train de vie!...

PREMIER INVITÉ

Et quelle barbe! C'est à prendre son élan et à se
fracasser la tête contre le mur! En voilà un monde!
J'ai tellement faim que pour un peu je me mettrais à
hurler comme un loup et à mordre les gens...

AVDOTIA NAZAROVNA

Je l'étriperais, pécheresse que je suis.

PREMIER INVITÉ

Eh bien, moi, ma vieille, je bois un coup, et salut!
Tu peux garder tes fiancées. J'ai le gosier trop sec
pour parler d'amour.

AVDOTIA NAZAROVNA

Attends, on va chercher ensemble...

PREMIER INVITÉ

Chut!... Doucement... Je crois que le schnaps est
dans la salle à manger, dans le buffet. On va assaillir
Iégorouchka... Chut!...

Ils sortent par la porte de gauche.

SCÈNE X

ANNA PETROVNA *et* LVOV *entrent par la porte de droite.*

ANNA PETROVNA

Ça ne fait rien, ils seront contents de nous voir...
Il n'y a personne. Sans doute sont-ils au jardin.

LVOV

Je me demande pourquoi vous m'avez amené chez
ces vautours. Ce n'est un endroit ni pour vous ni pour
moi. Les gens honnêtes ne se commettent pas dans
une telle atmosphère!

ANNA PETROVNA

Écoutez, monsieur l'homme honnête; quand on
accompagne une dame, on ne lui parle pas indéfi-
niment de son honnêteté. Ce n'est guère aimable!
C'est même assez ennuyeux! Ne parlez jamais aux
femmes de vos vertus. Elles se chargeront bien de
les découvrir. Au temps où mon Nicolaï sortait avec
des femmes, il chantait des chansons et racontait des
blagues, et pourtant, elles savaient toutes à quoi s'en
tenir sur son compte.

LVOV

Ne me parlez pas de votre Nicolaï, je l'ai parfaitement compris.

ANNA PETROVNA

Vous êtes un brave garçon, mais vous ne compre-
nez rien du tout. Allons au jardin. Jamais il ne disait:
« Je suis honnête, j'étouffe dans cette atmosphère!
Des vautours! Un nid de chouettes! Crocodiles! »
Il laissait en repos la ménagerie; et quand il s'indignait,
les seules paroles que je lui entendais prononcer étaient:

« Que j'ai été injuste aujourd'hui, Aniouta! » ou bien :
« Aniouta, j'ai pitié de cet homme! » Voilà. Alors
que vous...

Ils sortent.

SCÈNE XI

AVDOTIA NAZAROVNA *et le* PREMIER INVITÉ

PREMIER INVITÉ, *entrant par la porte de gauche.*

Puisqu'il n'est pas dans le buffet, il doit être dans
le garde-manger. Je vais cuisiner Iégorouchka... Passons
par le salon.

AVDOTIA NAZAROVNA

Ma parole, je l'étriperais!...

Ils sortent par la porte de droite.

SCÈNE XII

BABAKINA, BORKINE *et* CHABELSKI

*Babakina et Borkine reviennent du jardin en courant et
en riant. Chabelski les suit en trottinant.*

BABAKINA

Quel ennui! *(Elle éclate de rire.)* Quel ennui! Tout
le monde est vissé sur une chaise ou déambule avec
un parapluie dans le gosier! Ma parole, on dirait des
poissons gelés. *(Elle sautille.)* Il faut se dégourdir un
peu!...

*Borkine la saisit par la taille et l'embrasse sur
la joue.*

CHABELSKI, *il éclate de rire et fait claquer ses doigts.*

Bon sang. *(Il ahane.)* En quelque sorte...

BABAKINA

Bas les pattes, effronté que vous êtes, sinon, Dieu
sait ce que le comte va croire. Lâchez-moi!...

BORKINE

Ange de mon âme, escarboucle de mon cœur!...
(Il l'embrasse.) Prêtez-moi deux mille trois cents roubles!...

BABAKINA

N-n-n-non!... Tout ce que vous voudrez, mais pour
l'argent, vous repasserez... Non, non, non, bas les
pattes, vous dis-je...

CHABELSKI, *trottant à côté.*

Pouponnette... ma charmante...

BORKINE, *soudain sérieux.*

Allez, baste! Parlons affaires! Raisonnons froidement, commercialement. Répondez-moi avec franchise,
sans détours et sans finasseries; d'accord? Alors,
écoutez! *(Il montre le comte.)* Lui, a besoin d'argent,
au minimum trois mille de revenus annuels. Et vous,
vous avez besoin d'un mari. Voulez-vous être comtesse?

CHABELSKI, *il éclate de rire.*

On n'est pas plus cynique!

BORKINE

Voulez-vous être comtesse, oui ou non?

BABAKINA, *émue.*

C'est encore une de vos inventions, Micha... Les
choses ne se font pas comme ça, de but en blanc...

Si le comte le désire, il peut lui-même, et ... et ... je ne sais pas... comment soudain... tout de go...

BORKINE

Assez, assez de simagrées! C'est une affaire commerciale... Oui ou non?

CHABELSKI, *il rit et se frotte les mains.*

C'est vrai, ça, que diable! Alors, on la met sur pied, cette petite goujaterie? Hein, pouponnette?... *(Il embrasse Babakina sur la joue.)* Ma charmante... ma petite caille...!

BABAKINA

Attendez, attendez... vous m'avez mise sens dessus dessous... Allez-vous-en, allez-vous-en! Non, ne partez pas...!

BORKINE

Vite! Oui ou non? Nous n'avons pas de temps à perdre...

BABAKINA

Savez-vous, comte? Venez donc chez moi passer... voyons... trois jours... Chez moi c'est gai, ce n'est pas comme ici... Venez demain... *(A Borkine :)* Non, mais dites, c'est sérieux tout ça?

BORKINE, *fâché.*

En affaires, je ne plaisante jamais!

BABAKINA

Attendez! attendez... Ah! je me sens mal, je me sens mal... Comtesse... Je me sens mal...! Je tombe...

> *Borkine et le comte la prennent sous les bras en riant et en l'embrassant sur les joues; ils l'emmènent par la porte de droite.*

SCÈNE XIII

IVANOV, SACHA, *puis* ANNA PETROVNA

Ivanov et Sacha entrent du jardin en courant.

IVANOV, *avec désespoir; il se prend la tête entre les mains.*

C'est impossible!... Il ne faut pas, il ne faut pas, Sachenka!... Ah non, il ne faut pas!...

SACHA, *avec exaltation.*

Je vous aime follement... sans vous ma vie n'a aucun sens, sans vous je ne conçois ni bonheur ni joie... vous êtes tout pour moi...

IVANOV

Pourquoi, pourquoi! Mon Dieu, je ne comprends pas... Sachenka, il ne faut pas...

SACHA

Dans mon enfance vous étiez ma seule joie! je vous aimais, vous et votre âme, comme moi-même, et maintenant... Je vous aime, Nicolaï Alexeïévitch... Avec vous, j'irai, non pas au bout du monde, mais où vous voudrez, fût-ce au tombeau, mais pour l'amour de Dieu, plus vite, sinon j'étoufferai...

IVANOV, *éclatant d'un rire heureux.*

Mais alors, ça veut dire : recommencer la vie par le commencement? C'est ça? Sachenka, mon bonheur! *(Il la prend dans ses bras.)* Ma jeunesse, ma fraîcheur...

Anna Petrovna entre du jardin et à la vue de son mari et de Sacha s'arrête court.

IVANOV

Vivre? Oui? Tout recommencer?

> *Baiser. Puis, Ivanov et Sacha tournent la tête et aperçoivent Anna Petrovna.*

IVANOV, *horrifié.*

Sarah!

ACTE III

Le bureau d'Ivanov. Sur la table de travail sont éparpillés, en désordre, des papiers, des livres, des dossiers, des bibelots, des revolvers; parmi les papiers, une lampe, un carafon de vodka, une assiette avec un hareng, des morceaux de pain et des cornichons. Accrochés aux murs, des cartes de la région, des tableaux, des fusils, des pistolets, des serpes, des fouets, etc. — Il est midi.

SCÈNE PREMIÈRE

CHABELSKI, LÉBÉDEV, BORKINE *et* PIOTR

Chabelski et Lébédev sont assis aux deux bouts de la table de travail. Borkine se tient au milieu de la scène, à cheval sur une chaise; Piotr est debout près de la porte.

LÉBÉDEV

La France a une politique claire et précise... Les Français savent ce qu'ils veulent. Il leur faut la peau des mangeurs de saucisses, un point c'est tout. Quant à l'Allemagne, mon vieux, c'est une autre paire de manches. La France mise à part, l'Allemagne a d'autres chats à fouetter...

CHABELSKI

Bêtises!... A mon avis, les Allemands sont des lâches, et les Français aussi... Ils sont juste bons à se tirer la langue, un point c'est tout. Crois-moi, ça n'ira pas plus loin. Jamais ils ne se battront!

BORKINE

Pour quoi faire, se battre? A quoi bon tous ces armements, congrès, dépenses? Savez-vous ce que je ferais, moi? Je ramasserais tous les chiens du pays; je leur ferais inoculer une bonne dose du virus de la rage et je les enverrais de l'autre côté de la frontière. Avec ma méthode, en un mois, tous les ennemis seraient à l'hôpital.

LÉBÉDEV, *riant.*

C'est stupéfiant! Il y en a des idées dans cette petite tête, autant que de poissons dans la mer...

CHABELSKI

Un vrai Machiavel!

LÉBÉDEV

La paix soit avec toi, Michel Michélévitch, tu es impayable! *(Cessant de rire :)* Sapristi, messieurs, on parle politique, et pas un mot sur la vodka? *Repetatur ! (Il remplit trois petits verres.)* A votre santé!... *(Ils boivent et mangent.)* Ce cher hareng, c'est tout de même le meilleur des hors-d'œuvre.

CHABELSKI

Eh non, le cornichon l'emporte... Depuis la création du monde, les savants se cassent la tête sans trouver rien de meilleur que le cornichon salé. *(A Piotr :)*

Piotr, apporte-nous encore des cornichons; et dis
à la cuisine qu'on fasse rôtir quatre pirojki à l'oignon.
Et qu'ils soient bien chauds!

Piotr sort.

LÉBÉDEV

Le caviar est bon avec la vodka. Seulement, voilà!
il faut savoir le préparer... Vous prenez un quart de
caviar pressé, deux têtes d'oignon vert, de l'huile
d'olive, vous mélangez le tout... et alors, doucement,
par-dessus... comme ça... le citron... C'est à mourir
de volupté... Rien que l'arôme, la tête vous tourne.

BORKINE

Ce qui est bon aussi avec la vodka, c'est les goujons
frits. Seulement, il faut savoir les frire. On les nettoie,
on les pane dans de la chapelure, et on les laisse frire
jusqu'à ce qu'ils soient secs, pour qu'ils croquent sous
la dent... Crou, crou, crou...

CHABELSKI

Hier, chez Babakina, il y a eu de bons hors-d'œuvre,
des bolets.

LÉBÉDEV

Je comprends!...

CHABELSKI

Seulement, ils étaient préparés d'une façon spéciale.
Tu sais, à l'oignon, avec des feuilles de laurier et toutes
sortes d'épices. Quand on a soulevé le couvercle, quel
fumet, quel arôme... un enchantement!

LÉBÉDEV

Eh bien, *repetatur*, messieurs! *(Ils boivent.)* A la
bonne nôtre! ... *(Il consulte sa montre.)* Il est temps
que je m'en aille. Je ne sais pas si je verrai Nicolacha

aujourd'hui... Alors tu as mangé de bons champignons chez Babakina? De notre côté, on n'en a pas encore vu... Mais, dis donc, il me semble que tu y vas bien souvent depuis quelque temps?...

CHABELSKI, *désignant Borkine de la tête.*

Il veut me la faire épouser...

LÉBÉDEV

Épouser...? Quel âge as-tu?

CHABELSKI

Soixante-deux ans.

LÉBÉDEV

C'est le bon âge pour le mariage. Marfoutka t'ira comme un gant.

BORKINE

Il s'agit bien de Marfoutka! Ce qui nous intéresse, ce sont ses sterling.

LÉBÉDEV

Rien que ça? Et les œufs de canard, ça t'intéresse aussi?

BORKINE

Nous en ferons une omelette le jour où il sera marié avec les sterling dans la poche. Vous vous en lécherez les babines, c'est moi qui vous le dis...

CHABELSKI

Et tu sais qu'il est sérieux. Ce génie est convaincu que je vais lui obéir et me marier...

BORKINE

Bien sûr! Et vous, vous n'êtes pas convaincu?

CHABELSKI

Tu divagues, mon garçon...

BORKINE

Tous mes remerciements!... C'est comme ça que
vous vous payez ma tête? Tantôt c'est oui, tantôt
c'est non... le diable lui-même ne s'y retrouverait
pas... Et moi qui ai engagé ma parole! Alors vous
ne vous mariez pas?

CHABELSKI, *haussant les épaules.*

C'est qu'il est sérieux... Quel type!

BORKINE, *indigné.*

Mais alors, pourquoi révolutionner une honnête
femme? Elle est folle à l'idée de devenir comtesse,
elle n'en dort plus, elle n'en mange plus... Est-ce
qu'on plaisante avec des choses pareilles, est-ce honnête?

CHABELSKI, *faisant claquer ses doigts.*

Après tout, pourquoi pas? Et si vraiment je mettais
sur pied cette petite goujaterie? Hein? Ne serait-ce
que pour faire enrager tout le monde! J'ai dans l'idée
qu'on va rigoler!... Ma parole...

Entre Lvov.

SCÈNE II

LES MÊMES, LVOV

LÉBÉDEV

Nos humbles respects à l'Esculapus... *(Il tend la
main à Lvov tout en chantant :)* « Venez, petit père docteur, devant la mort je meurs de peur... »

LVOV

Nicolaï Alexeïévitch n'est toujours pas rentré?

LÉBÉDEV

Mais non, je l'attends depuis plus d'une heure.

Lvov arpente impatiemment la scène.

LÉBÉDEV

Eh bien, mon cher, comment va Anna Petrovna?

LVOV

Mal.

LÉBÉDEV, *après un soupir.*

Est-il permis de lui présenter mes respects?

LVOV

Non, je vous en prie, n'y allez pas, je crois qu'elle dort...

Pause.

LÉBÉDEV

Brave... sympathique... *(Il soupire.)* Le jour de l'anniversaire de Sachenka, lorsqu'elle a perdu connaissance, chez nous, je l'ai regardée et j'ai compris que la pauvre n'en avait plus pour longtemps. Je me demande pourquoi elle s'est trouvée mal tout d'un coup? J'accours et je la vois étendue par terre, toute pâle, et à côté, Nicolacha à genoux, pâle lui aussi, et Sachenka tout en larmes. Après cet accident, Sachenka et moi nous n'avons pas repris nos esprits de la semaine.

CHABELSKI, *à Lvov.*

Dites-moi, honorable serviteur de la science, quel est donc le savant qui a découvert que dans les maladies pulmonaires les fréquentes visites d'un jeune médecin sont indiquées pour une dame? C'est une découverte capitale, grandiose! Est-ce de l'allopathie ou de l'homéopathie?

> *Lvov veut répondre mais il a un geste méprisant et il sort.*

CHABELSKI

Quel regard exterminateur!

LÉBÉDEV

Et quelle mouche te pique aussi? Pourquoi le provoques-tu?

CHABELSKI, *avec irritation.*

Et lui, pourquoi dit-il des âneries? Phtisie, pas d'espoir, elle va mourir... Il ment! Ça me dégoûte!

LÉBÉDEV

Pourquoi dis-tu qu'il ment?

CHABELSKI, *il se lève et marche.*

Je ne puis admettre l'idée qu'un être vivant meure soudain et sans aucune raison. Laissons cette conversation!

SCÈNE III

LES MÊMES *et* KOSSYKH

KOSSYKH, *il entre en courant, hors d'haleine.*

Nicolaï Alexeïévitch est là? Bonjour! *(Vivement il serre les mains.)* Il est là?

BORKINE

Non.

KOSSYKH, *il s'assied et se relève aussitôt.*

Dans ce cas, adieu! *(Il prend un petit verre de vodka et croque rapidement quelques hors-d'œuvre.)* Je me sauve... les affaires... Je suis harassé... je ne tiens plus debout...

LÉBÉDEV

Qu'est-ce qui t'amène?

KOSSYKH

Je sors de chez Barabanov. Toute la nuit nous avons joué au whist... On vient seulement de finir. J'ai perdu jusqu'à la gauche... Ce Barabanov joue comme un savetier! *(D'une voix geignarde :)* Écoutez-moi ça : je me défausse plusieurs fois à cœur... *(Il se tourne vers Borkine qui s'éloigne de lui en sautillant.)* Lui joue carreau, je rejoue cœur, il rejoue carreau... et nous sommes capot. Bon. *(A Lébédev :)* Nous annonçons quatre trèfles. Moi, j'ai en main l'as et une dame sixième à l'atout, et l'as de pique avec un dix troisième...

LÉBÉDEV, *se bouchant les oreilles.*

Assez, assez, pour l'amour du Ciel, assez!

KOSSYKH, *au comte.*

Vous me suivez? As, dame à trèfle, un as à...

CHABELSKI, *l'écartant avec le bras.*

Allez-vous-en, je ne veux pas vous écouter!

KOSSYKH

Et soudain, c'est la catastrophe : on attaque à pique...

CHABELSKI, *saisissant un revolver sur la table.*

Fichez-moi le camp, ou je tire!

KOSSYKH, *il fait un geste de la main.*

Que diable!... N'y a-t-il personne à qui on puisse

parler? On vit comme en Australie : ni intérêts communs ni solidarité... Chacun pour soi... Mais il faut que je parte, il est temps. *(Il saisit sa casquette.)* Le temps c'est de l'argent... *(Il tend la main à Lébédev.)* Je passe...

> *Rire.*

> *Kossykh sort et se heurte à Avdotia Nazarovna qui entrait.*

SCÈNE IV

LES MÊMES *et* AVDOTIA NAZAROVNA

AVDOTIA NAZAROVNA, *poussant un cri.*

Maladroit! Tu as failli me renverser!

TOUS

Ah-ah-ah! L'omniprésente!

AVDOTIA NAZAROVNA

C'est donc là qu'ils se cachent! Et moi qui les cherche dans toute la maison... Bien le bonjour, mes petits pigeons...

> *Salutations.*

LÉBÉDEV

Qu'est-ce qui nous vaut l'honneur?...

AVDOTIA NAZAROVNA

Une affaire, mon petit père. *(Au comte :)* Une affaire qui vous concerne, Excellence. *(Elle salue.)* J'ai mission de vous saluer et de m'enquérir de votre santé... Et ce n'est pas tout. Ma petite poupée m'a ordonné de vous dire que si vous ne venez pas ce soir, elle en pleu-

rera toutes les larmes de ses yeux. Tu vas le prendre
à part, ma chère, qu'elle m'a dit, et tu lui souffleras
la chose à l'oreille, secrètement. Et pour quoi faire,
secrètement? On est entre connaissances ici. Et puis
quoi? Il n'est pas question de piller un poulailler,
mais d'agir en tout bien tout honneur, comme qui
dirait d'un accord intestin. Je ne bois jamais rien,
pécheresse que je suis, sauf dans les grandes occasions.
Sers-moi donc un petit verre!

LÉBÉDEV

Je trinquerai avec toi. *(Il verse à boire.)* Alors, vieille
chouette, on est increvable? Quand je t'ai connue, il
y a trente ans, est-ce que tu n'étais pas déjà cente-
naire?

AVDOTIA NAZAROVNA

C'est bien possible... Je n'ai pas la mémoire des
dates... J'ai enterré deux maris, j'en aurais bien pris
un troisième, mais c'est difficile quand on n'a pas
de dot... J'ai eu huit enfants... *(Elle se sert un autre
petit verre.)* Eh bien, grâce à Dieu, nous avons entrepris
une bien belle œuvre, que le Seigneur nous permette
de la mener à bonne fin! *(Elle boit.)* Qu'ils vivent
heureux et en bonne santé, et nous, nous tirerons
notre récompense de leur bonheur. Que la concorde
règne entre eux... *(Elle boit.)* Elle est raide!

CHABELSKI, *riant aux éclats, à Lébédev.*

Le plus drôle, vois-tu, c'est qu'ils sont persuadés
que je... C'est étonnant! *(Il se lève.)* Et après tout,
Pavel, si je mettais sur pied cette petite goujaterie?
Rien que pour les faire enrager!... Hein, qu'en dis-tu?

LÉBÉDEV

Tu dérailles, comte. Pour nous autres, mon vieux,
il est temps de songer à crever, et quant aux Marfoutka

et à leur fric, depuis belle lurette ils nous ont filé sous le nez... Nous avons fait notre temps.

CHABELSKI

Non, je dirai oui, parole d'honneur, je dirai oui!

Entrent Ivanov et Lvov.

SCÈNE V

LES MÊMES, IVANOV *et* LVOV

LVOV, *à Ivanov.*

Je vous prie de me consacrer cinq minutes.

LÉBÉDEV

Nicolacha! *(Il va à la rencontre d'Ivanov et l'embrasse.)* Bonjour, mon vieux lapin, je t'attends depuis une bonne heure!...

AVDOTIA NAZAROVNA, *le saluant.*

Bonjour, petit père!

IVANOV, *mécontent.*

Messieurs, vous avez encore transformé mon cabinet de travail en gargote!... J'ai demandé mille fois à chacun de vous de ne pas le faire... *(Il s'approche de la table.)* Voilà, de la vodka renversée sur les papiers... des miettes, des cornichons... c'est répugnant!

LÉBÉDEV

C'est ma faute, Nicolacha, ma faute... Pardonnemoi. Il faut que je te parle d'une affaire très importante, mon vieux lapin...

BORKINE

Et moi aussi.

LVOV

Nicolaï Alexeïévitch, puis-je vous parler?

IVANOV, *montrant Lébédev.*

Lui aussi est pressé; chacun son tour... *(A Lébédev :)*
Qu'est-ce qu'il y a?

LÉBÉDEV

Messieurs, je voudrais lui parler confidentiellement.
Veuillez m'excuser...

> *Le comte sort avec Avdotia Nazarovna, Borkine
> les suit, puis Lvov.*

IVANOV

Pavel, tu peux boire autant que tu veux, c'est ta
maladie, mais je t'en prie, ne fais pas boire l'oncle.
Avant, il ne buvait jamais. Ça ne lui vaut rien.

LÉBÉDEV, *gêné.*

Je ne savais pas, mon vieux... je n'ai même pas
fait attention...

IVANOV

Si, par malheur, ce vieil enfant devait mourir, ce
n'est pas vous, c'est moi qui en souffrirais. Alors,
de quoi s'agit-il?

LÉBÉDEV

Vois-tu, mon vieux lapin... Je ne sais comment
aborder, pour que ce ne soit pas si odieux... Nicolacha, j'ai honte, je rougis, ma langue s'embrouille,
mais, cher ami, comprends ma situation, dis-toi que
je ne suis pas libre, que je suis un nègre, une chiffe...
Pardonne-moi...

IVANOV

Qu'est-ce qu'il y a?

LÉBÉDEV

C'est ma femme qui m'envoie... De grâce, au nom
de notre amitié, paie-lui ses intérêts! Crois-moi, elle
me ronge, me traque, je n'en peux plus. Débarrasse-
moi d'elle, par le Christ!...

IVANOV

Pavel, tu sais que pour le moment je n'ai pas d'argent.

LÉBÉDEV

Je le sais bien, mais que veux-tu que je fasse? Elle
ne veut pas attendre. Si elle fait protester la traite,
comment Sachenka et moi pourrons-nous te regarder
dans les yeux?

IVANOV

J'ai honte moi-même, Pavel, je voudrais me trouver
cent pieds sous terre, mais... où prendre cet argent?
Dis-moi : où? Il n'y a qu'une solution : attendre l'automne quand j'aurai vendu le blé.

LÉBÉDEV, *criant*.

Mais elle ne veut pas attendre!

Pause.

IVANOV

Je reconnais que ta situation est délicate... et la
mienne encore pire. *(Il marche en réfléchissant.)* Je ne
vois pas... je ne vois pas ce que je pourrais vendre...

LÉBÉDEV

Et si tu allais voir Milbach pour lui demander les
seize mille roubles qu'il te doit?... *(Ivanov fait de la
main un geste de désespoir.)* Écoute, Nicolacha... Je sais

que tu vas te fâcher... Mais fais plaisir au vieil ivrogne !
Entre amis... considère-moi comme ton ami... Nous
avons été, toi et moi, des étudiants, des libéraux...
Mêmes idées... mêmes idéaux... Tous deux nous avons
fait nos études à l'Université de Moscou... *Alma mater...*
(Il sort son portefeuille.) J'ai un petit magot personnel,
une caisse noire en quelque sorte, hum... Personne
n'est au courant à la maison... Je peux t'avancer...
(Il sort l'argent et le pose sur la table.) Mets ton amour-
propre de côté et conduis-toi en ami... A ta place
je les prendrais, parole d'honneur !... *(Pause.)* Le compte
y est, onze cents roubles. Va la voir aujourd'hui et
remets-les-lui en mains propres. Tenez, prenez, Zinaïda
Savichna, crevez-en ! Seulement, je t'en prie, pas la
moindre allusion à moi, que Dieu t'en garde ! Sinon
qu'est-ce qu'elle me passerait, la confiture de groseilles
à maquereaux ! *(Il observe attentivement le visage d'Ivanov.)*
Bon, bon, il ne faut pas ! *(Rapidement, il ramasse l'argent
et le remet dans sa poche.)* Il ne faut pas... Je plaisantais...
Pardonne-moi, pour l'amour du Christ !... *(Pause.)*
Ça ne va pas, hein ? *(Ivanov fait un geste de la main.)*
Hé oui... *(Il soupire.)* Chacun traverse des heures
de tristesse et d'affliction. L'homme, vieux frère, est
semblable à un samovar. Il peut rester longtemps
au frais dans un coin, mais vient le moment où on
y jette du charbon et... pchtt... pchtt ! Non, cette comparaison ne vaut absolument rien, il faudrait trouver
quelque chose de plus intelligent... *(Il soupire.)* C'est
dans l'adversité qu'on voit les âmes bien trempées.
Je ne te plains pas, Nicolacha, tu en sortiras, à force
d'aller mal, ça finira par aller bien ; seulement, vieux
frère, ça me fait mal au cœur, j'en veux aux gens.
Dis-moi un peu, d'où viennent ces potins ? On dégoise
tellement sur ton compte dans le district que tu finiras
par recevoir la visite du substitut du procureur.
Il paraît que tu es un assassin, un vampire, un brigand
de grand chemin...

IVANOV

Les gens sont idiots! Dieu, que j'ai mal à la tête!...

LÉBÉDEV

Tu penses trop!

IVANOV

Je ne pense à rien du tout!

LÉBÉDEV

Envoie donc tout paître, Nicolacha, et viens chez nous. Sachenka a de l'affection pour toi, elle te comprend, t'apprécie. C'est une fille bien, Sachenka, honnête. Elle ne ressemble ni à sa mère ni à son père, tu sais?... Parfois, je la regarde et je n'en crois pas mes yeux; comment moi, avec ma trogne de poivrot, puis-je posséder un tel trésor? Viens donc, vous parlerez ensemble de choses intelligentes, tu te distrairas. C'est un être loyal, sincère...

Pause.

IVANOV

Pavel, mon vieux, j'ai besoin d'être seul, laisse-moi...

LÉBÉDEV

Je comprends, je comprends... (*Il regarde hâtivement sa montre.*) Je comprends... (*Il embrasse Ivanov.*) Adieu. Je dois encore aller à la bénédiction de l'école. (*Il va jusqu'à la porte et s'arrête.*) Intelligente... Hier, nous nous sommes mis à parler avec Sachenka au sujet des potins. (*Il rit.*) Et voilà qu'elle sort un aphorisme : « Papa, dit-elle, les vers luisants luisent la nuit seule fin que les oiseaux de nuit les voient mieux et les croquent; et les gens bien existent pour donner pitance aux ragots et à la calomnie. » Qu'en dis-tu? Un génie! George Sand!...

IVANOV

Pavel! *(Il l'arrête.)* Qu'ai-je donc?

LÉBÉDEV

Je voulais moi-même te le demander, mais à vra
dire, j'hésitais. Je ne sais pas, frère! D'une part, tu
es dans les embêtements jusqu'au cou, mais d'autre
part, je sais bien que tu n'es pas de l'espèce qui... Tu
n'es pas un homme à flancher. Il y a là, Nicolacha
quelque chose d'autre, mais je ne comprends pa
quoi!

IVANOV

Je ne le comprends pas moi-même. Je crois, ou
bien... non... rien! *(Pause.)* J'avais un ouvrier, Sémione
tu te souviens de lui? Une fois, pendant le battage
il a voulu se vanter de sa force devant les filles; il
chargé sur son dos deux gros sacs de blé et s'est effon
dré sous sa charge. Il est mort peu de temps après
Je crois que moi aussi j'ai voulu soulever un fardea
au-dessus de mes forces. Le lycée, l'université, pui
la gestion du domaine, une lutte épuisante pour l'écol
du peuple, l'exploitation rationnelle des terres, le
beaux projets... J'avais foi pas comme tout le monde
je me suis marié pas comme tout le monde, je m'emba
lais, je risquais, je jetais mon argent, tu le sais bien
à droite et à gauche, j'étais heureux, je souffrais comm
personne. Tout ça, Pavel, ce sont mes sacs... Je m
suis chargé d'un fardeau, et le dos n'a pas tenu. A
vingt ans, nous sommes tous des héros, nous entre
prenons tout, nous pouvons tout, et vers trente ans
nous voilà fatigués, plus bons à rien. Comment, com
ment expliques-tu ça?... Cette fatigue... D'ailleurs, c
n'est peut-être pas ça... Pas ça, pas ça... Va, mon Pave
je t'importune, que Dieu te garde!...

LÉBÉDEV, *vivement*.

Sais-tu ce qu'il y a, vieux frère? Tu es victime de
on milieu!

IVANOV

C'est stupide, Pavel, et pas très original. Va!

LÉBÉDEV

Tu as raison, c'est stupide; je m'en rends compte.
e m'en vais, je m'en vais...

Il sort.

SCÈNE VI

IVANOV, *et, ensuite,* LVOV

IVANOV

Quel mauvais homme je fais, pitoyable, insignifiant.
l faut être aussi piteux, usé, vidé par l'alcool que Pavel,
our pouvoir encore m'aimer et m'estimer. Que je
ne méprise, mon Dieu! Que je hais profondément
na voix, mes pas, mes mains, ce vêtement, mes pensées.
N'est-ce pas ridicule, n'est-ce pas lamentable? Il y a
peine un an, j'étais fort et sain, j'étais courageux,
nfatigable, enthousiaste, je travaillais de ces mêmes
nains, je parlais avec tant de chaleur que je tirais des
armes même à des brutes, j'étais capable de pleurer
evant la douleur, de m'indigner à la vue du mal.
e connaissais l'inspiration, le charme et la poésie
es nuits silencieuses, lorsque, du soir à l'aube, on
este devant sa table de travail, à méditer, à rêver.
avais la foi, je regardais l'avenir comme on regarde
s yeux de sa mère. Et maintenant, oh! mon Dieu!

je suis fatigué, je ne crois en rien, je passe les jours
et les nuits dans l'oisiveté. Je ne commande plus n
à mon cerveau, ni à mes mains, ni à mes pieds. L
domaine s'en va en fumée, les forêts craquent sou
la hache. *(Il pleure.)* Ma terre me regarde comme un
orpheline. Je n'attends rien, je ne regrette rien, mor
âme tremble de peur devant le jour qui vient... E
l'histoire avec Sarah? Je lui jurais un amour éternel
je lui promettais le bonheur, un avenir comme ell
n'en avait pas vu en rêve. Elle m'a cru, et pendan
ces cinq années je ne l'ai vue que s'éteindre un pe
plus à chacun de ses sacrifices, de ses débats d
conscience, mais, Dieu est témoin, sans une plainte
sans un reproche!... Et le résultat? J'ai cessé de l'aimer..
Comment? pourquoi? Je ne comprends pas. La voil
qui souffre, ses jours sont comptés, et moi, comm
le dernier des lâches, je fuis son visage émacié, s
poitrine creuse, ses yeux suppliants... Quelle honte
quelle honte! *(Pause.)* Sacha, la petite fille, est sen
sible à mes malheurs, elle me déclare son amour; e
moi, qui suis presque un vieillard, je perds la tête
j'oublie tout au monde, et transporté je m'écrie : « Un
vie nouvelle! Le bonheur! » Et le lendemain, je croi
aussi peu à ce bonheur qu'aux fantômes... Qu'ai-j
donc? Dans quel abîme je me pousse moi-même? D'ou
me vient cette faiblesse? Qu'est-il advenu de me
nerfs? Il suffit que ma femme blesse mon amour
propre, qu'un domestique soit maladroit, que mo
fusil ne parte pas pour que je devienne grossier, coléreux
pour que je ne sois plus moi-même... *(Pause.)* Je n
comprends pas, je ne comprends pas, je ne comprend
pas! C'est à se tirer une balle!...

LVOV, *entrant*.

Il faut que je m'explique avec vous, Nicolaï Alexeïé
vitch!

IVANOV

S'il faut que nous ayons tous les jours des expli-
ations, docteur, aucune force n'y suffira.

LVOV

Consentez-vous à m'écouter?

IVANOV

Je vous écoute tous les jours et je n'ai pas encore
ompris ce que vous me voulez.

LVOV

Je parle clairement, nettement, et seul ne peut me
omprendre celui qui n'a pas de cœur.

IVANOV

Que ma femme est en train de mourir, je le sais;
ue ma faute devant elle est inexpiable, je le sais aussi;
ue vous êtes un homme honnête et droit, je le sais
galement! Que vous faut-il de plus?

LVOV

La cruauté des hommes me révolte!... Une femme
st en train de mourir. Elle a un père et une mère qu'elle
ime et qu'elle voudrait revoir avant sa mort; ils savent
arfaitement qu'elle va bientôt mourir et qu'elle continue
e les aimer, mais eux, par cruauté, persistent à la mau-
ire, comme s'ils voulaient étonner le monde par leur
anatisme religieux. A vous, elle a tout sacrifié, sa mai-
on natale, le repos de sa conscience, et vous, de la
açon la plus éhontée, dans le but le plus évident, tous
es jours vous filez chez ces Lébédev!

IVANOV

Oh! je n'y ai pas été depuis deux semaines...

LVOV, *sans l'écouter.*

Avec des gens comme vous il faut parler directe
ment, sans ambages, et si vous n'avez pas envie de
m'écouter, tant pis. J'ai l'habitude de nommer les
choses par leur nom... Vous avez besoin de cette mor
pour de nouveaux exploits; bon! mais ne pourriez-vou
pas attendre un peu? Si vous la laissiez mourir tranquil
lement, au lieu de l'achever sous les coups redoublé
de votre cynisme? Croyez-vous que votre Lébédév
et sa dot vous échapperaient? Dans un an, deux ans ou
plus tard, un bon tartufe comme vous serait capable d
faire tourner la tête à la petite fille et de s'emparer d
sa dot, aussi bien qu'aujourd'hui... Pourquoi vou
presser tellement? Pourquoi faut-il que votre femm
meure tout de suite et non pas dans un mois, dans u
an?...

IVANOV

Quel supplice!... Docteur, vous êtes un piètre méde
cin, si vous croyez qu'un homme peut se dominer
l'infini. Il m'en coûte terriblement de ne pas répondr
à vos offenses.

LVOV

Voyons, qui voulez-vous duper? Jetez le masque

IVANOV

Homme perspicace, faites un peu fonctionner votr
intelligence! Selon vous, rien n'est plus facile que d
me comprendre, n'est-ce pas? J'ai épousé Aniout
pour empocher une grosse dot... Cette dot, je ne l'a
pas eue, j'ai fait un faux calcul, et maintenant je préci
pite la fin d'Aniouta pour tenter le coup avec une autr
femme... C'est ça? Que c'est clair et simple!... L'homm
est une machine élémentaire, sans complexité... Non
docteur, il y a en chacun de nous trop de rouages, d

vis, de soupapes pour que nous puissions nous juger les uns les autres sur une première impression ou deux ou trois indices. Je ne vous comprends pas, vous ne me comprenez pas et nous ne nous comprenons pas nous-même. On peut être un excellent médecin et tout ignorer de l'âme humaine. Ne soyez pas si sûr de vous.

LVOV

Je lis clairement en vous et j'ai assez de cervelle pour distinguer la bassesse de l'honnêteté.

IVANOV

J'ai peur que nous ne nous comprenions jamais... Pour la dernière fois, je vous demande, je vous conjure de me répondre simplement et sans phrases : que me voulez-vous, au juste? Quel but poursuivez-vous? *(Irrité :)* Et à qui ai-je l'honneur de parler? Au procureur ou au médecin de ma femme?

LVOV

Je suis médecin, et en tant que médecin, j'exige que vous changiez de conduite... La vôtre tue Anna Petrovna!

IVANOV

Mais que dois-je faire? Puisque vous me comprenez si bien, conseillez-moi; que dois-je faire?

LVOV

Ayez au moins un peu de pudeur...

IVANOV

Ah, mon Dieu!... Vous comprenez-vous seulement vous-même? *(Il boit un verre d'eau.)* Laissez-moi. Je suis mille fois coupable, j'en répondrai devant Dieu, mais vous, personne ne vous a délégué le pouvoir de me torturer...

LVOV

Et qui donc vous a délégué le pouvoir d'offenser en moi la vérité? Croyez-vous que je ne sois pas moi-même à la torture? Jusqu'à mon arrivée ici j'admettais l'existence d'imbéciles, de fous, de passionnés, mais jamais je n'avais cru qu'il existât des hommes sciemment criminels, qui, en toute lucidité, tendent leur volonté vers le mal... Je respectais les hommes, je les aimais, mais il m'a suffi de vous connaître...

IVANOV

J'ai déjà entendu ça!

LVOV

Ah oui, vous l'avez entendu? *(Il aperçoit Sacha qui entre; elle porte une amazone.)* Maintenant, je pense que nous nous comprenons parfaitement!

Il hausse les épaules et sort.

SCÈNE VII

IVANOV *et* SACHA

IVANOV, *effrayé.*

Sachenka, toi?

SACHA

Oui, moi. Bonjour. Tu ne m'attendais pas? Pourquoi es-tu resté si longtemps sans venir me voir?

IVANOV

Sachenka, pour l'amour de Dieu, c'est imprudent! Si ma femme te voyait, elle se mettrait dans un état...

SACHA

Elle ne me verra pas; je suis passée par-derrière. Je
pars tout de suite. J'étais inquiète. Es-tu en bonne
santé? Pourquoi n'es-tu pas venu depuis si longtemps?

IVANOV

Déjà ma femme est ulcérée, elle est presque mou-
rante, et toi, tu viens ici? Sacha, Sacha, quelle incons-
ciente cruauté!

SACHA

Que pouvais-je faire? Depuis deux semaines tu n'es
pas venu, tu n'as pas répondu à mes lettres. J'en devenais folle, je m'imaginais que tu étais malade, que tu
souffrais, que tu étais mort. Je pars tout de suite... Mais
au moins, dis-moi : tu vas bien?

IVANOV

Non, je me torture à mort, et les autres me torturent
sans fin... Je suis à bout de forces! Et toi, par-dessus
le marché! — Que c'est pénible, que c'est injuste!
Sacha, je suis coupable, abominablement coupable!

SACHA

Que tu aimes les grands mots. Tu es coupable? Bon.
Mais coupable de quoi? Réponds!

IVANOV

Je ne sais pas, je ne sais pas...

SACHA

Ce n'est pas une réponse. Tout pécheur doit connaître
son péché. Tu as fait de la fausse monnaie...?

IVANOV

Ce n'est pas très drôle...!

SACHA

Tu es coupable parce que tu n'aimes plus ta femme?
Soit, mais on n'est pas maître de ses sentiments, tu
ne voulais pas cesser de l'aimer. Tu es coupable parce
qu'elle nous a surpris lorsque je t'ai déclaré mon amour?
Tu ne voulais pas qu'elle nous surprît...

IVANOV, *l'interrompant.*

Et caetera et caetera... J'ai aimé, j'ai cessé d'aimer,
je ne suis pas maître de mes sentiments, tout ça ce sont
des lieux communs, des phrases vides qui ne mènent à
rien...

SACHA

C'est fatigant de parler avec toi. (*Elle regarde un
tableau.*) Comme ce chien est bien dessiné. C'est d'après
nature?

IVANOV

Oui. Et toute notre histoire d'amour est un lieu
commun usé jusqu'à la corde; il avait perdu courage,
le sol se dérobait sous lui, mais elle apparut, courageuse,
forte, et lui tendit la main du salut. C'est beau comme
un roman. Mais la vie...

SACHA

La vie, c'est pareil.

IVANOV

Quelle idée te fais-tu de la vie! Mes lamentations
t'inspirent de la crainte, tu les écoutes avec recueille-
ment. Tu vois en moi un nouvel Hamlet, alors que ma
névrose ne devrait prêter qu'à rire! Il faudrait se tenir
les côtes devant mes simagrées, et toi tu cries : « Au
secours! » Car, ce qu'il te faut à toi, c'est me sauver,
accomplir un acte d'héroïsme! Ah! je suis furieux

contre moi aujourd'hui! Je sens que cette crise va mal
finir... Ou bien, je casserai quelque chose, ou bien...

SACHA

C'est ça, c'est exactement ce qu'il faut. Casse quelque
chose ou mets-toi à crier... Tu m'en veux, j'ai fait une
bêtise en venant ici. Eh bien, indigne-toi, injurie-moi,
tape du pied! Allez, vas-y, mets-toi en colère! *(Pause.)*
Eh bien?

IVANOV

Tu es drôle.

SACHA

A la bonne heure! Nous semblons sourire. Soyez
aimable, ayez la bonté de sourire encore une fois.

IVANOV, *riant.*

J'ai remarqué : quand tu entreprends de me sauver
et de me faire la leçon, ton visage devient extrêmement
naïf et tes pupilles s'agrandissent comme si tu fixais
une comète. Attends, tu as de la poussière sur l'épaule...
(Il enlève la poussière.) Un homme naïf est un imbécile.
Mais vous autres femmes, vous vous ingéniez à être
naïves de telle façon que cela semble gentil, sain,
enthousiaste, et pas aussi bête qu'on le croirait. Seulement, pourquoi agissez-vous toutes de la même manière?
Tant que l'homme est en bonne santé, vous ne prêtez
aucune attention à lui, mais dès qu'il se met à décliner
et à geindre, vous lui sautez au cou. Est-ce donc moins
plaisant d'être la femme d'un homme fort et courageux
que de jouer les infirmières auprès d'un raté?

SACHA

Moins plaisant.

IVANOV

Pourquoi? *(Il rit aux éclats.)* Si Darwin savait ça,
qu'est-ce qu'il vous passerait! Vous gâchez l'espèce
humaine. Si on vous laissait faire, il ne naîtrait bientôt
plus que des chiffes et des névropathes.

SACHA

Les hommes méconnaissent bien des choses. Une
jeune fille préférera toujours un homme malheureux,
parce que toute jeune fille est tentée par un amour
actif... Tu comprends? Actif! Les hommes sont trop
occupés, l'amour pour eux est une chose de troisième
plan. Bavarder avec sa femme, se promener avec elle
au jardin, verser quelques larmes sur sa tombe — c'est
tout. Et pour nous, l'amour est la vie même. Je t'aime,
cela signifie que je cherche à dissiper ta tristesse, que je
veux te suivre au bout du monde... Tu escalades une
montagne, je l'escalade avec toi, tu descends dans un
ravin, je descends avec toi. Quel bonheur ce serait pour
moi, par exemple, de copier toute la nuit tes papiers, ou
de veiller pour qu'on ne te réveille pas, ou de marcher
une centaine de verstes à tes côtés. Je me rappelle, une
fois, il y a trois ans peut-être, pendant le battage, tu es
arrivé chez nous tout couvert de poussière et tu as
demandé à boire. Je t'ai apporté un verre d'eau, et toi, tu
étais déjà étendu sur le divan, dormant à poings fermés.
Tu as dormi chez nous douze heures d'affilée, et tout
le temps je me tenais derrière la porte, montant la
garde pour que personne ne puisse te déranger. Et je
me sentais si bien! Plus il exige d'effort et plus l'amour
est beau, c'est-à-dire, tu comprends, mieux on le sent!

IVANOV

L'amour actif... hum... gâchis, philosophie de jeune
fille... A moins que... tu aies peut-être raison... *(Il
hausse les épaules.)* Je n'en sais rien! *(Gaiement :)* Parole
d'honneur, Sachenka, je suis un honnête homme!...

Juge par toi-même : j'ai toujours aimé faire de la philosophie, mais de ma vie je n'ai dit : « nos femmes sont
corrompues », ou : « cette femme a fait un faux pas ».
Je n'éprouvais que de la gratitude, rien d'autre! Mon
enfant, ma bonne petite fille, que tu es drôle! et moi,
quel ridicule imbécile je fais! Je ne réussis qu'à troubler
les gens, des journées entières je geins. *(Il rit.)* Bou-ou!
Bou-ou! *(Il s'éloigne rapidement.)* Et maintenant,
Sachenka, sauve-toi! Nous nous sommes oubliés...

SACHA

Oui, il est temps de partir, adieu! Je suis sûre que
ton honnête docteur m'a déjà dénoncée à Anna Petrovna,
par sens du devoir. Écoute-moi : retourne sans tarder
auprès de ta femme, et restes-y, restes-y, restes-y... S'il
faut y rester un an, fais-le; dix ans, reste dix ans. Remplis
ton devoir; afflige-toi, demande-lui pardon, pleure, il
le faut. Mais, surtout, n'oublie pas l'essentiel.

IVANOV

Je me sens de nouveau comme si je m'étais empoisonné
avec des champignons. De nouveau!

SACHA

Eh bien, que Dieu te protège! Ne pense pas à moi,
pas du tout! Mais dans deux semaines, écris-moi une
ligne, je m'en contenterai. Et moi, je t'écrirai...

> *Borkine passe la tête par la porte.*

SCÈNE VIII

LES MÊMES *et* BORKINE.

BORKINE

Nicolaï Alexeïévitch, vous permettez? *(Il aperçoit*

Sacha.) Oh, pardon, je n'avais pas vu... *(Il entre.)*
Bonjour!

Il salue.

SACHA, *gênée.*

Bonjour...

BORKINE

Vous avez bonne mine, vous avez embelli.

SACHA, *à Ivanov.*

Alors je m'en vais, Nicolaï Alexeïévitch... je m'en
vais...

Elle sort.

BORKINE

La charmante apparition! Je cherchais la prose et je
trouve la poésie... *(Il chante :)* « Tu m'es apparue, oiseau
de lumière »...

Ivanov, ému, arpente la scène.

BORKINE, *il s'assied.*

Elle a quelque chose, Nicolas, quelque chose, comment dire, que les autres n'ont pas. N'est-ce pas? Quelque chose de particulier... de fantasmagorique... *(Il
soupire.)* Finalement, c'est le plus beau parti du district.
S'il n'y avait pas la maman... ce vieux chameau... A
sa mort, Sachenka ramassera l'héritage, mais jusque-là
elle devra se contenter de dix mille roubles, d'une
serpillière et d'un fer à repasser. Et par-dessus le marché,
la vieille exigera qu'on lui fasse la révérence. *(Il fouille
dans ses poches.)* Allons, fumons des « los majores ».
Vous en voulez? *(Il tend son étui à cigares.)* Ils sont
bons... très fumables...

IVANOV, *il s'approche de Borkine, étouffant de colère.*

Hors d'ici, à l'instant même! Hors de cette maison,

immédiatement! *(Borkine se soulève et laisse tomber son cigare.)* Allons, sortez!

BORKINE

Qu'est-ce qui vous prend, Nicolas? Pourquoi vous fâchez-vous?

IVANOV

Pourquoi? Où avez-vous pris ces cigares? Vous croyez que j'ignore où vous emmenez le vieux tous les jours, et dans quel but?

BORKINE, *haussant les épaules.*

Mais qu'est-ce que ça peut bien vous faire?

IVANOV

Salaud! Avec vos ignobles combinaisons, vous êtes en train de me déshonorer! Nous n'avons rien de commun, et je vous demande de quitter ma maison à l'instant même!

Il marche rapidement.

BORKINE

Oui, vous dites ça parce que vous êtes en colère... Je ne vous en veux pas. Insultez-moi tant qu'il vous plaira... *(Il ramasse son cigare.)* Quant à la mélancolie, il est temps d'en finir. Vous n'êtes plus un collégien...

IVANOV

Vous m'avez compris? *(Il tremble.)* Vous vous foutez de moi?

Entre Anna Petrovna.

SCÈNE IX

LES MÊMES, *et* ANNA PETROVNA

BORKINE

Tiens, voici Anna Petrovna... Je m'en vais.

> *Il sort. Ivanov s'arrête près de la table et reste la tête basse.*

ANNA PETROVNA, *après un silence.*

Pourquoi est-elle venue? (*Silence.*) Je te demande : pourquoi est-elle venue ici?

IVANOV

Ne m'interroge pas, Aniouta... (*Silence.*) Je suis affreusement coupable. Fais-moi tous les reproches que tu voudras, j'accepterai tout, mais... ne m'interroge pas... Je n'aurai pas la force de m'expliquer avec toi.

ANNA PETROVNA, *avec colère.*

Pourquoi est-elle venue ici? (*Silence.*) Maintenant je te vois tel que tu es, je te comprends parfaitement. Tu es un être ignoble. Sans foi ni loi... Tu te souviens, tu es venu me trouver et tu as menti en me disant que tu m'aimais, et j'ai tout quitté, mon père, ma mère, ma religion, et je t'ai suivi... Et toi, tu n'as pas cessé de mentir. Tu parlais du bien, de la vérité, de tes généreux projets... Je croyais à chacune de tes paroles...

IVANOV

Aniouta, je ne t'ai jamais menti...

ANNA PETROVNA

J'ai vécu avec toi cinq ans, je languissais, j'étais malade, mais je t'aimais, je ne te quittais pas un seul instant... Tu étais mon idole... Et le résultat? Tu me trompais de la façon la plus éhontée...

IVANOV

Aniouta, tu ne dis pas la vérité. J'ai commis des fautes, oui, mais de ma vie je n'ai menti. Tu n'as pas le droit de me faire ce reproche...

ANNA PETROVNA

Maintenant, je comprends tout... En m'épousant, tu croyais que mes parents me pardonneraient et me donneraient de l'argent... C'est ça que tu croyais...

IVANOV

Oh, mon Dieu! Aniouta, tu veux me mettre hors de moi...

Il pleure.

ANNA PETROVNA

Tais-toi! Quand tu t'es aperçu qu'il n'y aurait pas d'argent, tu as commencé un nouveau jeu... Maintenant je me souviens de tout, je comprends tout. *(Elle pleure.)* Jamais tu ne m'as aimée, tu ne m'as été fidèle... jamais...!

IVANOV

Sarah! C'est faux!... Dis tout ce que tu voudras, mais pas ça!...

ANNA PETROVNA

Tu es un homme malhonnête, vil... Tu dois de l'argent à Lébédev, et maintenant, pour en sortir, tu veux séduire sa fille et la tromper comme tu m'as trompée, moi. Ce n'est pas vrai?

IVANOV, *il suffoque.*

Tais-toi, pour l'amour de Dieu! Je ne réponds pas de moi... La colère m'étouffe, je suis capable de...

ANNA PETROVNA

Tu m'as trompée d'une façon ignoble, et pas moi seule... Toutes les malhonnêtetés tu les mettais sur le compte de Borkine, mais maintenant je sais qui en est responsable...

IVANOV

Tais-toi, Sarah! Et va-t'en, ou je... je vais te traiter... Je ne pourrai me retenir de t'insulter... *(Il crie :)* Tais-toi, sale juive!

ANNA PETROVNA

Je ne me tairai pas... Tu me trompes depuis trop longtemps pour que je puisse me taire...

IVANOV

Ah, tu ne te tairas pas? *(Il lutte contre lui-même.)* Pour l'amour de Dieu...

ANNA PETROVNA

Maintenant, va tromper les Lébédev!

IVANOV

Alors, écoute-moi bien : tu vas mourir... le docteur m'a dit que tu allais bientôt mourir...

ANNA PETROVNA, *elle s'assied, et d'une voix éteinte.*

Quand te l'a-t-il dit?

Silence.

IVANOV, *se prenant la tête dans les mains.*

Que je suis coupable, mon Dieu, que je suis coupable!

Il sanglote.

ACTE IV

Un salon dans la maison des Lébédev. Une baie le sépare de la grande salle au fond. Portes à droite et à gauche. Bronzes anciens, portraits de famille. Tout est décoré pour une fête. Sur le piano, un violon; à côté, un violoncelle. Pendant tout l'acte, des invités en costume de bal évoluent dans la salle.

(Il s'est écoulé près d'un an entre le troisième et le quatrième acte.)

SCÈNE PREMIÈRE

LVOV, *il entre et regarde sa montre.*

Quatre heures passées! La bénédiction ne va pas tarder... Bénédiction, mariage, triomphe de la vertu et de la vérité! N'ayant pas réussi à piller Sarah, il l'a torturée jusqu'à la faire mourir, et maintenant il en a trouvé une autre. Une nouvelle comédie commence pour un nouveau pillage, et son tour joué, il l'enverra rejoindre la pauvre Sarah. Une vieille histoire de koulak... *(Silence.)* Et le voilà au septième ciel, se disposant à mener le plus longtemps possible et en

toute conscience une existence bien confortable. Eh
bien non, je te montrerai sous ton vrai jour! Lorsque
j'aurai arraché ton masque répugnant et que tout le
monde saura quel oiseau tu es, tu dégringoleras de ton
septième ciel la tête la première dans une fosse d'où le
diable même ne pourra pas te sortir! Je suis un homme
honnête, il m'incombe d'intervenir et d'ouvrir les yeux
aux aveugles. Je remplirai mon devoir et dès demain
je dirai adieu à ce maudit pays! *(Il médite.)* Mais comment agir? M'expliquer avec les Lébédev serait peine
perdue. Le provoquer en duel? Faire un scandale?
Mon Dieu, je suis ému comme un gamin, j'ai complètement perdu la faculté de réfléchir. Comment agir? Un
duel?

SCÈNE II

LVOV *et* KOSSYKH

KOSSYKH *entre et s'adresse joyeusement à Lvov.*

Hier j'ai annoncé un petit chelem à trèfle et j'en ai fait
un grand. Seulement, une fois de plus, ce Barabanov a
fait des entourloupettes. Nous jouons. Je dis : sans
atout; il passe; je dis : deux trèfles; il passe; moi : deux
carreaux... trois trèfles... et imaginez-vous, pouvez-vous
seulement vous imaginer... j'annonce le petit chelem et
lui n'annonce pas son as. S'il l'avait annoncé, ce saligaud,
j'aurais demandé le grand chelem sans atout.

LVOV

Veuillez m'excuser, je ne joue pas aux cartes et ne
saurais partager votre enthousiasme. C'est pour bientôt
la bénédiction?

KOSSYKH

Probablement. Il faut que Zizi retrouve ses esprits.
Elle pleure comme une baleine; elle regrette la dot!

LVOV

Pas sa fille?

KOSSYKH

Non, la dot! Vous pensez, s'il épouse, il ne paiera pas
sa dette; on ne proteste pas les traites d'un gendre.

SCÈNE III

LES MÊMES *et* BABAKINA

BABAKINA

*Sur son trente et un, elle traverse gravement la scène devant
Lvov et Kossykh, ce dernier pouffe dans son poing, elle se
retourne.*

C'est malin!

Kossykh éclate de rire.

BABAKINA

Moujik!

Elle sort.

KOSSYKH, *riant aux éclats.*

Complètement folle, la baba! Depuis qu'elle brigue
les excellences elle est devenue inabordable. *(Il l'imite.)*
Moujik!

LVOV, *ému.*

Écoutez, dites-moi sincèrement : quelle est votre
opinion sur Ivanov?

KOSSYKH

Il ne vaut absolument rien. Il joue comme une savate. L'année dernière, pendant le carême, voici ce qui s'est produit. Nous commençons une partie, moi, le comte, Borkine et lui. Je donne...

LVOV, *l'interrompant*.

Est-ce un homme bien?

KOSSYKH

Lui? Un roué! Un retors qui a fait les quatre cents coups. Lui et le comte ça fait la paire. Un flair de renard. Ça a mal tourné avec la youpine, il a avalé la couleuvre et maintenant le voilà qui vise les coffres de Zizi. Je vous parie ce que vous voulez, et que je sois trois fois anathème, si avant un an il ne l'a pas détroussée. Lui, Zizi, et le comte, la Babakina. Par ici la monnaie et à nous la grande vie! Docteur, pourquoi êtes-vous si pâle aujourd'hui? Vous êtes tout bouleversé.

LVOV

Ce n'est rien. Hier, j'ai trop bu.

SCÈNE IV

LVOV, KOSSYKH, LÉBÉDEV *et* SACHA

LÉBÉDEV, *entrant avec Sacha*.

Ici nous pourrons causer. *(A Lvov et à Kossykh :)* Allons, les zoulous, allez rejoindre les demoiselles, nous avons besoin de causer confidentiellement.

KOSSYKH *passe devant Sacha et fait claquer ses doigts avec admiration.*

Un vrai tableau! Une dame d'atout!

LÉBÉDEV

Va donc, troglodyte, va!

Lvov et Kossykh sortent.

LÉBÉDEV

Assieds-toi, Sachenka, ici... *(Il s'assied et regarde autour de lui.)* Écoute-moi attentivement et avec tout le respect dû à un paternel. Voici de quoi il s'agit : ta mère m'a chargé de te dire ce qui suit... Tu comprends? Ce n'est pas en mon propre nom que je parle, c'est ta mère qui m'en a donné l'ordre...

SACHA

Sois bref, papa!

LÉBÉDEV

Ta dot est fixée à quinze mille roubles en espèces. Voilà... attention, pas d'histoires après! Attends, tais-toi! Ce n'est que le commencement, le plus beau va venir. Donc, ta dot est fixée à quinze mille roubles, mais étant donné que Nicolaï Alexeïévitch doit neuf mille roubles à ta mère, ta dot subit une déduction... Bon, et ensuite, vois-tu...

SACHA

Pourquoi me dis-tu ça?

LÉBÉDEV

Ta mère m'en a donné l'ordre.

SACHA

Laissez-moi en paix! Si tu avais, ne serait-ce qu'un peu d'estime pour moi et pour toi-même, tu ne te serais pas permis de me parler ainsi. Je n'ai pas besoin de votre dot! Je ne vous ai rien demandé, je ne demande rien!

LÉBÉDEV

Pourquoi t'en prends-tu à moi? Tu te souviens dans Gogol, les deux grosses rates : elles ont commencé par flairer et ne sont parties qu'après, et toi, une fille instruite, tu te jettes sur moi sans même avoir flairé.

SACHA

Laissez-moi tranquille! N'offensez pas mes oreilles avec vos calculs sordides.

LÉBÉDEV, *se fâchant.*

Tfou! Vous m'acculerez tous en fin de compte à me flanquer un coup de couteau ou à zigouiller quelqu'un! L'une ne cesse de chialer du matin au soir, de radoter, de rogner, de compter ses kopeks, et l'autre, intelligente, généreuse, instruite, que diable, ne peut même pas comprendre son propre père! J'offense ses oreilles! Mais avant que je ne vienne ici offenser tes oreilles, là-bas *(il montre la porte)*, on m'a coupé en morceaux, on m'a écartelé. Elle ne peut pas comprendre! Vous vous êtes monté le bourrichon, vous avez perdu la boussole... que diable! *(Il se dirige vers la porte et s'arrête.)* Ça ne me plaît pas, mais alors pas du tout!

SACHA

Qu'est-ce qui ne te plaît pas?

LÉBÉDEV

Rien ne me plaît, rien!

SACHA

Mais encore?

LÉBÉDEV

C'est ça, je vais m'asseoir et je vais m'expliquer. Rien ne me plaît; et quant à ton mariage je ne veux même pas y penser! *(Il s'approche de Sacha et dit tendrement :)*

Ne m'en veuille pas, Sachenka, ton mariage est peut-être
intelligent, honnête, élevé, avec des principes, mais il
y a quelque chose qui cloche! Ça ne ressemble pas à
un mariage. Tu es jeune, fraîche, pure comme un cristal,
jolie, et lui, il est veuf, il est usé, vidé. Je ne comprends
pas, tant pis! *(Il embrasse sa fille.)* Sachenka, pardonne-
moi, mais il y a là quelque chose de bizarre; les gens
en parlent vraiment trop. Comment se fait-il que cette
Sarah soit morte et ensuite qu'il ait voulu t'épouser,
toi?... *(Vivement :)* Mais non, je suis une vieille baderne,
une commère. Ne m'écoute pas; n'écoute personne,
fais comme tu l'entends.

SACHA

Papa, je sens moi-même que ce n'est pas ça... pas ça,
pas ça, pas ça! Si tu savais combien cela me pèse. C'est
insupportable! Je suis malheureuse et j'ai peur de
l'avouer. Papa, mon petit papa, donne-moi du courage,
pour l'amour de Dieu... dis-moi ce qu'il faut faire.

LÉBÉDEV

Comment cela? Que veux-tu dire?

SACHA

J'ai peur comme jamais je n'ai eu peur! *(Elle regarde
autour d'elle.)* J'ai l'impression de ne pas le comprendre,
de ne pouvoir jamais le comprendre. Depuis que nous
sommes fiancés, pas une fois il n'a souri, pas une fois
il ne m'a regardée droit dans les yeux. D'éternelles
plaintes, des remords — de quoi? Des allusions à sa
culpabilité — laquelle? Des tremblements incessants...
Je suis fatiguée. Il y a des moments où il me semble que
je... que je ne l'aime pas aussi fort qu'il le faudrait.
Et quand il vient chez nous et qu'il me parle, je m'ennuie.
Qu'est-ce que cela signifie, mon petit papa? J'ai peur!

LÉBÉDEV

Mon enfant chérie, ma seule aimée, écoute ton vieux père. Refuse-le.

SACHA, *effrayée.*

Que dis-tu là?

LÉBÉDEV

Je t'assure, Sachenka. Il y aura un scandale, tout le district va dégoiser, mais il vaut mieux un scandale que de se condamner pour la vie.

SACHA

Tais-toi, tais-toi, papa! Je ne veux même pas t'écouter. Il faut repousser ces idées-là. C'est un homme bon, malheureux, incompris; je l'aimerai, je le comprendrai, je le remettrai sur pied. Je remplirai ma tâche. C'est décidé!

LÉBÉDEV

Ce n'est pas une tâche, c'est le bagne.

SACHA

Assez. Je t'ai avoué ce que je ne voulais pas m'avouer à moi-même. N'en parle à personne. Oublie cela.

LÉBÉDEV

Je n'y comprends rien. Est-ce moi qui suis devenu gâteux, ou est-ce vous tous qui êtes devenus trop intelligents? Qu'on me coupe en morceaux, je n'y comprends rien!

SCÈNE V

LES MÊMES *et* CHABELSKI

CHABELSKI, *entrant.*

Que le diable emporte tout le monde, y compris moi-même! C'est révoltant!

LÉBÉDEV

Qu'as-tu?

CHABELSKI

Non, sérieusement, il faut que je mette sur pied une telle crapulerie, une telle goujaterie que non seulement moi mais tout le monde en soit dégoûté. Et j'y arriverai. Parole d'honneur! J'ai dit à Borkine d'annoncer mes fiançailles aujourd'hui même. *(Il rit.)* Si tout le monde est pourri, je le serai aussi.

LÉBÉDEV

J'en ai marre de toi! Écoute, Matveï, avec tes boniments, tu finiras par te faire envoyer, passe-moi l'expression, à l'asile d'aliénés.

CHABELSKI

C'est une maison qui en vaut bien une autre. Ma foi, allons-y tout de suite. Je t'en prie. Tous les gens sont vils, mesquins, incapables, nuls, je me répugne moi-même et je ne crois à aucune des paroles que je prononce...

LÉBÉDEV

Écoute-moi, mon vieux : remplis-toi la bouche d'étoupe, mets-y le feu et va souffler au nez des gens. Ou encore mieux : prends ton chapeau et rentre à la maison. Ici, c'est une noce, tout le monde se réjouit et toi, croa, croa, comme un corbeau... vraiment... *(Chabelski se penche sur le piano et sanglote.)* Mon Dieu... Matveï... Comte... Qu'as-tu donc? Matioucha, mon vieux frère... mon ange... je t'ai offensé? Pardonne-moi, je ne suis qu'un vieux chien... pardonne à l'ivrogne... Tiens, bois un peu d'eau...

CHABELSKI

Inutile.

Il relève la tête.

LÉBÉDEV

Pourquoi pleures-tu?

CHABELSKI

Pour rien, comme ça...

LÉBÉDEV

Non, Matioucha, ne mens pas... Pourquoi? Pour quelle raison?

CHABELSKI

Je viens d'apercevoir le violoncelle et... et je me suis souvenu de la petite youpine...

LÉBÉDEV

Eh ben, t'as choisi ton moment! Que Dieu ait son âme, qu'elle jouisse du repos éternel, mais quant à s'en souvenir, ce n'est vraiment pas le moment...

CHABELSKI

Nous jouions ensemble des duos... Une femme merveilleuse, exquise!

Sacha sanglote.

LÉBÉDEV

Toi aussi? Voyons, reprends-toi! Mon Dieu, les voilà qui chialent tous les deux, et moi... moi... Au moins ne restez pas ici, les invités vont vous voir...

CHABELSKI

Pavel, quand le soleil luit, il fait gai même au cimetière. Quand on garde l'espérance, la vieillesse est encore douce; et moi je n'ai aucune espérance, aucune!...

LÉBÉDEV

Oui, c'est vrai, ça ne va pas bien pour toi... Ni enfants, ni argent, ni occupation... Enfin, que faire? *(A Sacha :)* Et toi, pourquoi?

CHABELSKI

Pavel, donne-moi de l'argent. Nous ferons nos comptes dans l'autre monde. J'irai à Paris, je jetterai un coup d'œil sur la tombe de ma femme. Dans ma vie, j'ai beaucoup donné, j'ai distribué la moitié de ma fortune. J'ai donc le droit de demander. Et puis, c'est à un ami que je demande...

LÉBÉDEV, *désemparé.*

Mon cher ami, je n'ai pas un kopek! D'ailleurs... C'est bon, c'est bon! C'est-à-dire, je ne te promets pas, mais, comprends-tu... Très bien, très bien! *(A part :)* Je suis à bout!...

SCÈNE VI

LES MÊMES *et* BABAKINA, *ensuite* ZINAÏDA SAVICHNA

BABAKINA, *entrant.*

Ou est donc mon cavalier? Comte, comment osez-vous me laisser seule? Hou, l'horrible personnage!

> *Elle frappe la main du comte avec son éventail.*

CHABELSKI, *dégoûté.*

Laissez-moi tranquille! Je vous hais!

BABAKINA, *stupéfaite.*

Comment?... hein?...

CHABELSKI

Allez-vous-en!...

BABAKINA, *se laissant tomber dans un fauteuil.*

Ah!...

> *Elle pleure.*

ZINAÏDA SAVICHNA, *elle entre en pleurant.*

Quelqu'un vient d'arriver... Je crois que c'est le garçon d'honneur du fiancé. C'est l'heure de la bénédiction...

> *Elle sanglote.*

SACHA, *suppliante.*

Maman!

LÉBÉDEV

Alors tout le monde chiale! Un quatuor! Assez d'humidité!... Matveï... Marfa Iégorovna... vous allez me faire pleurer, moi aussi... *(Il pleure.)* Mon Dieu!

ZINAÏDA SAVICHNA

Si tu n'as plus besoin de ta mère, si tu ne veux plus m'obéir... eh bien, sois heureuse... je te bénis...

> *Entre Ivanov. Il porte un habit et des gants.*

SCÈNE VII

LES MÊMES *et* IVANOV

LÉBÉDEV

Il ne manque plus que ça! Qu'est-ce qu'il y a?

SACHA

Pourquoi es-tu là?

IVANOV

Veuillez m'excuser. Je voudrais parler seul à seule avec Sacha.

LÉBÉDEV

On ne vient pas chez sa fiancée avant le mariage; ça ne se fait pas! C'est le moment de te rendre à l'église!

IVANOV

Pavel, je t'en prie...

Lébédev hausse les épaules; il sort, suivi de Zinaïda Savichna, du comte et de Babakina.

SCÈNE VIII

SACHA *et* IVANOV

SACHA, *sévère.*

Que te faut-il?

IVANOV

J'étouffe de colère, mais je peux me dominer. Écoute. Je m'habillais pour le mariage, et soudain j'ai jeté un coup d'œil sur la glace, et là... sur les tempes... des cheveux blancs. Sacha, il ne faut pas! Mettons fin à

cette absurde comédie avant qu'il soit trop tard... Tu
es jeune, pure, tu as toute la vie devant toi, et moi...

SACHA

Tout cela n'est pas neuf. Je l'ai entendu mille fois
et j'en ai assez! Va à l'église, ne fais pas attendre les
gens!

IVANOV

Je vais rentrer chez moi; et toi, annonce aux tiens
que le mariage n'aura pas lieu. Il est temps de nous
mettre à la raison. J'ai assez joué les Hamlet et toi les
jeunes filles magnanimes. Suffit!

SACHA, *rouge de colère.*

Je ne veux même pas t'écouter!

IVANOV

Je l'ai dit et je le répète!

SACHA

Pourquoi es-tu venu? Tes plaintes continuelles
tournent à la dérision.

IVANOV

Non, je ne me plains plus! De la dérision? Peut-
être. Et si l'on pouvait se tourner mille fois plus en
dérision et faire rire à ses dépens le monde entier, je
le ferais! Je me suis regardé dans la glace et c'est comme
si un boulet avait éclaté dans ma conscience. Je me suis
pouffé au nez, et de honte, j'ai failli perdre la raison.
(Il rit.) Mélancolie, noble nostalgie, vague douleur!
Il ne me reste plus qu'à écrire des vers. Geindre, me
lamenter, raser les gens, m'apercevoir que je n'ai plus
la force de vivre, que je suis rouillé, fini, que j'ai cédé
à la lâcheté et que, jusqu'aux oreilles, je me suis embour-
bé dans cette crapuleuse mélancolie, m'en rendre

compte pendant que le soleil luit d'un éclat si vif, alors
que même la fourmi traîne sa charge avec contente-
ment — non, serviteur! Voir que les uns me considèrent
comme un charlatan, que les autres me plaignent,
que les troisièmes me tendent une main secourable,
que les quatrièmes — et c'est le pire — écoutent avec
componction jusqu'à mes soupirs, voient en moi un
nouveau Mahomet et attendent d'un instant à l'autre
que je leur révèle une religion nouvelle... Non, Dieu
merci, j'ai encore de la dignité, de la conscience! En
venant ici, je me moquais de moi, et il me semblait
que les oiseaux, que les arbres se payaient ma tête...

SACHA

Tu n'es pas seulement cruel, tu es fou!

IVANOV

Tu crois? Non, je ne suis pas fou. Maintenant, je
vois les choses dans leur lumière véritable et ma pensée
est aussi pure que ta conscience. Nous nous aimons,
mais notre mariage n'aura pas lieu. Je peux divaguer
autant qu'il me plaira mais je n'ai pas le droit de gâcher
la vie des autres. J'ai empoisonné les derniers moments
de ma femme, depuis nos fiançailles tu as désappris à
rire, tu as vieilli de cinq ans; ton père, pour qui tout
dans la vie était clair, commence à ne plus comprendre
les gens. Que j'aille à une réunion, en visite, à la chasse,
n'importe où, j'apporte l'ennui, la tristesse, la mauvaise
humeur. Attends, laisse-moi parler! Je suis brutal,
violent, mais pardonne-moi, je suis dans une telle rage...
je ne puis parler autrement. Jamais je n'ai menti, jamais
je n'ai calomnié la vie, mais devenu un éternel mécon-
tent, malgré moi, sans m'en apercevoir, je la calomnie,
je maudis mon sort, je me plains et quiconque m'entend est contaminé par mon dégoût de la vie. Il semble qu'en vivant je fasse une grâce à la nature. Bon sang,
que le diable m'emporte!

SACHA

Voyons... tu estimes qu'il faut cesser de te lamenter et qu'il est temps de commencer une existence nouvelle!... Mais c'est très bien!...

IVANOV

Qu'est-ce qui est bien? Quelle existence nouvelle? Je suis perdu sans rémission! Il faut que nous le comprenions tous les deux. Une existence nouvelle!

SACHA

Nicolaï, reprends tes esprits! Perdu, toi? Allons donc! Non, je ne veux plus parler ni t'écouter... Va à l'église!

IVANOV

Perdu!

SACHA

Ne crie pas, les invités peuvent entendre...

IVANOV

Si un homme sain, pas bête, instruit, se met sans aucune raison apparente à se lamenter, s'il commence à descendre la pente, rien ne pourra l'arrêter dans sa chute, il n'y a pas de salut pour lui. Tu en vois un, toi? Lequel? Boire? Le vin me donne mal à la tête. Écrire de mauvais vers? J'en suis incapable, comme je suis incapable de sublimer ma paresse intellectuelle. La paresse est la paresse, la faiblesse est la faiblesse. Appelons les choses par leur nom. Je suis perdu, perdu, inutile d'ergoter. *(Il regarde autour de lui.)* Il peut venir quelqu'un. Écoute, si tu m'aimes, il faut m'aider. A l'instant, tout de suite, renonce à moi! Vite...

SACHA

Ah, Nicolaï, si tu savais comme je suis fatiguée, comme mon âme est à bout de forces, par ta faute!

Tu es un homme bon, intelligent, réfléchis : comment peut-on poser de tels problèmes? Chaque jour un nouveau problème, l'un plus insoluble que l'autre... Je cherchais un amour actif, mais ça, c'est un martyre!

IVANOV

Et quand tu seras ma femme, les problèmes deviendront encore plus compliqués. Renonce donc! Comprends : ce n'est pas l'amour qui parle en toi mais l'entêtement d'une nature généreuse. Tu avais fait le projet insensé de me sauver coûte que coûte, tu t'exaltais dans la pensée de cet exploit... Et maintenant tu es prête à reculer, mais un faux sentiment t'en empêche. Comprends-le!

SACHA

Ton raisonnement est absurde! Comment pourrais-je renoncer à toi? Tu n'as ni mère, ni sœur, ni amis... Tu es ruiné, ton domaine a été pillé, tout le monde te calomnie...

IVANOV

J'ai fait une bêtise en venant ici. Il fallait agir comme je le voulais...

Entre Lébédev.

SCÈNE IX

SACHA, IVANOV, LÉBÉDEV

SACHA, *elle court à la rencontre de son père.*

Papa, pour l'amour de Dieu, il est accouru comme un enragé et il me torture; il exige que je renonce à lui, il ne veut pas faire mon malheur. Dis-lui que je ne veux pas de sa grandeur d'âme, je sais ce que je fais.

LÉBÉDEV

Je ne comprends rien... Quelle grandeur d'âme?

IVANOV

Le mariage n'aura pas lieu!

SACHA

Si! Papa, dis-lui que le mariage aura lieu!

LÉBÉDEV

Attends, attends... Pourquoi veux-tu que le mariage n'ait pas lieu?

IVANOV

Je me suis expliqué, mais elle ne veut pas comprendre.

LÉBÉDEV

Ce n'est pas à elle, c'est à moi que tu dois l'expliquer, et assez clairement pour que je comprenne! Ah, Nicolaï Alexeïévitch, que le Seigneur te juge! Dans quelles ténèbres nous as-tu entraînés! Je me fais l'effet de vivre dans un cabinet de curiosités; je regarde et je ne comprends rien... Un vrai supplice... Que veux-tu que je fasse de toi, à mon âge? Que je te provoque en duel? Hein?

IVANOV

Pas besoin de duel. Il suffit d'avoir la tête sur les épaules et de comprendre la langue russe.

SACHA, *elle arpente la scène, émue.*

C'est affreux, affreux, un vrai gosse!

LÉBÉDEV

Il n'y a plus qu'à lever les bras au ciel. Écoute, Nicolaï : tu penses agir avec délicatesse, avec intelligence, selon toutes les règles de la psychologie; eh

bien, à mon avis, c'est un scandale et un malheur.
Écoute-moi, vieux bonhomme, pour la dernière fois!
Je vais te dire : reprends tes esprits, considère les choses
simplement, comme tout le monde. Ici-bas, tout est
simple. Le plafond est blanc, les bottes sont noires,
le sucre est sucré. Tu aimes Sacha, elle t'aime. Si tu
l'aimes, reste, si tu ne l'aimes pas, eh bien, va-t'en,
nous ne t'en voudrons pas. C'est pourtant si simple!
Tous les deux, vous êtes sains, intelligents, moraux et,
grâce au Ciel, vous avez de quoi manger et vous vêtir...
Que vous faut-il de plus? L'argent vous manque? La
belle affaire! L'argent ne fait pas le bonheur... Évidemment, je comprends... ton domaine est hypothéqué, tu
n'as pas de quoi payer les intérêts, mais moi qui suis
le père, je comprends... La mère, elle, qu'elle agisse
à sa guise, tant pis; elle ne donnera pas d'argent? on
s'en passera. Sachenka dit qu'elle n'a pas besoin de
dot... des principes... Schopenhauer... tout ça, c'est
des balivernes... J'ai à la banque dix mille roubles, un
compte secret. *(Il regarde autour de lui.)* Pas un chien
qui le sache à la maison... Ça vient de grand-mère...
Pour vous deux... Prenez... Seulement, attention... il
faut donner deux mille roubles à Matveï...

Les invités se réunissent dans la salle.

IVANOV

Pavel, toutes ces paroles sont inutiles. J'agis selon
ma conscience.

SACHA

Moi aussi, j'agis selon ma conscience. Tu peux
dire tout ce que tu veux, je ne te lâcherai pas. Je vais
chercher maman.

Elle sort.

SCÈNE X

LÉBÉDEV *et* IVANOV

LÉBÉDEV

Je ne comprends rien...

IVANOV

Écoute, mon pauvre vieux... Je ne vais pas t'expliquer qui je suis : un honnête homme ou une canaille, sain d'esprit ou neurasthénique. Tu ne pourras jamais comprendre. J'ai été jeune, enthousiaste, sincère, pas sot; j'ai aimé, haï, cru comme personne, j'ai travaillé et espéré pour dix, j'ai combattu des moulins, j'ai donné de la tête contre les murs. Sans tenir compte de mes forces, sans réfléchir, sans expérience de la vie, je me suis chargé d'un fardeau trop pesant, qui m'a brisé les épaules, déchiré les nerfs; j'étais impatient d'agir, de dépenser cette jeunesse dont j'étais ivre, je m'enthousiasmais, je travaillais comme un fou. Et, dis-moi, pouvait-on faire autrement? Nous sommes si peu nombreux et il y a tant de travail! Mon Dieu, que de travail il y a! Et, tu vois, la vie que j'ai combattue se venge cruellement! Je me suis surmené. A trente ans, déjà, je paie les pots cassés, je suis vieux, j'ai chaussé mes pantoufles. J'erre parmi les gens comme une ombre, la tête lourde, l'âme paresseuse, fatigué, brisé, sans foi, sans amour, sans but, sans savoir qui je suis, pourquoi je vis, qu'est-ce que je veux... Déjà, il me semble que l'amour est une fadaise, que les caresses sont insipides, que le travail est absurde, que les chants et les discours qui jadis me transportaient d'enthousiasme sont autant de rabâchages et de grossièretés. Partout j'introduis la tristesse, un ennui de plomb, l'insatisfaction, le dégoût de la vie... Je suis perdu sans retour! Tu as devant toi un homme qui à trente-cinq

ans est déjà fatigué, déçu, écrasé par ses lamentables
exploits; il se consume de honte, il va jusqu'à bafouer
sa propre déchéance... Quelle humiliation! Je crève de
rage!... *(Il chancelle.)* Tiens, voilà ce que j'ai fait de
moi... Je ne tiens même plus sur mes jambes... la faiblesse... Où est Matveï, qu'il me ramène à la maison?

DES VOIX, *dans la salle.*

Le garçon d'honneur du fiancé est arrivé!

SCÈNE XI

LÉBÉDEV, IVANOV, CHABELSKI, *ensuite* BORKINE,
LVOV, SACHA, *les* INVITÉS.

CHABELSKI, *entrant.*

Un habit fripé qui vient d'un autre... sans gants...
sous les quolibets, les regards moqueurs, les ricanements
grossiers... Abominable engeance!

BORKINE, *il entre rapidement avec une gerbe de fleurs;
il est en habit et porte à la boutonnière la fleur des garçons
d'honneur.*

Ouf! Mais où est-il? *(A Ivanov :)* On vous attend
depuis une heure à l'église et je vous trouve ici, faisant
de la philosophie! Pour un rigolo, on peut dire que
vous êtes un rigolo! Ce n'est pas avec la fiancée que
vous devez aller, mais séparément, avec moi; et moi, je
reviendrai de l'église chercher la fiancée. Même ça vous
n'êtes pas fichu de le comprendre! positivement, un
rigolo!

LVOV, *entrant, à Ivanov.*

Ah, vous voilà! *(A haute voix :)* Nicolaï Alexeïévitch

Ivanov, je vous déclare publiquement que vous êtes un salaud.

IVANOV, *impassible*.

Je vous remercie.

Confusion générale.

BORKINE, *à Lvov*.

Monsieur, c'est une infamie! Je vous provoque en duel!

LVOV

Monsieur Borkine, je considère comme dégradant pour moi, non seulement de me battre avec vous, mais même de vous adresser la parole. Quant à monsieur Ivanov, il peut me demander satisfaction quand il lui plaira.

CHABELSKI

Monsieur, je me bats avec vous.

SACHA, *à Lvov*.

Pourquoi? Pourquoi l'avez-vous offensé? Messieurs, permettez qu'il me dise pourquoi.

LVOV

Alexandra Pavlovna, ce n'est pas sans preuve que j'ai formulé cette offense. Je suis venu ici en homme honnête pour vous ouvrir les yeux, et je vous prie de m'écouter.

SACHA

Qu'avez-vous à dire? Que vous êtes un homme honnête? Mais le monde entier le sait! Dites-nous plutôt quel est votre but. Est-ce que vous vous comprenez vous-même? Vous faites irruption ici, tel un justicier, et vous lancez à cet homme une accusation si blessante que j'ai cru en mourir. Vous l'avez suivi comme une ombre pendant des mois, empoisonnant sa vie, fermement convaincu sans doute que vous faisiez votre devoir d'homme honnête. Vous interveniez dans sa vie privée, condamnant ses actes, les calomniant en tous lieux; inlassablement vous me poursuiviez, moi et mes amis, de lettres anonymes, par honnêteté, c'est certain. Et toujours par honnêteté, vous, un médecin, vous n'épargniez pas même sa femme malade, troublant cette malheureuse par vos insinuations malveillantes. Vous pouviez commettre n'importe quelle violence, n'importe quelle cruauté, avec la conscience paisible d'un homme extraordinairement honnête et juste.

IVANOV, *riant.*

Ce n'est plus une noce, c'est un parlement! Bravo, bravo!...

SACHA, *à Lvov.*

Et maintenant, réfléchissez! Tâchez de vous comprendre vous-même! Quels gens bornés, sans cœur! *(Elle prend Ivanov par la main.)* Allons-nous-en, Nicolaï! Venez, père!

IVANOV

Nous en aller? Où donc? Attends, je vais mettre fin à tout ça! Ma jeunesse s'est réveillée en moi, c'est l'ancien Ivanov qui parle.

Il sort un revolver.

SACHA, *poussant un cri.*

Je sais ce qu'il veut faire! Nicolaï, pour l'amour de Dieu!

IVANOV

J'ai longtemps descendu la pente, maintenant, halte!

Il faut savoir partir à temps! Écartez-vous! Merci,
Sacha!

SACHA, *criant*.

Nicolaï, pour l'amour de Dieu! Retenez-le!

IVANOV

Laissez-moi!

> *Il s'éloigne de quelques pas en courant et se tire un
> coup de revolver.*

La Mouette

QUATRE ACTES

Texte français de Génia Cannac et Georges Perros

PERSONNAGES

IRINA NIKOLAEVNA ARKADINA, *de son vrai nom Mme Trepleva, actrice.*

CONSTANTIN GAVRILOVITCH TRÉPLEV, *son fils, un jeune homme.*

PIOTR NIKOLAÉVITCH SORINE, *son frère.*

NINA MIKHAILOVNA ZARETCHNAIA, *une jeune fille dont le père est un riche propriétaire.*

ILIA AFANASSIEVITCH CHAMRAËV, *lieutenant en retraite, régisseur de Sorine.*

PAULINA ANDRÉEVNA, *sa femme.*

MACHA, *sa fille.*

BORIS ALEXÉEVITCH TRIGORINE, *écrivain.*

EVGUENI SERGÉEVITCH DORN, *médecin.*

SEMIONE SEMIONOVITCH MEDVEDENKO, *instituteur.*

YAKOV, *ouvrier.*

UN CUISINIER.

UNE FEMME DE CHAMBRE.

L'action se passe dans la propriété de Sorine. Deux ans s'écoulent, entre le troisième et le quatrième acte.

ACTE PREMIER

Une partie du parc de la propriété de Sorine. Une large allée, menant de la rampe vers le fond du parc, interrompue par une estrade qui vient d'être édifiée pour un spectacle d'amateurs, et qui cache entièrement le lac. A gauche et à droite de l'estrade, des arbustes.

Quelques chaises, une petite table.

Le soleil vient de se coucher. Sur l'estrade, derrière le rideau baissé, s'affairent Yakov et d'autres ouvriers; on les entend tousser et frapper.

Macha et Medvedenko entrent par la gauche, revenant d'une promenade.

MEDVEDENKO

Pourquoi êtes-vous toujours en noir?

MACHA

Je porte le deuil de ma vie. Je suis malheureuse.

MEDVEDENKO

Pourquoi? *(Il réfléchit.)* Je ne vous comprends pas... Vous avez une bonne santé, votre père, sans être riche, est un homme aisé. Ma vie est bien plus dure que la vôtre. Je ne touche que vingt-trois roubles par mois,

sans parler de ce qu'on me retient pour la retraite,
et pourtant, je ne porte pas le deuil.

Ils s'assoient.

MACHA

Il ne s'agit pas d'argent. On peut être pauvre et
heureux.

MEDVEDENKO

En théorie, oui, mais la réalité est bien différente.
Je n'ai que vingt-trois roubles de traitement pour moi-
même, ma mère, mes deux sœurs et mon petit frère.
Mais il faut bien manger et boire, non? Acheter du thé,
du sucre? Du tabac? Débrouille-toi comme tu peux!

MACHA, *se tournant vers l'estrade.*

Le spectacle va bientôt commencer.

MEDVEDENKO

Oui. Mlle Zaretchnaia joue la pièce de Constantin
Gavrilovitch. Ils sont amoureux l'un de l'autre; ce soir
leurs âmes vont s'unir dans un seul effort, un seul
désir de créer la même image artistique. Mais dans
nos âmes, la mienne et la vôtre, rien, aucun point de
contact. Je vous aime. Le désir de vous voir me chasse
de chez moi; tous les jours, pour venir ici, je fais à
pied six verstes aller, six verstes retour; mais vous
n'avez qu'indifférence pour moi. Ça se comprend. Je
suis pauvre et j'ai une nombreuse famille. Pourquoi
épouser un homme qui n'a lui-même rien à manger?

MACHA

Balivernes! (*Elle prise.*) Votre amour me touche, mais
je ne peux pas le partager, voilà tout. (*Elle lui tend sa
tabatière.*) Servez-vous.

MEDVEDENKO

Je n'en ai pas envie.

Un temps.

MACHA

Il fait lourd. Il y aura sans doute de l'orage cette nuit. Philosopher ou parler argent, c'est tout ce que vous savez faire. D'après vous, la pauvreté est le plus grand malheur, mais à mon avis il vaut mille fois mieux porter des loques et mendier, que... D'ailleurs, vous ne pouvez pas me comprendre...

Sorine et Treplev entrent par la droite.

SORINE, *il s'appuie sur une canne.*

Moi, mon vieux, je me sens mal à l'aise à la campagne et je ne m'y ferai jamais, cela va de soi. Hier soir, je me suis couché à dix heures, ce matin je me suis réveillé à neuf; à force d'avoir dormi, il me semblait que mon cerveau était collé à mon crâne... et ainsi de suite. *(Il rit.)* Après le déjeuner, je me suis encore endormi, je ne sais comment, et me voilà plein de courbatures; à la fin, cela donne des cauchemars...

TREPLEV

C'est vrai, tu devrais habiter la ville. *(Apercevant Macha et Medvedenko :)* Mes amis, on vous appellera pour le début du spectacle, mais vous ne pouvez pas rester ici maintenant... Allez-vous-en, je vous prie.

SORINE, *à Macha.*

Maria Iliinitchna, ayez la gentillesse de dire à votre papa qu'il ordonne de détacher le chien, qu'il cesse de hurler. Cette nuit encore, ma sœur n'a pas pu fermer l'œil.

MACHA

Dites-le-lui vous-même. Ça ne me regarde pas. Dispensez-m'en, je vous prie. *(A Medvedenko :)* Vous venez?

MEDVEDENKO, *à Treplev.*

N'oubliez surtout pas de nous prévenir avant le début.

Ils sortent.

SORINE

Donc, le chien va encore hurler toute la nuit. Quelle histoire! Jamais je n'ai pu vivre à la campagne comme j'aurais voulu. Dans le temps, je prenais un congé de vingt-huit jours, je venais ici pour me reposer, mais on m'ennuyait tellement avec toutes sortes de bêtises qu'à peine arrivé, je n'avais qu'une envie : déguerpir. *(Il rit.)* Je suis toujours reparti avec plaisir. Mais maintenant que je suis à la retraite, je ne sais où aller, alors il faut bien s'y résigner, bon gré mal gré...

YAKOV, *à Treplev.*

Constantin Gavrilovitch, nous, on va se baigner.

TREPLEV

C'est bon, mais soyez à vos postes dans dix minutes. *(Il consulte sa montre.)* Nous n'allons pas tarder à commencer.

YAKOV

Bien, monsieur.

Il sort.

TREPLEV, *montrant l'estrade.*

Et voilà notre théâtre. Le rideau, la première et la deuxième coulisse, et puis, l'espace vide. Aucun décor. La vue s'ouvre directement sur le lac et l'horizon. On

lèvera le rideau à huit heures et demie précises, quand
la lune surgira.

SORINE

Ce sera magnifique.

TREPLEV

Si Mlle Zaretchnaia arrive en retard, l'effet sera raté.
Elle devrait déjà être là. Mais son père et sa belle-mère
la surveillent, il lui est aussi difficile de s'échapper
de chez elle que d'une prison. *(Il rectifie la cravate de
son oncle.)* Et ces cheveux, cette barbe, ils datent de
quand? Tu devrais te faire donner un coup de ciseaux...

SORINE, *peignant sa barbe.*

C'est le drame de ma vie. Dans ma jeunesse, j'avais
l'air d'un ivrogne invétéré; et voilà tout... Les femmes
ne m'ont jamais aimé. *(Il s'assied.)* Pourquoi ma sœur
est-elle de mauvaise humeur?

TREPLEV

Pourquoi? Elle s'ennuie. *(Il s'assied à côté de son
oncle.)* Elle est jalouse. Elle est montée contre moi,
contre le spectacle, contre ma pièce, parce que ce n'est
pas elle, mais Mlle Zaretchnaia qui la jouera. Elle
déteste ma pièce, avant même de la connaître.

SORINE, *riant.*

Qu'est-ce que tu vas chercher là?

TREPLEV

Elle est dépitée : c'est Mlle Zaretchnaia qui va avoir
du succès sur cette petite scène, et non pas elle. *(Il
regarde sa montre.)* Ma mère est un curieux phénomène psychologique. Elle a du talent, c'est incontes-
table, elle est intelligente, très capable de sangloter

sur un livre; elle te récitera tout Nekrassov par cœur,
elle soigne les malades comme un ange; mais va un
peu louer la Duse devant elle!... Oh! là! là! C'est elle,
elle seule qu'il faut louer, c'est à son sujet qu'il faut
écrire et pousser des cris d'admiration, et si l'on s'ex-
tasie, ce doit être sur son jeu merveilleux dans *La
Dame aux camélias* ou *L'Ivresse de la vie*... Et comme
ici, à la campagne, cet encens lui manque, elle s'ennuie, elle se fâche, et nous considère tous comme ses
ennemis. Nous sommes tous coupables. Sans parler
de ses manies superstitieuses : elle craint les trois
bougies, le nombre treize... Elle est avare. Je sais perti-
nemment qu'elle a soixante-dix mille roubles à la
banque d'Odessa, mais essaie donc de lui emprunter
de l'argent, elle fondra en larmes.

SORINE

Tu t'es mis dans la tête que ta pièce déplaît à ta
mère, te voilà tout agité... et ainsi de suite. Rassure-toi,
ta mère t'adore.

TREPLEV, *effeuillant une fleur.*

Elle m'aime — elle ne m'aime pas — elle m'aime
— elle ne m'aime pas... *(Il rit.)* Tu vois bien. Ma mère
ne m'aime pas. Parbleu! Elle veut vivre, aimer, porter
des chemisiers clairs, et mes vingt-cinq ans lui rap-
pellent constamment qu'elle n'est plus jeune. En mon
absence, elle n'a que trente-deux ans; quand je suis
là, elle en a quarante-trois, et c'est la raison de sa haine.
Elle sait aussi que je ne supporte pas le théâtre qu'elle
aime. Elle croit servir l'humanité et l'art sacré, mais
à mes yeux, dans ce théâtre contemporain, il n'y a
que routine et préjugés. Quand le rideau se lève, et
qu'à la lumière artificielle, dans une pièce à trois murs,
ces fameux talents, ces archiprêtres de l'art sacré nous
montrent comment les gens mangent, boivent, aiment,

portent le complet-veston; quand avec des phrases et des tableaux triviaux on essaie de fabriquer une morale de trois sous, accessible à tous, utile dans le ménage; quand, grâce à mille variantes, on me sert, encore et encore, la même sauce triste, alors je fuis, je fuis comme Maupassant fuyait la tour Eiffel, dont la vulgarité lui broyait le crâne.

SORINE

On ne peut pas se passer de théâtre.

TREPLEV

Des formes nouvelles, voilà ce qu'il nous faut, et s'il n'y en a pas, alors mieux vaut rien du tout. *(Il consulte sa montre.)* J'aime ma mère. Je l'aime profondément; mais elle mène une vie absurde, elle n'arrête pas de s'afficher avec cet écrivain, son nom traîne dans tous les journaux. C'est lassant à la fin. Je ressens parfois l'égoïsme d'un simple mortel, je regrette d'avoir pour mère une actrice connue, il me semble que j'aurais été plus heureux si ma mère avait été une femme ordinaire. Mon oncle, quelle situation plus désespérante, plus stupide que la mienne? Son salon était souvent rempli de célébrités, rien que des artistes, et des écrivains. J'y étais la seule nullité, on ne me tolérait que parce que j'étais son fils. Qui suis-je? Qu'est-ce que je représente? J'ai quitté l'Université en troisième année, à la suite de circonstances... indépendantes de la rédaction, comme on dit; je n'ai aucun talent, pas un sou; d'après mon passeport, je suis un « petit-bourgeois de Kiev », comme mon père, bien qu'il fût, lui aussi, un acteur célèbre. Aussi, lorsque ces artistes et ces écrivains me gratifiaient de leur bienveillante attention, il me semblait que leurs regards prenaient la mesure de mon néant. Je devinais leur pensée, et je crevais d'humiliation...

SORINE

A propos, quel genre d'homme est-ce, cet écrivain?
On ne le comprend pas. Il n'est pas bavard.

TREPLEV

C'est un homme intelligent, simple, un peu mélancolique... très honnête. Il n'a pas dépassé la trentaine de beaucoup, mais il est déjà célèbre, et complètement blasé. Quant à ses écrits... que t'en dire? C'est gentil, plein de talent, mais... après Tolstoï ou Zola, comment avoir envie de lire Trigorine?...

SORINE

Eh bien, moi, mon vieux, j'aime les écrivains. J'ai souhaité passionnément deux choses, jadis : me marier, et devenir écrivain. Ça n'a pas marché, ni d'un côté ni de l'autre... Oui... En fin de compte, n'être même qu'un petit écrivain, ce n'est sûrement pas désagréable.

TREPLEV, *prêtant l'oreille.*

J'entends des pas... (*Il embrasse son oncle.*) Je ne peux pas vivre sans elle. Même le bruit de ses pas est merveilleux. Je suis follement heureux! (*Il va rapidement à la rencontre de Nina Zaretchnaia qui entre.*) Mon enchanteresse, mon rêve...

NINA, *très émue.*

Je ne suis pas en retard? Est-ce bien sûr?...

TREPLEV, *lui baisant les mains.*

Mais non, mais non...

NINA

J'ai été inquiète toute la journée, j'avais peur... si peur que mon père me retienne... Mais il vient de partir avec ma belle-mère. Le ciel est rouge, la lune se lève déjà, et j'ai pressé, pressé mon cheval. *(Elle rit.)* Mais je suis contente.

> *Elle serre vigoureusement la main de Sorine.*

SORINE, *en riant.*

Ces beaux yeux ont pleuré, je crois... Oh! que c'est vilain!

NINA

Ce n'est rien... Voyez comme je suis essoufflée. Je dois repartir dans une demi-heure, il faut qu'on se dépêche. Non, non, pour l'amour de Dieu, ne me retenez pas. Mon père ne sait pas que je suis ici.

TREPLEV

Il est temps de commencer, en effet. Il faut appeler les autres.

SORINE

J'irai les chercher, et voilà tout. A l'instant. *(Il va à droite en chantant :)* « Deux grenadiers revenaient en France... » *(Il se retourne.)* Un jour, je me suis mis à chanter, comme ça, et le substitut du procureur m'a dit : « Vous avez une voix forte, Votre Excellence »... Puis, après réflexion, il a ajouté : « Mais très désagréable. »

> *Il sort en riant.*

NINA

Mon père et sa femme ne veulent pas que je vienne ici. Ils disent que chez vous, c'est la bohême... Ils ont peur que je devienne actrice. Et moi, je me sens attirée vers le lac, comme si j'étais une mouette... Mon cœur est plein de vous.

> *Elle regarde autour d'elle.*

TREPLEV

Nous sommes seuls.

NINA

Il me semble qu'il y a quelqu'un... là-bas...

TREPLEV

Non, personne.

Un baiser.

NINA

Quel est cet arbre?

TREPLEV

C'est un orme.

NINA

Pourquoi est-il si noir?

TREPLEV

La nuit tombe; toutes les choses paraissent sombres. Ne partez pas trop tôt, je vous en supplie.

NINA

C'est impossible.

TREPLEV

Et si j'allais chez vous, Nina? Je resterais toute la nuit dans le jardin, face à votre fenêtre.

NINA

Impossible, le veilleur de nuit vous remarquerait, et le chien n'est pas encore habitué à vous, il aboierait.

TREPLEV

Je vous aime.

NINA

Chut...

TREPLEV, *entendant des pas.*

Qui est là? C'est vous, Yakov?

YAKOV, *derrière l'estrade.*

Oui, monsieur.

TREPLEV

Allez tous à vos places. Il est temps de commencer.
La lune se lève.

YAKOV

Oui, monsieur.

TREPLEV

Vous avez de l'alcool? Du soufre? Quand les yeux
rouges apparaîtront, il faut que ça sente le soufre.
(A Nina :) Allez-y, tout est prêt. Vous avez le trac?

NINA

Oui, un trac terrible. Pas à cause de votre maman,
je ne la crains pas, mais il y a Trigorine... J'ai peur
et j'ai honte de jouer devant lui... C'est un écrivain
célèbre... Est-il jeune?

TREPLEV

Oui.

NINA

Que ses récits sont merveilleux!

TREPLEV, *froidement.*

Je n'en sais rien, je ne les ai pas lus.

NINA

Il est difficile de jouer dans votre pièce. Il n'y a pas de personnages vivants.

TREPLEV

Des personnages vivants! Il ne faut pas peindre la vie telle qu'elle est, ou telle qu'elle devrait être, mais telle qu'elle nous apparaît dans nos rêves.

NINA

Votre pièce manque d'action; on ne fait que réciter. Et puis, à mon avis, il faut absolument de l'amour dans une pièce.

Ils vont derrière l'estrade. Entrent Paulina Andréevna et Dorn.

PAULINA

Il commence à faire humide. Rentrez et mettez vos caoutchoucs.

DORN

Je n'ai pas froid.

PAULINA

Vous ne prenez pas soin de vous. C'est de l'entête-ment. Vous, un docteur, vous savez parfaitement que l'humidité ne vous vaut rien, mais vous voulez me faire souffrir. Hier, vous êtes resté toute la soirée sur la terrasse, exprès pour...

DORN, *chantonnant.*

« Ne dis pas que ta jeunesse t'a perdu... »

PAULINA

Vous étiez tellement excité par votre conversation avec Irina Nikolaevna... Vous ne remarquiez pas le froid. Elle vous plaît, avouez-le?

DORN

J'ai cinquante-cinq ans.

PAULINA

Et après? Pour un homme, ce n'est pas la vieillesse. Vous êtes bien conservé, et vous plaisez encore aux femmes.

DORN

Enfin, que me voulez-vous?

PAULINA

Devant une actrice, vous êtes toujours prêts à vous prosterner. Tous!

DORN, *il chantonne.*

« A nouveau, devant toi... » Si la société aime les artistes et les traite autrement que les marchands, par exemple, c'est dans l'ordre des choses. C'est de l'idéalisme.

PAULINA

Les femmes vous ont toujours adoré, se sont jetées à votre cou... C'est de l'idéalisme, ça aussi?

DORN, *haussant les épaules.*

Et puis? Il y avait du bon dans les sentiments de ces femmes à mon égard. En moi, on appréciait avant tout l'excellent médecin. Souvenez-vous, il y a dix ou quinze ans, j'étais le seul accoucheur sérieux de notre district. Enfin, j'ai toujours été honnête.

PAULINA, *lui prenant la main.*

Mon chéri!

DORN

Chut! On vient.

> *Entrent Arkadina, qui donne le bras à Sorine, Trigo-*
> *rine, Chamraëv, Medvedenko et Macha.*

CHAMRAËV

En 1873, pendant la foire de Poltava, elle a joué
d'une façon étonnante! Un véritable enchantement! Un
jeu merveilleux! Et sauriez-vous me dire où se trouve
maintenant l'acteur comique Tchadine? Dans le rôle
de Rasplouev, il était inimitable. Supérieur à Sadovski,
je vous le jure, très estimée. Qu'est-il devenu?

ARKADINA

Vous me demandez toujours des nouvelles de personnages d'avant le déluge. Comment saurais-je?

> *Elle s'assied.*

CHAMRAËV, *avec un soupir.*

Oui, ce Tchadine! Il n'y a plus d'acteurs pareils. Le
théâtre a baissé, Irina Nikolaevna! Jadis, on voyait
des chênes puissants, aujourd'hui, ce ne sont plus que
des souches.

DORN

Les talents exceptionnels se font rares, c'est vrai; en
revanche, l'acteur moyen s'est amélioré.

CHAMRAËV

Je ne suis pas de votre avis. D'ailleurs, c'est une
question de goût... « *De gustibus aut bene, aut nihil.* »

> *Treplev surgit de derrière l'estrade.*

ARKADINA

Mon cher fils, quand commencez-vous?

TREPLEV

Dans un instant. Un peu de patience.

ARKADINA, *citant Hamlet.*

« Mon fils! Tu tournes mes yeux sur le fond de mon
âme, et là je vois des taches si noires et si mordantes
qu'elles ne veulent point s'effacer [1]. »

TREPLEV

« Mais pourquoi as-tu cédé au vice et cherché
l'amour dans l'abîme du crime? » *(On joue du cor derrière l'estrade.)* Mesdames et messieurs, on commence.
Je sollicite votre attention. *(Un temps.)* Je commence!
(Il frappe quelques coups avec un bâton, puis récite) :
« Ombres anciennes et vénérables qui survolez la nuit
ce lac, endormez-vous et faites que nous rêvions de ce
qui arrivera dans deux cent mille ans. »

SORINE

Dans deux cent mille ans il n'y aura rien du tout.

TREPLEV

Eh bien, qu'on nous montre ce rien du tout.

ARKADINA

Soit. Nous dormons.

> *Le rideau se lève ; vue sur le lac ; la lune, à l'horizon,
> se reflète dans l'eau. Nina Zaretchnaïa, tout de blanc
> vêtue, est assise sur un bloc de pierre.*

NINA

« Les hommes, les lions, les aigles et les perdrix,
les cerfs à cornes, les oies, les araignées, les poissons
silencieux, habitants des eaux, les étoiles de mer et

---

1. *Hamlet*, acte IV, scène IV, traduction d'Eugène Morand
et de Marcel Schwob, *La Pléiade*, 1953. (N. d. T.)

celles qu'on ne peut voir à l'œil nu, bref, toutes les vies, toutes les vies, toutes les vies se sont éteintes, ayant accompli leur triste cycle... Depuis des milliers de siècles, la terre ne porte plus d'êtres vivants et cette pauvre lune allume en vain sa lanterne. Dans les prés, les cigognes ne se réveillent plus en poussant des cris, et l'on n'entend plus le bruit des hannetons dans les bosquets de tilleuls. Tout est froid... froid... froid... froid... Tout est désert... désert... désert... J'ai peur... peur... peur... (*Un temps.*) Les corps des êtres vivants se sont réduits en poussière et l'éternelle matière les a transformés en pierre, en eau, ou en nuages; leurs âmes se sont fondues en une seule. L'âme universelle, c'est moi... c'est moi. En moi vivent les âmes d'Alexandre et de César, de Shakespeare et de Napoléon, et celle de la dernière sangsue. En moi, la conscience humaine s'est confondue avec l'instinct animal; je me souviens de tout, et je revis chaque existence en moi-même. »

Des feux follets apparaissent.

ARKADINA, *à voix basse.*

C'est quelque chose de décadent.

TREPLEV, *supplication et reproche dans la voix.*

Maman!

NINA

« Je suis seule. Une fois tous les cent ans j'ouvre la bouche et ma voix résonne tristement dans ce désert, et personne ne m'entend. Vous non plus, pâles lumières, vous ne m'entendez pas. Les marais pourrissants vous engendrent tous les matins, et jusqu'à l'aube vous errez, sans pensée, sans volonté, sans palpitation de vie... Craignant que la vie ne vous revienne, le Diable, père de la matière éternelle, opère en vous, à tout moment, l'échange des atomes, comme dans les

pierres et dans l'eau; ainsi vous transformez-vous per-
pétuellement. Seul, dans tout l'univers, l'esprit demeure
immuable et constant. *(Un temps.)* Tel un prisonnier
jeté au fond d'un puits vide et profond, je ne sais qui
je suis ni ce qui m'attend. Cependant, on m'a révélé
que de cette lutte opiniâtre et cruelle contre le diable,
principe des forces matérielles, je sortirai vainqueur;
alors matière et esprit se fondront en une harmonie
parfaite, et le règne de la volonté universelle naîtra.
Cela sera, très tard, lorsque, après une longue série de
millénaires, la lune et le lumineux Sirius et la terre
se réduiront peu à peu en poussière... Mais, d'ici là,
ce sera l'horreur, l'horreur... *(Un temps; deux points
ardents s'allument sur le fond du lac.)* C'est le diable,
mon puissant adversaire, qui approche. Je vois ses
yeux pourpres, terrifiants... »

ARKADINA

Ça sent le soufre. C'est exprès?

TRIGORINE

Oui.

ARKADINA, *riant.*

Oui, c'est un effet...

TREPLEV

Maman!

NINA

« Il s'ennuie sans l'homme... »

PAULINA, *à Dorn.*

Vous avez enlevé votre chapeau. Remettez-le, vous
allez prendre froid.

ARKADINA

Le docteur s'est découvert devant le diable, père de la matière éternelle.

TREPLEV, *il s'emporte et crie.*

La pièce est finie. Assez! Rideau!

ARKADINA

Mais pourquoi te fâches-tu?

TREPLEV

Assez! Rideau! Baissez le rideau! *(Il tape du pied.)* Rideau! *(Le rideau tombe.)* Je vous demande pardon! J'avais oublié que seuls quelques élus avaient le droit d'écrire des pièces et de jouer la comédie. Je n'ai pas respecté le monopole! Je... Je...

Il fait un geste d'impuissance et sort par la gauche.

ARKADINA

Qu'est-ce qui lui prend?

SORINE

Irina, ma petite, on ne traite pas ainsi un jeune amour-propre.

ARKADINA

Mais qu'ai-je fait?

SORINE

Tu l'as vexé.

ARKADINA

Mais lui-même nous avait prévenus qu'il s'agissait d'une plaisanterie. Je l'ai prise ainsi.

SORINE

Tout de même...

ARKADINA

Alors, il s'agirait d'une grande œuvre! Voyez-moi ça!
Il n'a donc pas organisé ce spectacle parfumé au soufre
pour nous amuser, mais pour faire une démonstration?
Nous apprendre comment il faut écrire des pièces
et ce qu'il faut jouer? Cela devient ennuyeux à la fin
Ces attaques continuelles, ces coups d'épingle, que
voulez-vous, je commence à en avoir assez! C'est un
garçon capricieux, plein d'orgueil.

SORINE

Il voulait te faire plaisir.

ARKADINA

Vraiment? Alors pourquoi ne pas choisir une pièce
ordinaire, au lieu de nous régaler de ce délire décadent? Je veux bien écouter délirer quand il s'agit
d'une plaisanterie; mais cette prétention à des formes
nouvelles, à une nouvelle ère artistique, merci! Pour
ma part, en fait de formes nouvelles, je ne vois là
qu'un mauvais caractère.

TRIGORINE

Chacun écrit comme il veut et comme il peut.

ARKADINA

Qu'il écrive donc comme il veut et comme il peut
mais qu'il me laisse tranquille.

DORN

Jupiter, tu te fâches...

ARKADINA

Je ne suis pas Jupiter, je suis une femme. *(Elle
allume une cigarette.)* Je ne me fâche pas, mais c'est triste
de voir un jeune homme passer son temps d'une façon
aussi ennuyeuse. Je ne voulais pas l'offenser.

MEDVEDENKO

Nul n'a le droit de séparer l'esprit de la matière,
car rien ne prouve que l'esprit lui-même n'est pas com-
posé d'atomes de matière. *(A Trigorine, vivement :)*
On ferait mieux, tenez, de décrire et de représenter
au théâtre la vie des instituteurs. Notre sort est dur,
très dur!

ARKADINA

Tout cela est vrai, mais ne parlons plus de pièces,
ni d'atomes. La soirée est si agréable! Entendez-vous
chanter? *(Elle écoute.)* Comme c'est beau!

PAULINA

C'est sur l'autre rive.

Un temps.

ARKADINA, *à Trigorine.*

Asseyez-vous là, près de moi. Il y a dix ou quinze
ans, presque toutes les nuits, sur les bords de ce lac,
on entendait de la musique et des chants. Il y a six
propriétés par ici. Je me souviens : que de rires, de
bruit, de coups de fusil, et que de romans d'amour!
Le jeune premier et l'idole de ces lieux était alors
le docteur Evgueni Serguéevitch, je vous le recom-
mande. *(Elle désigne Dorn.)* Il est toujours charmant,
mais alors, il était irrésistible... Ah! ma conscience
commence à me tourmenter. Pourquoi ai-je vexé mon
pauvre garçon? Je ne suis pas tranquille! *(Elle élève
la voix.)* Kostia! mon fils! Kostia!

MACHA

Je vais aller le chercher.

ARKADINA

Oui, je vous en prie, ma chère.

MACHA, *elle va à gauche.*

Hou-hou! Constantin Gavrilovitch! Hou-hou!

Elle sort.

NINA, *sortant de derrière l'estrade.*

On ne continue sans doute pas, alors je sors. Bon-soir!

Elle embrasse Arkadina et Paulina Andréevna.

SORINE

Bravo! Bravo!

ARKADINA

Bravo! Bravo! Nous vous avons tous admirée. Avec votre physique, votre belle voix, c'est monstrueux de rester à la campagne. Vous avez certainement du talent. Vous m'entendez? Il faut que vous fassiez du théâtre.

NINA

Oh! c'est mon rêve! *(Avec un soupir :)* Mais il ne se réalisera jamais.

ARKADINA

Qui sait? A propos, permettez-moi de vous présenter Boris Alexéevitch Trigorine.

NINA

Ah! Je suis très heureuse... *(Confuse :)* Je suis votre fidèle lectrice...

ARKADINA, *la faisant asseoir à côté d'elle.*

Ne vous troublez pas, ma chère. C'est un homme célèbre, mais il a une âme simple. Voyez comme il est gêné lui-même.

DORN

Je suppose qu'on peut lever le rideau maintenant. Cela fait un effet sinistre.

CHAMRAËV, *élevant la voix.*

Yakov, lève le rideau, mon vieux!

On lève le rideau.

NINA, *à Trigorine.*

N'est-ce pas que cette pièce est étrange?

TRIGORINE

Je n'y ai rien compris, mais j'ai pris plaisir à la regarder. Vous jouiez avec une telle sincérité. Et le décor était magnifique. *(Un temps.)* Il doit y avoir beaucoup de poissons dans ce lac?

NINA

Oui.

TRIGORINE

J'aime la pêche. Je ne connais pas de plus grand plaisir que de m'installer le soir au bord de l'eau et de surveiller mon bouchon.

NINA

Mais je crois que pour celui qui a éprouvé les délices de la création, il n'existe pas d'autres joies...

ARKADINA, *riant.*

Ne lui parlez pas ainsi. Quand il entend d'aussi belles phrases, il est prêt à rentrer sous terre.

CHAMRAËV

Un soir, je me souviens, à l'Opéra de Moscou, le célèbre Silva lança son « ut » le plus grave. Je ne sais par quel hasard, l'un de nos chantres du Synode se trouvait là, au poulailler; et brusquement — imaginez notre stupeur — sa voix retentit, là-haut : « Bravo, Silva! », encore une octave plus bas. Comme ça *(d'une*

petite voix de basse :) « Bravo, Silva ! » Le théâtre en est
resté baba.

Un temps.

DORN

Un ange a passé.

NINA

Il est temps de partir. Adieu.

ARKADINA

Comment ? Pourquoi si tôt ? Nous ne vous laisserons
pas...

NINA

Papa m'attend.

ARKADINA

Qu'il est méchant, ce papa ! *(Elles s'embrassent.)* Rien
à faire ? Mais c'est vraiment dommage !

NINA

Si vous saviez ce qu'il m'en coûte de partir...

ARKADINA

Quelqu'un devrait vous accompagner, mon petit.

NINA, *effrayée.*

Oh ! non ! non !

SORINE, *suppliant.*

Restez encore !

NINA

Je ne peux pas, Piotr Nikolaévitch.

SORINE

Restez encore une petite heure, et voilà tout. Qu'est-
ce que ça peut faire?...

NINA, *après réflexion, les larmes aux yeux.*

C'est impossible.

Elle lui serre la main et sort rapidement.

ARKADINA

Au fond, cette jeune fille est bien malheureuse. Il
paraît que sa mère a donné toute son énorme fortune
à son mari, jusqu'au dernier kopeck, et maintenant
cette petite n'a rien, son père ayant déjà tout légué à
sa seconde femme. C'est révoltant.

DORN

Oui, son papa est un beau salaud, il faut lui rendre
cette justice.

SORINE, *frottant l'une contre l'autre ses mains engourdies.*

Il faut nous retirer aussi, mes amis; l'humidité
pénètre. J'ai mal aux jambes.

ARKADINA

Tu as des jambes en bois, elles t'obéissent à peine.
C'est bon, viens, misérable vieillard.

Elle le prend par le bras.

CHAMRAËV, *offrant le bras à sa femme.*

Madame?

SORINE

J'entends encore ce chien qui hurle. (*A Chamraëv :*)
Je vous en prie, Ilia Afanassievitch, dites qu'on le
détache!

CHAMRAËV

Impossible, Piotr Nikolaévitch : des voleurs pour-
raient pénétrer dans la grange où j'ai fait emmagasiner
du millet. *(A Medvedenko, qui marche à côté de lui :)*
Hein! D'une octave plus bas : « Bravo, Silva! » Et ce
n'était pas un chanteur; un simple chantre du Synode.

MEDVEDENKO

Et combien touche un chantre du Synode?

> *Tous sortent, excepté Dorn.*

DORN

Je n'y comprends peut-être rien ou je suis devenu
fou, je ne sais pas; mais cette pièce m'a plu. Il y a là
quelque chose... Quand cette petite fille parlait de sa
solitude et que les yeux rouges du diable ont surgi,
mes mains ont tremblé d'émotion. C'est frais, c'est
naïf... Le voilà, je crois! J'ai envie de lui dire beaucoup
de choses agréables.

TREPLEV *entre.*

Ils sont tous partis?

DORN

Moi je suis là.

TREPLEV

Macha me cherche dans tout le parc. Insupportable
créature!

DORN

Constantin Gavrilovitch, votre pièce m'a énormé-
ment plu. Elle est un peu étrange, je n'en connais pas
la fin, et pourtant elle m'a fait une forte impression.
Vous avez du talent. Il faut persévérer. *(Treplev lui
serre vigoureusement la main et l'étreint brusquement.)*
Diable, que vous êtes nerveux. Vous avez des larmes

aux yeux! Je voulais vous dire ceci : vous avez choisi votre sujet dans le domaine des idées abstraites, et vous avez bien fait; une œuvre d'art doit partir d'une grande idée. N'est beau que ce qui est grave. Mais comme vous êtes pâle!

TREPLEV

Ainsi, vous croyez que je dois continuer?

DORN

Oui... Mais vous ne devez peindre que l'important, l'éternel. Vous savez que j'ai eu une vie variée, agréable, j'en suis satisfait, mais si jamais j'avais éprouvé l'élan spirituel que les artistes connaissent pendant la création, il me semble que j'aurais méprisé mon enveloppe matérielle et tout ce qui la concerne, et je me serais envolé loin, bien loin de cette terre.

TREPLEV

Je vous demande pardon... où est Mlle Zaretchnaia?

DORN

Autre chose : dans toute œuvre, il doit y avoir une idée clairement définie. Vous devez savoir pourquoi vous écrivez, sinon, à suivre cette voie pittoresque sans but précis, vous vous égarerez, et votre talent vous perdra.

TREPLEV, *avec impatience.*

Où est Mlle Zaretchnaia?

DORN

Elle est rentrée chez elle.

TREPLEV, *au désespoir.*

Alors, que faire? Je veux la voir... Il faut absolument... J'irai chez elle.

Macha entre.

DORN, *à Treplev.*

Du calme, mon ami.

TREPLEV

J'irai en dépit de tout. Il faut que j'y aille.

MACHA

Rentrez à la maison, Constantin Gavrilovitch. Votre maman vous attend. Elle s'inquiète.

TREPLEV

Dites-lui que je suis parti. Et je vous en prie, tous, laissez-moi tranquille! Laissez-moi! Ne me suivez pas!

DORN

Voyons, voyons, mon cher... Il faut vous calmer... Ce n'est pas bien.

TREPLEV, *à travers les larmes.*

Adieu, docteur. Merci.

Il sort.

DORN, *avec un soupir.*

Ah! la jeunesse! La jeunesse!

MACHA

Quand on ne sait plus quoi dire, on soupire : Ah! la jeunesse, la jeunesse!

Elle prise.

DORN, *il lui arrache la tabatière et la jette dans les buissons.*

C'est dégoûtant! *(Un temps.)* Je crois qu'on fait de la musique à la maison. Il faut y aller.

MACHA

Attendez.

DORN

Quoi?

MACHA

Je voudrais vous dire encore... Je voudrais vous
parler... *(Elle est émue.)* Je n'aime pas mon père, mais
vous... de toute mon âme, je sens que vous m'êtes
proche, je ne sais pourquoi. Vous devez m'aider. Aidez-
moi, sinon je vais faire une bêtise, je vais faire fi de
ma vie, je vais la gâcher... Je n'en peux plus...

DORN

Pourquoi? Comment vous aider?

MACHA

Je souffre. Personne, personne ne connaît mes souffrances... *(Elle appuie sa tête contre la poitrine de Dorn
et dit tout bas :)* J'aime Constantin.

DORN

Comme ils sont tous nerveux! Comme ils sont nerveux! Et que d'amour... Oh! lac magique! *(Avec tendresse :)* Mais que puis-je faire, mon enfant? Que puis-
je faire? Quoi?

ACTE II

Un terrain de croquet. Au fond, à droite, une maison avec une grande terrasse ; à gauche, le lac, où brillent les reflets du soleil. Des parterres de fleurs. Midi ; il fait chaud.

Arkadina, Dorn et Macha sont assis sur un banc, près du terrain de croquet, à l'ombre d'un vieux tilleul. Dorn a un livre ouvert sur les genoux.

ARKADINA, *à Macha.*

Levons-nous. *(Elles se lèvent.)* Mettez-vous à côté de moi. Vous avez vingt-deux ans, et moi presque le double. Docteur, laquelle de nous deux paraît la plus jeune ?

DORN

Vous, bien entendu.

ARKADINA

Vous voyez bien ? Et pourquoi ? Parce que je travaille ; je réagis, je suis toujours en mouvement, et vous, vous restez toujours plantée là, vous ne vivez pas... Et puis, j'ai pour principe de ne pas interroger l'avenir. Je ne pense jamais ni à la vieillesse ni à la mort. On n'échappe pas à l'inévitable.

MACHA

Et moi, j'ai l'impression d'être née depuis longtemps, très longtemps... de traîner ma vie comme une lourde queue de robe qui n'en finirait pas. Souvent je n'ai pas la moindre envie de vivre. *(Elle s'assied.)* Bien sûr, ce sont des bêtises. Il faudrait me secouer, me débarrasser de tout cela.

DORN *chantonne à mi-voix.*

« Racontez-lui, mes fleurs »...

ARKADINA

Et puis je suis correcte, comme un Anglais. Je suis toujours tirée à quatre épingles, comme on dit, toujours habillée et coiffée convenablement, ma chère. Est-ce que je me permettrais de sortir, ne fût-ce qu'au jardin, en robe de chambre, ou dépeignée? Jamais de la vie. Je me suis bien conservée, parce que je n'ai jamais été une traîne-savate, je ne me suis jamais laissée aller, comme tant d'autres. *(Les mains aux hanches, elle arpente le terrain de croquet.)* Regardez-moi : une poulette... Je pourrais jouer une gamine de quinze ans.

DORN

Je peux continuer? *(Il reprend son livre.)* Nous en étions aux épiciers et aux rats.

ARKADINA

Et aux rats. Lisez. *(Elle s'assied.)* Non, donnez, c'est moi qui vais lire. C'est mon tour. *(Elle prend le livre et parcourt une page.)* Et aux rats... J'y suis. *(Elle lit :)* « Certes, il est aussi dangereux pour les gens du monde de choyer et d'attirer les romanciers, qu'il le serait pour un marchand de farine d'élever des rats dans sa boutique. Et pourtant, ils sont en faveur. Donc, quand une femme a jeté son dévolu sur l'écrivain qu'elle veut adopter, elle en fait le siège au moyen de compliments, d'attentions et de gâteries [1]... » Eh bien, c'est peut-être vrai pour les Français, mais chez nous rien de semblable, il n'y a aucun programme. Avant d'adopter un écrivain, une femme de chez nous en est déjà follement amoureuse, je vous prie de le croire. Il ne faut pas chercher bien loin : moi et Trigorine, par exemple...

Entre Sorine, s'appuyant sur une canne; Nina marche à côté de lui; derrière eux, Medvedenko roule un fauteuil.

SORINE, *du ton dont on parle aux enfants.*

Alors? Il y a de la joie aujourd'hui? Nous voilà gais, pour une fois? *(A sa sœur :)* Une bonne nouvelle! Notre père et notre belle-mère sont partis pour Tver, et nous serons entièrement libres pendant trois jours.

NINA, *elle s'assied à côté de Mme Arkadina et l'embrasse.*

Que je suis heureuse! Maintenant je suis toute à vous.

SORINE *prend place dans son fauteuil roulant.*

Elle est mignonne aujourd'hui.

ARKADINA

Élégante, intéressante... voilà qui est bien. *(Elle embrasse Nina.)* Mais il ne faut pas lui faire trop de compliments, ça porte malheur. Où est Trigorine?

NINA

Il pêche près de la cabine de bains.

ARKADINA

Comment n'en a-t-il pas assez?

Elle veut reprendre la lecture.

1. Maupassant : *Sur l'eau.*

NINA

Que lisez-vous?

ARKADINA

Sur l'eau, de Maupassant, ma mignonne. *(Elle lit quelques lignes pour elle-même.)* Non, la suite n'est pas intéressante... et puis, c'est faux. *(Elle ferme le livre.)* Mon cœur est angoissé. Dites-moi, qu'est-il arrivé à mon fils? Pourquoi est-il si triste, si soucieux? Il passe des journées entières sur le lac, et je ne le vois presque plus.

MACHA

Il n'est pas heureux. *(A Nina, timidement :)* Je vous en prie, récitez-nous un passage de sa pièce.

NINA, *haussant les épaules.*

Vous le voulez vraiment? Ce n'est pas intéressant du tout!

MACHA, *refrénant son enthousiasme.*

Quand il récite quelque chose, ses yeux brillent, son visage pâlit. Il a une voix belle et triste, il a les manières d'un poète.

On entend Sorine ronfler.

DORN

Bonne nuit.

ARKADINA

Petroucha!

SORINE

Hein?

ARKADINA

Tu dors?

SORINE

Pas du tout.

Un temps.

ARKADINA

Tu ne te soignes pas, mon frère, c'est très mal.

SORINE

Me soigner? Je ne demande pas mieux. C'est le docteur qui ne veut pas.

DORN

Vous soigner, à soixante ans!

SORINE

Même à soixante ans, on a envie de vivre.

DORN, *agacé*.

Eh! Prenez donc du valérianate!

ARKADINA

Et s'il allait faire une cure thermale quelque part?

DORN

Pourquoi pas? Il pourrait y aller, comme il pourrait ne pas y aller.

ARKADINA

Comprenne qui pourra.

DORN

Il n'y a rien à comprendre. C'est tout clair.

Un temps.

MEDVEDENKO

Piotr Nikolaévitch ne devrait plus fumer.

SORINE

Bêtises!

DORN

Non, ce ne sont pas des bêtises. Le vin et le tabac
dépersonnalisent l'homme. Après un cigare et un petit
verre de vodka, vous n'êtes plus Piotr Nikolaévitch,
mais vous-même et encore quelqu'un d'autre; votre
« moi » devient vague, et vous vous traitez comme une
troisième personne, comme un « lui ».

SORINE, *riant.*

Cela vous va bien de raisonner. Vous avez eu une vie
intéressante, vous, mais moi? J'ai travaillé pendant
vingt-huit ans dans l'administration de la Justice, mais
je n'ai pas encore vécu. En fin de compte, il ne m'est
rien arrivé du tout, et j'ai soif de vivre, c'est compré-
hensible. Vous êtes indifférent et repu, alors vive la
philosophie, n'est-ce pas? Mais moi, je voudrais vivre,
c'est pourquoi je bois du xérès à table, et fume des
cigares, et ainsi de suite. Et voilà tout.

DORN

Il faut considérer la vie avec sérieux. Mais se soigner à soixante ans, regretter d'avoir trop peu joui de
sa jeunesse, excusez-moi, c'est de la légèreté d'esprit.

MACHA *se lève.*

Je crois qu'il est temps d'aller déjeuner. (*Elle s'en va
d'une démarche paresseuse.*) J'ai des fourmis dans les
jambes...

Elle sort.

DORN

Avant de se mettre à table, elle s'enverra sans doute
deux petits verres.

SORINE

La pauvrette ne connaît pas de bonheur personnel.

DORN

Des balivernes, Votre Excellence.

SORINE

Vous raisonnez comme un homme rassasié.

ARKADINA

Quoi de plus ennuyeux que ce charmant ennui campagnard? Il fait chaud, tout est calme, on ne fait rien, chacun raisonne... On est bien avec vous, mes amis, il est agréable de vous écouter... Mais rester dans sa chambre d'hôtel et étudier un rôle, c'est tellement mieux!

NINA, *avec enthousiasme.*

Merveilleux! Comme je vous comprends!

SORINE

Bien sûr, en ville, on est mieux. On est assis dans son bureau, le domestique ne laisse entrer personne sans annoncer, il y a le téléphone... des fiacres dans la rue, et ainsi de suite.

DORN *chantonne.*

« Racontez-lui, mes fleurs »...

Entre Chamraëv, suivi de Paulina Andréevna.

CHAMRAËV

Voici tous les nôtres. Bonne journée! *(Il baise la main des dames.)* Très heureux de vous voir en bonne santé. *(A Mme Arkadina :)* Ma femme vient de me dire que vous aviez toutes les deux l'intention d'aller en ville aujourd'hui. Est-ce vrai?

ARKADINA

Mais oui.

CHAMRAËV

Hum! C'est parfait, mais comment comptez-vous y
aller, très estimée? Nous faisons rentrer le blé, tous les
ouvriers sont occupés. Et quels chevaux prendrez-vous?
Permettez-moi de vous le demander.

ARKADINA

Quels chevaux? Comment le saurais-je, moi?

SORINE

Nous avons bien des chevaux de maître?

CHAMRAËV, *agité*.

Des chevaux de maître? Et où voulez-vous que je
trouve des colliers? Où? C'est étonnant! Inimaginable!
Chère Madame, excusez-moi, je vénère votre talent, je
suis prêt à donner dix ans de ma vie pour vous, mais
quant à vous donner des chevaux, c'est impossible.

ARKADINA

Mais si je dois aller en ville? C'est étrange, à la fin.

CHAMRAËV

Très estimée! Une exploitation agricole, vous savez
ce que c'est?

ARKADINA, *s'emportant*.

Toujours la même rengaine! En ce cas, je pars aujourd'hui même pour Moscou. Veuillez me faire louer
des chevaux au village, sinon j'irai à la gare à pied.

CHAMRAËV, *s'emportant*.

En ce cas, je donne ma démission. Cherchez un autre
régisseur.

Il sort.

ARKADINA

Tous les ans, c'est la même histoire, tous les ans, on
m'insulte chez vous. Je n'y remettrai plus les pieds.

*Elle sort à gauche, où doit se trouver la cabine de
bains; une minute plus tard, on la voit se diriger vers
la maison, suivie de Trigorine, qui porte des lignes et
un seau.*

SORINE, *s'emportant.*

Quelle insolence! Le diable sait ce que c'est! J'en ai
assez à la fin. Qu'on amène immédiatement tous les
chevaux ici!

NINA, *à Paulina Andréevna.*

Refuser quelque chose à Irina Nikolaevna, à une
artiste célèbre! Son moindre désir, son caprice même,
n'ont-ils pas plus d'importance que toute cette propriété? C'est inconcevable!

PAULINA, *désespérée.*

Mettez-vous à ma place. Qu'y puis-je?

SORINE, *à Nina.*

Allons trouver ma sœur... Nous la supplierons tous de
ne pas partir, n'est-ce pas? *(Regardant dans la direction où est parti Chamraëv :)* Quel homme insupportable! Un tyran!

NINA, *l'empêchant de se lever.*

Ne bougez pas, nous allons vous ramener. *(Elle roule
le fauteuil, aidée de Medvedenko.)* Oh! que cela est
affreux.

SORINE

Oui, c'est affreux. Mais il ne partira pas. Je vais lui
parler.

Ils sortent; en scène, Dorn et Paulina Andréevna.

DORN

Que ces gens sont ennuyeux! A vrai dire, il faudrait
chasser votre mari à coups de pied, mais tout finira par
des excuses, que vont lui présenter cette vieille chiffe
de Piotr Nikolaévitch et sa sœur. Vous allez voir!

PAULINA

Il a envoyé aux champs tous les chevaux, même les
chevaux d'attelage. Tous les jours, il y a de ces malentendus. Si vous saviez comme cela m'énerve! J'en suis
malade; j'en tremble, tenez... Je ne peux pas supporter
sa brutalité. *(Suppliante :)* Evgueni, mon chéri, mon
bien-aimé, emmenez-moi chez vous... Le temps passe;
nous ne sommes plus jeunes; si nous pouvions au
moins, au déclin de notre vie, ne plus nous cacher, ne
plus mentir...

Un temps.

DORN

J'ai cinquante-cinq ans; il est trop tard pour changer
de vie.

PAULINA

Je sais, vous refusez, parce qu'il n'y a pas que moi,
bien d'autres femmes vous sont chères. Vous ne pouvez
pas les prendre toutes chez vous. Je le comprends parfaitement. Pardonnez-moi : je vous ennuie.

Nina paraît devant la maison, cueillant des fleurs.

DORN

Mais non...

PAULINA

La jalousie me torture. Vous êtes docteur, vous ne
pouvez pas fuir les femmes, bien sûr. Je le comprends...

DORN, *à Nina qui s'approche.*

Que se passe-t-il là-bas?

NINA

Irina Nikolaevna pleure et son frère a une crise d'asthme.

DORN, *se levant.*

Il va falloir leur administrer du valérianate.

NINA, *lui offrant des fleurs.*

Voici des fleurs pour vous.

DORN

Merci bien.

Il va vers la maison.

PAULINA, *qui le suit.*

Quelles fleurs charmantes! (*En approchant de la maison, d'une voix sourde :*) Donnez-moi ces fleurs! Donnez-moi ces fleurs!

Elle arrache les fleurs et les jette par terre. Tous les deux disparaissent dans la maison.

NINA, *seule.*

Comme c'est étrange de voir pleurer une actrice célèbre, et pour une raison pareille! Et qu'un écrivain connu, l'idole du public, dont on parle dans les journaux, dont on vend les portraits, dont les œuvres sont traduites à l'étranger, passe ses journées à pêcher et se réjouisse quand il a pris deux goujons, comme c'est étrange! Je croyais que les gens célèbres étaient fiers, inaccessibles, qu'ils méprisaient la foule, qui place au-dessus de tout la noblesse et la fortune, et qu'ils se vengeaient d'elle, grâce à leur gloire et à l'éclat de leur nom. Mais non, je les vois pleurer, aller à la pêche, jouer aux cartes, rire et se fâcher comme tou⁺ le monde...

TREPLEV, sans chapeau, portant un fusil
et une mouette morte.

Vous êtes seule?

NINA

Oui. *(Treplev dépose la mouette à ses pieds.)* Qu'est-ce que ça veut dire?

TREPLEV

J'ai eu la bassesse de tuer cette mouette aujourd'hui. Je la dépose à vos pieds.

NINA

Qu'avez-vous?

Elle ramasse la mouette et la regarde.

TREPLEV, après un silence.

Je me tuerai bientôt de la même manière.

NINA

Je ne vous reconnais plus.

TREPLEV

Oui, depuis que j'ai cessé de vous reconnaître. Vous n'êtes plus la même envers moi; votre regard est froid, ma présence vous gêne.

NINA

Vous êtes devenu irritable. Vous vous exprimez d'une manière bizarre, à l'aide de symboles. Cette mouette en est un, probablement, mais, excusez-moi, je ne le comprends pas... *(Elle pose la mouette sur le banc.)* Je suis trop simple pour vous comprendre.

TREPLEV

Tout a commencé le soir où ma pièce a si stupidement échoué. Les femmes ne pardonnent pas l'insuccès.
J'ai brûlé tout, jusqu'au dernier bout du manuscrit. Si
vous saviez comme je suis malheureux! Votre froideur
à mon égard est horrible, incroyable; comme si, en me
réveillant, j'avais vu ce lac asséché, l'eau aspirée par
la terre. Vous venez de dire que vous étiez trop simple
pour me comprendre? Qu'y a-t-il à comprendre? Ma
pièce a déplu, et vous méprisez mon inspiration, vous
me rangez parmi les gens ordinaires, nuls, comme il
y en a tant. *(Il tape du pied.)* Je le comprends! Je ne le
comprends que trop! C'est comme si un clou s'enfon-
çait dans mon cerveau, et je le maudis ce cerveau,
comme cet amour-propre qui me ronge... *(Voyant Trigorine qui lit tout en marchant :)* Mais voilà le véritable
talent; il a la démarche de Hamlet et, comme lui, un
livre à la main. *(Se moquant :)* « Des mots, des mots,
des mots... » Ce soleil ne vous a pas encore atteint, mais
déjà vous souriez, vos regards fondent sous ses rayons.
Je ne veux pas vous déranger.

Il sort rapidement.

TRIGORINE *note dans son carnet.*

Elle prise et boit de la vodka. Toujours vêtue de
noir... L'instituteur l'aime.

NINA

Bonjour, Boris Alexéevitch.

TRIGORINE

Bonjour. Il paraît que des circonstances imprévues
nous obligent à partir aujourd'hui. Nous ne nous reverrons peut-être jamais. C'est bien dommage. Je n'ai
pas souvent l'occasion de rencontrer une jeune fille
aussi intéressante; moi-même, j'ai oublié, j'ai du mal à

me représenter exactement comment on est à dix-huit,
dix-neuf ans; c'est pourquoi les jeunes filles paraissent
fréquemment artificielles dans mes récits. J'aurais voulu
être dans votre peau, ne fût-ce qu'une heure, pour
savoir ce que vous pensez, et quel genre d'oiseau vous
êtes.

NINA

Et moi, je voudrais être à votre place.

TRIGORINE

Pourquoi?

NINA

Pour savoir ce que ressent un grand et célèbre écrivain. Quelle impression vous fait votre gloire?

TRIGORINE

Quelle impression? Mais aucune, je suppose. Je n'y ai
jamais pensé. *(Il réfléchit.)* De deux choses l'une : ou
bien vous exagérez ma célébrité, ou bien elle ne produit
généralement aucun effet.

NINA

Mais quand on parle de vous dans les journaux?

TRIGORINE

Si l'on dit du bien de moi, c'est agréable; si l'on
m'éreinte, je suis de mauvaise humeur pendant deux
jours.

NINA

Un monde merveilleux! Si vous saviez comme je
vous envie! Le sort des êtres est si différent. Les uns
traînent péniblement une existence ennuyeuse et morne,
ils se ressemblent tous, ils sont tous malheureux; à
d'autres, comme à vous, par exemple — vous êtes un

pour un million —, le sort a donné une vie intéressante, lumineuse, pleine de sens... Vous êtes un homme heureux...

TRIGORINE

Moi? *(Haussant les épaules :)* Hum!... Vous me parlez de célébrité, de bonheur, de vie intéressante et lumineuse, mais pour moi ces belles paroles sont, excusez-moi, comme de la marmelade, et je n'en mange jamais. Vous êtes très jeune, et très bonne.

NINA

Votre vie est si belle!

TRIGORINE

Qu'a-t-elle de particulièrement beau? *(Il consulte sa montre.)* Je dois aller travailler. Excusez-moi, je n'ai pas le temps. *(Il rit.)* Vous avez écrasé mon cor le plus sensible, comme on dit, et voilà que je commence à m'agiter, à me fâcher un peu. Soit, parlons-en, parlons de ma vie, belle et lumineuse. Par où commencer? *(Après avoir réfléchi :)* Il existe des idées fixes, ainsi, par exemple, il y a des gens qui ne peuvent s'empêcher de penser à la lune, nuit et jour; eh bien, à chacun sa lune; la mienne, c'est jour et nuit cette pensée obsédante : tu dois écrire, tu dois écrire, tu dois... Un récit à peine terminé, il faut, on ne sait pourquoi, que j'en commence un autre, puis un troisième, puis un quatrième... J'écris sans arrêt, comme si je courais la poste, et pas moyen de faire autrement. Qu'y a-t-il là de beau et de lumineux, je vous le demande? Oh! Quelle vie absurde! Me voilà seul avec vous, je suis ému, et pourtant, à chaque instant, je me dis qu'une nouvelle, restée inachevée, m'attend. Je vois un nuage dont la forme rappelle celle d'un piano; je pense aussitôt qu'il faudra mentionner quelque part un nuage qui ressemble à un piano. On sent une odeur d'héliotrope; je m'em-

presse de noter : odeur sucrée, couleur de deuil, à
évoquer dans la description d'un soir d'été. A chaque
phrase, à chaque mot, je vous épie, comme je m'épie
moi-même, et je me dépêche de serrer ces phrases et
ces mots dans mon garde-manger littéraire. Qui sait ?
Cela pourrait servir. Le travail fini, je cours au théâtre,
je vais à la pêche, belle occasion de me détendre,
d'oublier. Pensez-vous ! Déjà, dans ma tête, remue un
nouveau sujet, lourd boulet de fonte, et je me sens
poussé vers ma table, et j'ai hâte d'écrire et d'écrire
encore. Et c'est toujours, toujours ainsi, et je me prive
moi-même de repos, et je sens que je dévore ma propre
vie, que pour ce miel que je donne Dieu sait à qui, dans
le vide, j'enlève le pollen de mes plus belles fleurs,
j'arrache jusqu'aux fleurs et j'en piétine les racines. Ne
suis-je pas fou ? Est-ce que mes amis et connaissances
me traitent comme un être normal ? « Qu'écrivez-vous ?
Qu'allez-vous nous donner ? » Cela ne varie jamais, et
il me semble que ces attentions, ces compliments, cette
admiration, tout n'est qu'une ruse, qu'on me trompe
comme un malade ; et j'ai parfois peur qu'un beau jour,
on ne me surprenne par-derrière, qu'on se saisisse de
moi et allez, à l'asile, comme Poprichtchine[1]. Et autrefois, dans les meilleures années de ma jeunesse, quand
je débutais, le métier d'écrivain était pour moi un
véritable calvaire. Un petit écrivain, surtout quand il
n'a pas de chance, se croit malhabile, gauche, inutile ;
ses nerfs sont tendus, usés ; irrésistiblement attiré par
les gens qui s'occupent de littérature, ou d'art, il tourne
autour d'eux, inaperçu, méconnu, et comme un joueur
passionné qui n'aurait pas un sou, il n'ose pas regarder
les autres en face, il a peur. Je ne connaissais pas mon
lecteur, mais, je ne sais pourquoi, je l'imaginais ina-
mical, méfiant. Je redoutais le public, il m'épouvan-

1. Personnage d'un récit de Gogol, *Les Mémoires d'un Fou*.
(N. d. T.)

tait et quand je faisais jouer une nouvelle pièce, il me semblait que tous les hommes bruns m'étaient hostiles et tous les blonds d'une indifférence glaciale. Oh! c'était horrible. Quelle souffrance!

NINA

Mais voyons, ne devez-vous pas à l'inspiration et à l'acte de la création des moments lumineux, sublimes?

TRIGORINE

Oui. Il est agréable d'écrire. De lire les épreuves, aussi, mais, l'œuvre à peine parue, je la trouve détestable; non, ce n'est plus ça du tout, c'est une erreur, j'aurais mieux fait de ne pas l'écrire... et je suis dépité, déprimé. *(Il rit.)* Quant au public, il dit : « ...Oui, c'est gentil, il a du talent... C'est gentil, mais cela ne vaut pas Tolstoï »; ou encore : « C'est une œuvre charmante, mais *Père et Fils* de Tourguenev, c'est autre chose. » Ainsi, jusqu'à la fin de mes jours, tout ce que je ferai sera gentil et plein de talent, mais sans plus. Après ma mort, en passant devant ma tombe, mes amis diront : « Ci-gît Trigorine. C'était un bon écrivain, mais il écrivait moins bien que Tourguenev. »

NINA

Excusez-moi, je renonce à vous comprendre. Vous êtes tout simplement gâté par le succès.

TRIGORINE

Quel succès? Je ne me suis jamais plu à moi-même. En tant qu'écrivain, je ne m'aime pas. Le pire, c'est que je suis comme enivré, et souvent je ne comprends pas ce que j'écris... J'aime cette eau, ces arbres, ce ciel, je sens la nature, elle éveille en moi une passion, un désir d'écrire irrésistible. Mais je ne suis pas que paysagiste, je suis aussi citoyen; j'aime mon pays, mon peuple, et je sais que mon devoir d'écrivain est de parler du peuple, de ses souffrances, de son avenir, de la science, des droits de l'homme, etc. J'en parle, mais on me presse de tous côtés, on s'irrite contre moi, et je me débats comme un renard poursuivi par des chiens; et la vie et la science vont de l'avant, tandis que je reste en arrière, comme un moujik qui a raté son train. En fin de compte, je sens que peindre le paysage, c'est bien tout ce que je sais faire, et que pour le reste, je suis faux, faux jusqu'à la moelle des os.

NINA

Vous êtes surmené, et vous n'avez ni le temps ni l'envie de prendre conscience de votre propre valeur. Vous n'êtes pas content de vous? Soit, mais aux yeux des autres, vous êtes grand et sublime. Si j'étais un écrivain tel que vous, je donnerais ma vie à la foule, sans oublier que le bonheur de cette foule, le seul, c'est de s'élever jusqu'à moi; elle me porterait sur un char...

TRIGORINE

Sur un char, allons donc! Suis-je Agamemnon?

Ils sourient.

NINA

Être romancière! Être artiste! Pour mériter ce bonheur, je supporterais le manque d'affection de mes proches, la misère, les déceptions, je vivrais dans un grenier et ne mangerais que du pain noir; je souffrirais de mes défauts, de mes imperfections, mais, en revanche, j'exigerais de la gloire... de l'authentique et retentissante gloire. (*Elle se couvre le visage.*) La tête me tourne... Oh!

LA VOIX DE MADAME ARKADINA, *de la maison.*
Boris Alexéevitch!

TRIGORINE

On m'appelle... C'est sans doute pour faire mes bagages. Je n'ai pas envie de partir. *(Il se tourne vers le lac.)* Quel paradis ! On est bien ici...

NINA

Voyez-vous cette maison et ce jardin sur l'autre rive ?

TRIGORINE

Oui.

NINA

C'est la propriété de ma mère, qui est morte. C'est là que je suis née. J'ai passé toute ma vie sur les bords de ce lac, j'en connais le moindre îlot.

TRIGORINE

Comme on est bien ici ! *(Apercevant la mouette :)* Qu'est-ce que c'est ?

NINA

Une mouette que Constantin Gavrilovitch a tuée.

TRIGORINE

Un bel oiseau. Vraiment, je n'ai aucune envie de partir. Si vous pouviez persuader Irina Nikolaevna de rester encore !

Il note quelque chose dans son carnet.

NINA

Qu'écrivez-vous ?

TRIGORINE

Ce n'est rien... Un sujet qui me vient à l'esprit. *(Il serre son carnet.)* Celui d'un petit conte : au bord d'un lac vit depuis son enfance une jeune fille... telle que vous. Elle aime ce lac comme une mouette, comme une mouette elle est heureuse et libre. Mais un homme arrive, par hasard, et, par désœuvrement, la fait périr, comme on a fait périr cette mouette.

Un temps.

ARKADINA, *à une fenêtre.*

Boris Alexéevitch, où êtes-vous?

TRIGORINE

J'arrive. *(Il s'en va et se retourne pour regarder Nina. Sous la fenêtre, à Arkadina :)* Qu'y a-t-il?

ARKADINA

Nous restons.

Trigorine entre dans la maison.

NINA *s'approche de la rampe; après un silence.*
Un rêve!

ACTE III

Salle à manger dans la maison de Sorine. A gauche et à droite, des portes. Un buffet, une armoire à médicaments. Au milieu de la pièce, une table. Des valises, des cartons indiquent qu'on se prépare à partir.

Trigorine déjeune ; Macha debout près de lui.

MACHA

Je vous raconte ça parce que vous êtes écrivain. Vous pourrez en profiter. Je vous le dis en toute franchise : s'il s'était blessé grièvement, je ne lui aurais pas survécu une minute. Et pourtant je suis courageuse : voilà, j'ai pris une décision, j'arracherai cet amour de mon cœur, avec les racines.

TRIGORINE

Comment cela?

MACHA

En me mariant avec Medvedenko.

TRIGORINE

L'instituteur?

MACHA

Oui.

TRIGORINE

Je n'en vois pas la nécessité.

MACHA

Aimer sans espoir, attendre, on ne sait quoi, des années entières?... Une fois mariée, je ne penserai plus à l'amour : les nouveaux soucis chasseront les anciens. Et puis, vous comprenez, ce sera un changement. Alors, on remet ça?

TRIGORINE

Ce ne sera pas un peu trop?

MACHA

Pensez-vous! *(Elle remplit deux petits verres.)* Ne me regardez pas comme ça. Les femmes boivent plus souvent que vous ne pensez. Beaucoup boivent en cachette, quelques-unes seulement comme moi, ouvertement. Oui... Et toujours de la vodka ou du cognac. *(Elle trinque avec lui.)* A la bonne vôtre! Vous êtes un homme simple; quel dommage que vous nous quittiez.

Ils boivent.

TRIGORINE

Je n'ai pas envie de partir, moi non plus.

MACHA

Demandez-lui donc de rester.

TRIGORINE

Non, c'est trop tard. Son fils se conduit sans le moindre tact. Tantôt il a voulu se tuer, et maintenant il aurait l'intention de me provoquer en duel... Pourquoi cela?... Il boude, il affiche son mépris, il prêche des formes nouvelles... Mais il y a assez de place pour tout le monde, les anciens et les nouveaux. À quoi bon se bousculer?

MACHA

La jalousie y est aussi pour quelque chose... D'ailleurs, ça ne me regarde pas. *(Une pause. Yakov passe de gauche à droite, portant une valise. Entre Nina, qui s'arrête devant la fenêtre.)* Mon instituteur ne brille pas par l'esprit, mais c'est un brave homme. Il est pauvre et il m'aime beaucoup. Moi, je le plains. Et je plains aussi sa vieille mère. Eh bien, permettez-moi de vous souhaiter bonne chance. Ne gardez pas un trop mauvais souvenir de moi. *(Elle lui serre vigoureusement la main.)* Je vous suis bien reconnaissante de votre amitié. Envoyez-moi vos livres, avec une dédicace, j'y tiens absolument. Mais ne mettez pas : « A la très estimée », non, simplement : « A Maria, fille sans parents, inutile sur cette terre. » Adieu!

Elle sort.

NINA, *tendant vers Trigorine son poing fermé.*

Pair ou impair?

TRIGORINE

Pair.

NINA, *avec un soupir.*

Non. Je n'ai qu'un seul petit pois dans la main. Je voulais savoir : dois-je devenir actrice ou non? Si quelqu'un pouvait me conseiller!

TRIGORINE

Personne ne peut vous donner de conseils en cette matière.

Un temps.

NINA

Nous allons nous séparer... peut-être pour toujours.
Je vous en prie, acceptez ce petit médaillon en souvenir de moi. J'y ai fait graver vos initiales et, de
l'autre côté, le titre de votre livre : *Les Jours et les
Nuits*.

TRIGORINE

Comme c'est gracieux. *(Il embrasse le médaillon.)* Un
charmant cadeau!...

NINA

Pensez à moi quelquefois.

TRIGORINE

Je ne vous oublierai pas. Je me souviendrai de vous,
en robe claire, par cette journée lumineuse — vous
rappelez-vous? — il y a une semaine. Nous bavar-
dions... Une mouette blanche était posée sur un banc...

NINA, *pensive.*

Oui, une mouette... *(Un temps.)* Nous ne pouvons
plus parler, quelqu'un vient... Avant de partir, accordez-
moi deux minutes, je vous en supplie...

> *Elle sort à gauche ; entrent, par la porte de droite,
> Arkadina, Sorine, en habit orné d'une décoration,
> puis Yakov qui s'affaire autour des valises.*

ARKADINA

Tu ferais mieux de rester à la maison, mon vieux.
Est-ce raisonnable d'aller faire des visites, avec tes
rhumatismes? *(A Trigorine :)* Qui est-ce qui vient de
sortir? Nina?

TRIGORINE

Oui.

ARKADINA

Pardon, nous vous avons dérangés. *(Elle s'assied.)*
Je crois que tout est emballé. Je n'en peux plus.

TRIGORINE *lit l'inscription sur le médaillon.*
Les Jours et les Nuits, page 121, lignes 11 et 12.

YAKOV *débarrasse la table.*
Vous emportez vos cannes à pêche, Monsieur?

TRIGORINE

Oui, j'en aurai besoin. Mes livres, donne-les à qui
tu voudras.

YAKOV

Bien, Monsieur.

TRIGORINE, *à part.*
Page 121, lignes 11 et 12... Qu'y a-t-il donc dans ces
lignes? *(A Arkadina :)* Vous avez bien mes livres, ici?

ARKADINA

Oui, dans le bureau de mon frère, dans la bibliothèque qui fait le coin.

TRIGORINE

Page 121...

Il sort.

ARKADINA

Vraiment, Petroucha, tu ferais mieux de rester.

SORINE

Vous autres partis, ça me serait trop pénible.

ARKADINA

Et en ville, que vas-tu faire?

SORINE

Rien d'extraordinaire, mais tout de même... *(Il rit.)*
On va poser la première pierre de la Maison du
Zemstvo, et ainsi de suite. J'ai envie de sortir, ne
serait-ce que quelques heures, de cette vie de poisson.
Me voilà depuis trop longtemps hors d'usage, comme
un vieux fume-cigarette. J'ai commandé la voiture pour
une heure; nous partirons en même temps.

ARKADINA, *après une pause.*

Bon, reste ici, ne t'ennuie pas trop, ne t'enrhume
pas. Veille sur mon fils; prends soin de lui; conseille-
le. *(Un temps.)* Je vais donc partir sans savoir pourquoi Constantin a voulu se tuer. Je crois que c'est
la jalousie qui le travaille, et plus vite j'emmènerai
Trigorine, mieux ça vaudra.

SORINE

Que veux-tu que je te dise? Il y avait bien d'autres
raisons. C'est pourtant clair : un homme jeune, intelligent, vit à la campagne, dans un trou; il n'a ni argent,
ni situation, ni avenir. Pas d'occupation. Son oisiveté
lui fait peur, et honte. Je l'aime de tout mon cœur, et
lui m'est attaché, mais il pense qu'il est de trop ici, un
pique-assiette, un parasite... La chose est claire : c'est
l'amour-propre qui le ronge.

ARKADINA

Que de soucis il me donne! *(Elle réfléchit.)* Il devrait
peut-être entrer dans l'administration?

SORINE *sifflote, puis, d'un ton hésitant.*

Le mieux, à mon avis, serait... que tu lui donnes un
peu d'argent. D'abord, il devrait s'habiller comme tout
le monde... et ainsi de suite. Regarde-le : il traîne le
même veston depuis trois ans, il n'a pas de pardessus...
(Il rit.) Et puis, cela ne lui ferait pas de mal, à ce petit,

de s'aérer un peu... D'aller faire un tour à l'étranger, par exemple... Ça ne coûterait pas si cher!

ARKADINA

Tout de même... Je pourrais, à la rigueur, lui payer un costume... Quant au voyage à l'étranger... D'ailleurs, même un costume, non... en ce moment, c'est impossible! *(Avec énergie :)* Je n'ai pas d'argent. *(Sorine rit.)* Je n'en ai pas.

SORINE *sifflote.*

C'est bon. Excuse-moi, ma chérie, ne te fâche pas. Je te crois. Tu es une femme généreuse et noble.

ARKADINA, *avec des larmes.*

Je n'ai pas d'argent.

SORINE

Si j'en avais, moi, je lui en donnerais, la chose est claire. Mais rien, pas un rond. *(Il rit.)* Le régisseur met le grappin sur ma pension, et tout file pour l'agriculture, l'élevage, l'apiculture; et mon argent s'en va, en pure perte. Les abeilles crèvent, les vaches crèvent, pas moyen d'obtenir des chevaux...

ARKADINA

Oui, j'ai de l'argent, mais je suis une artiste : rien que pour les toilettes, une vraie ruine!

SORINE

Tu es bonne et gentille... Je t'estime... Oui... Mais... Qu'est-ce qui m'arrive? *(Il chancelle.)* La tête me tourne. *(Il s'appuie à la table.)* Je ne suis pas bien... et voilà tout.

ARKADINA, *effrayée.*

Petroucha! *(Elle essaie de le soutenir.)* Petroucha, mon ami... *(Elle crie :)* Au secours! Au secours!

(Entrent Treplev, la tête entourée d'un pansement, et Medvedenko.) Il se trouve mal!

SORINE

Ce n'est rien, ce n'est rien... *(Il sourit et boit de l'eau.)* C'est fini... et voilà.

TREPLEV, *à sa mère.*

Ne t'effraie pas, maman, rien de dangereux. Ça lui arrive souvent depuis quelque temps. *(A Sorine :)* Tu devrais aller t'étendre, mon oncle.

SORINE

M'étendre un peu, oui... Mais j'irai tout de même en ville. Je me reposerai, et puis je partirai... et voilà.

Il s'en va en s'appuyant sur sa canne.

MEDVEDENKO, *le soutenant par le bras.*

Il y a une devinette : le matin à quatre pattes, à midi sur deux jambes, le soir sur trois...

SORINE, *riant.*

Exactement. Et la nuit, sur le dos. Je vous remercie, je peux marcher seul.

MEDVEDENKO

Que de cérémonies!

Ils sortent.

ARKADINA

Comme il m'a fait peur!

TREPLEV

La campagne ne lui vaut rien. Il s'ennuie trop. Tiens, maman, si tu étais en veine de générosité, tu lui prêterais quinze cents ou deux mille roubles; il pourrait passer une année entière à la ville.

ARKADINA

Je n'ai pas d'argent. Je suis actrice, pas banquier.

Un temps.

TREPLEV

Refais-moi mon pansement, maman. Tu le fais si bien.

ARKADINA *sort de l'armoire un flacon d'iode et une boîte de pansements.*

Le docteur est en retard.

TREPLEV

Il a promis de venir à dix heures, il est déjà midi...

ARKADINA

Assieds-toi. *(Elle défait le pansement.)* On dirait que tu portes un turban. Hier, quelqu'un a demandé à la cuisine de quelle nationalité tu étais. Voilà, c'est presque guéri. Encore quelques petits bobos. *(Elle l'embrasse à la tête.)* Mais, dis-moi, en mon absence... tu ne feras plus pan-pan?

TREPLEV

Non, maman. J'ai eu un moment de désespoir fou, je n'étais plus mon maître. Cela n'arrivera plus. *(Il lui baise la main.)* Tu as des mains de fée. Je me rappelle, il y a très longtemps, tu jouais encore au Théâtre d'État, moi j'étais tout petit, il y a eu une bagarre dans notre cour, quelqu'un a malmené une blanchisseuse. Tu t'en souviens? On l'a relevée sans connaissance. Toi, tu as été la voir, tu lui as apporté des médicaments, tu as lavé ses enfants dans une cuve... Comment, tu ne te rappelles pas?

ARKADINA

Non.

TREPLEV

Il y avait aussi deux ballerines dans la maison. Elles venaient prendre le café chez toi...

ARKADINA

Ça, je m'en souviens.

TREPLEV

Elles étaient très pieuses... *(Un temps.)* Depuis quelques jours, je t'aime aussi tendrement, aussi naïvement que dans mon enfance. Je n'ai plus que toi au monde. Mais pourquoi, pourquoi céder à l'influence de cet homme?

ARKADINA

Tu ne le comprends pas, Constantin. C'est l'être le plus noble qui soit...

TREPLEV

Ce qui ne l'a pas empêché de se montrer poltron quand on lui a appris que j'avais l'intention de le provoquer en duel. Il veut partir. C'est une fuite honteuse.

ARKADINA

Quelles bêtises! C'est moi-même qui lui ai demandé de partir.

TREPLEV

L'être le plus noble! Nous voilà presque brouillés à cause de lui, lui qui, en ce moment, au salon ou au jardin, est en train de se moquer de nous... ou bien de cultiver l'esprit de Nina, de la persuader définitivement de son génie...

ARKADINA

Quel plaisir éprouves-tu à me dire des choses désagréables ? J'estime cet homme, et je te prie de ne pas l'insulter devant moi.

TREPLEV

Moi, je ne l'estime pas. Tu voudrais que moi aussi je le considère comme un génie mais, excuse-moi, je ne sais pas mentir : ses œuvres me répugnent.

ARKADINA

C'est de la jalousie. Les gens dépourvus de talent, mais prétentieux, n'ont rien d'autre à faire que de dénigrer les vrais talents. Belle consolation !

TREPLEV, *ironique.*

Les vrais talents ! *(En colère :)* J'ai plus de talent que vous tous, s'il faut parler franc. *(Il arrache son pansement.)* Vous autres, routiniers, vous vous êtes imposés en art. Rien n'est permis et authentique que ce que vous faites, tout le reste, vous l'opprimez, vous l'étouffez. Je ne vous reconnais pas ! Ni toi ni lui !

ARKADINA

Décadent !

TREPLEV

Retourne donc à ton cher théâtre, va jouer dans des pièces lamentables et stupides.

ARKADINA

Je n'ai jamais joué dans des pièces pareilles ! Laisse-moi. Tu n'es même pas capable d'écrire un malheureux vaudeville. Petit-bourgeois de Kiev ! Parasite !

TREPLEV

Grippe-sou !

ARKADINA

Clochard! *(Treplev s'assied et pleure sans bruit.)* Nullité! *(Agitée, elle fait quelques pas.)* Ne pleure pas! Il ne faut pas pleurer... *(Elle pleure.)* Non, il ne faut pas... *(Elle couvre de baisers le front, les joues, les cheveux de son fils.)* Mon cher enfant, pardonne-moi... pardonne à ta mère, pardonne à la pauvre pécheresse...

TREPLEV, *l'étreignant.*

Si tu savais! J'ai tout perdu. Elle ne m'aime pas. Je ne peux plus écrire. Toutes mes espérances se sont évanouies...

ARKADINA

Ne désespère pas. Tout va s'arranger. Il va partir tout à l'heure, elle t'aimera à nouveau. *(Elle essuie les larmes de Treplev.)* Assez. Nous voilà réconciliés, n'est-ce pas?

TREPLEV, *lui baisant les mains.*

Oui, maman.

ARKADINA, *tendrement.*

Fais la paix avec lui aussi. Il ne faut pas de duel. N'est-ce pas?

TREPLEV

Bien... Mais permets-moi de ne plus le revoir, maman. C'est trop pénible... au-dessus de mes forces. *(Entre Trigorine.)* Voilà... Je m'en vais. *(Il range rapidement les médicaments dans l'armoire.)* Le docteur me fera un pansement.

Il ramasse son pansement par terre et sort.

TRIGORINE, *il feuillette un livre.*

Page 121... Lignes 11 et 12. Voilà. *(Il lit.)* « Si jamais tu as besoin de ma vie, viens la prendre. »

ARKADINA *regarde sa montre.*

La voiture sera là dans un moment.

TRIGORINE, *à mi-voix.*

« Si jamais tu as besoin de ma vie, viens la prendre. »

ARKADINA

J'espère que tu as tout emballé?

TRIGORINE, *avec impatience.*

Oui. Oui... *(Pensif :)* Pourquoi ai-je senti de la tristesse dans cet appel d'une âme pure, pourquoi mon cœur s'est-il si douloureusement serré? « Si jamais tu as besoin de ma vie, viens la prendre. » *(A Arkadina :)* Restons un jour de plus! *(Arkadina secoue la tête.)* Restons!

ARKADINA

Chéri, je sais ce qui te retient ici. Mais il faut te maîtriser. Tu es un peu enivré, reprends-toi.

TRIGORINE

Toi aussi, sois lucide, sois raisonnable et calme, je t'en supplie, considère tout cela en amie véritable. *(Il lui serre la main.)* Tu es capable de sacrifice... Sois mon amie, rends-moi ma liberté...

ARKADINA, *vivement émue.*

Tu es donc tellement amoureux?

TRIGORINE

Je me sens attiré vers elle. Peut-être est-ce justement ce qui me manque.

ARKADINA

L'amour d'une petite provinciale! Oh! Comme tu te connais mal!

TRIGORINE

Il arrive aux gens de dormir tout en marchant, ainsi je te parle et je crois dormir et la voir en rêve... Des visions suaves, merveilleuses... Rends-moi ma liberté...

ARKADINA, *tremblante.*

Non, non... Je ne suis qu'une femme ordinaire, on n'a pas le droit de me parler ainsi... Ne me torture pas, Boris... J'ai peur...

TRIGORINE

Si tu le veux, tu peux être une femme exceptionnelle. Un amour jeune, charmant, poétique, qui vous emporte dans un monde de rêves, lui seul peut vous donner encore un bonheur sur terre! Je n'ai jamais connu un tel amour... Quand j'étais jeune, je n'avais pas le temps, je courais les rédactions, je luttais contre la misère... Et voilà, il est enfin venu, il m'appelle... Pourquoi le fuir?

ARKADINA, *avec colère.*

Tu es fou!

TRIGORINE

Tant pis.

ARKADINA

Vous vous êtes tous donné le mot pour me torturer, aujourd'hui!

Elle pleure.

TRIGORINE *se prend la tête.*

Elle ne comprend pas! Elle ne veut pas comprendre!

ARKADINA

Suis-je donc si vieille et si laide, que l'on puisse, sans se gêner, me parler d'autres femmes? (*Elle l'étreint et l'embrasse.)* Oh! tu as perdu l'esprit... Ma beauté, mon divin... Tu es la dernière page de ma vie! *(Elle s'agenouille.)* Ma joie, ma fierté, ma félicité... *(Elle enlace ses genoux.)* Si tu me quittes, même une heure, je n'y survivrai pas; je deviendrai folle, mon merveilleux, mon sublime, mon maître...

TRIGORINE

Quelqu'un pourrait entrer.

Il l'aide à se relever.

ARKADINA

Qu'on entre! Je n'ai pas honte de mon amour pour toi. *(Elle lui baise les mains.)* Mon trésor, ma tête brûlée, tu veux faire des folies, mais moi je ne veux pas, je ne te laisserai pas faire... *(Elle rit.)* Tu es à moi... à moi... A moi ce front, et ces yeux, et ces beaux cheveux soyeux; à moi tout entier. Tu as tant de talent, tu es si intelligent, le meilleur de tous les écrivains vivants, l'unique espoir de la Russie... Tu as tant de sincérité, de fraîcheur, d'humour sain... D'un seul trait tu sais rendre le caractère d'un être ou d'un paysage; tes personnages sont vivants... Oh! on ne peut te lire sans enthousiasme. Tu crois que je t'encense, que je te flatte? Regarde-moi bien dans les yeux. Ai-je l'air d'une menteuse? Tu vois bien, je suis la seule à savoir t'apprécier, je te dis la vérité, mon chéri, ma merveille... Tu viendras avec moi, dis? Tu ne m'abandonneras pas?

TRIGORINE

Je n'ai pas de volonté, je n'en ai jamais eu... Veule et mou, toujours soumis, comment cela pourrait-il plaire aux femmes? Prends-moi, emmène-moi, seulement ne me quitte plus d'un pas...

ARKADINA, *à part.*

Maintenant, il est à moi. *(D'un ton détaché, comme si de rien n'était :)* D'ailleurs, reste, si tu en as envie. Je partirai; tu me rejoindras plus tard, dans une huitaine de jours. C'est vrai, pourquoi te presser?

TRIGORINE

Non, nous partons ensemble.

ARKADINA

Comme il te plaira. On part ensemble, c'est entendu. *(Un temps. Trigorine écrit dans son carnet.)* Qu'est-ce que tu écris?

TRIGORINE

J'ai entendu ce matin un mot amusant : « Le bois des vierges. » Ça peut servir. *(Il s'étire.)* Donc, nous partons? A nouveau des wagons, des gares, des buffets, des côtelettes de veau, des bavardages...

CHAMRAËV *entre.*

J'ai l'honneur et le regret de vous annoncer que la voiture est à la porte. Il est temps de partir, très estimée : le train arrive à deux heures et cinq minutes. Eh bien, Irina Nikolaevna, n'oubliez pas de vous informer de ce qu'est devenu l'acteur Souzdaltzev, ayez cette bonté : vit-il encore? Est-il en bonne santé? Dans le temps, j'ai vidé pas mal de verres en sa compagnie... Dans *Le Courrier attaqué* il était inimitable. Le tragédien Izmaïlov jouait dans la même troupe, à Elizavetgrad : encore un personnage remarquable... Ne vous pressez pas trop, très estimée, vous avez encore cinq minutes... Une fois, dans un mélodrame, tous deux jouaient des conspirateurs, et au moment d'être pris, Izmaïlov devait dire : « Nous sommes tombés dans un guet-apens. » Et le voilà qui dit : « Nous sommes

tombés dans un pet-aguens. » *(Il rit bruyamment.)* Un
pet-aguens!

> *Pendant qu'il parle, Yakov s'occupe des valises,
> la bonne apporte son chapeau à Arkadina, son man-
> teau, son parapluie, ses gants; chacun aide l'actrice
> à s'habiller. Le cuisinier passe la tête par la porte
> de gauche, puis entre d'un air hésitant. Entrent Pau-
> lina Andréevna, puis Sorine et Medvedenko.*

PAULINA, *un petit panier à la main.*

Voilà quelques prunes pour le voyage. Elles sont
très sucrées. Vous aurez peut-être envie de vous régaler...

ARKADINA

Vous êtes très bonne, Paulina Andréevna.

PAULINA

Adieu, chère amie. S'il y a eu quelques malentendus,
pardonnez-nous.

Elle pleure.

ARKADINA, *l'embrassant.*

Tout a été bien. Seulement, il ne faut pas pleurer.

PAULINA

Notre temps est fini!

ARKADINA

Qu'y faire!

SORINE, *coiffé, vêtu d'un manteau à pèlerine,
s'appuyant sur une canne, sort par la porte de gauche.*

On finira par rater le train, ma sœur. Moi, je monte
en voiture.

Il sort.

MEDVEDENKO

Et moi, je vais à la gare à pied... pour vous accompagner. Je file.

Il sort.

ARKADINA

Au revoir, mes chers amis. Si nous sommes encore en vie et bien portants, nous nous reverrons l'été prochain. *(La bonne, Yakov et le cuisinier lui baisent la main.)* Ne m'oubliez pas. *(Elle donne un rouble au cuisinier.)* Voilà un rouble pour vous trois.

LE CUISINIER

Merci beaucoup, madame. Bon voyage. Nous vous sommes bien obligés.

YAKOV

Que Dieu vous garde.

CHAMRAËV

Une petite lettre de vous nous ferait bien plaisir. Adieu, Boris Alexéevitch!

ARKADINA

Où est Constantin? Dites-lui que je pars, je veux lui dire adieu. Eh bien, ne gardez pas trop mauvais souvenir de moi. *(A Yakov :)* J'ai donné un rouble au cuisinier. C'est pour vous trois.

> *Tous sortent par la porte de droite. La scène reste vide. Derrière, les bruits qui accompagnent habituellement un départ. La bonne revient, prend sur la table le petit panier de prunes et sort.*

TRIGORINE, *revenant.*

J'ai oublié ma canne. Elle doit être sur la terrasse. *(A la porte de gauche il se trouve face à face avec Nina, qui entre.)* C'est vous? Nous partons...

NINA

Je savais que nous nous reverrions encore. *(Très animée :)* Boris Alexéevitch! Ma décision est irrévocable, les dés sont jetés, je vais faire du théâtre. Demain, je ne serai plus ici, je quitte mon père, j'abandonne tout, une vie nouvelle commence... Je pars comme vous... pour Moscou... Nous nous retrouverons là-bas.

TRIGORINE *jette un regard autour de lui.*

Descendez au Bazar Slave. Prévenez-moi dès votre arrivée... à Moltchanovka, maison de Grokholski... Je suis pressé...

Un temps.

NINA

Encore un instant...

TRIGORINE, *baissant la voix.*

Que vous êtes belle! Oh! quel bonheur de savoir que nous nous reverrons bientôt... *(Nina appuie sa tête contre la poitrine de Trigorine.)* Je reverrai ces yeux merveilleux, ce tendre sourire indiciblement beau... la douceur de ces traits, cette expression de pureté angélique... Ma chérie...

Un long baiser.

RIDEAU

Deux ans s'écoulent entre le troisième et le quatrième acte.

ACTE IV

Un salon dans la maison de Sorine, aménagé par Constantin Treplev en cabinet de travail. A droite et à gauche, des portes accédant à l'intérieur de la maison. En face, une porte vitrée donnant sur la terrasse. Outre le mobilier habituel d'un salon, on voit dans un coin à droite un bureau, près de la porte de gauche un large divan; une bibliothèque; des livres sur le rebord des fenêtres et sur les chaises.

C'est le soir. Une seule lampe à abat-jour éclaire la pièce. Pénombre. On entend le bruit des arbres et le sifflement du vent dans les cheminées. Le veilleur de nuit secoue ses claquettes.

Entrent Medvedenko et Macha.

MACHA *appelle.*

Constantin Gavrilytch! Constantin Gavrilytch! (*Elle regarde autour d'elle :*) Personne! Le vieux demande à chaque instant où est son Kostia. Il ne peut plus se passer de lui...

MEDVEDENKO

Il craint la solitude. (*Il écoute :*) Quel temps! Deux jours que ça dure.

MACHA, *elle relève la mèche de la lampe.*

Il y a des vagues énormes sur le lac.

MEDVEDENKO

Il fait noir dans le jardin. On devrait démolir ce théâtre; il est là, nu, affreux comme un squelette, et le rideau claque à tous les vents. Hier soir, en passant devant, il m'a semblé que quelqu'un pleurait, à l'intérieur.

MACHA

En voilà des idées...

Un temps.

MEDVEDENKO

Macha, rentrons à la maison.

MACHA, *elle secoue la tête.*

Je reste coucher ici.

MEDVEDENKO, *suppliant.*

Rentrons, Macha. Notre petit a faim, j'en suis sûr.

MACHA

Bêtises! Matriona le fera manger.

Un temps.

MEDVEDENKO

Il me fait pitié. Il est privé de sa mère depuis trois nuits.

MACHA

Que tu es devenu ennuyeux! Avant, au moins, il t'arrivait de philosopher, mais maintenant, toujours la même chanson : « Le petit, rentrons à la maison, le petit, rentrons à la maison. »

MEDVEDENKO

Viens à la maison, Macha.

MACHA

Vas-y seul.

MEDVEDENKO

Ton père ne me donnera pas de cheval.

MACHA

Mais si. Tu n'as qu'à lui demander.

MEDVEDENKO

Bon, je vais lui demander. Alors tu rentreras demain ?

MACHA, *elle prise.*

Mais oui, demain... Tu es assommant...

> *Entrent Treplev et Paulina Andréevna ; le premier porte des oreillers et une couverture, Paulina, des draps. Ils posent le tout sur le divan. Treplev s'assied à son bureau.*

MACHA

C'est pour quoi faire, maman ?

PAULINA

Piotr Nikolaévitch a demandé que l'on fasse son lit dans le bureau de Kostia.

MACHA

Laissez-moi faire.

> *Elle met les draps sur le divan.*

PAULINA, *avec un soupir.*

Les vieux sont comme des enfants...

> *Elle s'approche du bureau et, appuyée sur un coude, lit le manuscrit. Un temps.*

MEDVEDENKO

Alors, je m'en vais. Au revoir, Macha. *(Il baise la main de sa femme.)* Au revoir, maman.

Il veut baiser la main de sa belle-mère.

PAULINA, *avec humeur.*

C'est bon! Pars si tu veux.

MEDVEDENKO

Adieu, Constantin Gavrilovitch.

Treplev lui tend la main en silence. Medvedenko sort.

PAULINA, *regardant le manuscrit.*

Qui aurait cru, Kostia, que vous deviendriez un véritable écrivain? Dieu merci, les revues commencent à vous envoyer de l'argent. *(Elle lui caresse les cheveux.)* Et puis, le voilà beau, à présent... Mon cher, mon bon Kostia, soyez plus gentil avec ma petite Macha.

MACHA, *elle fait le lit.*

Laissez-le tranquille, maman.

PAULINA

Elle est mignonne. *(Un temps.)* Une femme ne demande pas grand-chose, Kostia : un regard affectueux, de temps en temps. Je le sais par expérience.

Treplev se lève et sort en silence.

MACHA

Voilà, il est fâché. Pourquoi l'avoir ennuyé?

PAULINA

C'est que je te plains, ma petite Macha.

MACHA

A quoi ça sert?

PAULINA

Mon cœur souffre pour toi : je vois, je comprends tout.

MACHA

Bêtises ! L'amour sans espoir n'existe que dans les romans. Balivernes ! Il ne faut pas se laisser aller, c'est tout, ne pas attendre éternellement le beau temps sur je ne sais quel rivage... Si l'amour pousse dans ton cœur, arrache-le. On a promis de nommer mon mari dans un autre district. Une fois loin, j'oublierai tout... J'arracherai tout, jusqu'aux racines.

Dans la pièce voisine, on joue une valse mélancolique.

PAULINA

C'est Kostia qui joue. Cela veut dire qu'il est triste.

MACHA, *elle fait sans bruit deux ou trois tours de valse.*

Le principal, c'est de ne plus le voir. Que mon Semione soit nommé ailleurs, et croyez-moi, au bout d'un mois, tout sera oublié. Ce sont des bêtises !

La porte de gauche s'ouvre. Dorn et Medvedenko roulent Sorine dans un fauteuil.

MEDVEDENKO

Nous voilà six à la maison. Et la farine coûte soixante-dix kopecks le poud !

DORN

Débrouille-toi comme tu peux !

MEDVEDENKO

Ça vous va bien de rire. Vous avez de l'argent plein les poches.

DORN

De l'argent ? Mon ami, pendant trente ans de métier — un métier dur qui ne me laissait de répit ni jour ni nuit — je n'ai réussi à économiser que deux mille roubles, que je viens de dépenser à l'étranger. Je n'ai pas le sou.

MACHA, *à son mari.*

Tu n'es pas encore parti?

MEDVEDENKO, *d'un air coupable.*

Que veux-tu? on ne me donne pas de cheval!

MACHA, *à mi-voix, avec amertume et dépit.*

Puissent mes yeux ne plus te voir!

> *Le fauteuil de Sorine est placé dans la partie gauche de la pièce. Paulina Andréevna, Macha et Dorn s'assoient près de Sorine. Medvedenko, triste, se met à l'écart.*

DORN

Que de changements! Le salon est devenu un cabinet de travail.

MACHA

C'est plus commode pour Constantin Gavrilovitch. Quand il veut réfléchir, le jardin est à sa porte.

> *On entend les claquettes du veilleur de nuit.*

SORINE

Où est ma sœur?

DORN

Elle est partie chercher Trigorine à la gare. Elle ne va pas tarder.

SORINE

Si vous avez jugé nécessaire de faire venir ma sœur, c'est que je suis gravement malade. *(Après un silence.)*

Drôle d'histoire! Je suis gravement malade, et on ne
me donne pas de médicaments.

DORN

Que voulez-vous qu'on vous donne? Du valérianate?
Du bicarbonate? De la quinine?

SORINE

Voilà la philosophie qui recommence. Oh! quel châ-
timent! *(Désignant le divan :)* C'est pour moi, ce lit?

PAULINA

Pour vous, Piotr Nikolaévitch.

SORINE

Je vous remercie.

DORN, *il chantonne.*

« La lune vogue dans le ciel nocturne... »

SORINE

Je vais proposer à Kostia un sujet de nouvelle :
L'homme qui voulait. Dans ma jeunesse je voulais devenir écrivain, et je ne le suis pas devenu; je voulais
être éloquent, et j'ai toujours parlé très mal. *(Il s'imite :)*
« Et voilà tout, et ainsi de suite, comment dire... »
Il m'arrivait de suer sang et eau avant de pondre une
conclusion. Je voulais me marier, et je ne suis pas
marié. Je voulais toujours habiter la ville, et je finis
mes jours à la campagne. Et voilà tout.

DORN

Je voulais devenir conseiller d'État, et je le suis
devenu.

SORINE, *en riant.*

Ça, je ne l'ai pas cherché. C'est arrivé tout seul.

DORN

Se plaindre de la vie à soixante-deux ans! Avouez que ce n'est pas généreux!

SORINE

Que vous êtes entêté! Comprenez donc, je voudrais vivre.

DORN

C'est de la légèreté d'esprit. D'après les lois de la nature, toute vie doit avoir une fin.

SORINE

Raisonnement d'homme blasé. Vous êtes rassasié, alors la vie vous laisse indifférent, tout vous est égal. Pourtant, vous aussi, vous aurez peur de mourir.

DORN

La crainte de la mort est une crainte animale. Il faut la surmonter. N'ont une peur consciente de la mort que ceux qui croient à la vie éternelle et que leurs péchés terrorisent. Mais vous, premièrement vous ne croyez pas, et deuxièmement, quels péchés avez-vous commis? Vous avez servi dans la magistrature pendant vingt-cinq ans, voilà tout.

SORINE, *en riant.*

Pendant vingt-huit ans...

> *Treplev entre et s'assoit sur un petit banc aux pieds de Sorine. Macha ne le quitte pas des yeux.*

DORN

Nous empêchons Constantin Gavrilovitch de travailler.

TREPLEV

Ça ne fait rien.

Un temps.

MEDVEDENKO

Permettez-moi de vous demander, docteur, quelle ville avez-vous le plus aimée à l'étranger?

DORN

Gênes.

TREPLEV

Pourquoi Gênes?

DORN

La foule y est extrêmement attachante. Quand on sort de l'hôtel, le soir, les rues sont pleines de monde. On déambule avec le peuple, sans but, on va ici et là, en ligne brisée, on partage la vie des gens, on se confond, pour ainsi dire, psychiquement avec eux, et on commence à croire qu'il existe vraiment une âme universelle, comme celle que Nina Zaretchnaia interprétait jadis dans votre pièce. A propos, où est-elle maintenant, Nina? Que devient-elle?

TREPLEV

Je pense qu'elle se porte bien.

DORN

On m'a dit qu'elle menait une vie peu banale. Qu'y a-t-il, au juste?

TREPLEV

C'est une longue histoire, docteur.

DORN

Racontez-la brièvement.

Un temps.

TREPLEV

Elle s'est sauvée de chez elle pour vivre avec Trigorine. Vous saviez cela?

DORN

Oui.

TREPLEV

Elle a eu un enfant, qui est mort. Trigorine a cessé
de l'aimer, et, comme il fallait s'y attendre, il est revenu
à ses anciennes amours, qu'il n'avait d'ailleurs jamais
quittées. Par manque de caractère, il réussissait, je
ne sais comment, à satisfaire tout le monde. Autant
que je sache, la vie privée de Nina a été un échec.

DORN

Et le théâtre?

TREPLEV

Pire encore, je crois. Elle a débuté dans un théâtre
d'été, près de Moscou, puis elle est partie en province.
Je ne la perdais pas de vue et, pendant un certain
temps, j'allais partout où elle allait. Elle s'attaquait toujours à des rôles importants, mais elle jouait brutale-
ment, sans goût, elle hurlait, elle gesticulait. Il lui arrivait de pousser un cri, de mourir avec talent, mais ce
n'était que de rares instants.

DORN

Elle a donc tout de même du talent?

TREPLEV

C'est difficile à dire. Elle en a, probablement. Quand
je voulais la voir, à l'hôtel, elle refusait de me recevoir,
le domestique me défendait d'entrer dans sa chambre.
Je comprenais, je n'insistais pas. *(Un temps.)* Que vous
dire encore? Plus tard, quand je suis revenu à la mai-

son, elle m'a écrit. Des lettres fines, amicales, intéressantes ; elle ne se plaignait pas, mais je la sentais profondément malheureuse ; chaque ligne décelait des nerfs malades, tendus. L'imagination un peu déroutée. Elle signait : « La Mouette ». Dans l'*Ondine,* de Pouchkine, le meunier affirme qu'il est un corbeau ; dans ses lettres elle disait qu'elle était une mouette. Et maintenant elle est ici.

DORN

Comment, ici ?

TREPLEV

En ville, dans une auberge. Depuis cinq jours. J'ai essayé de la voir ! Maria Iliinitchna y est allée, mais elle ne reçoit personne. Semione Semionovitch assure l'avoir vue, hier, après le dîner, à deux verstes d'ici, dans un champ.

MEDVEDENKO

Oui, je l'ai vue. Elle allait dans l'autre direction, vers la ville. Je l'ai saluée, je lui ai demandé pourquoi elle ne venait pas nous voir. Elle a dit qu'elle viendrait.

TREPLEV

Elle ne viendra pas. *(Un temps.)* Son père et sa belle-mère ne veulent plus en entendre parler. Ils ont posté des gardiens partout, pour lui interdire l'accès de leur propriété. *(Il va vers sa table de travail, accompagné du docteur.)* Qu'il est facile, docteur, d'être philosophe sur le papier, et comme c'est difficile dans la vie !

SORINE

C'était une jeune fille charmante.

DORN

Comment?

SORINE

Je dis que c'était une jeune fille charmante. Le conseiller d'État Sorine en a même été amoureux pendant quelque temps.

DORN

Vieux Lovelace!

On entend le rire de Chamraëv.

PAULINA

Ah! Les nôtres reviennent de la gare.

TREPLEV

Oui, j'entends maman.

Entrent Arkadina, Trigorine, suivis de Chamraëv.

CHAMRAËV, *entrant.*

Nous vieillissons tous, nous nous effritons sous l'influence des éléments, mais vous, très estimée, toujours jeune... Ce chemisier clair... cette vivacité... cette grâce...

ARKADINA

Vous voulez encore me jeter un mauvais sort, homme insupportable!

TRIGORINE, *à Sorine.*

Bonjour, Piotr Nikolaévitch! Encore souffrant? Ce n'est pas bien. (*A Macha, joyeusement :*) Maria Iliinitchna!

MACHA

Vous m'avez reconnue?

Elle lui serre la main.

TRIGORINE

Mariée?

MACHA

Depuis longtemps.

TRIGORINE

Heureuse? *(Il salue Dorn et Medvedenko, puis s'approche de Treplev, l'air hésitant :)* Irina Nikolaevna m'a dit que vous aviez oublié le passé et que vous ne m'en vouliez plus.

Treplev lui tend la main.

ARKADINA, *à son fils.*

Boris Alexéevitch a apporté la revue où a paru ton dernier conte.

TREPLEV *prend la revue ; à Trigorine.*

Merci. Vous êtes bien aimable.

Ils s'assoient.

TRIGORINE

Vos admirateurs vous envoient leurs salutations. A Pétersbourg et à Moscou on s'intéresse beaucoup à vous. On me pose des questions à votre sujet : comment est-il, quel âge a-t-il, est-il brun ou blond? On pense, je ne sais pourquoi, que vous n'êtes plus tout jeune. Et comme vous avez un pseudonyme, personne ne connaît votre vrai nom. Vous êtes mystérieux comme le Masque de Fer.

TREPLEV

Vous êtes là pour un certain temps?

TRIGORINE

Non. Je pense partir pour Moscou demain. C'est ndispensable. J'ai hâte de terminer un récit, puis j'ai promis de donner quelque chose pour un recueil. Bref, c'est toujours la même histoire. *(Pendant qu'il parle, Arkadina et Paulina Andréevna poussent et déplient une table de jeu au milieu de la pièce, Chamraëv allume des bougies, apporte des chaises. On sort un jeu de loto de l'armoire.)* La nature m'a plutôt mal accueilli. Quel vent! Demain matin, si la tempête se calme, j'irai pêcher dans le lac. J'en profiterai pour revoir le jardin, et cet endroit — vous vous souvenez? — où l'on a joué votre pièce. J'ai un sujet, tout prêt; il me suffira de raviver le souvenir des lieux.

MACHA, *à son père.*

Papa, permets à mon mari de prendre une voiture. Il faut qu'il rentre.

CHAMRAËV, *l'imitant.*

« Une voiture... il faut qu'il rentre... » *(Sévèrement :)* Tu l'as vu toi-même : les chevaux reviennent à peine de la gare! Et tu voudrais qu'ils repartent?...

MACHA

Il y en a d'autres... *(Son père ne répond pas, elle a un geste découragé.)* Inutile de vous demander quoi que ce soit...

MEDVEDENKO

J'irai à pied, Macha. Vraiment...

PAULINA, *en soupirant.*

A pied, par un temps pareil! *(Elle s'assoit à la table de jeu.)* Venez, mesdames et messieurs.

MEDVEDENKO

Ça ne fait jamais que six verstes. Adieu... *(Il baise la main de sa femme.)* Adieu, maman. *(Sa belle-mère lui tend avec humeur sa main à baiser.)* Je n'aurais dérangé

personne, mais c'est à cause du petit... *(Il salue tout
le monde.)* Adieu...

Il sort, l'air coupable.

CHAMRAÏEV

Ne t'en fais pas, il arrivera bien; ce n'est pas un
général.

PAULINA *frappe sur la table.*

Venez, mes amis. Ne perdons pas de temps, on va
bientôt nous appeler pour dîner.

Chamraïev, Macha et Dorn prennent place à la table.

ARKADINA, *à Trigorine.*

Ici, lorsque arrivent les longues soirées d'automne,
on joue au loto. Regardez : c'est un jeu ancien. Notre
mère jouait avec nous quand nous étions petits. Voulez-vous faire une partie avant le dîner? *(Elle et Trigorine prennent place à la table.)* C'est un jeu ennuyeux,
mais à la longue, on s'y fait.

Elle distribue trois cartes à chacun.

TREPLEV, *feuilletant la revue.*

Il a lu son récit, mais il n'a même pas coupé les
pages du mien.

*Il pose la revue sur sa table et se dirige vers la porte
de gauche. En passant près de sa mère, il l'embrasse
dans les cheveux.*

ARKADINA

Et toi, Kostia?

TREPLEV

Excuse-moi, je n'ai pas envie de jouer. Je vais faire
un tour.

Il sort.

ARKADINA

La mise est de dix kopecks. Misez pour moi, docteur.

DORN

A vos ordres.

MACHA

Tout le monde a misé ? Je commence... Vingt-deux !...

ARKADINA

Ici.

MACHA

Trois !

DORN

Voilà.

MACHA

Vous avez marqué trois ? Huit ! Quatre-vingt-un ! Dix !

CHAMRAËV

Pas si vite.

ARKADINA

Quel accueil j'ai reçu à Kharkov, mes amis ! La tête m'en tourne encore.

MACHA

Trente-quatre !

Derrière la scène, on joue une valse mélancolique.

ARKADINA

Les étudiants m'ont fait une ovation !... Trois corbeilles de fleurs, deux couronnes, et ça.

Elle ôte une broche de sa poitrine et la jette sur la table.

CHAMRAËV

Oui, c'est un objet...

MACHA

Cinquante!

DORN

Cinquante tout rond?

ARKADINA

J'avais une robe étonnante... Qu'on dise de moi ce qu'on veut, mais pour la toilette, je ne crains personne.

PAULINA

C'est Kostia qui joue. Il est triste, le pauvre.

CHAMRAËV

Les journaux disent beaucoup de mal de lui.

MACHA

Soixante-dix-sept!

ARKADINA

Pourquoi y fait-il attention?

TRIGORINE

Il n'a pas de veine. Il n'arrive pas à trouver un ton personnel. Il écrit des choses étranges, mal définies, parfois cela tourne au délire. Et pas un seul personnage vivant.

MACHA

Onze!

ARKADINA, *se retournant vers Sorine.*

Petroucha, tu t'ennuies? *(Un temps.)* Il dort.

DORN

Le conseiller d'État dort.

MACHA

Sept! Quatre-vingt-dix!

TRIGORINE

Si j'habitais une propriété pareille, près d'un lac, est-ce que je songerais à écrire? J'aurais étouffé cette passion, je ne ferais qu'aller à la pêche.

MACHA

Vingt-huit!

TRIGORINE

Prendre une perche ou un goujon, c'est une telle joie!

DORN

Eh bien! moi, je crois en Constantin Gavrilovitch. Il y a quelque chose en lui. Sa pensée s'exprime en images, ses contes sont colorés et vifs; je les sens fortement. Dommage seulement qu'il n'ait pas de but bien défini. Il suscite un climat et c'est tout; ce n'est pas suffisant. Êtes-vous contente, Irina Nikolaevna, que votre fils soit devenu écrivain?

ARKADINA

Je n'ai encore rien lu de lui, figurez-vous. Je n'ai jamais le temps.

MACHA

Vingt-six!

Treplev entre doucement et va vers sa table.

CHAMRAËV, *à Trigorine.*

Boris Alexéevitch, vous avez oublié quelque chose ici.

TRIGORINE

Quoi donc?

CHAMRAËV

Un jour, Constantin Gavrilovitch avait tué une mouette, et vous m'aviez chargé de la faire empailler.

TRIGORINE

Je ne m'en souviens pas. *(Il réfléchit.)* Je ne m'en souviens pas!

MACHA

Soixante-six! Un!

TREPLEV *pousse la fenêtre, il écoute.*

Comme il fait noir. D'où me vient cette soudaine inquiétude?

ARKADINA

Kostia, ferme la fenêtre. Ça fait des courants d'air.
Treplev ferme la fenêtre.

MACHA

Quatre-vingt-huit!

TRIGORINE

J'ai gagné, mes amis.

ARKADINA, *gaiement.*

Bravo, bravo!

CHAMRAËV

Bravo!

ARKADINA

Cet homme a toujours et en tout de la chance. *(Elle se lève.)* Et maintenant on va aller manger un morceau.

Notre célébrité n'a pas déjeuné aujourd'hui. Nous reprendrons après. *(A son fils :)* Kostia, laisse tes manuscrits, viens manger.

TREPLEV

Non, maman, je n'ai pas faim.

ARKADINA

A ta guise. *(Elle réveille Sorine :)* Petroucha, viens dîner. *(Prenant le bras de Chamraëv :)* Je vous raconterai comment on m'a fêtée à Kharkov...

> *Paulina Andréevna éteint les bougies, puis, avec Dorn, roule le fauteuil de Sorine. Tous sortent par la porte de gauche. Treplev, seul à son bureau.*

TREPLEV *s'apprête à écrire ; il relit son manuscrit.*

Moi qui ai tant parlé de formes nouvelles, je me sens glisser vers la routine. *(Il lit :)* « L'affiche sur la palissade annonçait... » — « Un visage pâle encadré de cheveux noirs... » Annonçait, encadré... Ce sont des clichés. *(Il biffe.)* Je commencerai par le passage où le héros est réveillé par le bruit de la pluie. Tout le reste est à supprimer. Ma description du clair de lune est trop longue, trop recherchée. Trigorine, lui, s'est créé des procédés ; tout lui est facile. Le goulot d'une bouteille cassée qui brille sur la digue, l'ombre noire de la roue d'un moulin, et voilà sa nuit de lune toute prête ; chez moi, il y a la lumière frissonnante, le doux scintillement des étoiles, les sons lointains d'un piano, qui expirent dans l'air calme et parfumé. Quelle torture ! *(Un temps.)* Oui, je suis de plus en plus convaincu qu'il ne s'agit pas de formes anciennes ou modernes, mais d'écrire sans penser à tout cela, pour libérer son cœur, simplement. *(Quelqu'un frappe à la fenêtre la plus proche de la table.)* Qu'est-ce que c'est ? *(Il regarde par la fenêtre.)* On n'y voit rien. *(Il ouvre la porte vitrée et regarde dans le jardin.)* Quelqu'un a descendu les marches en courant. *(Il appelle :)* Qui est là? *(Il sort ; on entend ses pas précipités sur la terrasse ; quelques instants après, il revient avec Nina Zaretchnaia.)* Nina! Nina!

Nina pose sa tête sur la poitrine de Treplev et sanglote sourdement.

TREPLEV, *ému.*

Nina! Nina! C'est vous!... J'avais comme un pressentiment, toute la journée mon cœur a terriblement souffert. *(Il lui retire son chapeau et sa cape.)* Oh! ma chérie, ma bien-aimée, elle est venue! Mais il ne faut pas, il ne faut pas pleurer.

NINA

Il y a quelqu'un ici...

TREPLEV

Personne.

NINA

Fermez les portes, on pourrait entrer.

TREPLEV

Personne ne viendra.

NINA

Je sais que votre mère est ici. Fermez les portes à clef...

TREPLEV *ferme à clef la porte de droite et s'approche de la porte de gauche.*

Celle-ci n'a pas de serrure. Je vais mettre un fauteuil devant. *(Il pousse un fauteuil devant la porte.)* N'ayez pas peur, personne ne viendra.

NINA *le regarde attentivement.*

Laissez-moi vous regarder. *(Elle regarde autour*

d'elle.) Il fait chaud ici, il fait bon. Jadis, c'était le salon. J'ai beaucoup changé?

TREPLEV

Oui... Vous avez maigri, vos yeux sont plus grands. Comme c'est étrange de vous voir, Nina! Pourquoi ne me laissiez-vous pas venir? Pourquoi n'êtes-vous pas venue plus tôt? Je sais que vous êtes ici depuis bientôt une semaine... Tous les jours, plusieurs fois, j'allais à votre hôtel, je restais sous votre fenêtre comme un mendiant.

NINA

J'avais peur que vous me détestiez. Je rêve toutes les nuits que vous me regardez sans me reconnaître. Si vous saviez! Depuis que je suis ici, je ne cesse d'errer... près de ce lac. Je suis venue souvent près de votre maison, mais je n'osais pas entrer. Asseyons-nous. (*Ils s'assoient.*) Asseyons-nous, et parlons... parlons... Il fait bon ici, il fait chaud, intime... Vous entendez le vent? Il y a ce passage dans Tourguenev : « Heureux celui qui par une pareille nuit possède un toit, un coin chaud. » Je suis une mouette. Non, ce n'est pas cela. (*Elle se frotte le front.*) Où en étais-je? Oui, Tourguenev... « Et que Dieu vienne en aide à tous ceux qui errent sans abri... » Ce n'est rien...

Elle sanglote.

TREPLEV

Nina, vous pleurez encore... Nina!

NINA

Ce n'est rien, ça me soulage... Il y a deux ans que je n'ai pas pleuré. Tard dans la soirée, hier, je suis allée au jardin, voir si notre théâtre était toujours là. Il est encore debout. Je me suis mise à pleurer, pour la première fois depuis deux ans, et ça m'a fait du bien;

mon cœur s'est calmé. Vous voyez, je ne pleure plus... *(Elle lui prend la main.)* Ainsi, vous êtes devenu écrivain... Vous êtes écrivain, et moi, actrice... tous les deux dans le tourbillon... Jadis, j'étais heureuse comme une enfant, je chantais le matin en me réveillant, je vous aimais, je rêvais de gloire, et maintenant? Demain de bonne heure je partirai pour Eletz, en troisième... avec des moujiks; à Eletz, des marchands cultivés m'assommeront de compliments. La vie est brutale!

TREPLEV

Pourquoi aller à Eletz?

NINA

J'ai accepté un engagement pour tout l'hiver. Il est temps d'y aller.

TREPLEV

Nina, je vous maudissais, je vous détestais, je déchirais vos lettres et vos photographies, mais à chaque instant, je me rendais compte que mon cœur vous était attaché pour toujours. Je n'ai pas la force de ne plus vous aimer. Depuis que je vous ai perdue, et qu'on a commencé à publier mes récits, la vie m'est devenue insupportable; je souffre. Ma jeunesse m'a été arrachée brusquement, il me semble qu'il y a quatre-vingt-dix ans que je suis au monde. Je vous appelle, je baise la terre que vous avez foulée; partout je vois votre visage et ce doux sourire qui a illuminé les meilleures années de ma vie.

NINA, *éperdue.*

Pourquoi dit-il cela? Pourquoi?

TREPLEV

Je suis seul, sans aucune affection, j'ai froid comme dans un souterrain. Tout ce que j'écris est sec, dur, sombre. Restez ici, Nina, je vous en supplie, ou permettez-moi de partir avec vous. *(Nina se rhabille rapidement.)* Nina, pourquoi? Nina, au nom du Ciel...

Il la regarde s'habiller. Un temps.

NINA

Les chevaux m'attendent au portillon. Ne m'accompagnez pas. J'irai seule. *(A travers les larmes :)* Donnez-moi à boire.

TREPLEV *lui donne de l'eau.*

Où allez-vous maintenant?

NINA

En ville. *(Un temps.)* Irina Nikolaevna est ici?

TREPLEV

Oui... Jeudi dernier, mon oncle n'était pas bien, nous lui avons télégraphié de venir.

NINA

Pourquoi dites-vous que vous avez baisé la terre sur laquelle j'ai marché? Il faut me tuer. *(Elle se penche vers la table.)* Je suis si fatiguée. Me reposer... me reposer. *(Elle lève la tête.)* Je suis une mouette... Ce n'est pas ça... Je suis actrice... Mais oui. *(Entendant le rire d'Arkadina et de Trigorine, elle prête l'oreille, court vers la porte de gauche et regarde par le trou de la serrure.)* Lui aussi est là... *(Elle revient vers Treplev.)* Mais oui... Ce n'est rien... Oui... Il ne croyait pas au théâtre, il se moquait toujours de mes rêves, et j'ai fini par cesser d'y croire, moi aussi, j'ai perdu courage... Puis les tourments de l'amour, la jalousie, la crainte continuelle pour mon petit. Je devenais mesquine, insignifiante, je jouais bêtement... Je ne savais que faire de mes mains, comment me tenir en scène, je ne contrôlais pas ma voix. Vous ne connaissez pas cette situation :

sentir qu'on joue abominablement ? Je suis une mouette...
Non, ce n'est pas ça. Vous souvenez-vous d'avoir tué
une mouette ? Un homme passait là par hasard, il
l'aperçut, il la perdit, par désœuvrement. Un sujet
pour un petit conte... Ce n'est pas ça. *(Elle se frotte
le front.)* Où en étais-je ? Je parlais du théâtre. Maintenant, je ne suis plus la même. Je suis devenue une
véritable actrice, je joue avec délice, avec ravissement,
en scène, je suis grisée, je me sens merveilleuse. Depuis
que je suis ici, je marche beaucoup, je marche et je
pense intensément; et je sens croître les forces de
mon âme... Je sais maintenant, je comprends, Kostia,
que dans notre métier, artistes ou écrivains, peu importe,
l'essentiel n'est ni la gloire ni l'éclat, tout ce dont je
rêvais; l'essentiel, c'est de savoir endurer. Apprends
à porter ta croix et garde la croyance. J'ai la foi, et je
souffre moins, et quand je pense à ma vocation, la vie
ne me fait plus peur.

TREPLEV, *tristement.*

Vous avez trouvé votre voie, vous savez où vous
allez, mais moi, je flotte encore dans un chaos de rêves
et d'images, et j'ignore pour qui et pourquoi j'écris.
Je n'ai pas la foi et je ne sais pas quelle est ma vocation.

NINA, *prêtant l'oreille.*

Chut... Je m'en vais. Adieu. Quand je serai une
grande actrice, venez me voir. C'est promis ? Et maintenant... *(Elle lui serre la main.)* Il est tard. Je peux à peine
me tenir debout... je suis épuisée, j'ai faim...

TREPLEV

Restez, je vous apporterai à dîner.

NINA

Non, non... Ne m'accompagnez pas, j'irai seule...

Ma voiture est tout près. Donc, elle l'a amené ici ? Eh
bien, tant pis. Quand vous verrez Trigorine, ne lui dites
rien... Je l'aime. Je l'aime plus que jamais... Sujet pour
un petit conte... Je l'aime, je l'aime passionnément, je
l'aime désespérément. Comme on était heureux jadis,
Kostia ! Vous vous rappelez ? Quelle vie claire, chaude,
joyeuse, pure, et quels sentiments, des sentiments
pareils à des fleurs délicates et exquises... Vous vous
rappelez ? *(Elle récite :)* « Les hommes, les lions, les
araignées, les poissons silencieux, habitants des eaux,
les étoiles de mer et celles qu'on ne pouvait voir à
l'œil nu, bref toutes les vies, toutes les vies, toutes les
vies se sont éteintes, ayant accompli leur triste cycle.
Depuis des milliers de siècles la terre ne porte plus
d'êtres vivants, et cette pauvre lune allume en vain sa
lanterne. Dans les prés, les cigognes ne se réveillent
plus en poussant des cris, et l'on n'entend plus le bruit
des hannetons dans les bosquets de tilleuls... »

> *Elle embrasse Treplev dans un élan, et s'enfuit par
> la porte vitrée.*

TREPLEV, *après un silence.*

Il ne faudrait pas qu'on la rencontre dans le jardin
et qu'on le dise à maman. Cela pourrait faire de la peine
à maman...

> *Pendant deux minutes, en silence, il déchire tous ses
> manuscrits et les jette sous la table, puis ouvre la
> porte de droite et sort.*

DORN, *essayant d'ouvrir la porte de gauche.*

C'est étrange. On dirait que cette porte est fermée à
clef. *(Il entre et remet le fauteuil à sa place.)* Une course
d'obstacles.

> *Entrent Arkadina, Paulina Andréevna ; derrière
> elles Yakov portant des bouteilles ; puis Macha,
> Chamraëv et Trigorine.*

ARKADINA

Posez le vin rouge et la bière pour Boris Alexéevitch
ici, sur la table. Nous boirons en jouant. Eh bien, asseyons-nous, mes amis.

PAULINA, *à Yakov.*

Tu peux servir le thé tout de suite.

Elle allume les bougies et s'assied à la table de jeu.

CHAMRAËV *conduit Trigorine vers l'armoire.*

Voici l'objet dont je vous ai parlé tout à l'heure... *(Il
sort de l'armoire une mouette empaillée.)* Celui que vous
aviez commandé.

TRIGORINE *regarde la mouette.*

Je ne m'en souviens pas. *(Il réfléchit.)* Je ne m'en
souviens pas.

*Derrière la scène, à droite, retentit un coup de feu :
tous tressaillent.*

ARKADINA, *effrayée.*

Qu'est-ce que c'est?

DORN

Ce n'est rien. Quelque chose a probablement éclaté
dans ma trousse. Ne vous effrayez pas. *(Il sort à droite,
et revient quelques instants après.)* C'est bien ça : un
flacon d'éther qui a éclaté. *(Il chantonne :)* « Devant
toi, charmé à nouveau... »

ARKADINA, *s'asseyant à la table.*

Ouf! J'ai eu peur. Cela m'a rappelé... *(Elle se couvre
le visage.)* J'ai vu trouble...

DORN, *feuilletant une revue, à Trigorine.*

On a publié dans cette revue, il y a environ deux
mois, un article... une lettre d'Amérique... et je voulais

vous demander à ce propos *(il prend Trigorine par la taille et l'entraîne vers la rampe)* ... car cette question m'intéresse vivement... *(En baissant la voix :)* Emmenez Irina Nikolaevna où vous voudrez... Constantin Gavrilovitch vient de se tuer...

Les Trois Sœurs

DRAME EN QUATRE ACTES

Texte français de Génia Cannac et Georges Perros

PERSONNAGES

ANDRÉ SERGUÉEVITCH PROZOROV.

NATALIA IVANOV, *sa fiancée, plus tard sa femme.*

OLGA

MACHA

IRINA

     ses sœurs.

FEDOR ILIITCH KOULYGUINE, *professeur de lycée, mari de Macha.*

ALEXANDRE IGNATIEVITCH VERCHININE, *lieutenant-colonel, commandant de batterie.*

NIKOLAS LVOVITCH TOUZENBACH, *baron, lieutenant.*

VASSILI VASSILIEVITCH SOLIONY, *capitaine en second.*

IVAN ROMANOVITCH TCHÉBOUTYKINE, *médecin militaire.*

ALÉXEI PETROVITCH FEDOTIK, *sous-lieutenant.*

VLADIMIR KARLOVITCH RODÉ, *sous-lieutenant.*

FERAPONTE, *gardien au Conseil municipal du Zemstvo.*

ANFISSA, *bonne, quatre-vingts ans.*

L'action se passe dans un chef-lieu de gouvernement.

ACTE PREMIER

La maison des Prozorov. Un salon à colonnades, derrière lesquelles on aperçoit une grande salle. Il est midi; dehors, temps gai, ensoleillé. Dans la salle, on dresse la table pour le déjeuner.

Olga, vêtue de l'uniforme bleu des professeurs de lycée de jeunes filles, ne cesse de corriger des cahiers d'élèves, debout, ou en marchant. Macha, en noir, est assise, et lit, son chapeau sur les genoux, Irina, en robe blanche, est debout; elle rêve.

OLGA

Notre père est mort, il y a juste un an aujourd'hui, le cinq mai, le jour de ta fête, Irina. Il faisait très froid, il neigeait. Je croyais ne jamais m'en remettre; et toi, tu étais étendue, sans connaissance, comme une morte. Mais un an a passé, et voilà, nous pouvons nous en souvenir sans trop de peine, tu es en blanc, et ton visage rayonne... *(La pendule sonne douze coups.)* La pendule avait sonné ainsi. *(Un temps.)* Je me souviens, quand on a emporté le cercueil, la musique jouait, et au cimetière on a tiré des salves. Il était général de brigade, et pourtant, bien peu de gens derrière son cercueil. Il est vrai qu'il pleuvait. Une pluie violente, et de la neige.

IRINA

Pourquoi réveiller ces souvenirs !

Derrière les colonnades, dans la salle, près de la table, apparaissent le baron Touzenbach, Tchéboutykine et Soliony.

OLGA

Aujourd'hui il fait chaud, on peut laisser les fenêtres grandes ouvertes, mais les bouleaux n'ont pas encore de feuilles. Nommé général de brigade, notre père avait quitté Moscou, avec nous tous, il y a onze ans de cela, mais je m'en souviens parfaitement. A cette époque, au début de mai, à Moscou, il fait bon, tout est en fleurs, inondé de soleil. Onze ans déjà, mais je me rappelle tout parfaitement, comme si cela datait d'hier. Mon Dieu ! Ce matin, au réveil, j'ai vu ces flots de lumière, j'ai vu le printemps, mon cœur s'est rempli de joie et du désir passionné de revenir dans ma ville natale.

TCHÉBOUTYKINE

Cours toujours !

TOUZENBACH

Bien sûr, ce sont des bêtises !

Macha, qui rêve sur son livre, sifflote doucement une chanson.

OLGA

Ne siffle pas, Macha. Comment peux-tu siffler ! *(Un temps.)* A force d'aller au lycée tous les jours et de donner des leçons jusqu'au soir, j'ai un mal de tête continuel, et des pensées de vieille femme. C'est vrai, depuis quatre ans, depuis que j'enseigne au lycée, je sens mes forces et ma jeunesse me quitter goutte à goutte, jour après jour. Seul un rêve grandit et se précise en moi...

IRINA

Partir pour Moscou! Vendre cette maison, liquider tout, et partir...

OLGA

Oui! Aller à Moscou, vite, très vite.

Tchéboutykine et Touzenbach rient.

IRINA

Notre frère deviendra sans doute professeur de faculté, de toute façon, il ne voudra pas rester ici. Le seul obstacle, c'est notre pauvre Macha.

OLGA

Macha viendra passer tous les étés à Moscou.

Macha sifflote doucement.

IRINA

Si Dieu le veut, tout s'arrangera. *(Elle regarde par la fenêtre.)* Il fait beau aujourd'hui. Je ne sais pourquoi, j'ai le cœur si léger. Ce matin, je me suis rappelé que c'était ma fête : et brusquement, une immense joie, toute mon enfance, quand maman vivait encore... Quelles merveilleuses pensées tout à coup, quelles pensées!

OLGA

Aujourd'hui tu es rayonnante, incroyablement embellie. Macha aussi est belle. André serait bien, mais il a trop grossi, cela ne lui va pas. Moi, j'ai vieilli, j'ai beaucoup maigri, c'est toutes ces colères contre les filles au lycée. Mais aujourd'hui, je suis libre, je peux rester chez moi, la tête ne me fait pas mal, et je me sens plus jeune qu'hier. Je n'ai que vingt-huit ans, après tout. Tout est bien, tout vient de Dieu, mais il me semble que si j'étais mariée, si je restais à la maison, ça vaudrait mieux... *(Un temps.)* J'aurais aimé mon mari.

TOUZENBACH, *à Soliony.*

Vous ne dites que des bêtises, je ne peux plus vous écouter. *(Il vient au salon.)* J'ai oublié de vous dire : vous aurez aujourd'hui la visite de Verchinine, notre nouveau commandant de batterie.

Il s'assoit au piano.

OLGA

Eh bien? C'est parfait!

IRINA

Il est vieux?

TOUZENBACH

Non, pas trop. Quarante, quarante-cinq ans. *(Il joue doucement.)* Un brave homme, je crois. Certainement pas bête. Mais bavard.

IRINA

Un homme intéressant?

TOUZENBACH

Oui, assez. Seulement, il a une femme, une belle-mère, et deux fillettes. Et puis, c'est son second mariage. Ici, partout où il fait des visites, il raconte qu'il a une femme et deux filles. Vous l'apprendrez aussi. Sa femme est un peu folle, elle porte une longue natte de jeune fille, elle parle avec emphase, tient des propos philosophiques, et de temps à autre essaie de se suicider, visiblement pour embêter son mari. Moi, il y a long-temps que j'aurais fui un tel numéro, mais lui prend son mal en patience, et se contente de se plaindre.

SOLIONY, *il vient de la salle avec Tchéboutykine.*

D'une seule main je ne peux soulever que trente

kilos, mais des deux, quatre-vingts, et jusqu'à quatre-vingt-quinze. Conclusion : deux hommes sont plus forts qu'un seul, non seulement deux fois, mais trois, peut-être davantage.

TCHÉBOUTYKINE, *il lit son journal tout en marchant.*

Contre la chute des cheveux : prendre dix grammes de naphtaline pour un demi-litre d'alcool, faire fondre et appliquer tous les jours. *(Il prend des notes dans son carnet.)* Notons cela! *(A Soliony :)* Donc, comme je vous disais, vous enfoncez dans une bouteille un petit bouchon traversé par un tube de verre. Puis vous prenez une petite pincée d'alun, tout ce qu'il y a de plus ordinaire...

IRINA

Ivan Romanytch, mon cher Ivan Romanytch!

TCHÉBOUTYKINE

Hé quoi, ma petite fille, ma joie?

IRINA

Dites-moi pourquoi je suis si heureuse aujourd'hui? Comme si j'avais des voiles, et qu'au-dessus de moi s'étalait un ciel bleu, sans fin, où planeraient de grands oiseaux blancs. Pourquoi?

TCHÉBOUTYKINE, *lui baisant les deux mains,*
avec tendresse.

Mon oiseau blanc...

IRINA

Ce matin, une fois debout, et lavée, il m'a semblé brusquement que tout devenait clair, que je savais comment il faut vivre. Cher Ivan Romanytch, je sais tout. Tout homme doit travailler, peiner, à la sueur de son front, là est le sens et le but unique de sa vie, son bonheur, sa joie. Heureux l'ouvrier qui se lève à l'aube et va casser des cailloux sur la route, ou le berger, ou l'instituteur qui fait la classe aux enfants ou le mécanicien qui travaille au chemin de fer... Mon Dieu, s'il n'était question que des hommes! Mais ne vaut-il pas mieux être un bœuf, un cheval, oui, tout bonnement, plutôt qu'une jeune femme qui se réveille à midi, prend son café au lit et passe deux heures à sa toilette?... Oh! c'est affreux. J'ai envie de travailler comme on a envie de boire, quand il fait très chaud. Et si je ne me lève pas de bonne heure, si je continue à ne rien faire, retirez-moi votre amitié, Ivan Romanytch.

TCHÉBOUTYKINE, *avec tendresse.*

Mais oui, c'est promis...

OLGA

Père nous avait habitués à nous lever à sept heures. Irina se réveille encore à sept heures, mais elle reste au lit jusqu'à neuf, à rêvasser... Et l'air qu'elle prend alors, est d'une gravité!...

Elle rit.

IRINA

Pour toi je suis toujours une petite fille, tu t'étonnes de me voir grave. J'ai vingt ans!

TOUZENBACH

Cette soif de travail, oh! mon Dieu, comme je la comprends! Je n'ai jamais travaillé. Je suis né à Pétersbourg, ville froide et oisive, dans une famille qui n'a jamais connu ni peine ni souci. Je me rappelle, quand je rentrais à la maison, du Corps des Cadets, un laquais retirait mes bottes, et moi, je faisais des caprices, sous le regard admiratif de ma mère, stupéfaite que tout le monde ne soit pas émerveillé comme elle. On m'a épargné tout travail, mais cela va-t-il durer? J'en doute!

J'en doute! L'heure a sonné, quelque chose d'énorme avance vers nous, un bon, un puissant orage se prépare, il est proche, et bientôt la paresse, l'indifférence, les préjugés contre le travail, l'ennui morbide de notre société, tout sera balayé. Je vais travailler, et dans vingt-cinq ou trente ans, tous les hommes travailleront. Tous!

TCHÉBOUTYKINE

Pas moi.

TOUZENBACH

Vous ne comptez pas.

SOLIONY

Dans vingt-cinq ans, grâce à Dieu, il y aura belle lurette que vous serez mort; d'un coup de sang, dans deux ou trois ans, ou bien c'est moi qui perdrai patience et vous logerai une balle dans le front, mon ange.

Il tire de sa poche un flacon de parfum et s'en asperge la poitrine et les mains.

TCHÉBOUTYKINE, *en riant.*

C'est vrai, je n'ai jamais rien fichu. Depuis que j'ai quitté l'Université, je n'ai pas remué le petit doigt, pas lu un seul livre, rien que des journaux. *(Il tire un autre journal de sa poche.)* Voilà... Je sais d'après les journaux qu'un certain Dobrolioubov a existé, mais qu'a-t-il écrit? Aucune idée... Dieu le sait... *(On entend frapper au plafond de l'étage inférieur.)* Voilà... On m'appelle en bas, quelqu'un m'attend... Je reviens tout de suite...

Il sort en hâte en lissant sa barbe.

IRINA

Il a encore inventé quelque chose.

TOUZENBACH

Oui. Quel air solennel... Sans doute un cadeau
pour vous.

IRINA

Que c'est pénible!

OLGA

Oui, c'est affreux. Il ne fait que des bêtises.

MACHA

« Au bord de l'anse, un chêne vert, autour du chêne,
une chaîne d'or »...

Elle se lève en chantonnant doucement.

OLGA

Tu n'es pas gaie aujourd'hui, Macha. (*Macha
met son chapeau tout en chantonnant.*) Où vas-tu?

MACHA

A la maison.

IRINA

En voilà une idée!...

TOUZENBACH

Partir ainsi un jour de fête!

MACHA

Tant pis. Je reviendrai ce soir. Au revoir, ma
douce... (*Elle embrasse Irina.*) Je te souhaite une
fois de plus santé et bonheur... Du temps de notre
père, un jour de fête, il venait jusqu'à trente ou
quarante officiers chez nous, quelle animation,
mais aujourd'hui, il n'y a qu'une personne et
demie, et tout est calme, un vrai désert. Je vais
partir... J'ai un gros cafard aujourd'hui, je ne

suis pas gaie, il ne faut pas faire attention. *(Riant à travers les larmes :)* Nous bavarderons plus tard, pour l'instant, adieu, ma chérie, j'irai n'importe où...

IRINA, *mécontente.*

Voyons, qu'est-ce que tu as?...

OLGA, *à travers les larmes.*

Je te comprends, Macha.

SOLIONY

Quand un homme se met à philosopher, cela donne de la philosophistique, ou de la sophistique, si vous voulez; mais si c'est une ou deux femmes, alors ça tombe dans le « tire-moi-par-le-doigt... ».

MACHA

Que voulez-vous dire, homme effrayant?

SOLIONY

Rien du tout. « Il n'eut pas le temps de dire oh! que l'ours lui sauta sur le dos. »

MACHA, *à Olga, avec colère.*

Cesse de chialer!

Entrent Anfissa et Feraponte, qui porte une tarte.

ANFISSA

Par ici, mon petit père. Entre, tu as les pieds propres. *(A Irina :)* C'est de la part du Conseil de Zemstvo, de M. Protopopov, Mikhaïl Ivanytch... Une tarte.

IRINA

C'est bon. Remercie-le de ma part.

Elle prend la tarte.

FERAPONTE

Comment?

IRINA, *plus fort.*

Remercie-le.

OLGA

Ma petite nounou, donne-lui du pâté. Va, Feraponte, on te donnera du pâté.

FERAPONTE

Comment?

ANFISSA

Viens, mon petit père, viens, Feraponte Spiridonytch. Viens avec moi.

> *Anfissa et Feraponte sortent.*

MACHA

Je n'aime pas ce Protopopov, Mikhaïl Potapytch ou Ivanytch, je ne sais plus. Il ne faut pas l'inviter.

IRINA

Mais je ne l'ai pas invité.

MACHA

Tu as bien fait.

> *Entre Tchéboutykine, suivi d'un soldat qui porte un samovar en argent. Murmure d'étonnement et de réprobation.*

> OLGA, *elle se couvre le visage de ses deux mains.*

Un samovar! C'est affreux!

> *Elle va dans la salle.*

IRINA

Ivan Romanytch, mon ami, qu'avez-vous fait?

TOUZENBACH, *en riant.*

Qu'est-ce que je vous avais dit?

MACHA

Ivan Romanytch, vous devriez avoir honte!

TCHÉBOUTYKINE

Mes chéries, mes bonnes petites filles, je n'ai que vous, vous êtes ce que j'ai de plus cher au monde. J'aurai bientôt soixante ans, je suis un vieillard, un vieillard solitaire et misérable... Cet amour pour vous, c'est tout ce qu'il y a de bon en moi; sans vous, il y a longtemps que je ne serais plus de ce monde... *(A Irina :)* Ma chérie, mon enfant, je vous connais depuis que vous êtes née, je vous ai portée dans mes bras... j'aimais votre pauvre maman...

IRINA

Mais pourquoi des cadeaux aussi coûteux?

TCHÉBOUTYKINE, *mi-ému, mi-fâché.*

Des cadeaux aussi coûteux... Laissez-moi tranquille, vous! *(Au soldat :)* Porte le samovar dans la salle. *(L'ordonnance emporte le samovar.)* Des cadeaux aussi coûteux!

ANFISSA, *traversant le salon.*

Mes petites, il y a là un colonel que nous ne connaissons pas. Il a déjà enlevé son manteau, mes chéries, il arrive. Irinouchka, sois gentille avec lui, sois bien polie... *(En sortant :)* Il est grand temps de se mettre à table... Seigneur...

TOUZENBACH

Ce doit être Verchinine. *(Entre Verchinine.)* Le colonel Verchinine.

VERCHININE, *à Macha et Irina*.

Permettez-moi de me présenter : Verchinine. Je suis très très content d'être enfin chez vous. Mais comme vous voilà changées. Oh!

IRINA

Asseyez-vous, je vous prie. Nous sommes très heureuses...

VERCHININE, *gaiement*.

Que je suis content, que je suis content! Vous êtes bien trois sœurs, n'est-ce pas? Je me rappelle trois petites filles. Vos visages, non, aucun souvenir, mais je sais parfaitement que votre père, le colonel Prozorov, avait trois petites filles, que j'ai vues de mes propres yeux. Comme le temps file! Oh! là, là, comme il file!

TOUZENBACH

Alexandre Ignatievitch vient de Moscou.

IRINA

De Moscou? Vous venez de Moscou?

VERCHININE

Mais oui. Votre père y commandait une batterie, j'étais officier dans la même brigade. (*A Macha :*) Tiens, il me semble que je vous reconnais un peu.

MACHA

Moi je ne vous reconnais pas du tout.

IRINA

Olia! Olia! (*Plus fort :*) Olia, viens vite! (*Olga vient de la salle.*) Tu ne sais pas? Le colonel Verchinine vient de Moscou.

VERCHININE

Ainsi vous êtes Olga Serguéevna, l'aînée. Et vous,
Maria. Et vous, Irina, la cadette...

OLGA

Vous êtes de Moscou?

VERCHININE

Oui. C'est à Moscou que j'ai fait mes études, et
commencé mon service; j'y suis resté assez longtemps,
enfin on m'a nommé commandant de batterie, ici même,
et me voilà, comme vous voyez. A vrai dire, je ne me
souviens pas bien de vous, je sais seulement que vous
étiez trois sœurs, voilà tout. Mais j'ai gardé un souvenir
très précis de votre père, il me suffit de fermer les yeux
pour le voir. J'allais souvent chez vous, à Moscou...

OLGA

Moi qui croyais me souvenir de tout le monde...

VERCHININE

Je m'appelle Alexandre Ignatievitch.

IRINA

Alexandre Ignatievitch, vous êtes de Moscou...
Quelle surprise!

OLGA

C'est que nous allons y retourner.

IRINA

Nous pensons y être à l'automne... C'est notre ville,
nous y sommes nées... Dans la rue Vieille-Bassmannaïa...

Toutes les deux rient de bonheur.

MACHA

En voilà une surprise de rencontrer un compatriote!

(Avec vivacité :) Maintenant, oui, ça y est ! Tu te rappelles, Olia, on l'appelait chez nous le « commandant amoureux ». Vous étiez lieutenant, et amoureux, alors pour vous taquiner, on vous appelait « commandant », Dieu sait pourquoi...

VERCHININE, *en riant.*

Voilà ! Voilà ! Le « commandant amoureux » ! C'est exact...

MACHA

Vous ne portiez alors que la moustache... Oh ! comme vous avez vieilli ! *(A travers les larmes :)* Comme vous avez vieilli !

VERCHININE

Oui, quand on m'appelait le « commandant amoureux », j'étais encore jeune, j'étais amoureux. Ce n'est plus la même chose.

OLGA

Mais vous n'avez pas un seul cheveu gris. Vous avez vieilli, mais vous n'êtes pas encore vieux.

VERCHININE

J'ai pourtant quarante-deux ans bien sonnés. Il y a longtemps que vous avez quitté Moscou ?

IRINA

Onze ans. Pourquoi pleures-tu, Macha ? Quelle sotte... *(A travers les larmes :)* Pour un peu, j'en ferais autant...

MACHA

Ce n'est rien. Où habitiez-vous ?

VERCHININE

La rue Vieille-Bassmannaïa.

OLGA

Mais nous aussi...

VERCHININE

J'ai aussi habité la Rue-Allemande, et de là, j'allais à pied à la Caserne-Rouge. Je passais sur un pont lugubre, et quand on est seul, rien qu'à entendre l'eau clapoter, cela vous rend bien triste. *(Un temps.)* Mais ici, il y a une rivière si large, si abondante. Une rivière merveilleuse!

OLGA

Oui, mais il fait froid. Il fait froid, et c'est plein de moustiques...

VERCHININE

Allons donc! C'est un climat très sain, très bon, un climat slave. Il y a la forêt, la rivière... et des bouleaux. Chers et modestes bouleaux, mes arbres préférés. Il fait bon vivre ici. Seule chose curieuse, la gare se trouve à vingt verstes de la ville. Et personne ne sait pourquoi.

SOLIONY

Si, moi. *(Tous le regardent.)* Si la gare était près, elle ne serait pas loin, mais comme elle est loin, elle n'est pas près.

Un silence embarrassé.

TOUZENBACH

Ce Vassili Vassilievitch, quel plaisantin!

OLGA

Maintenant, je vous ai reconnu. Je me souviens de vous.

VERCHININE

J'ai connu votre mère.

TCHÉBOUTYKINE

Elle était si bonne, Dieu ait son âme.

IRINA

Maman est enterrée à Moscou.

OLGA

Au cimetière des Nouvelles-Vierges...

MACHA

Dire que je commence à oublier son visage. C'est ainsi qu'on ne se souviendra plus de nous. On nous oubliera.

VERCHININE

Oui, on nous oubliera. C'est notre sort, rien à faire. Un temps viendra où tout ce qui nous paraît essentiel et très grave sera oublié, ou semblera futile. *(Un temps.)* Curieux, mais il nous est impossible de savoir aujourd'hui ce qui sera considéré comme élevé et grave, ou comme insignifiant et ridicule. Les découvertes de Copernic, ou, disons, de Christophe Colomb, n'ont-elles pas d'abord paru inutiles et risibles, alors qu'on ne cherchait la vérité que dans les phrases alambiquées d'un quelconque original? Il est possible que cette vie que nous acceptons sans mot dire paraisse un jour étrange, stupide, malhonnête, peut-être même coupable...

TOUZENBACH

Qui sait? Peut-être aussi la dira-t-on pleine de grandeur, en parlera-t-on avec estime? Aujourd'hui, il n'y a plus de tortures, plus d'exécutions, plus d'invasions, mais cependant, que de souffrances encore!

SOLIONY, *d'une voix de fausset.*

Petits, petits, petits! Le baron se passerait de manger, pourvu qu'on le laisse philosopher.

TOUZENBACH

Vassili Vassilievitch, je vous prie de me laisser tranquille... *(Il change de siège.)* Vous m'ennuyez, à la fin.

SOLIONY, *d'une voix de fausset.*

Petits, petits, petits...

TOUZENBACH

Les souffrances qu'on observe aujourd'hui, et comme il y en a! prouvent tout de même que la société a moralement évolué.

VERCHININE

Oui, oui, vous avez raison.

TCHÉBOUTYKINE

Vous venez de dire, baron, qu'on accordera de la grandeur à notre vie; pourtant les gens sont bien petits... *(Il se lève.)* Voyez comme je suis petit. Parler de la grandeur de ma vie, c'est une façon de me consoler, voilà tout.

On entend jouer du violon dans les coulisses.

MACHA

C'est André, notre frère, qui joue.

IRINA

André est notre savant. Il sera sans doute professeur de faculté. Papa était militaire, mais son fils a choisi la carrière universitaire.

MACHA

Comme papa le souhaitait.

OLGA

Nous l'avons beaucoup taquiné aujourd'hui. Je crois qu'il est un peu amoureux.

IRINA

D'une demoiselle d'ici. Elle viendra sans doute nous voir aujourd'hui.

MACHA

Comme elle s'arrange, mon Dieu! Ses toilettes ne sont ni laides ni démodées, non, mais tout simplement lamentables. Une jupe étrange, d'un jaune voyant, ornée d'une frange ridicule, et un chemisier rouge!... Et ses joues, qui brillent à force d'être astiquées! André n'est pas amoureux d'elle, non, c'est impossible, il a tout de même du goût, il veut seulement nous taquiner. Hier on m'a dit qu'elle allait épouser Protopopov, le président du Conseil du Zemstvo. C'est parfait... *(Elle se tourne vers une porte et appelle :)* André, viens! Juste une minute, mon chéri!

Entre André.

OLGA

Voilà mon frère, André Serguéevitch.

VERCHININE

Verchinine.

ANDRÉ

Prozorov. *(Il essuie son visage en sueur.)* Vous êtes le nouveau commandant de batterie?

OLGA

Rends-toi compte, Alexandre Ignatievitch est de Moscou!

ANDRÉ

Vraiment? Alors je vous félicite : vous n'aurez plus la paix avec mes petites sœurs.

VERCHININE

C'est moi qui ai déjà eu le temps de les lasser.

IRINA

Regardez ce petit cadre qu'André m'a offert aujour-
d'hui. *(Elle lui montre un cadre.)* C'est lui qui l'a découpé.

VERCHININE, *regardant le cadre et ne sachant que dire.*

Oui... C'est un objet...

IRINA

Et celui-là, là-bas, au-dessus du piano, c'est encore
lui.

> *André s'écarte en faisant un geste de la main.*

OLGA

Il est savant, il joue du violon, il sait découper toutes
sortes de petites choses, bref il a tous les talents. André,
ne t'en va pas! Quelle manie de toujours te sauver!
Viens ici.

> *Macha et Irina le prennent par le bras et le ramènent
> en riant.*

MACHA

Viens ici. Viens!

ANDRÉ

Laissez-moi, je vous en prie.

MACHA

Qu'il est drôle! Autrefois, on appelait Alexandre
Ignatievitch « le commandant amoureux », il ne se
fâchait pas du tout.

VERCHININE

Nullement!

MACHA

Eh bien, moi, je vais t'appeler : « le violoniste amoureux ».

IRINA

Ou le professeur amoureux.

OLGA

Il est amoureux! Andrioucha est amoureux!

IRINA, *applaudissant.*

Bravo! Bravo! Bis! Andrioucha est amoureux!

TCHÉBOUTYKINE *s'approche d'André par-derrière et lui entoure la taille de ses deux mains.*

« La nature ne nous a créés que pour l'amour. »
Il éclate de rire; il n'a pas lâché son journal.

ANDRÉ

Voyons, assez, assez... *(Il s'essuie le visage.)* Je n'ai pas fermé l'œil de la nuit, je ne suis pas dans mon assiette, comme on dit. J'ai lu jusqu'à quatre heures du matin, puis je me suis couché, mais pas moyen de dormir. J'ai pensé à ceci, à cela; l'aube se lève tôt maintenant et le soleil s'est engouffré dans ma chambre. Cet été, puisque je reste ici, j'ai l'intention de traduire de l'anglais.

VERCHININE

Vous connaissez l'anglais?

ANDRÉ

Oui. Notre père, que Dieu ait son âme, nous a forcés à nous instruire. C'est peut-être ridicule et bête, mais j'avoue que depuis sa mort, j'ai grossi en un an comme si mon corps avait été libéré d'un joug. C'est grâce à mon père que mes sœurs et moi, nous

connaissons le français, l'allemand et l'anglais; Irina
sait même l'italien. Mais que d'efforts pour en arriver
là !

MACHA

Savoir trois langues dans une ville pareille, c'est
du luxe. Une espèce d'excroissance absurde, un sixième
doigt. Nous savons beaucoup de choses inutiles.

VERCHININE

Quelle drôle d'idée! *(Il rit.)* Vous savez trop de
choses inutiles! Mais un être intelligent et instruit n'est
jamais de trop, où qu'il soit, même dans une ville
ennuyeuse et morne. Admettons qu'il n'y ait que trois
êtres comme vous, parmi les cent mille habitants de
cette ville arriérée et grossière, je vous l'accorde. Vous
ne pourrez certes pas vaincre les masses obscures qui
vous entourent; vous allez céder peu à peu, vous
perdre dans cette immense foule, la vie va vous étouffer,
mais vous ne disparaîtrez pas sans laisser de traces;
après vous, six êtres de votre espèce surgiront peut-être,
puis douze, et ainsi de suite, jusqu'à ce que vos pareils
constituent la majorité. Dans deux ou trois cents ans,
la vie sur terre sera indiciblement belle, étonnante.
L'homme a besoin d'une telle vie; il doit la pressentir,
l'attendre, en rêver... s'y préparer. Et pour cela, voir
davantage, être plus instruit que ses père et grand-père.
(Il rit.) Et vous qui vous plaignez de savoir trop de
choses!...

MACHA *enlève son chapeau.*

Je reste déjeuner.

IRINA, *avec un soupir.*

Vraiment, tout ça mérite d'être noté...

André s'est éclipsé discrètement.

TOUZENBACH

Vous dites que dans beaucoup d'années la vie sera merveilleuse, étonnante. C'est vrai. Mais pour y participer dès maintenant, fût-ce de loin, il faudrait se préparer, travailler...

VERCHININE, *se levant.*

Oui. Dites, vous en avez des fleurs! *(Jetant un regard autour de lui :)* Et quel bel appartement! Je vous envie. Moi j'ai traîné toute ma vie dans des petites pièces, avec deux chaises, un divan, et des cheminées qui fumaient. Des fleurs comme celles-ci, voilà ce qui m'a toujours manqué... *(Il se frotte les mains.)* Enfin...

TOUZENBACH

Oui, il faut travailler. Vous devez vous dire : voilà un Allemand sentimental. Mais je suis Russe, parole d'honneur; je ne parle même pas l'allemand. Mon père est orthodoxe...

Un temps.

VERCHININE, *arpentant la scène.*

Je me dis souvent : si l'on pouvait recommencer sa vie, une bonne fois, consciemment? Si cette vie que nous avons n'était, pour ainsi dire, qu'un brouillon, et l'autre, une copie propre? Je pense que chacun de nous tenterait alors de ne pas se répéter, ou tout au moins créerait une autre ambiance, un appartement comme le vôtre, par exemple, inondé de lumière, plein de fleurs... Moi, j'ai une femme, deux fillettes, ma femme n'est pas en bonne santé, etc., etc... Eh bien, si c'était à refaire, je ne me marierais pas... Oh! non!

Entre Koulyguine, en uniforme de professeur.

KOULYGUINE, *s'approchant d'Irina.*

Ma chère sœur, permets-moi de te féliciter, et de te présenter mes vœux sincères et cordiaux de santé et

de tout ce que peut désirer une jeune fille de ton âge.
Et aussi, de t'offrir ce petit livre. *(Il lui tend un livre.)*
C'est l'histoire de notre lycée depuis cinquante ans.
Un livre sans importance, que j'ai écrit par désœuvre-
ment, mais lis-le tout de même. Bonjour tout le monde!
(A Verchinine :) Koulyguine, professeur au lycée.
(A Irina :) Tu y trouveras la liste de tous ceux qui
ont terminé leurs études dans notre lycée, depuis
cinquante ans. *Feci quod potui, faciant meliora potentes...*

Il embrasse Macha.

IRINA

Mais tu m'as donné le même à Pâques!

KOULYGUINE, *en riant.*

Pas possible? Dans ce cas, rends-le moi, ou non,
bien mieux, donne-le au colonel. Tenez, mon colonel.
Vous le lirez, quand vous n'aurez rien à faire.

VERCHININE

Je vous remercie. *(Il s'apprête à partir.)* Je suis
extrêmement heureux d'avoir fait votre connaissance...

OLGA

Vous partez? Oh! non! Non!

IRINA

Vous resterez déjeuner. Restez, s'il vous plaît!

OLGA

Je vous en prie!

VERCHININE *salue.*

Il me semble que je suis tombé chez vous un jour
de fête. Excusez-moi, je l'ignorais, je ne vous ai pas
présenté mes vœux...

Il suit Olga dans la salle.

KOULYGUINE

Aujourd'hui, mes amis, c'est dimanche, jour de repos, donc, reposons-nous, amusons-nous, chacun selon son âge et sa situation. Pendant l'été, il faudra enlever les tapis, et les ranger jusqu'à l'hiver. Mettre de la poudre de Perse ou de la naphtaline... Les Romains se portaient bien, car ils savaient travailler, et aussi se reposer : *mens sana in corpore sano*. Leur vie épousait des formes précises. Notre directeur dit : « L'essentiel, en toute vie, c'est la forme »... Ce qui perd sa forme est condamné, ceci étant également vrai pour la vie quotidienne. *(Il enlace en riant la taille de Macha.)* Macha m'aime. Ma femme m'aime... Et les rideaux de fenêtres rejoindront les tapis... Aujourd'hui, je suis gai, d'une humeur épatante. Macha, à quatre heures, nous devons aller chez le directeur. On a prévu une excursion, pour les professeurs et leur famille.

MACHA

Je n'irai pas.

KOULYGUINE, *chagriné.*

Ma gentille Macha, pourquoi?

MACHA

Nous en reparlerons. *(Avec colère :)* Bon, oui, j'irai, mais laisse-moi tranquille, je t'en prie.

Elle s'éloigne.

KOULYGUINE

Nous passerons la soirée chez le directeur. Malgré sa mauvaise santé, il s'efforce avant tout d'être sociable. Un homme excellent, une personnalité lumineuse. Hier, après la réunion, il m'a dit : « Je suis fatigué, Fedor Kouzmitch. Je suis fatigué. » *(Il regarde la pen-*

dule, *puis consulte sa montre.*) Votre pendule avance de
sept minutes. « Oui », m'a-t-il dit, « je suis fatigué. »

On joue du violon derrière la scène.

OLGA

Mes amis, à table, je vous en prie. Il y a du pâté!

KOULYGUINE

Ah! ma chère, ma chère Olga! Hier j'ai travaillé
du matin jusqu'à onze heures du soir, j'étais éreinté,
mais aujourd'hui, je me sens heureux. *(Il va dans la
salle.)* Ma chère Olga...

TCHÉBOUTYKINE *met le journal dans sa poche et lisse sa barbe.*

Il y a du pâté en croûte? Parfait!

MACHA, *à Tchéboutykine, sévèrement.*

Mais attention : pas question de boire, aujourd'hui.
Compris? Ça ne vous vaut rien.

TCHÉBOUTYKINE

Mais c'est fini, voyons. Deux ans que je n'ai pas eu
de crise d'alcoolisme. *(Avec impatience :)* Et puis, ma
petite mère, quelle importance?

MACHA

C'est égal, je vous défends de boire. Interdit! *(Avec
colère, mais baissant la voix pour que son mari n'entende
pas :)* Passer encore une soirée assommante chez le
directeur! Que le diable les emporte!

TOUZENBACH

A votre place, je n'irais pas. Tout simplement.

TCHÉBOUTYKINE

Oui, ma douce, n'y allez pas.

MACHA

Ah! oui, n'y allez pas... Quelle vie maudite, insupportable...

Elle va dans la salle.

TCHÉBOUTYKINE, *la suivant.*

Voyons, voyons...

SOLIONY, *allant dans la salle.*

Petits, petits, petits...

TOUZENBACH

Suffit, Vassili Vassilievitch! assez!

SOLIONY

Petits, petits, petits...

KOULYGUINE, *gaiement.*

A la vôtre, mon colonel! Je suis professeur, et ici,
dans cette maison, je suis chez moi. Je suis le mari
de Macha... Elle est bonne, Macha, elle est très
bonne.

VERCHININE

J'aimerais goûter de cette vodka foncée. *(Il
boit.)* A la vôtre. *(A Olga :)* Je suis si bien chez
vous!

Au salon, Irina et Touzenbach, seuls.

IRINA

Macha est de mauvaise humeur aujourd'hui. Elle
s'est mariée à dix-huit ans, elle le croyait alors supé-
rieurement intelligent. Ce n'est plus la même chanson.
C'est le meilleur des hommes, oui, mais pour l'intelligence...

OLGA, *avec impatience.*

André, enfin, veux-tu venir?

ANDRÉ, *derrière la scène.*

J'arrive.

Il entre et va vers la table.

TOUZENBACH

A quoi pensez-vous?

IRINA

A rien. Je n'aime pas votre Soliony, il me fait peur.
Il ne dit que des bêtises.

TOUZENBACH

C'est un homme étrange. A la fois pitoyable et
irritant, mais surtout pitoyable. Je crois qu'il est
timide... Quand nous sommes seuls, il lui arrive d'être
très intelligent, très aimable, mais en société, il devient
grossier, agressif. Restez ici, pendant qu'ils se mettent à table. Permettez-moi d'être près de vous.
A quoi pensez-vous? *(Un temps.)* Vous avez vingt
ans, moi pas encore trente. Que d'années devant nous,
quelle longue suite de jours, pleins de mon amour
pour vous...

IRINA

Nicolas Lvovitch, ne me parlez pas d'amour.

TOUZENBACH, *sans l'écouter.*

J'ai une telle soif de vie, de lutte, de travail, et dans
mon cœur, elle se confond avec mon amour pour
vous, Irina. Comme par un fait exprès, vous êtes
si belle, et la vie me paraît si belle, aussi... A quoi
pensez-vous?

IRINA

Vous dites : la vie est belle. Oui, mais si c'était une erreur ? Pour nous, les trois sœurs, la vie n'a pas encore été belle, elle nous a étouffées, comme une mauvaise herbe... Voilà, des larmes. C'est bien inutile... *(Elle s'essuie vivement les yeux en souriant.)* Il faut travailler, il faut travailler ! Si nous sommes tristes, si nous voyons la vie en noir c'est parce que nous ignorons le travail. Nous sommes nées de gens qui le méprisaient...

> *Entre Natalia Ivanovna ; elle porte une robe rose avec une ceinture verte.*

NATACHA

Ils se mettent à table... Je suis en retard. *(Elle jette un regard furtif dans la glace, arrange ses cheveux.)* Je crois que je ne suis pas trop mal coiffée... *(Voyant Irina :)* Chère Irina Serguéevna, tous mes vœux ! *(Elle l'embrasse avec effusion, longuement.)* Vous avez tant de monde ! Je suis vraiment intimidée. Bonjour, baron.

OLGA *revient au salon.*

Ah ! voilà Natalia Ivanovna ! Bonjour ma chère.

> *Elles s'embrassent.*

NATACHA

Mes félicitations. Vous avez beaucoup d'invités, je suis terriblement confuse...

OLGA

Voyons, il n'y a que des amis. *(Baissant la voix, l'air effrayé :)* Mais cette ceinture verte ! Ce n'est pas bien, ma chère.

NATACHA

Ça porte malheur ?

OLGA

Non, mais ça jure... un drôle d'effet...

NATACHA, *d'une voix larmoyante.*

Vraiment? Elle n'est pas verte, la couleur est plutôt
mate.

> *Elle suit Olga sans la salle. Tout le monde se met à
> table. Il ne reste plus personne au salon.*

KOULYGUINE

Irina, je te souhaite de trouver un bon fiancé. Il est
temps que tu te maries!

TCHÉBOUTYKINE

A vous aussi, Natalia Ivanovna, je souhaite un gentil
petit fiancé.

KOULYGUINE

Natalia Ivanovna en a déjà un.

MACHA

Envoyons-nous un petit verre de vin. Eh! la vie est
belle. Advienne que pourra!

KOULYGUINE

Tu mérites un zéro de conduite.

VERCHININE

Cette liqueur est excellente. Qu'est-ce que vous
mettez dedans?

SOLIONY

Des cafards.

IRINA, *plaintive.*

Fi! C'est dégoûtant!

OLGA

Pour le souper, nous aurons une dinde rôtie et une
tarte aux pommes. Aujourd'hui, Dieu merci, je reste
à la maison toute la journée, et le soir aussi. Mes amis,
revenez ce soir...

VERCHININE

Et moi, puis-je revenir aussi?

IRINA

Je vous en prie.

NATACHA

Ici, on ne fait pas de manières.

TCHÉBOUTYKINE

« La nature ne nous a créés que pour l'amour. »

Il rit.

ANDRÉ, *fâché.*

Suffit! Comment n'en avez-vous pas assez?

> *Fedotik et Rodé entrent, portant une grande corbeille
> de fleurs.*

FEDOTIK

Tiens, ils sont déjà en train de déjeuner.

RODÉ, *d'une voix forte et grasseyante.*

Ils déjeunent? Ah! oui, en effet!

FEDOTIK

Un instant! *(Il prend une photo.)* Et d'une! Attends
encore un peu. *(Il prend une autre photo.)* Et de deux!
Voilà, ça y est.

> *Ils prennent la corbeille et vont dans la salle, où on
> les accueille bruyamment.*

RODÉ, *d'une voix forte.*

Félicitations, tous nos vœux! Le temps est délicieux aujourd'hui. Une merveille! Je me suis promené toute la matinée avec mes lycéens; je leur enseigne la gymnastique...

FEDOTIK

Vous pouvez bouger, Irina Serguéevna, vous pouvez. *(Il prend une photo.)* Vous êtes très jolie aujourd'hui. *(Il sort une toupie de sa poche.)* A propos, cette toupie... Elle a un son remarquable.

IRINA

Que c'est joli!

MACHA

« Au bord d'une anse il y a un chêne vert, autour du chêne une chaîne d'or »... « Autour du chêne une chaîne d'or »... *(Plaintive :)* Pourquoi est-ce que je répète ça? Cette phrase me trotte dans la tête depuis ce matin.

KOULYGUINE

Nous sommes treize à table.

RODÉ, *très fort.*

Seriez-vous portés à la superstition, messieurs?

Rires.

KOULYGUINE

Si nous sommes treize à table, c'est qu'il y a des amoureux parmi nous. Ce n'est pas vous, Ivan Romanovitch, qui êtes amoureux?...

TCHÉBOUTYKINE

Moi, je suis un vieux pécheur, mais pourquoi Natalia

Ivanovna est-elle si troublée? Vraiment, je n'y comprends rien.

Rire général. Natacha quitte la table et court au salon. André la suit.

ANDRÉ

Voyons, n'y faites pas attention. Attendez... arrêtez, je vous en prie...

NATACHA

J'ai honte... Je ne sais pas ce qui m'arrive, et voilà qu'ils se moquent encore de moi. Ce n'est pas bien de quitter la table comme ça... mais je ne peux pas... je n'en peux plus...

Elle se couvre le visage de ses deux mains.

ANDRÉ

Ma chérie, je vous en prie, je vous en supplie, du calme. Ils ne font que plaisanter, je vous assure, ils n'ont que de bonnes intentions. Ma chérie, ma gentille, ce sont de braves gens, ils ont du cœur, ils nous aiment bien. Venez là, près de la fenêtre, ils ne nous verront pas.

Il regarde autour de lui.

NATACHA

Je n'ai pas l'habitude d'aller dans le monde.

ANDRÉ

Oh! belle jeunesse, merveilleuse jeunesse! Ma chérie, ma douce, calmez-vous! Ayez confiance en moi... Je suis si heureux, mon cœur est plein d'amour, plein d'enthousiasme. Oh! non, personne ne nous voit, personne! Comment, pourquoi vous ai-je aimée?

Depuis quand? Ah! je n'y comprends rien. Ma chérie,
vous si bonne, si pure, soyez ma femme. Je vous aime,
je vous aime, comme je n'ai jamais...

> *Un baiser. Deux officiers entrent, et voyant le couple*
> *enlacé, s'arrêtent stupéfaits.*

ACTE II

*Même décor. Huit heures du soir. Derrière la scène, dans
la rue, les sons à peine perceptibles d'un accordéon. Pas de
lumière. Entre Natalia Ivanovna, en peignoir, une bougie à
la main; elle s'arrête devant la porte qui mène à la chambre
d'André.*

NATACHA

Qu'est-ce que tu fais, Andrioucha? Tu lis? Non,
ce n'est rien, je ne veux pas te déranger... *(Elle va
ouvrir une autre porte, regarde à l'intérieur, la referme.)*
On n'a pas allumé ici?...

ANDRÉ *entre, un livre à la main.*

Qu'est-ce qu'il y a, Natacha?

NATACHA

Je regarde si on n'a pas laissé des bougies allumées...
Avec ce carnaval, les domestiques ont perdu la tête, il
faut tout surveiller pour qu'il n'arrive pas un malheur.
Hier, à minuit, je suis passée par la salle à manger, une
bougie brûlait encore. Impossible de savoir qui l'avait
allumée. *(Elle pose la bougie sur la table.)* Quelle heure
est-il?

ANDRÉ, *il regarde sa montre.*

Huit heures et quart.

NATACHA

Olga et Irina ne sont pas encore rentrées. Quelle
peine elles se donnent, les pauvres petites, Olga au
conseil pédagogique, Irina au télégraphe... *(Un soupir.)*
Ce matin, j'ai dit à ta sœur : « Ménage-toi, Irina, ma
mignonne. » Elle ne m'écoute même pas. Huit heures
et quart, dis-tu ? J'ai peur que notre Bobik n'aille pas
bien. Pourquoi est-il si froid ? Hier il avait de la fièvre,
et aujourd'hui il est comme un glaçon... J'ai tellement
peur pour lui.

ANDRÉ

Mais non, Natacha. Le petit n'a rien.

NATACHA

Il vaut tout de même mieux le laisser à la diète.
Vraiment, j'ai peur. Et puis, on me dit que des masques
doivent venir après neuf heures; Andrioucha, il vaudrait mieux qu'ils ne viennent pas.

ANDRÉ

Je ne sais pas, moi... Puisqu'on les a invités.

NATACHA

Ce matin, notre petit se réveille, il me regarde, et le
voilà qui sourit; il m'a donc reconnue. « Bonjour,
Bobik, bonjour, mon chéri. » Et lui de rire. Les enfants
comprennent tout parfaitement. Andrioucha, je dirai
qu'on ne reçoive pas les masques, n'est-ce pas ?

ANDRÉ, *hésitant.*

Mais cela dépend de mes sœurs. Ce sont elles qui
commandent ici.

NATACHA

Je le leur dirai, à elles aussi. Elles sont si bonnes
(Elle s'apprête à sortir.) Il y aura du lait caillé pour le
dîner. Le docteur a dit que si tu veux maigrir, il ne
faut manger que du lait caillé. *(Elle s'arrête.)* Bobi
est tout froid. Sa chambre est sûrement trop fraîche
Si on le mettait dans une autre pièce, au moins jusqu'à
la belle saison? La chambre d'Irina, par exemple
conviendrait parfaitement, elle n'est pas humide, elle
est très ensoleillée. Je le dirai à Irina, en attendant, elle
peut partager la chambre d'Olga... De toute façon, elle
n'y est jamais dans la journée, elle ne fait qu'y coucher...
(Un temps.) Mon petit Andrioucha, pourquoi ne dis-tu
rien?

ANDRÉ

Je pensais à autre chose. D'ailleurs, je n'ai rien
dire...

NATACHA

Mais moi j'avais quelque chose... Ah! oui : Feraponte
du Conseil municipal, il te demande.

ANDRÉ, *bâillant.*

Appelle-le. *(Natacha sort. André lit à la lueur de la
bougie qu'elle a oubliée. Entre Feraponte ; il est vêtu d'un
vieux manteau élimé, au col relevé ; il porte un bandeau sur
les oreilles.)* Bonjour, ami. Quoi de neuf?

FERAPONTE

Le président vous envoie un livre, et puis des papiers
Voici.

Il tend à André un livre et des papiers

ANDRÉ

Merci. C'est bon. Mais tu n'es pas en avance, dis
donc. Il est huit heures passées.

FERAPONTE

Comment ?

ANDRÉ, *élevant la voix.*

Je dis : tu arrives tard, il est huit heures passées.

FERAPONTE

C'est vrai. Quand je suis venu, il faisait encore clair, mais on ne m'a pas laissé entrer. Le barine, qu'ils disent, est occupé. Eh bien, s'il est occupé, alors il est occupé, moi, je ne suis pas pressé. *(Croyant qu'André lui demande quelque chose :)* Comment ?

ANDRÉ

Non, rien. *(Il regarde le livre.)* Demain, vendredi, nous n'avons pas de séance, mais je viendrai tout de même... ça m'occupera. Je m'ennuie à la maison. *(Un temps.)* Cher vieux, comme la vie change drôlement, comme elle nous trompe ! Aujourd'hui, par ennui, par désœuvrement, j'ai pris ce livre, de vieux cours universitaires, et j'ai eu envie de rire... Mon Dieu, je suis le secrétaire du Conseil du Zemstvo, de ce conseil dont Protopopov est président, et le mieux que je puisse espérer, c'est d'en devenir membre. Moi, membre du Conseil du Zemstvo, moi qui rêve toutes les nuits que je suis professeur de l'Université de Moscou, savant célèbre dont s'enorgueillit la Russie.

FERAPONTE

Je ne sais pas, moi... Je suis dur d'oreille...

ANDRÉ

Si tu entendais bien, je ne te parlerais peut-être pas. Il faut que je puisse parler avec quelqu'un ; ma femme ne me comprend pas, et je crains mes sœurs, oui, j'ai peur qu'elles se moquent de moi, qu'elles me fassent honte. Je ne bois pas, je n'aime pas les cabarets, mais,

mon ami, quel plaisir, si je pouvais passer une heure
chez Testov ou au Grand Restaurant, à Moscou.

FERAPONTE

Il paraît qu'à Moscou, c'est un entrepreneur qui l'a
raconté au Conseil, des marchands ont mangé des
crêpes; il y en a un qui en a mangé quarante, il en
est mort. Quarante, ou peut-être bien cinquante, je ne
me rappelle plus.

ANDRÉ

A Moscou, on s'installe dans une immense salle de
restaurant, on ne connaît personne, personne ne vous
connaît, et pourtant, on ne se sent pas isolé. Alors
qu'ici, on connaît tout le monde, tout le monde vous
connaît, et vous vous sentez comme étranger. Étranger
et solitaire.

FERAPONTE

Comment? *(Un temps.)* Le même entrepreneur
a encore raconté, mais peut-être bien qu'il ment, qu'on
a tendu un câble à travers tout Moscou.

ANDRÉ

Pour quoi faire?

FERAPONTE

Je n'en sais rien. C'est l'entrepreneur qui raconte ça.

ANDRÉ

Des bêtises. *(Il lit le livre.)* Tu es allé à Moscou, toi?

FERAPONTE, *après un silence.*

Non, jamais. Dieu ne l'a pas voulu. *(Un temps.)*
Je peux m'en aller?

ANDRÉ

Oui, tu peux. Porte-toi bien. *(Feraponte sort.)* Porte

toi bien. *(Il lit.)* Tu reviendras demain matin, tu pren-
dras ces papiers... Va... *(Un temps.)* Il est parti. *(On
sonne.)* Et voilà, c'est ainsi.

*Il s'étire et va dans sa chambre sans se presser. En
coulisse, une nourrice chante une berceuse pour endormir
l'enfant. Entrent Macha et Verchinine. Pendant
qu'ils parlent une femme de chambre allume une lampe
et des bougies.*

MACHA

Je ne sais pas. *(Un temps.)* Je ne sais pas. Naturellement, l'habitude y est pour beaucoup. Ainsi, après la
mort de mon père, il nous paraissait étrange de ne plus
avoir d'ordonnance. Mais, sans même parler d'habitude,
la moindre notion de justice... Ailleurs, c'est peut-être
différent, mais ici, dans notre ville, les gens les plus
convenables, les plus nobles, les mieux élevés, ce sont
les militaires.

VERCHININE

Que j'ai soif! Je boirais volontiers du thé.

MACHA, *elle regarde sa montre.*

On va nous en servir bientôt. On m'a mariée à
dix-huit ans, et j'avais peur de mon mari, parce qu'il
était professeur, et que moi, je venais tout juste de
terminer mes études. Il me paraissait alors terriblement
savant, intelligent, grave. Maintenant, hélas, ce n'est
plus la même chose.

VERCHININE

Bien sûr... Oui.

MACHA

Je ne parle pas de mon mari, je m'y suis habituée,
mais parmi les civils, combien de gens grossiers, secs,
mal élevés. La brutalité m'énerve, me vexe, je souffre

du manque de finesse, de douceur, d'amabilité. E
quand il m'arrive de me trouver avec des professeurs
les collègues de mon mari, je suis tout simplemen
malheureuse.

VERCHININE

Oui... Seulement, je crois que civils et militaires s
valent, voyez-vous, du moins dans cette ville. Ils s
valent tous. Écoutez les intellectuels d'ici, civils o
militaires : leur femme, leur maison, leur propriété
leurs chevaux, tout les exaspère, tout... Le Russe
une tendance naturelle à cultiver des idées élevées
mais pourquoi reste-t-il à un niveau si médiocre dan
la vie? Hein, pourquoi?

MACHA

Pourquoi?

VERCHININE

Pourquoi ne peut-il supporter ses enfants, sa femme
Et pourquoi sa femme et ses enfants ne peuvent-il
le supporter?

MACHA

Vous êtes un peu déprimé aujourd'hui.

VERCHININE

C'est possible. Je n'ai pas dîné, je n'ai rien mang
depuis ce matin. Une de mes filles est souffrante, e
quand mes petites sont malades, l'inquiétude me saisit
et le remords de leur avoir donné une telle mère. Oh
si vous l'aviez vue aujourd'hui! Quelle nullité! Nou
avons commencé à nous quereller à sept heures d
matin; à neuf, je suis parti en claquant la porte. *(U
temps.)* Je n'en parle jamais, c'est étrange, je ne m

plains qu'à vous. *(Il lui baise la main.)* Ne m'en veuillez
pas. Je n'ai que vous, vous seule au monde...

Un temps.

MACHA

Quel bruit dans le poêle. Peu de temps avant la mort
de notre père, ça faisait le même bruit. Exactement le
même!

VERCHININE

Seriez-vous superstitieuse?

MACHA

Oui.

VERCHININE

C'est étrange... *(Il lui baise la main.)* Vous êtes une
femme magnifique, merveilleuse. Oui, magnifique,
merveilleuse! Il fait sombre ici, mais je vois l'éclat de
vos yeux.

MACHA, *changeant de siège.*

Ici, il fait plus clair.

VERCHININE

J'aime, j'aime, j'aime... j'aime vos yeux, vos gestes,
dont je rêve... Vous êtes magnifique, merveilleuse...

MACHA, *riant doucement.*

Quand vous me parlez ainsi, j'ai envie de rire, et en
même temps j'ai peur... Arrêtez, je vous en prie. *(A
mi-voix :)* Oh! et puis non, parlez, ça m'est égal. *(Elle
se couvre le visage de ses deux mains.)* Tout m'est égal.
On vient, parlez d'autre chose...

Irina et Touzenbach entrent, venant de la salle.

TOUZENBACH

J'ai un triple nom, je m'appelle le baron Touzen-bach-Krone-Altschauer, mais je suis Russe, orthodoxe, tout comme vous. Je n'ai presque rien d'un Allemand, sauf peut-être la patience, et l'entêtement avec lequel je viens vous ennuyer. Je vous raccompagne tous les soirs.

IRINA

Comme je suis fatiguée!

TOUZENBACH

Ainsi, chaque soir, je viendrai vous chercher au télégraphe, vous reconduire à la maison, pendant dix ou vingt ans, jusqu'à ce que vous me chassiez... *(Apercevant Macha et Verchinine, joyeusement :)* C'est vous? Bonsoir!

IRINA

Enfin à la maison! *(A Macha :)* Tout à l'heure, une dame est venue télégraphier à son frère, à Saratov, pour lui dire que son fils est mort aujourd'hui. Et voilà qu'elle ne peut pas se rappeler son adresse. Alors on a envoyé le télégramme, à Saratov, comme ça. Elle pleurait. Et moi, sans raison, j'ai été grossière, je lui ai dit que je n'avais pas de temps à perdre. C'était d'un bête... Il y aura des masques aujourd'hui?

MACHA

Oui.

IRINA, *elle se laisse tomber dans un fauteuil.*

Me reposer. Fatiguée.

TOUZENBACH, *en souriant.*

Quand vous revenez du travail, vous paraissez si petite, une enfant malheureuse...

Un temps.

IRINA

Fatiguée. Non, je n'aime pas le télégraphe, je ne l'aime pas!

MACHA

Tu as maigri... *(Elle sifflote.)* Et rajeuni, tu ressembles à un gamin.

TOUZENBACH

C'est la coiffure.

IRINA

Il faudra chercher un autre travail, celui-là ne me convient pas. Il lui manque tout ce dont j'ai rêvé. Un travail sans poésie, sans esprit... *(On frappe au plancher.)* C'est le docteur qui frappe. *(A Touzenbach :)* Mon ami, frappez... Je n'en peux plus... fatiguée... *(Touzenbach frappe au plancher.)* Il va venir tout de suite. Il faudrait tout de même essayer quelque chose. Hier, le docteur et notre André ont encore joué, et perdu. Il paraît qu'André a perdu deux cents roubles.

MACHA, *avec indifférence.*

Que veux-tu qu'on y fasse?

IRINA

Il a perdu il y a quinze jours, comme en décembre. Ah! s'il pouvait tout perdre, très vite, alors nous quitterions peut-être cette ville. Seigneur mon Dieu, je rêve de Moscou toutes les nuits, je suis devenue à moitié folle! *(Elle rit.)* Nous allons partir en juin, il nous reste encore... février, mars, avril, mai, presque la moitié d'une année.

MACHA

Pourvu que Natacha n'apprenne pas qu'il a perdu.

IRINA

Je crois qu'elle s'en moque.

> *Entre Tchéboutykine qui vient de se réveiller — il fait la sieste après le dîner ; il se lisse la barbe, s'assoit à la table de la salle et tire un journal de sa poche.*

MACHA

Le voilà. A-t-il payé son loyer ?

IRINA, *en riant.*

Non, pas un kopeck depuis huit mois. Il a sans doute oublié.

MACHA, *en riant.*

Comme il a l'air important !

> *Rire général. Un temps.*

IRINA

Pourquoi ne dites-vous rien, Alexandre Ignatie-vitch ?

VERCHININE

Je ne sais pas. Je voudrais du thé ! Je donnerais la moitié de ma vie pour un verre de thé. Rien mangé depuis ce matin...

TCHÉBOUTYKINE

Irina Serguéevna !

IRINA

Oui ?

TCHÉBOUTYKINE

Venez ici. *(Irina va le rejoindre et s'assoit à la table.)* Je ne peux pas me passer de vous.

> *Irina fait une réussite.*

VERCHININE

Eh bien, si l'on ne nous donne pas de thé, échangeons au moins des propos philosophiques.

TOUZENBACH

Si vous voulez. De quoi parlerons-nous?

VERCHININE

De quoi? Rêvons ensemble... par exemple de la vie telle qu'elle sera après nous, dans deux ou trois cents ans.

TOUZENBACH

Eh bien, après nous on s'envolera en ballon, on changera la coupe des vestons, on découvrira peut-être un sixième sens, qu'on développera, mais la vie restera la même, une vie difficile, pleine de mystère, et heureuse. Et dans mille ans, l'homme soupirera comme aujourd'hui : « Ah! qu'il est difficile de vivre! » Et il aura toujours peur de la mort et ne voudra pas mourir.

VERCHININE, *après avoir réfléchi.*

Comment vous expliquer? Il me semble que tout va se transformer peu à peu, que le changement s'accomplit déjà, sous nos yeux. Dans deux ou trois cents ans, dans mille ans peut-être, peu importe le délai, s'établira une vie nouvelle, heureuse. Bien sûr, nous ne serons plus là, mais c'est pour cela que nous vivons, travaillons, souffrons enfin, c'est nous qui la créons, c'est même le seul but de notre existence, et si vous voulez, de notre bonheur.

Macha rit doucement.

TOUZENBACH

Pourquoi riez-vous?

MACHA

Je ne sais pas. Je ris depuis ce matin.

VERCHININE

J'ai fait les mêmes études que vous, je n'ai pas été à l'Académie militaire. Je lis beaucoup, mais je ne sais pas choisir mes lectures, peut-être devrais-je lire tout autre chose; et cependant, plus je vis, plus j'ai envie de savoir. Mes cheveux blanchissent, bientôt je serai vieux, et je ne sais que peu, oh! très peu de chose. Pourtant, il me semble que je sais l'essentiel, et que je le sais avec certitude. Comme je voudrais vous prouver qu'il n'y a pas, qu'il ne doit pas y avoir de bonheur pour nous, que nous ne le connaîtrons jamais... Pour nous, il n'y a que le travail, rien que le travail, le bonheur, il sera pour nos lointains descendants. *(Un temps.)* Le bonheur n'est pas pour moi, mais pour les enfants de mes enfants.

> *Fedotik et Rodé apparaissent dans la salle; ils s'assoient et se mettent à chanter doucement en s'accompagnant à la guitare.*

TOUZENBACH

Alors, d'après vous, il ne faut même pas rêver au bonheur? Mais si je suis heureux?

VERCHININE

Non.

TOUZENBACH, *joignant les mains et riant.*

Visiblement, nous ne nous comprenons pas. Comment vous convaincre? *(Macha rit doucement. Il lui montre son index.)* Eh bien, riez! *(A Verchinine :)* Non seulement dans deux ou trois cents ans, mais dans un million d'années, la vie sera encore la même; elle ne change pas, elle est immuable, conforme à ses propres lois, qui ne nous concernent pas, ou dont nous ne saurons jamais rien. Les oiseaux migrateurs, les cigognes, par exemple, doivent voler, et quelles que soient les pensées, sublimes ou insignifiantes, qui leur passent par la tête, elles volent sans relâche, sans savoir pourquoi, ni où elles vont. Elles volent et voleront, quels que soient les philosophes qu'il pourrait y avoir parmi elles; elles peuvent toujours philosopher, si ça les amuse, pourvu qu'elles volent...

MACHA

Tout de même, quel est le sens de tout cela?

TOUZENBACH

Le sens... Voilà, il neige. Où est le sens?

Un temps.

MACHA

Il me semble que l'homme doit avoir une foi, du moins en chercher une, sinon sa vie est complètement vide... Vivre et ignorer pourquoi les cigognes volent, pourquoi les enfants naissent, pourquoi il y a des étoiles au ciel... Il faut savoir pourquoi l'on vit, ou alors tout n'est que balivernes et foutaises.

Un temps.

VERCHININE

Dommage tout de même que la jeunesse soit passée.

MACHA

Comme dit Gogol : « Il est ennuyeux de vivre en ce monde, messieurs. »

TOUZENBACH

Et moi je dirai : « Il est difficile de discuter avec vous, messieurs. » Ça suffit, assez...

TCHÉBOUTYKINE, *lisant le journal.*

Balzac s'est marié à Berditchev. *(Irina chantonne doucement.)* Ça, il faut le noter. *(Il note dans son carnet.)* Balzac s'est marié à Berditchev.

Il reprend sa lecture.

IRINA, *faisant une réussite, rêveuse.*

Balzac s'est marié à Berditchev.

TOUZENBACH

Le sort en est jeté. Vous savez, Maria Serguéevna, j'ai donné ma démission.

MACHA

On me l'a dit. Je ne m'en réjouis nullement. Je n'aime pas les civils.

TOUZENBACH

Tant pis... *(Il se lève.)* Je ne suis pas beau, ai-je l'air d'un militaire? Aucune importance, d'ailleurs. Je travaillerai. Je voudrais travailler, ne serait-ce qu'un jour dans ma vie, au point de m'écrouler de fatigue en rentrant le soir, et de m'endormir aussitôt. *(Il se dirige vers la salle.)* Les ouvriers doivent dormir profondément.

FEDOTIK, *à Irina.*

Tout à l'heure, dans la rue Moskovskaïa, chez Pyjikov, je vous ai acheté des crayons de couleur. Et puis ce petit canif.

IRINA

Vous avez pris l'habitude de me traiter comme une enfant, mais je suis grande maintenant... *(Elle prend les crayons et le canif. Joyeusement :)* Que c'est joli!

FEDOTIK

Je me suis payé ce canif... Regardez... une lame, une autre, une troisième... Ça c'est pour se gratter dans les oreilles... Des petits ciseaux, une lime à ongles...

RODÉ, *d'une voix forte.*

Docteur, quel âge avez-vous?

TCHÉBOUTYKINE

Moi? Trente-deux ans.

Rires.

FEDOTIK

Je vais vous apprendre une autre réussite.
Il étale les cartes.

On apporte le samovar. Anfissa s'installe à côté; puis arrive Natacha, qui s'affaire autour de la table; entre Soliony; après avoir salué tout le monde, il s'assied à la table.

VERCHININE

Quel vent, aujourd'hui, tout de même!

MACHA

Oui, je suis fatiguée de l'hiver. L'été, j'ai oublié ce que c'est.

IRINA

Cette patience va réussir, je le vois. Nous partirons pour Moscou.

FEDOTIK

Non, elle ne réussira pas. Vous voyez, le huit recouvre le deux de pique. (*Il rit.*) Donc, vous n'irez pas à Moscou.

TCHÉBOUTYKINE, *lisant*.

Tsitsicar. Nombreux cas de petite vérole.

ANFISSA, *s'approchant de Macha*.

Viens prendre le thé, Macha, ma petite. (*A Verchi-nine :*) Vous aussi, venez, Votre Noblesse. Excusez, j'ai oublié votre nom...

MACHA

Apporte le thé ici, nounou. Je n'irai pas là-bas.

IRINA

Nounou!

ANFISSA

Voilà!

NATACHA, *à Soliony*.

Les nourrissons comprennent tout parfaitement. « Bonjour, je lui dis, Bobik. Bonjour, mon chou. » Et il m'a jeté un de ces regards! Vous croyez que ce sont des idées de mère? Mais non, je vous assure! C'est un enfant exceptionnel.

SOLIONY

Si cet enfant était à moi, je le ferais rôtir, et je le mangerais.

> *Il se dirige vers le salon, son verre de thé à la main, et s'assied dans un coin.*

NATACHA, *se couvrant le visage de ses mains*.

Quel grossier personnage!

MACHA

Heureux celui qui ne remarque pas si c'est l'été ou l'hiver. Si j'habitais Moscou, je crois que je me moquerais du temps qu'il fait.

VERCHININE

L'autre jour, j'ai lu le journal d'un ministre français; il l'a écrit en prison. Ce ministre avait été condamné dans l'affaire de Panama. Avec quelle ivresse, quel enthousiasme il parle des oiseaux qu'il voit par la fenêtre de sa prison, et auxquels il ne faisait pas attention auparavant. Maintenant qu'il est de nouveau libre, il a sans doute repris ses habitudes, et au diable les oiseaux... Vous ferez comme lui, vous ne verrez plus Moscou quand vous y vivrez. Il n'y a pas de bonheur pour nous, le bonheur n'existe pas, nous ne pouvons que le désirer.

TOUZENBACH, *il prend une boîte sur la table.*

Où sont les bonbons?

IRINA

Soliony les a mangés.

TOUZENBACH

Tous?

ANFISSA, *apportant le thé.*

Une lettre pour vous, mon petit père.

VERCHININE

Pour moi? *(Il prend la lettre.)* De ma fille... *(Il lit.)* Oui, naturellement... Excusez-moi, Maria Serguéevna, je vais partir discrètement. Je ne prendrai pas de thé... *(Il se lève, ému.)* Ces éternelles histoires...

MACHA

Qu'y a-t-il? Si ce n'est pas trop...

VERCHININE, *baissant la voix.*

Ma femme s'est encore empoisonnée. Il faut y aller. Je partirai à l'anglaise. Que tout cela est pénible... *(Il*

lui baise la main.) Ma chère, ma douce, ma bonne... Je
file sans me faire remarquer.

Il sort.

ANFISSA

Où va-t-il? Et moi qui lui apporte du thé... Quel
homme!...

MACHA, *avec colère.*

La paix! Tu es collante, ne peux-tu pas me laisser
tranquille? (*Elle va avec sa tasse de thé vers la grande
table.*) Tu m'embêtes, la vieille!

ANFISSA

Mais pourquoi te fâches-tu? Ma chérie!

LA VOIX D'ANDRÉ

Anfissa!

ANFISSA, *l'imitant.*

« Anfissa! » Il ne bougerait pas, celui-là.

Elle sort.

MACHA, *dans la salle, avec colère.*

Un peu de place, si ça ne vous dérange pas. (*Elle
brouille les cartes sur la table.*) Ah! ceux-là, avec leurs
cartes! Buvez donc votre thé.

IRINA

Tu es méchante, Machka.

MACHA

Eh bien, ne me parlez pas. Laissez-moi tranquille.

TCHÉBOUTYKINE, *riant.*

Laissez-la, laissez-la...

MACHA

Et vous, à soixante ans, un vrai gamin, vous ne dites que des bêtises, le diable sait quoi!

NATACHA, *en soupirant.*

Ma petite Macha, pourquoi ces expressions? Avec ta beauté, je te le dis franchement, tu serais charmante en bonne société, sans cette façon de parler... « Je vous en prie, pardonnez-moi, Marie, mais vous avez des manières un peu grossières [1]. »

TOUZENBACH, *s'empêchant de rire.*

Je voudrais... je voudrais... c'est du cognac, je crois?

NATACHA

« Il paraît que mon Bobik ne dort pas [1]. » Il est réveillé. Il n'est pas très bien aujourd'hui. Je vais aller le voir, excusez-moi...

Elle sort.

IRINA

Et Alexandre Ignatievitch, où est-il parti?

MACHA

Chez lui. Il se passe encore des choses extraordinaires avec sa femme.

TOUZENBACH, *il va rejoindre Soliony,*
un carafon de cognac à la main.

Vous restez toujours seul dans votre coin, vous réfléchissez, on ne sait à quoi. Voulez-vous faire la paix? Buvons du cognac. *(Ils boivent.)* Je vais sans doute devoir jouer du piano toute la nuit, Dieu sait quelles bêtises... Tant pis.

_____

1. En français dans le texte. (N. d. T.)

SOLIONY

Mais pourquoi faire la paix? Nous ne sommes pas fâchés.

TOUZENBACH

Il me semble qu'il y a eu quelque chose entre nous. Vous avez un drôle de caractère, il faut l'avouer.

SOLIONY, *il récite.*

« Je suis étrange, qui ne l'est pas? Ne te fâche pas, Aleco. »

TOUZENBACH

Aleco n'a rien à voir là-dedans.

Un temps.

SOLIONY

Quand je suis seul avec quelqu'un, ça va, je suis comme tout le monde, mais en société je deviens morne, timide... et je dis n'importe quoi. Pourtant, je suis plus honnête, plus noble que beaucoup d'autres. Et je peux le prouver.

TOUZENBACH

Je vous en veux, en société, vous m'agacez continuellement, mais j'ai de la sympathie pour vous. Dieu sait pourquoi. Aujourd'hui, j'ai envie de me soûler. Tant pis. Buvons!

SOLIONY

Buvons! *(Ils boivent.)* Je n'ai jamais rien eu contre vous, baron, mais j'ai le caractère de Lermontov. *(Baissant la voix :)* On dit que je lui ressemble même un peu, physiquement...

> *Il sort de sa poche un flacon de parfum et s'en asperge les mains.*

TOUZENBACH

J'ai donné ma démission. Baste! J'ai hésité pendant cinq ans, maintenant, c'est fait. Je travaillerai.

SOLIONY, *il récite.*

« Ne te fâche pas, Aleco... Oublie, oublie tes rêveries »...

> *Pendant la conversation, André entre sans bruit, portant un livre ; il s'assied près d'une bougie.*

TOUZENBACH

Je travaillerai...

TCHÉBOUTYKINE, *venant au salon avec Irina.*

Et puis, ils nous ont régalés d'un vrai menu caucasien : potage à l'oignon et, comme rôti, du tchekhartma.

SOLIONY

Le tcheremcha n'est pas de la viande, c'est une plante, dans le genre de notre oignon.

TCHÉBOUTYKINE

Mais non, mon ange. Le tchekhartma n'est pas de l'oignon, mais de la viande de mouton rôtie.

SOLIONY

Et moi je vous dis que le tcheremcha, c'est de l'oignon.

TCHÉBOUTYKINE

Et moi je vous dis que le tchekhartma, c'est du mouton rôti.

SOLIONY

Et moi je vous dis que le tcheremcha, c'est de l'oignon.

TCHÉBOUTYKINE

Pourquoi discuterais-je avec vous? Vous n'avez jamais été au Caucase, ni mangé du tchekhartma.

SOLIONY

Non, parce que j'en ai horreur. Le tcheremcha a la même odeur que l'ail.

ANDRÉ, *suppliant*.

Assez, mes amis. Je vous en supplie.

TOUZENBACH

Quand viendront les masques?

IRINA

Ils ont dit à neuf heures; il serait temps.

TOUZENBACH, *enlaçant André ; il chante :*

Ma chambrette, ma chambrette
Ma chambrette à moi.

ANDRÉ *danse et chante :*

Ma chambrette qui est faite

TCHÉBOUTYKINE, *dansant :*

En rondins de bois [1].

Rires.

TOUZENBACH, *il embrasse André.*

Que diable, buvons. André, buvons à tu et à toi. Je te suivrai à Moscou, André, à l'université.

SOLIONY

Laquelle? Il y a deux universités à Moscou.

ANDRÉ

Mais non, seulement une.

SOLIONY

Je vous dis qu'il y en a deux.

1. Chanson populaire. (N. d. T.)

ANDRÉ

Trois, si vous voulez. Tant mieux.

SOLIONY

Il y a deux universités à Moscou. *(Des murmures et des « chut ».)* Il y a deux universités à Moscou. L'ancienne et la nouvelle. Mais si vous ne voulez pas m'écouter, si ce que je dis vous irrite, je peux me taire. Je peux même me retirer.

Il s'en va par l'une des portes.

TOUZENBACH

Bravo, bravo! *(Il rit.)* Commencez, mes amis, je me mets au piano. Drôle de corps, ce Soliony.

Il joue une valse.

MACHA *valse toute seule.*

Le baron est saoul, le baron est saoul, le baron est saoul!

Entre Natacha.

NATACHA, *à Tchéboutykine.*

Ivan Romanytch!

Elle lui parle à l'oreille, puis sort sans bruit. Tchébou-tykine effleure l'épaule de Touzenbach et lui parle bas.

IRINA

Qu'est-ce qu'il y a?

TCHÉBOUTYKINE

Il est temps de nous en aller. Portez-vous bien.

TOUZENBACH

Bonne nuit. Il est temps de partir.

IRINA

Mais comment... et les masques?

ANDRÉ, *confus.*

Il n'y aura pas de masques. Vois-tu, ma chère, Natacha
dit que Bobik n'est pas très bien, alors... D'ailleurs,
moi, je n'en sais rien, et tout cela m'est parfaitement
égal.

IRINA, *haussant les épaules.*

Bobik n'est pas bien!

MACHA

Tant pis pour nous! On nous chasse, nous partons.
(A Irina :) Ce n'est pas Bobik qui est malade, c'est elle.
Tiens! *(Elle se frappe le front avec le doigt.)* Espèce de
petite bourgeoise!

> *André va dans sa chambre par la porte de droite.
> Tchéboutykine le suit. Les autres prennent congé dans
> la salle.*

FEDOTIK

Quel dommage! Je comptais passer la soirée ici,
mais, bien entendu, si l'enfant est malade... Demain,
je lui apporterai des jouets.

RODÉ, *d'une voix forte.*

J'ai fait exprès de dormir après le dîner, je croyais
bu'on allait danser toute la nuit. Avec tout ça, il n'est
que neuf heures!

MACHA

Allons dans la rue, on discutera, on prendra une
décision.

> *En coulisse, on entend : « Adieu », « Portez-vous
> bien », et le rire gai de Touzenbach. Tous sont partis.
> Anfissa et la femme de chambre desservent la table
> et éteignent les lumières. On entend chanter la nourrice.
> Entrent sans bruit André, en tenue de sortie, et
> Tchéboutykine.*

TCHÉBOUTYKINE

Je n'ai pas eu le temps de me marier : la vie a passé comme un éclair, et puis j'aimais follement ta mère, qui était mariée.

ANDRÉ

Il ne faut pas se marier. Il ne le faut pas parce que c'est ennuyeux.

TCHÉBOUTYKINE

C'est peut-être vrai, mais la solitude! on a beau raisonner, la solitude est une chose atroce, mon petit. Bien qu'au fond... tout soit égal, naturellement.

ANDRÉ

Partons vite.

TCHÉBOUTYKINE

Pourquoi nous presser? Nous avons le temps.

ANDRÉ

J'ai peur que ma femme m'empêche de sortir.

TCHÉBOUTYKINE

Ah! bon.

ANDRÉ

Aujourd'hui, je ne jouerai pas, je vais simplement regarder. Je ne me sens pas bien... Que faut-il faire contre l'essoufflement, Ivan Romanytch?

TCHÉBOUTYKINE

En voilà une question! Est-ce que je me rappelle? Non, mon petit, je ne sais pas.

ANDRÉ

Passons par la cuisine.

> *Ils sortent. Un coup de sonnette, un autre, des voix, des rires.*

IRINA *entre.*

Qu'est-ce que c'est?

ANFISSA, *à voix basse.*

Les masques.

> *On sonne encore.*

IRINA

Nounou, dis-leur que tout le monde est sorti. Qu'ils veuillent bien nous excuser.

> *Anfissa sort. Irina arpente la pièce en réfléchissant. Elle est agitée. Entre Soliony.*

SOLIONY, *interdit.*

Personne?... Où sont-ils partis?

IRINA

Ils sont rentrés chez eux.

SOLIONY

Étrange. Vous êtes seule ici?

IRINA

Oui. *(Un temps.)* Adieu.

SOLIONY

Tout à l'heure, je me suis très mal conduit, j'ai manqué de tact. Mais vous n'êtes pas comme les autres, vous avez le cœur élevé, pur, vous voyez la vérité. Vous seule pouvez me comprendre. Je vous aime, profondément, infiniment...

IRINA

Adieu! Partez.

SOLIONY

Je ne peux pas vivre sans vous. *(Il la suit.)* Oh! ma
félicité! *(Avec des larmes dans la voix :)* Oh! mon
bonheur! Ces yeux superbes, merveilleux, étonnants,
je n'en ai jamais vu de pareils...

IRINA, *froidement.*

C'est assez, Vassili Vassilievitch.

SOLIONY

C'est la première fois que je vous parle de mon
amour, et il me semble que je ne suis plus sur la terre,
mais sur une autre planète. *(Il se frotte le front.)* Enfin,
tant pis. Bien sûr, on ne peut pas se faire aimer de force.
Mais je ne supporterai pas d'avoir un rival heureux...
Jamais! Je le jure par tout ce qui est sacré : je tuerai
mon rival... Oh! merveilleuse!

Natacha traverse la scène, une bougie à la main.

NATACHA, *elle entrouvre une porte, puis une autre,
et passe devant la chambre de son mari.*

André est là. Laissons-le lire. Excusez-moi, Vassili
Vassilievitch, je ne savais pas que vous étiez là, je suis
en négligé...

SOLIONY

Quelle importance? Adieu.

Il sort.

NATACHA

Tu es fatiguée, ma mignonne, ma pauvre petite fille!
(Elle embrasse Irina.) Tu devrais te coucher de bonne
heure.

IRINA

Bobik dort?

NATACHA

Oui, il dort, mais d'un sommeil agité. A propos,
chérie, il y a longtemps que je voulais t'en parler, mais
ou bien tu n'es pas là, ou je suis occupée... Il me semble
que la chambre de Bobik est froide et humide, la tienne
lui conviendrait mieux. Ma chérie, ma mignonne,
installe-toi chez Olia, en attendant!

IRINA, *qui ne comprend pas.*

Où?

> *On entend les clochettes d'une troïka qui s'arrête
> devant la maison.*

NATACHA

En attendant, tu partagerais la chambre d'Olia, et
Bobik serait dans la tienne. Il est si adorable! Aujour-
d'hui, je lui dis : « Tu es à moi, Bobik! Tu es à moi! »
Et il m'a regardée avec ses jolis petits yeux. *(On sonne.)*
C'est sans doute Olga. Comme elle rentre tard! *(La
femme de chambre s'approche de Natacha et lui parle à
l'oreille.)* Protopopov? Quel original! C'est Protopopov
qui est là. Il vient m'inviter à faire un tour en troïka
avec lui. *(Elle rit.)* Ils sont drôles, ces hommes... *(On
sonne.)* Quelqu'un est venu? Si j'allais faire un tour
d'un quart d'heure? *(A la femme de chambre :)* Dis-lui
que j'arrive. *(On sonne.)* On a sonné... ce doit être Olga.

> *Elle sort. La femme de chambre sort elle aussi, en
> courant. Irina, assise dans un fauteuil, réfléchit;
> entrent Olga, Koulyguine, puis Verchinine.*

KOULYGUINE

Qu'est-ce qui se passe? On m'a dit qu'il y aurait
une soirée ici.

VERCHININE

C'est étrange, je suis parti il y a à peine une demi-heure, on attendait des masques...

IRINA

Ils sont tous partis.

KOULYGUINE

Macha aussi? Où est-elle allée? Et Protopopov, pourquoi attend-il en bas, avec une troïka? Qui attend-il?

IRINA

Ne me posez pas de questions. Je suis fatiguée.

KOULYGUINE

Voyons, petite capricieuse...

OLGA

Le conseil pédagogique vient juste de se terminer. Je suis morte de fatigue. Notre directrice est malade, c'est moi qui la remplace. Ma tête, ma tête me fait mal, ma tête... *(Elle s'assoit.)* Hier, au jeu, André a perdu deux cents roubles. Toute la ville en parle.

KOULYGUINE

Moi aussi, le conseil m'a fatigué.

VERCHININE

Ma femme a voulu me faire peur, elle a failli s'empoisonner. Tout s'est arrangé, je suis heureux, je me repose maintenant. Alors, il faut partir? Tant pis; je vous souhaite mille bonnes choses. Dites, Fedor Iliitch, allons quelque part tous les deux. Je ne peux pas rester à la maison, c'est impossible! Venez!

KOULYGUINE

Je suis fatigué, je n'irai nulle part. *(Il se lève.)* Fatigué! Ma femme est rentrée à la maison?

IRINA

Probablement.

KOULYGUINE, *baisant la main d'Irina.*

Adieu. Demain et après-demain, je pourrai me reposer toute la journée. Bonne nuit. *(Il s'apprête à partir.)* J'ai une telle envie de thé! Je comptais passer la soirée en bonne société et — *o, fallacem hominum spem.* L'accusatif pour l'exclamation.

VERCHININE

J'irai donc seul.

Il sort avec Koulyguine en sifflotant.

OLGA

La tête me fait mal, mal, mal... André a perdu... toute la ville en parle. Je vais aller me coucher. *(Elle se lève.)* Demain, je suis libre. Oh! mon Dieu, quel bonheur. Libre demain, libre après-demain... Ma tête, ma tête...

Elle sort.

IRINA, *seule.*

Ils sont tous partis. Plus personne.

L'accordéon joue dans la rue. La nourrice chante.

NATACHA, *en pelisse et bonnet de fourrure,*
traverse la salle, suivie de la femme de chambre.

Je reviens dans une demi-heure. Je ne ferai qu'un petit tour.

Elle sort.

IRINA, *seule ; accès de tristesse.*

A Moscou! A Moscou! A Moscou!

ACTE III

La chambre d'Olga et d'Irina. A gauche et à droite, des lits, derrière des paravents. Il est entre deux heures et trois heures du matin. On entend sonner le tocsin; il y a un incendie en ville, qui dure depuis un certain temps. On voit que dans la maison personne ne s'est encore couché. Macha, en noir comme d'habitude, est étendue sur un divan. Entrent Olga et Anfissa.

ANFISSA

Maintenant, elles sont assises en bas, sous l'escalier. Moi, je leur dis : « Donnez-vous donc la peine de monter, est-ce qu'on peut rester ici ? » Et les voila qui pleurent. « Nous ne savons pas où est notre papa, qu'elles disent, peut-être qu'il a brûlé, Dieu l'en préserve. » Qu'est-ce qu'elles vont chercher là ! Et dans la cour, il y a aussi du monde... tous à moitié nus.

OLGA, *sortant des robes de l'armoire.*

Prends cette petite robe grise... Et ça aussi... Cette blouse... Et cette jupe, ma petite nounou. Quel malheur, mon Dieu ! La ruelle de Kirsanov a entièrement brûlé, paraît-il... Et ça aussi... (*Elle lui jette une robe sur les bras.*) Ces pauvres Verchinine ont eu tellement peur... Leur maison a failli brûler. Elles n'ont qu'à rester coucher ici... il ne faut pas les laisser partir. Pauvre Fedotik, il a tout perdu, il ne lui reste rien.

ANFISSA

Tu devrais appeler Feraponte, Oliouchka. Je ne pourrai jamais porter tout ça.

OLGA, *sonnant.*

On a beau sonner... *(Elle appelle par la porte :)* Venez ici, n'importe qui, venez. *(Par la porte ouverte, on voit la lueur rouge de l'incendie ; on entend la voiture des pompiers qui passe devant la maison.)* Quelle horreur! Comme j'en ai assez! *(Entre Feraponte.)* Tiens, porte tout ça en bas. Là, sous l'escalier, tu verras les demoiselles Kolotiline... donne-leur ça... Et ça aussi.

FERAPONTE

A vos ordres. En l'an douze, Moscou aussi a brûlé. Seigneur mon Dieu! Les Français n'en revenaient pas.

OLGA

Va donc, va.

FERAPONTE

A vos ordres.

Il sort.

OLGA

Nounou chérie, donne-leur tout. Nous n'avons besoin de rien, donne-leur tout, ma nounou. Je suis ,atiguée, je tiens à peine debout. Il ne faut pas laisser partir les Verchinine... Les petites pourront coucher au salon, Alexandre Ignatievitch en bas, chez le baron... Fedotik aussi, ou bien il couchera chez nous, dans la salle... Comme par un fait exprès, le docteur est ivre, affreusement ivre, on ne peut mettre personne chez lui.

Et la femme de Verchinine? Elle aussi peut coucher au salon.

ANFISSA, *d'un air las.*

Oliouchka chérie, ne me chasse pas! Ne me chasse pas!

OLGA

Tu dis des bêtises, nounou. Personne ne te chasse.

ANFISSA, *appuyant sa tête contre la poitrine d'Olga.*

Ma gentille, mon trésor, je peine, moi, je travaille... Quand je serai faible, tout le monde me dira : « Va-t'en. » Et où veux-tu que j'aille? Où? J'ai quatre-vingts ans. Bientôt quatre-vingt-deux...

OLGA

Assieds-toi, ma petite nounou... Tu es fatiguée, ma pauvre. *(Elle la fait asseoir.)* Repose-toi, ma bonne. Comme tu es pâle!

Entre Natacha.

NATACHA

On dit qu'il faut immédiatement fonder une société de secours aux sinistrés. Eh bien, c'est une excellente idée! Aider les pauvres, c'est bien le devoir des riches, non? Bobik et Sophie dorment comme des bienheureux, comme si de rien n'était. Chez nous, il y a du monde dans tous les coins, la maison est archipleine. Mais il y a la grippe en ville, j'ai peur pour les enfants.

OLGA, *qui ne l'écoute pas.*

Ici, dans cette chambre, on est tranquille, on ne voit pas l'incendie...

NATACHA

Oui... Je dois être drôlement coiffée... *(Devant la*

glace.) On dit que j'ai grossi... Ce n'est pas vrai du tout!
Pas le moins du monde! Macha dort, elle est fatiguée,
la pauvre! *(A Anfissa, froidement :)* Je te défends de
rester assise en ma présence. Debout! Sors d'ici! *(Anfissa
sort. Un temps.)* Pourquoi gardes-tu cette vieille? Je ne
te comprends pas.

OLGA, *interdite.*

Excuse-moi, mais moi non plus, je ne te comprends
pas.

NATACHA

Elle est de trop ici. C'est une paysanne, elle n'a
qu'à vivre à la campagne. C'est du luxe, tout ça! Moi,
j'aime l'ordre : pas de gens inutiles dans ma maison.
(Elle caresse la joue d'Olga.) Tu es fatiguée, ma pauvrette! Notre directrice est fatiguée. Quand ma Sophie
sera grande et ira au lycée, j'aurai peur de toi.

OLGA

Je ne serai pas directrice.

NATACHA

Tu seras élue, Oletchka. La chose est décidée.

OLGA

Je refuserai... C'est impossible. Au-dessus de mes
forces. *(Elle boit de l'eau.)* Tu viens de traiter nounou
avec tant de grossièreté... Excuse-moi, je ne peux pas
le supporter... je n'y vois plus clair...

NATACHA, *émue.*

Pardonne-moi, Olia, pardonne-moi. Je ne voulais pas
te faire de peine.

> *Macha se lève, prend son oreiller, et sort, l'air fâché.*

OLGA

Comprends-moi, ma chère, nous avons peut-être reçu une éducation bizarre, mais ce sont des choses que je ne peux pas supporter. Cette manière de traiter les gens me tue, j'en suis malade... je perds tout courage.

NATACHA

Pardonne-moi, pardonne...

Elle l'embrasse.

OLGA

Toute grossièreté, si légère soit-elle, toute parole rude me blesse...

NATACHA

C'est vrai, je parle souvent sans réfléchir, mais conviens-en, ma chère, elle pourrait très bien vivre à la campagne.

OLGA

Elle est depuis trente ans chez nous.

NATACHA

Mais puisqu'elle ne peut plus travailler? Ou je ne comprends pas, ou c'est toi qui ne veux pas me comprendre. Elle est incapable de travailler, elle ne fait que dormir, se reposer.

OLGA

Eh bien, qu'elle se repose!

NATACHA, *étonnée.*

Comment, qu'elle se repose? Mais c'est une domestique! *(Avec des larmes.)* Je ne te comprends pas, Olia; j'ai une bonne d'enfants, une nourrice, nous avons une femme de chambre, une cuisinière... A quoi nous sert cette vieille? A quoi?

On entend le tocsin.

OLGA

Cette nuit, j'ai vieilli de dix ans.

NATACHA

Il faut nous entendre, Olia. Toi, tu es au lycée, moi, à la maison; tu t'occupes de l'enseignement, et moi du ménage. Quand je parle des domestiques, je sais ce que je dis, je-sais-ce-que-je-dis! Qu'elle s'en aille dès demain, cette vieille voleuse, cette vieille garce *(elle trépigne)*, cette sorcière! Je vous défends de m'irriter! Je vous le défends! *(Se ressaisissant :)* Écoute, si tu ne t'installes pas en bas, nous n'arrêterons pas de nous quereller. C'est affreux.

Entre Koulyguine.

KOULYGUINE

Où est Macha? Il serait temps de rentrer. On dit que l'incendie se calme. *(Il s'étire.)* Un seul quartier a brûlé; mais avec ce vent, on a d'abord cru que toute la ville était en flammes. *(Il s'assied.)* Je suis éreinté. Oletchka, ma chérie... Je me le dis souvent : s'il n'y avait pas eu Macha, c'est toi que j'aurais épousée, Oletchka. Tu es très bonne. Je n'en peux plus...

Il tend l'oreille.

OLGA

Qu'est-ce qu'il y a?

KOULYGUINE

Comme par un fait exprès, le docteur a sa crise d'alcoolisme, il est ivre mort. *(Il se lève.)* Je crois qu'il vient ici. Vous l'entendez? Oui, c'est bien lui... *(Il rit.)*

Quel phénomène! Je vais me cacher. *(Il se dirige vers l'armoire et se cache dans un coin.)* Un vrai brigand!

OLGA

Il ne buvait plus depuis deux ans, ça l'a repris brusquement.

Elle va avec Natacha vers le fond de la pièce.

Entre Tchéboutykine. Il marche droit, comme s'il n'était pas ivre; traverse la pièce, s'arrête, regarde devant lui, puis va vers le lavabo et se lave les mains.

TCHÉBOUTYKINE, *morne.*

Que le diable les emporte tous... tous... Ils s'imaginent que je suis médecin, que je sais guérir n'importe quelle maladie, mais je ne sais absolument rien, j'ai tout oublié, je ne me souviens de rien, absolument de rien... *(Olga et Natacha sortent sans qu'il s'en aperçoive.)* Que le diable... Mercredi dernier, j'ai soigné une femme, dans le quartier de Zasypi, et elle est morte, morte par ma faute. Oui... Il y a vingt-cinq ans, j'avais encore quelques vagues connaissances, mais maintenant, plus rien. Rien du tout. Après tout, je ne suis peut-être pas un homme, je fais simplement semblant d'avoir des bras et des jambes, une tête; possible que je n'existe pas du tout, je crois seulement que je marche, mange, dors... *(Il pleure.)* Oh! si l'on pouvait ne pas exister! *(Il cesse de pleurer; morne :)* Que le diable... Au club, avant-hier, on bavardait; quelqu'un a nommé Shakespeare, Voltaire. Je n'ai rien lu d'eux, rien du tout, mais j'ai fait semblant de les connaître; et les autres en ont fait autant. Oh misère! Bassesse! Alors, j'ai pensé à la femme qui est morte par ma faute, mercredi dernier, puis à d'autres choses, mon cœur s'est rempli de dégoût... et je me suis mis à boire.

Entrent Irina, Verchinine et Touzenbach. Touzenbach porte un vêtement civil, tout neuf, d'une coupe élégante.

IRINA

Restons ici. Personne ne viendra nous déranger.

VERCHININE

Sans les soldats, la ville brûlait tout entière. Quels braves gars! *(Il se frotte les mains de plaisir.)* Un peuple magnifique! Quels braves gars!

KOULYGUINE, *s'approchant.*

Bientôt quatre heures. Le jour se lève.

IRINA

Tout le monde reste dans la salle, personne ne songe à partir. Et votre Soliony est là, lui aussi. *(A Tchéboutykine :)* Vous devriez vous coucher, docteur.

TCHÉBOUTYKINE

Ça n'a pas d'importance... Je vous remercie.

Il peigne sa barbe.

KOULYGUINE, *riant.*

Il est plein comme une outre, notre Ivan Romanytch. *(Il lui tape sur l'épaule.)* Bravo! *In vino veritas,* comme disaient les Anciens.

TOUZENBACH

On me demande d'organiser un concert au profit des sinistrés.

IRINA

Mais avec qui?

TOUZENBACH

Ce serait possible, si l'on voulait... A mon avis, Maria Serguéevna joue merveilleusement du piano.

KOULYGUINE

Merveilleusement!

IRINA

Elle a tout oublié. Voilà trois ou quatre ans qu'elle ne joue plus.

TOUZENBACH

Ici, dans cette ville, personne ne comprend la musique, pas une âme, mais moi, je la comprends, et je vous jure sur mon honneur que Maria Serguéevna joue parfaitement bien, bref, qu'elle a du talent.

KOULYGUINE

Vous avez raison, baron. Je l'aime beaucoup, Macha. Elle est gentille.

TOUZENBACH

Savoir jouer comme un ange, et sentir que personne, personne ne vous comprend!

KOULYGUINE, *avec un soupir.*

Oui... Mais serait-ce convenable pour elle de prendre part à un concert? *(Un temps.)* Moi, mes amis, je n'en sais rien. Après tout, ce serait peut-être très bien. Enfin, pour tout avouer : notre directeur est quelqu'un de bien, de très bien même, c'est un homme extrêmement intelligent, mais il a des idées un peu... Naturellement, ça ne le regarde pas, mais si vous voulez, je peux lui en toucher un mot.

> *Tchéboutykine prend une petite pendule de porcelaine et l'examine.*

VERCHININE

Je me suis terriblement sali pendant l'incendie, je n'ai plus figure humaine. *(Un temps.)* Hier, en passant, j'ai entendu dire qu'il est question de transférer notre brigade; les uns disent en Pologne, d'autres, à Tchita.

TOUZENBACH

Moi aussi, je l'ai entendu dire. Eh bien, alors, la ville sera déserte.

IRINA

Nous partirons, nous aussi!

TCHÉBOUTYKINE, *laissant tomber la pendule, qui se casse.*
En miettes!

> *Un temps. Tous paraissent chagrinés et confus.*

KOULYGUINE, *ramassant les débris.*

Casser un objet de cette valeur! Ah! Ivan Romanytch! Vous méritez un zéro de conduite.

IRINA

C'est la pendule de notre pauvre maman.

TCHÉBOUTYKINE

Peut-être bien... Peut-être qu'elle était à maman... Peut-être que je ne l'ai pas cassée, ce n'est qu'une apparence. Peut-être croyons-nous seulement exister, mais en réalité nous n'existons pas. Je ne sais rien, et personne ne sait rien. *(Il se dirige vers la porte.)* Qu'avez-vous à me regarder? Natacha a une petite liaison avec Protopopov, et vous, vous ne voyez rien. Vous êtes tous assis là, et vous ne voyez rien... et Natacha, elle a une petite liaison avec Protopopov... *(Il chante :)* « Permettez-moi de vous offrir cette figue »...

> *Il sort.*

VERCHININE

Oui... *(Il rit.)* Comme tout cela est étrange, au fond! *(Un temps.)* Dès que l'incendie a commencé, j'ai vite couru chez moi. J'arrive, je vois que la maison est intacte, hors de danger, mais mes deux fillettes sont là, sur le seuil, à peine habillées; leur mère n'est pas là;

autour d'elles des gens s'affairent, des chevaux, des
chiens s'agitent, et sur le visage de mes petites, c'est
l'angoisse, la terreur, la supplication, je ne sais quoi.
Mon cœur s'est serré en les voyant. Mon Dieu, me
suis-je dit, qu'auront-elles encore à supporter, ces
petites, au cours d'une longue vie?... Je les emmène,
je cours, et ne pense qu'à cela : qu'auront-elles à supporter en ce monde? *(On entend le tocsin. Un temps.)*
J'arrive : leur mère est ici, qui crie, qui se fâche. *(Macha
entre, portant son oreiller; elle s'assoit sur le divan.)* Mes
petites filles sur le seuil, en chemise, la rue toute rouge
dans la lueur de l'incendie, et ce bruit terrible, alors
j'ai pensé que des choses semblables avaient dû se
produire, il y a bien des années; l'ennemi faisait brusquement irruption, pillait, incendiait... Pourtant, au
fond, quelle différence entre le présent et le passé!
Un peu de temps encore, disons deux ou trois cents
ans, et l'on considérera notre vie actuelle de la même
façon : avec crainte et ironie; tout ce qui existe aujour-
d'hui paraîtra maladroit, lourd, très inconfortable, et
bizarre. Oh! quelle vie ce sera, quelle vie! *(Il rit.)*
Excusez-moi, je me lance encore dans la philosophie.
Mais laissez-moi continuer, mes amis. J'ai terriblement
envie de philosopher, aujourd'hui. *(Un temps.)* On
croirait que tout le monde dort! Je disais donc : quelle
vie ce sera! Essayez de vous en faire une idée. Pour
le moment, vous n'êtes que trois dans cette ville,
mais dans les générations futures, d'autres viendront,
qui vous ressembleront, toujours plus nombreuses;
et un temps viendra où tout sera changé selon vos vœux,
où chacun vivra selon votre exemple, et puis vous-
mêmes serez dépassées, d'autres surgiront qui seront
meilleures que vous... *(Il rit.)* Je suis d'une humeur
extraordinaire aujourd'hui. J'ai diablement envie de
vivre! *(Il chante :)* « L'amour règne sur tous les âges
et ses élans sont bienfaisants »...

Il rit.

MACHA

Tam-tam-tam...

VERCHININE

Tam-tam...

MACHA

Ta-ra-ra?

VERCHININE

Tra-ta-ta.

Il rit. Entre Fedotik

FEDOTIK, *dansant.*

J'ai brûlé, j'ai brûlé, complètement vidé!

Rires.

IRINA

Qu'est-ce qu'il y a de drôle? Tout a brûlé?

FEDOTIK, *en riant.*

Tout, absolument tout. Il ne me reste rien. Ma guitare a brûlé, et les photos, et toutes mes lettres... Et le carnet que je voulais vous offrir, brûlé aussi!

Entre Soliony.

IRINA

Non, Vassili Vassilievitch, je vous en prie, allez-vous-en. On n'entre pas ici.

SOLIONY

Mais pourquoi est-ce permis au baron, et pas à moi?

VERCHININE

En effet, il est temps de partir. Et l'incendie?

SOLIONY

Il paraît que ça se calme. Non, mais c'est positivement étrange. Pourquoi le baron, et pas moi?

Il sort de sa poche un flacon de parfum et s'en asperge.

VERCHININE

Tam-tam-tam?

MACHA

Tam-tam.

VERCHININE, *riant, à Soliony.*

Allons dans la salle.

SOLIONY

Bon. Nous allons noter ça. On pourrait approfondir cette pensée, mais à quoi bon irriter certaines personnes... *(Il regarde Touzenbach.)* Petits, petits, petits...
        Soliony, Verchinine et Fedotik sortent.

IRINA

Comme il empeste avec sa fumée de tabac, ce Soliony... *(Elle regarde Touzenbach, avec étonnement.)* Le baron dort! Baron! Baron!

TOUZENBACH, *se réveillant.*

Je suis fatigué, ma parole... La briqueterie... Non, je ne délire pas; il s'agit bien d'une briqueterie, j'irai bientôt là-bas, je commencerai à travailler. Il y a déjà eu des pourparlers... *(A Irina, avec tendresse :)* Vous êtes si pâle, si belle, si charmante... Il me semble que votre pâleur illumine les ténèbres, comme la lumière... Vous êtes triste, mécontente de la vie... Oh! venez avec moi, venez, nous travaillerons ensemble!

MACHA

Nicolas Lvovitch, allez-vous-en!

TOUZENBACH, *en riant.*

Vous êtes là? Je ne vous voyais pas. *(Il baise la main d'Irina.)* Adieu, je m'en vais. Je vous regarde, là, et je vous revois telle que vous étiez le jour de votre fête, il y a longtemps déjà : courageuse, gaie, parlant des joies du travail... Et je rêvais d'une vie tellement heureuse, alors! Où est-elle? *(Il lui baise la main.)* Vous avez les larmes aux yeux. Il faut vous coucher, voici l'aube, le jour se lève... Ah! S'il m'était permis de donner ma vie pour vous!

MACHA

Nicolas Lvovitch, allez-vous-en! Voyons! A quoi ça rime?...

TOUZENBACH

Je m'en vais.

Il sort.

MACHA, *se couchant.*

Tu t'es endormi, Fedor?

KOULYGUINE

Hein?

MACHA

Tu ferais mieux de rentrer.

KOULYGUINE

Ma douce Macha, ma gentille Macha...

IRINA

Elle est fatiguée. Laisse-la se reposer, Fedor.

KOULYGUINE

Je m'en vais tout de suite. Ma bonne femme, ma
gentille... Mon unique, je t'aime.

MACHA, *avec humeur.*

Amo, amas, amat, amamus, amatis, amant.

KOULYGUINE, *riant.*

Non, vrai, elle est étonnante. Déjà sept ans que
je suis ton mari, et il me semble qu'on s'est marié
hier. Vrai, tu es une femme étonnante. Je suis content,
je suis content, je suis content!

MACHA

J'en ai assez, j'en ai assez, j'en ai assez! *(Elle se
soulève et parle assise.)* Ça ne veut pas me sortir de la
tête... C'est tout simplement révoltant. Oui, il s'agit
d'André. Il a hypothéqué cette maison, et sa femme
a empoché tout l'argent. Pourtant la maison nous
appartient, à tous les quatre, pas à lui seul. Il doit
le savoir, s'il est honnête.

KOULYGUINE

Pourquoi parler de cela, Macha? Qu'est-ce que
ça peut te faire? André est criblé de dettes, laissons-le
tranquille.

MACHA

De toute façon, c'est révoltant.

Elle se recouche.

KOULYGUINE

Nous ne sommes pas pauvres, toi et moi. Je travaille, je vais au lycée, je donne des leçons... Je suis
un homme honnête... Un homme simple. *Omnia mea
mecum porto,* comme on dit.

MACHA

Moi, je n'ai besoin de rien, mais c'est l'injustice qui me révolte. *(Un temps.)* Va, Fedor.

KOULYGUINE, *l'embrassant.*

Tu es fatiguée, repose-toi une petite demi-heure, je resterai en bas, je t'attendrai. Dors... *(Il se dirige vers la porte.)* Je suis content, je suis content, je suis content.

Il sort.

IRINA

C'est vrai... comme notre André est devenu mesquin, insignifiant... comme il a vieilli à côté de cette femme! Dire qu'il voulait devenir professeur de faculté, et le voilà fier d'être enfin nommé membre du Conseil du Zemstvo! Membre du conseil dont Protopopov est président! Toute la ville en parle, en rit, lui seul ne sait rien, ne voit rien... Et pendant que tout le monde court voir l'incendie, il reste dans sa chambre, indifférent à tout... Il se contente de jouer du violon. *(Nerveuse :)* Oh! c'est affreux, c'est affreux! *(Elle pleure.)* Je ne peux pas le supporter! Je ne peux plus, je ne peux plus! *(Olga entre et commence à ranger sa petite table. Irina sanglote bruyamment.)* Jetez-moi dehors, je n'en peux plus!

OLGA, *effrayée.*

Qu'est-ce que tu as? ma chérie!

IRINA, *sanglotant.*

Où? Où s'est en allé tout cela? Où? Oh, mon Dieu, mon Dieu! J'ai tout oublié, tout! Tout s'embrouille dans ma tête. Je ne sais même plus comment on dit « fenêtre », ou « plafond » en italien. J'oublie, j'oublie chaque jour davantage, et la vie passe, elle ne reviendra

jamais, et jamais, jamais nous n'irons à Moscou! Je
vois bien que nous ne partirons pas.

OLGA

Ma chérie, ma chérie...

IRINA, *se maîtrisant.*

Oh! que je suis malheureuse! Je ne peux plus travailler, je ne veux plus travailler... Assez, assez! Après
le télégraphe c'est le conseil municipal, et je déteste,
je méprise tout ce qu'on me fait faire. J'aurai bientôt
vingt-quatre ans, il y a longtemps que je travaille,
mon cerveau s'est desséché, j'ai maigri, enlaidi, vieilli,
et rien, rien, aucune satisfaction, et le temps passe,
et il me semble que je m'éloigne de plus en plus de
la vie véritable et belle, que je m'approche d'un abîme.
Je suis désespérée; pourquoi je vis encore, pourquoi
je ne me suis pas tuée, je ne le comprends pas...

OLGA

Ne pleure pas, ma petite fille, ne pleure pas... Je
souffre.

IRINA

Je ne pleure pas... Assez. Tu vois, je ne pleure plus.
Ça suffit!

OLGA

Ma chérie, je te le dis comme une sœur, comme une
amie : si tu veux m'écouter, épouse le baron. *(Irina
pleure doucement.)* Je sais que tu l'estimes, que tu l'appré-
cies infiniment... Il n'est pas beau, c'est vrai, mais
c'est un homme si honnête, si pur... Ce n'est pas par
amour qu'on se marie, mais par devoir, c'est du moins
mon avis. Moi, je me serais bien mariée sans amour.
J'aurais épousé celui qui se serait présenté, n'importe

qui, pourvu qu'il soit un honnête homme. Même un vieillard...

IRINA

J'attendais, je pensais que nous irions à Moscou, que j'y rencontrerais celui qui m'était destiné, je rêvais de lui, je l'aimais... Mais ce ne sont que des bêtises, bêtises...

OLGA, *étreignant sa sœur.*

Ma chérie, ma merveilleuse petite sœur, je comprends tout. Quand le baron Nicolas Lvovitch, ayant quitté l'armée, est venu chez nous en civil, il m'a paru si laid que je me suis mise à pleurer. Il m'a demandé : « Pourquoi pleurez-vous ? » Comment le lui dire ? Mais si Dieu voulait que tu l'épouses, je serais heureuse. Là, c'est autre chose, tout autre chose !

> *Natacha, une bougie à la main, traverse la scène en silence, de droite à gauche.*

MACHA, *s'asseyant.*

A la voir marcher, on dirait que c'est elle qui a mis le feu.

OLGA

Tu es bête, Macha. La plus bête de la famille, c'est toi. Tu voudras bien m'excuser.

> *Un temps.*

MACHA

Je veux me confesser à vous, mes sœurs chéries. C'est trop lourd. Je me confesserai, et puis, plus un mot, jamais, à personne... Je vais tout de suite vous dire... *(Baissant la voix :)* C'est mon secret, mais vous devez tout savoir... Je ne peux plus me taire... *(Un temps.)* J'aime, j'aime... J'aime cet homme... Celui

que vous venez de voir... Pourquoi le cacher? Oui,
j'aime Verchinine.

OLGA, *derrière le paravent.*

Laisse ça. De toute façon, je n'entends pas.

MACHA

Qu'y faire? *(Elle se prend la tête dans les mains.)*
Il m'a d'abord paru étrange, puis je l'ai plaint... puis
je me suis mise à l'aimer, à l'aimer, pour sa voix, ses
paroles, ses malheurs, ses deux petites filles.

OLGA, *derrière le paravent.*

De toute façon, je n'entends pas. Quelles que soient
les bêtises que tu dis, je n'entends rien.

MACHA

Ah! c'est toi qui es bête, Olia. Je l'aime, tel est
donc mon destin... Tel est mon sort... Et lui, il m'aime
aussi. Ça fait peur, oui? Ce n'est pas bien? *(Elle prend
la main d'Irina et l'attire vers elle.)* Oh! ma chérie...
Comment allons-nous vivre, que va-t-on devenir?
Quand on lit un roman, tout paraît si simple, connu
d'avance, mais lorsqu'on aime soi-même, on s'aperçoit
que personne ne sait rien, que chacun doit décider
pour soi... Mes chéries, mes petites sœurs... Je me suis
confessée, et maintenant je ne dirai plus rien. Je serai
comme le fou de Gogol... Silence... Silence...

Entre André, suivi de Feraponte.

ANDRÉ, *irrité.*

Que me veux-tu? Je ne comprends pas.

FERAPONTE, *s'arrêtant à la porte, avec impatience.*

Je vous l'ai bien dit vingt fois, André Serguéevitch.

ANDRÉ

D'abord, pour toi, je ne suis pas André Serguéevitch, mais Votre Honneur!

FERAPONTE

C'est les pompiers, Votre Honneur, qui demandent la permission de passer par votre jardin pour aller à la rivière... Ils n'en finissent pas de faire des détours, autrement.

ANDRÉ

C'est bon. Dis-leur : c'est bon. *(Feraponte sort.)* J'en ai assez, d'eux tous. Où est Olga? *(Olga sort de derrière le paravent.)* C'est toi que je cherche : donne-moi la clé de l'armoire, j'ai égaré la mienne. Tu as une toute petite clé. *(Olga lui tend la clé en silence. Irina va derrière son paravent. Un temps.)* Quel incendie terrible! Mais le feu diminue maintenant. Que diable, Feraponte m'a irrité, je lui ai dit une bêtise... Votre Honneur!... *(Un temps.)* Pourquoi ne dis-tu rien, Olia? *(Un temps.)* Il serait temps de laisser tomber toutes ces bêtises, et de ne plus bouder ainsi, sans rime ni raison. Tu es là, Macha et Irina sont là, c'est parfait, expliquons-nous à fond, une fois pour toutes. Qu'avez-vous contre moi? Quoi?

OLGA

Laisse ça, Andrioucha. On verra demain. *(Nerveuse :)* Quelle nuit affreuse!

ANDRÉ, *très gêné.*

Ne t'énerve pas. Je vous demande, très calmement : qu'avez-vous contre moi? Répondez franchement.

LA VOIX DE VERCHININE, *en coulisse.*

Tam-tam-tam!

MACHA, *debout, élevant la voix.*

Tra-ta-ta! *(A Olga :)* Adieu, Olia, que Dieu te garde. *(Elle va derrière le paravent, embrasse Irina.)* Dors bien. Adieu, André. Va-t'en, elles sont fatiguées... tu t'expliqueras demain.

Elle sort.

OLGA

Oui, Andrioucha, remettons ça à demain. *(Elle va derrière le paravent.)* Il est temps de dormir.

ANDRÉ

Je vais tout vous dire, et puis je m'en irai. Tout de suite... Premièrement, vous avez quelque chose contre Natacha, ma femme, je l'ai remarqué dès le jour de notre mariage. Natacha est un être bon et honnête, franc et noble, c'est mon opinion. J'aime ma femme, je l'estime, vous comprenez, je l'estime, et je veux que les autres l'estiment aussi. Je vous le répète, c'est une femme honnête et noble, et tous vos désagréments, excusez-moi, ne sont que de simples caprices *(Un temps.)* Deuxièmement, on dirait que vous êtes fâchées parce que je ne suis pas devenu professeur, que je ne me consacre pas à la science. Mais je travaille au Zemstvo, je suis membre du Conseil de Zemstvo, et je trouve que ce service est aussi sacré, aussi élevé que celui de la science. Je suis membre du conseil, et j'en suis fier, si vous voulez le savoir... *(Un temps.)* Troisièmement... J'ai encore autre chose à vous dire... J'ai hypothéqué la maison sans vous en demander l'autorisation, je me reconnais coupable... je vous prie de me pardonner. Ce sont mes dettes... trente-cinq mille... Je ne joue plus aux cartes, il y a longtemps que j'ai renoncé au jeu... mais ma grande excuse, c'est que vous autres, les filles, vous touchez une pension, tandis que moi... aucun revenu... pour ainsi dire...

Un temps.

KOULYGUINE, *sur le seuil.*

Macha n'est pas ici? *(Inquiet :)* Mais où est-elle? C'est étrange...

Il sort.

ANDRÉ

Elles ne m'écoutent pas. Natacha est une femme excellente, très honnête. *(Il arpente la scène, puis s'arrête.)* Quand je me suis marié, j'ai cru que nous serions tous heureux... tous... Mais, mon Dieu... *(Il pleure.)* Mes chéries, mes sœurs, ne me croyez pas, non, ne me croyez pas...

Il sort.

KOULYGUINE, *à la porte, inquiet.*

Où est Macha? Macha n'est pas ici? Comme c'est étrange!

Il sort. On entend le tocsin. La scène est vide.

IRINA, *derrière le paravent.*

Olia! Qui est-ce qui frappe au plancher?

OLGA

C'est le docteur Ivan Romanytch. Il est ivre.

IRINA

Quelle nuit angoissante! *(Un temps.)* Olia! *(Elle sort la tête de derrière le paravent.)* Tu l'as entendu dire? On nous retire la brigade, on va l'envoyer très loin d'ici.

OLGA

Ce ne sont que des bruits.

IRINA

Alors nous resterons toutes seules... Olia!

OLGA

Eh bien?

IRINA

Ma chérie, ma gentille, j'estime, j'apprécie le baron, c'est un homme excellent, je veux bien l'épouser, j'y consens, seulement, allons à Moscou! Je t'en supplie, allons-y! Moscou, c'est ce qu'il y a de mieux au monde! Partons, Olia! Partons!

ACTE IV

Un vieux jardin dépendant de la maison des Prozorov.
Une longue allée de sapins qui mène à une rivière. Sur
l'autre berge, une forêt. A droite, la terrasse de la
maison; sur la table, une bouteille et des verres; on
vient de boire du champagne. Il est midi. Des passants
traversent parfois le jardin, pour aller de la rue à la
rivière; cinq soldats passent rapidement.

Tchéboutykine, d'une humeur placide qu'il gardera
pendant tout l'acte, est assis dans un fauteuil, dans le
jardin, où il attend qu'on l'appelle. Il porte une cas-
quette; il a une canne à la main. Sur la terrasse, Irina,
Koulyguine (une décoration au cou, la moustache rasée),
et Touzenbach font leurs adieux à Fedotik et à Rodé,
qui descendent les marches. Les deux officiers sont en
tenue de campagne.

TOUZENBACH, *embrassant Fedotik.*

Vous êtes un chic type, on était de bons copains.
(Il embrasse Rodé.) Encore une fois... Adieu, mon cher!

IRINA

Au revoir!

FEDOTIK

Pas au revoir : adieu. Nous ne nous reverrons plus !

KOULYGUINE

Qui sait ! *(Il s'essuie les yeux en souriant.)* Voilà que je pleure, moi aussi !

IRINA

Nous nous rencontrerons peut-être un jour.

FEDOTIK

Dans dix ou quinze ans ? Nous aurons de la peine à nous reconnaître, nous nous saluerons froidement... *(Il prend une photo.)* Ne bougez pas. C'est la dernière.

RODÉ *étreint Touzenbach.*

Nous ne nous reverrons plus... *(Il baise la main d'Irina.)* Merci pour tout, pour tout.

FEDOTIK, *avec dépit.*

Mais attends donc un peu !

TOUZENBACH

Si Dieu le veut, oui, nous nous reverrons. Écrivez-nous. Sans faute !

RODÉ, *embrassant le jardin du regard.*

Adieu, les arbres ! *(Il crie :)* Hop-hop ! *(Un temps.)* Adieu, écho !

KOULYGUINE

Qui sait, vous allez peut-être vous marier, là-bas, en Pologne. Votre Polonaise vous embrassera et vous appellera : « Kochane [1] ».

Il rit.

_____

1. « Chéri » en polonais. (N. d. T.)

FEDOTIK, *consultant sa montre.*

Il nous reste à peine une heure. De notre batterie, Soliony seul s'en ira en barque, nous autres, nous partirons avec les troupes. Aujourd'hui, trois batteries s'en vont en formation divisionnaire, trois autres demain, et à nouveau le calme et le silence dans la ville.

TOUZENBACH

Et un ennui mortel.

RODÉ

Mais où est Maria Serguéevna?

KOULYGUINE

Macha est dans le jardin.

FEDOTIK

Nous voudrions lui dire adieu.

RODÉ

Adieu, il faut partir, sinon je vais pleurer... *(Il étreint rapidement Touzenbach et Koulyguine, baise la main d'Irina.)* Nous avons passé ici des jours heureux...

FEDOTIK *à Koulyguine.*

Un petit souvenir pour vous... un carnet avec un crayon... Nous descendrons vers la rivière par là...
> *Ils s'éloignent en se retournant.*

RODÉ, *criant.*

Hop-hop!

KOULYGUINE, *criant.*

Adieu!

> *Au fond de la scène, Fedotik et Rodé rencontrent Macha et prennent congé d'elle; elle sort avec eux.*

IRINA

Partis...

Elle s'assoit sur la première marche de la terrasse.

TCHÉBOUTYKINE

Ils ont oublié de me dire adieu.

IRINA

Et vous, à quoi avez-vous donc pensé?

TCHÉBOUTYKINE

Oui, je l'ai oublié moi-même, je ne sais comment. D'ailleurs, je les reverrai bientôt : je pars demain. Oui... Un jour encore... Dans un an, j'aurai ma retraite, alors je reviendrai ici, et je finirai mes jours auprès de vous. Il ne me reste qu'un an à tirer pour avoir ma pension. *(Il fourre un journal dans sa poche, en tire un autre.)* Quand je reviendrai, je changerai ma manière de vivre, de fond en comble... Je serai bien sage, bien pla... placide, tout à fait convenable...

IRINA

Oui, il faudrait bien que vous changiez votre manière de vivre, mon cher ami... Vraiment, oui!

TCHÉBOUTYKINE

Oh! je le sens bien moi-même. *(Il chantonne :)* Tarara-boum-bié!

KOULYGUINE

Il est incorrigible, notre Ivan Romanytch! Incorrigible!

TCHÉBOUTYKINE

Vous devriez me prendre comme élève, vous me corrigeriez!

IRINA

Fedor s'est rasé la moustache. Je ne peux pas le voir comme ça!

KOULYGUINE

Et pourquoi?

TCHÉBOUTYKINE

Je dirais bien à quoi vous ressemblez, mais je n'ose pas.

KOULYGUINE

Tant pis! C'est l'usage, le *modus vivendi*. Notre directeur s'est fait raser la moustache, et moi aussi, depuis qu'on m'a nommé inspecteur. Cela ne plaît à personne, mais je ne m'en fais pas. Je suis content. Avec ou sans moustache, je suis content.

> *Il s'assoit. Au fond du jardin, André promène son enfant dans une petite voiture.*

IRINA

Cher Ivan Romanytch, mon bon ami, je suis terriblement inquiète. Dites-moi, vous étiez sur le boulevard hier soir, qu'est-ce qui s'est passé là-bas?

TCHÉBOUTYKINE

Ce qui s'est passé? Rien du tout. Des bêtises. *(Il lit son journal.)* C'est égal!

KOULYGUINE

On raconte que Soliony et le baron se sont rencontrés hier, sur le boulevard, près du théâtre...

TOUZENBACH

A quoi bon parler de cela? Pourquoi, voyons...

> *Il fait un geste de la main et rentre dans la maison.*

KOULYGUINE

Près du théâtre... Soliony a cherché chicane au baron, qui n'a pu le supporter et l'a insulté...

TCHÉBOUTYKINE

Je n'en sais rien. Des bêtises.

KOULYGUINE

On raconte que Soliony est amoureux d'Irina et que c'est pour ça qu'il déteste le baron... C'est naturel, Irina est une bien charmante jeune fille. Elle ressemble même un peu à Macha, aussi pensive qu'elle. Seulement toi, Irina, tu as un caractère plus doux. Quoique Macha, elle aussi, ait très bon caractère. Je l'aime, Macha.

On entend, au fond du jardin, des « Hou-hou ! Hop-hop ! »

IRINA *tressaille.*

Tout m'effraie aujourd'hui ! *(Un temps.)* J'ai tout emballé, et après le dîner j'expédierai mes affaires. Nous nous marions demain, le baron et moi, et nous **partons** aussitôt pour la briqueterie. Après-demain, je serai déjà à l'école, une vie nouvelle commencera pour moi. Que Dieu veuille me venir en aide ! Quand j'ai passé mon examen d'institutrice, j'ai pleuré de joie, de béatitude... *(Un temps.)* Une charrette viendra tout à l'heure chercher mes affaires.

KOULYGUINE

Tout cela est bel et bon, mais pas très sérieux. Des idées, oui, mais aucun sérieux. Cela ne m'empêche pas de te souhaiter de tout cœur...

TCHÉBOUTYKINE, *attendri.*

Ma gentille, ma douce ! Ma petite fille toute en or ! Vous êtes allés loin, vous autres, pas moyen de vous rattraper. Je suis resté en arrière, comme un oiseau migrateur, qui a vieilli et ne peut plus voler. Envolez-vous, mes chers, envolez-vous et que Dieu vous garde! *(Un temps.)* Vous avez eu tort, Fédor Iliitch, de vous raser la moustache.

KOULYGUINE

Laissez-moi donc! *(Il soupire.)* Les militaires partiront aujourd'hui, et tout reprendra comme par le passé. Quoi qu'on dise, Macha est une femme honnête et très bonne, je l'aime beaucoup, je remercie mon sort... Nous n'avons pas tous le même!... Il y a ici un nommé Kozyrev, qui travaille aux contributions indirectes. Il était au lycée avec moi, mais on l'a renvoyé de cinquième parce qu'il était incapable de comprendre le *ut consecutivum*. Maintenant, il est dans la misère noire, malade, et quand je le rencontre, je lui dis : « Bonjour, *ut consecutivum* ! » Il répond : « Oui, *consecutivum*, c'est bien ça », et il se met à tousser. Tandis que moi j'ai toujours eu de la chance, on m'a même décoré du Stanislas, deuxième degré, et c'est moi qui enseigne aux autres ce fameux *ut consecutivum*. Bien sûr, je suis intelligent, plus intelligent que beaucoup d'autres, mais le bonheur n'est pas là...

> *Dans la maison, on joue au piano « La prière d'une vierge ».*

IRINA

Demain soir, je n'entendrai plus cette « Prière d'une vierge », je ne rencontrerai plus Protopopov... *(Un temps.)* Protopopov est là, au salon; il est encore venu aujourd'hui...

KOULYGUINE

La directrice n'est pas encore rentrée?

IRINA

Non. On l'a envoyé chercher. Si vous saviez combien

il m'est pénible de vivre ici, seule, sans Olia! Elle
habite au lycée; elle est directrice, elle est occupée toute
la journée, et moi je suis seule, je m'ennuie, je n'ai rien
à faire, j'ai ma chambre en horreur... Alors j'ai pris
une décision : s'il est dit que je ne dois pas aller à Moscou,
soit, je m'incline. Tel est mon destin. Il n'y a rien à
faire... Tout dépend de la volonté de Dieu, c'est vrai.
Nicolas Lvovitch m'a demandée en mariage. Eh bien,
j'ai réfléchi, et j'ai dit oui. C'est un homme excellent,
c'est même étonnant comme il est bon. Et soudain c'est
comme si j'avais eu des ailes, je suis devenue plus gaie,
je me suis sentie légère, et de nouveau je ressens le
désir de travailler, travailler... Seulement, hier, il s'est
passé quelque chose de mystérieux, qui me menace...

TCHÉBOUTYKINE

Des bêtises.

NATACHA, *à la fenêtre.*

Voilà la directrice!

KOULYGUINE

La directrice est arrivée. Allons-y!

> *Il entre avec Irina dans la maison.*

TCHÉBOUTYKINE, *lisant son journal, en fredonnant.*

Tarara-boum-bié...

> *Macha s'approche; dans le fond, André pousse la
> voiture d'enfant.*

MACHA

Le voici, assis bien tranquillement...

TCHÉBOUTYKINE

Et après?

MACHA *s'assoit.*

Rien... Vous avez aimé ma mère ?

TCHÉBOUTYKINE

Oui. Beaucoup.

MACHA

Et elle ? Vous a-t-elle aimé ?

TCHÉBOUTYKINE, *après un silence.*

Ça, je ne m'en souviens plus.

MACHA

Il est ici, le mien ? Marfa, notre cuisinière, appelait comme ça son agent de police, dans le temps : le mien... Il est ici ?

TCHÉBOUTYKINE

Pas encore.

MACHA

Lorsqu'on prend son bonheur par petits bouts, par bribes, et qu'on le perd, comme moi, on devient grossier, peu à peu, on devient méchant. (*Elle montre sa poitrine.*) Ça bout, là-dedans. (*Regardant son frère André, qui pousse la voiture :*) Voilà notre André, notre frère... Toutes ses espérances évanouies. Des milliers d'hommes hissaient une cloche, cela avait coûté beaucoup d'efforts et d'argent, et brusquement, elle est tombée, en miettes. Comme ça, sans aucune raison. André de même...

ANDRÉ

Quand vont-ils enfin se calmer, dans la maison ? Il y a un de ces bruits !...

TCHÉBOUTYKINE

Bientôt. (*Il regarde sa montre.*) J'ai une montre ancienne, à répétition. (*Il la remonte ; elle sonne.*) La

première, la deuxième et la cinquième batterie partiront
à une heure juste. *(Un temps.)* Et moi, demain.

ANDRÉ

Pour toujours?

TCHÉBOUTYKINE

Je ne sais pas. Je reviendrai peut-être dans un an.
Bien que... le diable seul... Quelle importance?

> *On entend, de très loin, les sons d'un violon et d'une
> harpe.*

ANDRÉ

Notre ville sera déserte. Comme si l'on mettait une
cloche dessus. *(Un temps.)* Il s'est passé quelque chose,
hier, près du théâtre. Tout le monde en parle, et moi,
je ne suis pas au courant...

TCHÉBOUTYKINE

Ce n'est rien. Des bêtises. Soliony a cherché querelle
au baron, celui-ci s'est emporté et l'a insulté, finalement
les choses ont mal tourné, Soliony a été obligé de le
provoquer en duel. *(Il regarde sa montre.)* Je crois qu'il
est temps... A midi et demi, dans le bosquet de la
Couronne, celui qu'on voit d'ici, derrière la rivière.
Pif-paf! *(Il rit.)* Soliony se prend pour Lermontov;
c'est qu'il écrit des vers! Mais, plaisanterie à part, c'est
tout de même son troisième duel.

MACHA

A qui?

TCHÉBOUTYKINE

A Soliony.

MACHA

Et au baron?

TCHÉBOUTYKINE

Quoi, au baron?

Un silence.

MACHA

Tout s'embrouille dans ma tête... il ne faut pas les laisser faire. Il pourrait blesser le baron, et même le tuer.

TCHÉBOUTYKINE

Le baron est un brave homme, mais un baron de plus ou de moins, qu'est-ce que ça peut faire? Tant pis! Cela m'est égal. *(Derrière le jardin, on crie : Hou-hou! Hop-hop!)* Tu attendras bien! C'est Skvorzov, le témoin, qui crie. Il est dans une barque.

Un silence.

ANDRÉ

A mon avis, il est tout simplement immoral de prendre part à un duel, ou d'y assister, même en qualité de médecin.

TCHÉBOUTYKINE

Une idée que vous vous faites... Nous ne vivons pas, il n'y a rien en ce monde, nous n'existons pas, nous le croyons seulement... Et n'est-ce pas bien égal?...

MACHA

Et je te parle, je te parle, toute la sainte journée... *(Elle fait quelques pas.)* Supporter ce climat, à chaque instant il peut tomber de la neige, et encore ces conversations par-dessus le marché. *(Elle s'arrête.)* Je n'irai pas dans cette maison, je ne peux pas. Dès que Verchinine viendra, prévenez-moi. *(Elle marche dans l'allée.)* Des oiseaux migrateurs, déjà... *(Elle lève la tête.)* Des cygnes ou des canards... Mes chers, mes bienheureux...

Elle sort.

ANDRÉ

Quel vide dans la maison! Les officiers s'en vont, vous aussi, ma sœur va se marier, je resterai tout seul.

TCHÉBOUTYKINE

Et ta femme?

Entre Feraponte, qui apporte des papiers.

ANDRÉ

Ma femme, c'est ma femme. Elle est honnête, correcte, peut-être bonne, mais il y a quelque chose en elle de mesquin, d'aveugle, de rugueux au toucher, au niveau de l'animal... Elle n'est pas tout à fait un être humain. Je vous le dis comme à un ami, le seul à qui je puisse ouvrir mon cœur. J'aime Natacha, c'est vrai, mais elle me paraît parfois extrêmement vulgaire, et alors je m'y perds, je ne comprends plus pourquoi je l'aime à ce point, ou pourquoi je l'ai aimée...

TCHÉBOUTYKINE, *se levant.*

Je partirai demain, mon vieux, nous ne nous reverrons peut-être plus jamais, alors un conseil : prends ton bonnet, un bâton, et pars... pars, et marche sans regarder en arrière. Et plus tu iras loin, mieux ça vaudra.

Au fond de la scène passent Soliony et deux officiers. Soliony s'approche de Tchéboutykine, les officiers sortent.

SOLIONY

Docteur! Il est temps, bientôt midi et demi.

Il salue André.

TCHÉBOUTYKINE

J'arrive. J'en ai marre de vous tous. *(A André :)* Si quelqu'un me demande, Andrioucha, tu diras que je reviens bientôt. *(Il laisse échapper un grand soupir.)* Oh-oh-oh!

SOLIONY

« Il n'eut pas le temps de dire oh, que l'ours lui sautait
sur le dos. » Qu'avez-vous à geindre, mon vieux ?

TCHÉBOUTYKINE

La paix !

SOLIONY

Et cette santé ?

TCHÉBOUTYKINE, *avec colère.*

La vieille carne se porte bien.

SOLIONY

Le vieillard a tort de s'énerver. Je ne me permettrai
rien de spécial, je me contenterai de tirer comme sur
une bécasse. *(Il tire un flacon de parfum de sa poche et
s'en asperge les mains.)* J'ai vidé aujourd'hui un flacon
entier *(désignant ses mains),* mais elles gardent la même
odeur. Elles sentent le cadavre. *(Un temps.)* Et voilà !
Vous vous rappelez ces vers ? « Et lui, le révolté, il
cherche la tempête, comme si dans la tempête, régnait
la paix [1] »...

TCHÉBOUTYKINE

Oui. « Il n'eut pas le temps de dire oh ! que l'ours lui
sautait sur le dos. »

*Soliony et Tchéboutykine sortent. On entend crier :
« hop-hop ! hou ! » Entrent André et Feraponte.*

FERAPONTE

C'est des papiers à signer...

1. Vers de Lermontov. (N. d. T.)

ANDRÉ, *nerveux.*

Fiche-moi la paix! Fiche-moi la paix! Je t'en supplie!
Il s'en va en poussant la voiture d'enfant.

FÉRAPONTE

Mais les papiers, c'est fait pour être signé...
Il va vers le fond de la scène. Entrent Irina et Touzenbach, qui est coiffé d'un canotier. Koulyguine traverse la scène en criant : « Hou-hou, Macha, hou-hou! »

TOUZENBACH

Voilà, je pense, le seul homme de la ville qui se réjouisse du départ des officiers.

IRINA

Ça se comprend. *(Un temps.)* Notre ville paraîtra déserte.

TOUZENBACH, *regardant sa montre.*

Ma chérie, je reviendrai tout à l'heure.

IRINA

Où vas-tu?

TOUZENBACH

Je dois aller en ville, puis... accompagner des camarades.

IRINA

Ce n'est pas vrai... Nicolas, pourquoi es-tu si distrait aujourd'hui? *(Un temps.)* Que s'est-il passé hier, près du théâtre?

TOUZENBACH, *avec un geste d'impatience.*

Je serai de retour dans une heure, à nouveau avec toi. *(Il lui baise les mains.)* Oh! ma joie... *(Il la regarde atten-*

tivement.) Cinq ans déjà que je t'aime, oui, et je n'y suis pas encore habitué, et tu me sembles toujours plus belle. Ces cheveux superbes, merveilleux. Ces yeux! Demain, je t'emmène, nous travaillerons, nous serons riches, mes rêves vont revivre. Tu seras heureuse. Il n'y a qu'une chose, une seule chose : tu ne m'aimes pas.

IRINA

Ce n'est pas en mon pouvoir. Je serai ta femme, ta femme fidèle et obéissante, mais je n'ai pas d'amour pour toi! Que faire! _(Elle pleure.)_ Je n'ai jamais connu l'amour. Oh! j'en ai tellement rêvé, depuis si long-temps! Mais mon cœur est comme un piano précieux fermé à double tour, dont on aurait perdu la clé. _(Un temps.)_ Tu as l'air inquiet.

TOUZENBACH

Je n'ai pas dormi de la nuit. Il n'y a rien d'effrayant dans ma vie, rien qui puisse me faire peur, seule cette clé perdue me torture, m'empêche de dormir... Dis-moi quelque chose. _(Un temps.)_ Dis-moi quelque chose.

IRINA

Et quoi? Quoi?

TOUZENBACH

Quelque chose.

IRINA

Voyons, voyons!

Un temps.

TOUZENBACH

Quelles bêtises, quels détails stupides prennent soudain de l'importance dans la vie, sans rime ni raison! On continue à s'en moquer, on ne les prend pas au

sérieux, mais malgré cela on se met en branle, et rien
à faire pour s'arrêter. Oh! laissons cela. Je suis gai!
C'est comme si je voyais ces sapins, ces érables, ces
bouleaux, pour la première fois de ma vie. Ils me regardent avec curiosité, ils attendent... Qu'ils sont beaux,
ces arbres, et comme la vie devrait être belle auprès
d'eux! *(On entend des cris : « Hou-hou! hop-hop! »)*
Il faut partir, il est temps... Vois cet arbre desséché,
un coup de vent, et le voilà qui se balance avec les
autres. Eh bien, si je devais mourir, il me semble que
je participerais encore à la vie, d'une manière ou d'une
autre. Adieu, ma chérie. *(Il lui baise les mains.)* Tes
papiers, ceux que tu m'as donnés, sont sur ma table,
sous le calendrier.

IRINA

Je vais avec toi.

TOUZENBACH, *inquiet.*

Non! non! *(Il part rapidement, mais s'arrête dans
l'allée.)* Irina!

IRINA

Oui?

TOUZENBACH, *ne sachant que dire.*

Je n'ai pas pris de café aujourd'hui. Tu demanderas
qu'on m'en fasse.

> *Il sort rapidement. Irina reste debout, songeuse, puis
> va vers le fond de la scène, et s'assoit sur la balançoire.
> Entre André poussant la petite voiture. Feraponte le
> suit.*

FERAPONTE

André Serguéevitch, ces papiers, ils ne sont pas à moi,
ils sont à l'administration. Ce n'est pas moi qui les ai
inventés.

ANDRÉ

Où est-il, mon passé, où a-t-il disparu? J'ai été jeune, gai, intelligent, j'avais de beaux rêves et de belles pensées, mon présent et mon avenir illuminés d'espoir... Pourquoi, à peine nous commençons à vivre, devenons-nous ennuyeux, ternes, insignifiants, paresseux, indifférents, inutiles, malheureux?... Notre ville existe depuis deux cents ans, elle compte cent mille habitants, et pas un seul qui ne ressemble aux autres, pas un héros, ni dans le passé ni dans le présent, pas un savant, pas un artiste, pas un homme un peu remarquable, qui susciterait la jalousie, ou le désir passionné de marcher sur ses traces... Ils ne font que manger, boire, dormir, puis ils meurent... D'autres viennent au monde, et à leur tour mangent, boivent, dorment, ne trouvant à se divertir, pour ne pas sombrer dans l'ennui, que dans les ragots abjects, la vodka, les cartes, les chicanes; et les femmes trompent leur mari, et les maris mentent, font semblant de ne rien voir, de ne rien entendre, et l'irrésistible influence de la vulgarité pourrit les enfants, éteint l'étincelle divine qui vivait en eux, ils deviennent des cadavres vivants, aussi semblables les uns aux autres, aussi pitoyables que leurs parents... *(A Feraponte, avec humeur :)* Que me veux-tu?

FERAPONTE

Ce que je veux, moi? Des signatures.

ANDRÉ

Tu m'embêtes.

FERAPONTE

Tout à l'heure, le concierge de l'administration fiscale a raconté que l'hiver dernier, à Pétersbourg, il a fait moins de deux cents degrés.

ANDRÉ

Le présent est dégoûtant, mais quand je pense à
l'avenir, il me paraît si beau! On respire mieux, tout
s'élargit, une lumière brille dans le lointain, je vois la
liberté, et nous, mes enfants et moi-même, libérés de
l'oisiveté, de la boisson, de l'oie aux choux, de la sieste
après le dîner, de l'ignoble parasitisme...

FERAPONTE

Il paraît que deux mille personnes sont mortes de
froid. On dit que le peuple est effrayé. C'est à Pétersbourg, ou peut-être bien à Moscou, je ne me rappelle
pas.

ANDRÉ, *subitement attendri.*

Mes chères sœurs merveilleuses! *(A travers les
larmes :)* Macha, ma sœur...

NATACHA, *par la fenêtre.*

Qui est-ce qui parle si fort? C'est toi, André? Tu
vas réveiller Sophie. Il ne faut pas faire de bruit. Sophie
dort déjà, vous êtes un ours. *(Se mettant en colère :)*
Si tu as envie de parler, donne la voiture d'enfant à
quelqu'un d'autre. Feraponte, prends la petite voiture
à Monsieur!

FERAPONTE

A vos ordres!

Il pousse la voiture.

ANDRÉ, *confus.*

Je parle bas.

NATACHA, *derrière la fenêtre, caresse son enfant.*

Bobik! Petit polisson! Vilain petit Bobik!

ANDRÉ, *examinant les papiers.*

C'est bon, je vais revoir tout ça et signer ce qu'il fau
tu les rapporteras au conseil.

　　*Il va vers la maison en lisant les papiers. Ferapo.
　　pousse la petite voiture vers le fond du jardin.*

NATACHA, *à la fenêtre, caressant son enfant.*

Bobik, comment s'appelle ta maman? Mon ché
Qui est là? C'est tante Olia. Dis à ta tante : bonjo
Olia!

　　*Des musiciens ambulants, un homme et une je
　　fille, jouent du violon et de la harpe. Verchini
　　Olga et Anfissa sortent de la maison et écoutent
　　musique en silence; Irina les rejoint.*

OLGA

Notre jardin est un vrai passage public, on le trave
à pied et à cheval. Donne-leur une pièce, nounou.

ANFISSA, *donnant une pièce aux musiciens.*

Allez, que Dieu vous garde, mes bons. *(Les musicie
saluent et sortent.)* Pauvres gens! Ventre plein ne f
pas de musique... *(A Irina :)* Bonjour, Aricha! *(E
l'embrasse.)* Eh bien, ma petite, j'en ai de la chand
J'habite au lycée, je suis logée par l'administration, av
Oliouchka. Le bon Dieu m'a gâtée sur mes vieux jou
Pauvre pécheresse que je suis, je n'avais encore jam
vécu comme ça. L'appartement de l'administration
grand, il y a une chambre pour moi, avec un petit
Tout ça est donné par l'administration. Quand je
réveille la nuit, oh! Seigneur, Sainte Vierge, il n'y
personne au monde de plus heureux que moi.

VERCHININE, *regardant sa montre.*

Nous allons partir, Olga Serguéevna. Je n'ai plus
temps... *(Un silence.)* Je vous souhaite de tout cœu
Où est Maria Serguéevna?

IRINA

Quelque part dans le jardin. Je vais la chercher.

VERCHININE

Vous serez bien aimable. Je suis pressé.

ANFISSA

Moi aussi, je vais la chercher. *(Elle crie :)* Machenka! Iou-hou! *(Elle se dirige avec Irina vers le fond du jardin.)* Iou-hou!

VERCHININE

Tout a une fin. Ainsi, nous allons nous séparer. *(Il regarde sa montre.)* La ville nous a offert un déjeuner, du champagne, le maire a fait un discours; je mangeais, j'écoutais, mais mon cœur était ici, près de vous... *(Regardant le jardin :)* Je me suis tellement habitué à vous!

OLGA

Nous reverrons-nous un jour?

VERCHININE

Je ne pense pas. *(Un temps.)* Ma femme et mes fillettes resteront encore ici, pendant deux mois environ; si jamais il leur arrivait quelque chose, si elles avaient besoin... je vous en prie...

OLGA

Mais oui, bien sûr, soyez tranquille. *(Un temps.)* Demain il n'y aura plus un seul militaire dans notre ville, tout ne sera plus que souvenir, et sans doute une vie nouvelle commencera pour nous... *(Un temps.)* Rien ne se fait selon nos désirs. Je ne voulais pas être directrice, et je le suis devenue tout de même. Donc, nous ne devons pas aller à Moscou...

VERCHININE

Eh bien... Je vous remercie... Pardonnez-moi, s
y a lieu... J'ai beaucoup parlé, beaucoup trop, de ce
aussi, pardon. Ne me gardez pas mauvais souvenir.

OLGA, *s'essuyant les yeux.*

Et Macha, pourquoi ne vient-elle pas?

VERCHININE

Que puis-je vous dire avant de vous quitter?
propos de quoi philosopher une dernière fois? *(Il rit*
La vie est difficile. Pour beaucoup d'entre nous, el
est comme sourde, dénuée de tout espoir, et cependan
il faut l'avouer, elle se fait peu à peu plus facile, pl
claire, et sans doute le temps n'est pas loin où el
deviendra véritablement lumineuse. *(Il regarde*
montre.) Il faut que je parte. Jadis l'humanité éta
occupée par des guerres; les campagnes, les invasion
les victoires remplissaient l'existence, mais aujourd'hu
tout cela est dépassé, il reste un immense vide q
demande à être comblé, mais comment? L'humani
cherche passionnément une solution, elle finira bie
par la trouver. Ah, si cela pouvait ne pas tarder! *(U*
temps.) Voyez-vous, si l'on ajoutait l'amour du trava
à l'instruction, et l'instruction à l'amour du travail.
(Il regarde sa montre.) C'est l'heure...

OLGA

La voilà.

Entre Mach

VERCHININE

Je suis venu vous faire mes adieux.

Olga s'écarte un peu pour ne pas les gêne

MACHA *le regarde dans les yeux.*

Adieu...

Un long baiser.

OLGA

Assez, assez...

Macha éclate en sanglots.

VERCHININE

Écris-moi... Ne m'oublie pas! Laisse-moi partir... est temps... Olga Serguéevna, prenez-la, je dois... il st temps... Je suis en retard.

Très ému, il baise les mains d'Olga, étreint encore Macha, et sort rapidement.

OLGA

Assez, Macha! Assez, ma chérie.

Entre Koulyguine.

KOULYGUINE, *troublé.*

Ça ne fait rien, laisse-la pleurer, laisse. Ma bonne Macha, ma gentille Macha... Tu es ma femme, je suis eureux malgré tout... Je ne me plains pas, je ne te fais ucun reproche... Olia en est témoin. Nous vivrons omme par le passé, et jamais un seul mot, pas la moindre llusion...

MACHA, *tentant de retenir ses sanglots.*

« Auprès d'une anse, un chêne vert, autour du chêne, ne chaîne d'or... Autour du chêne une chaîne d'or »... e deviens folle... « Auprès d'une anse... un chêne ert. »

OLGA

Calme-toi, Macha, calme-toi. Donne-lui de l'eau.

MACHA

Je ne pleure plus.

KOULYGUINE

Elle ne pleure plus. Elle est bonne...

Au loin, un coup de feu retentit sourdemen

MACHA

« Auprès d'une anse, un chêne vert, une chaî
en or autour du chêne... Un chat vert?... Un chê
vert... » J'embrouille tout. *(Elle boit de l'eau.)* Une v
ratée... Maintenant je n'ai plus besoin de rien. Je va
me calmer tout de suite... tout m'est égal. Qu'est-
que ça veut dire : « Auprès d'une anse »? Pourquoi c
mots me trottent-ils dans la tête? Mes pensées s'en
brouillent.

Entre Irin

OLGA

Calme-toi, Macha. Voilà, tu es raisonnable. Rentron

MACHA, *avec colère.*

Je n'irai pas dans cette maison. *(Elle recommence
pleurer, mais se maîtrise.)* Je n'y allais déjà plus, je n'ir
pas...

IRINA

Restons assises ici, toutes les trois, même sans parle
Vous savez que je pars demain...

Un silenc

KOULYGUINE

Hier, en cinquième, j'ai confisqué à un gosse cett
barbe et cette moustache. *(Il met l'une et l'autre.)* J
ressemble au professeur d'allemand. *(Il rit.)* Pas vrai
Ils sont drôles, ces gamins!

MACHA

Mais oui, tu ressembles à votre Allemand.

OLGA, *riant.*

C'est vrai.

Macha pleure.

IRINA

Assez, Macha!

KOULYGUINE

Il y a une grande ressemblance...

Entre Natacha.

NATACHA, *à la bonne.*

Quoi? Monsieur Protopopov, Mikhaïl Ivanovitch,
restera avec Sophie, et André Serguéevitch promènera
Bobik. Quels soucis, ces enfants! *(A Irina :)* Irina, tu
pars demain? Comme c'est dommage! Reste donc
encore un peu, au moins une semaine! *(Elle pousse un
cri en apercevant Koulyguine, qui enlève en riant sa fausse
barbe et sa moustache.)* Mon Dieu, vous m'avez fait
peur! *(A Irina :)* Je me suis habituée à toi, si tu crois
que ça me sera facile, cette séparation! Dans ta chambre,
e mettrai André avec son violon, qu'il le gratte tant
qu'il veut, et sa chambre sera pour ma petite Sophie.
Quelle enfant mignonne, adorable! Aujourd'hui elle
m'a regardée avec ses jolis yeux et puis : « Maman »!

KOULYGUINE

Une belle enfant, ça c'est vrai.

NATACHA

Alors, demain, je serai toute seule ici. *(Un soupir.)*
Avant tout, je ferai abattre cette allée de sapins, et
cet érable. Le soir, il est si laid... *(A Irina :)* Ma chère,
cette ceinture ne te va pas du tout. Quel manque de

goût!... Il faudrait quelque chose de clair. Et puis je
ferai planter des petites fleurs partout, et il y aura ce
parfum... *(Sévère :)* Pourquoi cette fourchette traîne-
t-elle sur le banc? *(Elle va dans la maison. A la bonne :)*
Pourquoi cette fourchette sur le banc, je te le demande?
(Elle crie :) Silence!

KOULYGUINE

La voilà déchaînée.

> *Derrière la scène, la musique militaire joue une*
> *marche ; tous écoutent.*

OLGA

Ils partent.

Entre Tchéboutykine

MACHA

Les nôtres partent... Eh bien... Bonne route à tous!
(A son mari :) Il faut rentrer à la maison. Où est mon
chapeau? Et ma cape?

KOULYGUINE

Je les ai portés à l'intérieur. Je vais les chercher.

Il entre dans la maison.

OLGA

Oui, on peut rentrer maintenant. Il est temps.

TCHÉBOUTYKINE

Olga Serguéevna!

OLGA

Oui? *(Un temps.)* Quoi?

TCHÉBOUTYKINE

Rien... Je ne sais comment vous le dire.

Il lui parle à l'oreille.

OLGA, *effrayée.*

Ce n'est pas possible!

TCHÉBOUTYKINE

Si... Quelle histoire!... Je suis fatigué, vanné, je ne veux pas en parler... *(Avec dépit :)* D'ailleurs, ça m'est égal.

MACHA

Qu'est-ce qu'il y a?

OLGA, *étreignant Irina.*

Quelle affreuse journée... Ma chérie, je ne sais pas comment te le dire...

IRINA

Quoi? Parlez vite : qu'est-ce qu'il y a? Au nom du ciel...

Elle pleure.

TCHÉBOUTYKINE

On vient de tuer le baron en duel...

IRINA, *elle pleure doucement.*

Je le savais, je le savais...

TCHÉBOUTYKINE *va au fond de la scène et s'assoit sur un banc.*

Je suis las... *(Il sort un journal de sa poche.)* Laissons-les pleurer... *(Il chantonne :)* Ta-ra-ra-boum-bié... ta-ra-ra-boum-bié... Au fond, n'est-ce pas égal?

Les trois sœurs restent debout, serrées l'une contre l'autre.

MACHA

Oh! cette musique! Ils nous quittent, l'un d'eux est parti pour toujours, pour toujours, nous restons

seules pour recommencer notre vie. Il faut vivre...
Il faut vivre!

IRINA, *appuyant sa tête contre la poitrine d'Olga.*

Un temps viendra où l'on comprendra tout cela,
pourquoi ces souffrances, il n'y aura plus de mystère :
mais en attendant, il faut vivre... il faut travailler, travailler... Demain, je partirai seule, j'enseignerai à
l'école, je donnerai ma vie à ceux qui en ont peut-être
besoin. C'est l'automne, bientôt l'hiver, la neige va
tout ensevelir, mais moi, je travaillerai... je travaillerai...

OLGA, *enlaçant ses sœurs.*

La musique est si gaie, si encourageante, et on a
envie de vivre! Oh! mon Dieu! Le temps passera, et
nous quitterons cette terre pour toujours, on nous
oubliera, on oubliera nos visages, nos voix, on ne
saura plus combien nous étions, mais nos souffrances
se changeront en joie pour ceux qui viendront après
nous; le bonheur, la paix régneront sur la terre, et on
dira du bien de ceux qui vivent maintenant, on les
bénira. Oh, mes sœurs chéries, notre vie n'est pas encore
terminée. Il faut vivre! La musique est si gaie, si joyeuse!
Un peu de temps encore, et nous saurons pourquoi
cette vie, pourquoi ces souffrances... Si l'on savait!
Si l'on savait!

> *Peu à peu, la musique s'éloigne; Koulyguine, gai
> et souriant, apporte le chapeau et la cape. André
> pousse la voiture d'enfant dans laquelle est assis
> Bobik.*

TCHÉBOUTYKINE, *chantonnant doucement.*

Ta-ra-ra-boum-bié... Ta-ra-ra-boum-bié... *(Lisant son
journal :)* Tout m'est égal! Tout m'est égal!

OLGA

Si l'on savait! Si l'on savait!

Dossier

VIE DE TCHEKHOV

1860 — Le 17 janvier (calendrier julien) : naissance d'Anton Pavlovitch Tchekhov à Taganrog, petit port de la mer d'Azov.

1861 — Émancipation des serfs.

1876 — Le père de Tchekhov, épicier failli, se réfugie à Moscou afin d'échapper à la prison pour dettes; sa famille va l'y rejoindre. Anton Tchekhov reste seul à Taganrog pour terminer ses études au lycée.

1876 — Tchekhov vit de leçons. Il rédige à lui seul un journal d'élèves, *Le Bègue,* compose son premier drame, *Sans père* (manuscrit égaré), fréquente le théâtre de Taganrog.

1879 — Tchekhov rejoint sa famille à Moscou, où elle vit dans la misère. Il s'inscrit à la faculté de médecine.

1880 — Pour faire vivre les siens, il collabore à diverses revues humoristiques : *La Libellule, Le Réveil-Matin, Le Spectateur, Le Journal de Pétersbourg, Les Éclats.* Il signe : *L'Homme sans rate, Le Frère de mon frère, Rouver,* et surtout *Antocha Tchékhonté.* Son premier récit : *Lettre de Stepan Vladimirovitch, propriétaire de la région du Don, à son savant voisin, le docteur Fredrich,* est publié par *La Libellule.*

1881 — Assassinat d'Alexandre II.

1882 — Tchekhov écrit un drame (auquel on a donné le titre de *Platonov*). Celui-ci est refusé par le théâtre Maly. Une autre pièce, *Sur la grand-route,* tirée du récit *En automne,* est interdite par la censure.

1884-1885 — Tchekhov termine ses études de médecine; il commence à exercer sa profession à Moscou et, pendant les mois d'été, dans les petites villes de Voskressensk et de Zvenigorod. Depuis 1882, il collabore aux *Éclats,* revue humoristique plus importante, qui paraît à Pétersbourg. Publication de son premier recueil, *Les Contes de Melpomène.* Premiers symptômes du mal qui l'emportera, la tuberculose.

1886 — Tchekhov débute dans un grand quotidien de Pétersbourg, *Temps nouveau,* de tendance réactionnaire, dont le directeur — Souvorine — deviendra son ami, son éditeur et son correspondant régulier. Une lettre de l'écrivain Grigorovitch qui l'adjure de se prendre au sérieux et de ne pas gaspiller des dons exceptionnels lui donne confiance en lui-même. Son nom commence à être connu. Il fréquente les milieux du théâtre et compose une pièce en un acte : *Le Chant du Cygne* (tirée de son récit *Calchas*).

1887 — Son drame *Ivanov,* représenté le 19 novembre au théâtre Korch, suscite de vives controverses dans le public comme dans la critique.

1888 — Tchekhov publie des récits plus longs et plus graves (parmi lesquels *La Steppe, Lueurs,* etc.). Cela ne l'empêche pas de composer de petites pièces légères et très gaies : *Une demande en mariage, L'Ours.* Il reçoit le prix Pouchkine à l'unanimité pour son recueil, *Dans le crépuscule.*

1889 — Fait la connaissance de la romancière Lydia Avilova. Succès de la nouvelle version d'*Ivanov* au théâtre Alexandra de Pétersbourg. Mort de son frère Nicolas. Tchekhov achève *Une Banale Histoire* et *L'Esprit des Bois,* pièce refusée pour « manque de qualités dramatiques ». La pièce est finalement jouée au théâtre Abramova, et mal accueillie par la presse.

1890 — En remaniant entièrement *L'Esprit des Bois,* Tchekhov en fait *Oncle Vania* qui sera publié en 1897. Il écrit en outre deux petites comédies : *Le Tragédien malgré lui* et *Une Noce.* — En avril, il entreprend, à travers la Sibérie, un long et pénible voyage qui le mène à l'île de Sakhaline, où sont détenus des forçats. But du voyage : voir de ses propres yeux comment vivent ceux que la société a condamnés ou relégués. La publication de *L'Ile de Sakhaline* (en 1893), qui révélait les atroces conditions de vie des bagnards, sera à l'origine de certaines réformes administratives.

1891 — Premier voyage à l'étranger : Vienne, Venise, Florence, Rome, Nice, Paris. Publication de *Le Duel*.

1892 — Tchekhov participe à la lutte contre la famine. Achat d'une propriété (Mélikhovo), non loin de Moscou. Tchekhov, ses parents, sa sœur s'y installent. L'écrivain y soigne gratuitement les paysans, prend une part active à la lutte contre l'épidémie de choléra, y fait construire des écoles et tracer des routes. L'œuvre la plus importante de cette année : *Salle 6*.

1893 — Amitié amoureuse avec Lika Mizinova.

1894 — Deuxième voyage à l'étranger : Vienne, Milan, Gênes, Nice, Paris. Mort d'Alexandre III. Nicolas II, qui lui succède, maintient un régime autocratique.

1895 — Lénine organise à Pétersbourg « L'Union de la lutte pour la libération de la classe ouvrière ». En août, Tchekhov, chez Tolstoï, à Iasnaïa Poliana, assiste à une lecture de *Résurrection*. Tchekhov est mis sous surveillance officieuse de la police.

1896 — Le 6 octobre, échec retentissant de *La Mouette* au théâtre Alexandrinski de Pétersbourg. Mais succès à la deuxième représentation. Publication de *Ma Vie* mutilée par la censure.

1897 — Grave hémoptysie. L'hiver à Moscou lui est interdit. Tchekhov part pour Paris, Biarritz, Nice. Se passionne pour l'affaire Dreyfus.

1898 — Révolution théâtrale avec la fondation du Théâtre d'Art de Moscou par Stanislavski et Nemirovitch-Dantchenko. A la fin de l'année, le Théâtre d'Art fait triompher *La Mouette*. Tchekhov s'installe à Yalta, en Crimée.

1899 — Visite de Gorki à Yalta. Tchekhov vend Mélikhovo. Le 26 octobre, première d'*Oncle Vania* au Théâtre d'Art. Olga Knipper, qui deviendra la femme de l'écrivain, interprète le rôle d'Éléna Andréevna. Parution de *La Dame au petit chien*.

1900 — Tchekhov académicien d'honneur de la section Belles-Lettres de l'Académie des Sciences. Il publie *Dans le ravin*, peinture très sombre du village russe. Le Théâtre d'Art se rend en avril à Yalta et à Sébastopol, ce qui permet à Tchekhov d'assister à la représentation de ses pièces (ainsi que de *Hedda Gabler* d'Ibsen et des *Solitaires* de Hauptmann).

1901 — De nouveau à Nice durant l'hiver 1900-1901. Le 31 janvier, première des *Trois Sœurs* au Théâtre d'Art, avec Olga Knipper dans le rôle de Macha. Le 25 mai, mariage de Tchekhov et d'Olga. Les époux vivront presque continuellement séparés, car Olga poursuit sa carrière artistique, tandis que Tchekhov est condamné à vivre à Yalta qu'il appelle sa « tiède Sibérie ». En Crimée, il fréquente Tolstoï — qu'il admire mais dont il a rejeté l'influence — et de jeunes écrivains : Gorki, Bounine, Kouprine.

1902 — A Yalta, Tchekhov vient en aide aux tuberculeux nécessiteux. Il écrit *L'Évêque*. Il démissionne de l'Académie russe parce que Gorki, sur l'ordre du tsar, n'y a pas été admis.

1903 — Dernières œuvres : *La Fiancée, La Cerisaie*.

1904 — Le 17 janvier, *La Cerisaie* est représentée au Théâtre d'Art (avec Olga Knipper dans le rôle de Mme Ranévskaïa). La guerre russo-japonaise éclate le 8 février. Tchekhov rêve encore de partir pour le front en qualité de médecin. Cependant ses forces déclinent rapidement. En mai, il part avec sa femme pour Berlin et Badenweiler, où il meurt le 2 juillet. Il est enterré à Moscou le 9 juillet, au cimetière du monastère des Nouvelles-Vierges.

NOTICES

CE FOU DE PLATONOV

Tchekhov a dépouillé le théâtre de ce qu'il a de « théâtral ». L'art dramatique, avant lui, en Russie, est marqué par des pièces réalistes et satiriques. On cherche à dénoncer les mœurs et les institutions — autant que la censure le permet. Le public russe aime bien alors voir de nobles exemples, et venir se faire fustiger, le temps d'une soirée. Après quoi il retourne à son incurie. Ces drames sont en général violents, souvent féroces et extravagants, comme ceux de Soukhovo-Kobyline. Pourtant, dans les meilleurs, comme ceux d'Ostrovski, on trouve déjà un certain dédain des effets scéniques, et un effort pour suggérer un climat.

On est stupéfait de voir Tchekhov sortir tout armé de *Ce fou de Platonov*. Il a de vingt à vingt-deux ans quand il écrit ces quatre actes. Il arrive de Taganrog, et vient de rejoindre sa famille à Moscou et de commencer ses études de médecine. Du premier coup, il rend invisibles l'action et l'intrigue, il trouve ce lyrisme discret où passe toute l'âme de héros qui n'ont rien d'exceptionnel, qui simplement crèvent en province, incapables de s'arracher aux autres et à eux-mêmes. *Ce fou de Platonov* est peut-être plus noire que les autres pièces, parce que, dans la vie de Tchekhov, ce sont les années de Taganrog qui ont été les plus horribles. (Il écrira un jour à un architecte de ses amis : « Taganrog est une très belle ville. Si j'étais un architecte d'autant de talent que vous, je la démolirais. ») Un médecin ivrogne, un colonel en retraite qui mendie, un usurier, un banquier qui ne mérite pas sa fortune, quelques femmes un peu folles, et ce pauvre instituteur de Platonov, pris au piège de la vie, tels sont les échantillons d'humanité que Tchekhov connut dès son enfance et à qui il applique son regard lucide, attentif, plus étonné qu'indigné. Voilà ce que l'on fait de nous. Pourquoi?

Tchekhov donna sa première pièce à une actrice du Théâtre Maly, à Moscou, Mme Yemolova. La pièce fut refusée. Le manuscrit fut retrouvé en 1920, imprimé en 1923 à Leningrad, intégré aux *Œuvres complètes* de Tchekhov dans l'édition soviétique de 1949. Jean Vilar créa la pièce au T.N.P., le 17 mai 1956, et lui choisit pour titre *Ce fou de Platonov*. En 1957, elle est jouée pour la première fois en U.R.S.S. par le Théâtre Pouchkine de Pskov, mais sans titre, puisque Tchekhov n'en avait pas laissé.

IVANOV

Tchekhov écrit *Ivanov* en 1887. « La pièce m'est venue, légère comme une plume, sans une longueur. » Il la donne à Korch, directeur de théâtre moscovite, moyennant un contrat lui assurant huit pour cent de la recette. « Les dramaturges d'aujourd'hui commencent leurs pièces avec exclusivement des anges, des scélérats et des bouffons... J'ai voulu être original; je n'ai pas fabriqué un seul scélérat, ni un seul ange (mais je n'ai pas pu éviter les bouffons), je n'ai accablé personne, n'ai justifié personne... » La première représentation eut lieu le 19 novembre 1887. Elle fut des plus houleuses :

« Tout d'abord : Korch m'avait promis dix répétitions, et il n'en a fait que quatre dont deux seulement avaient droit au nom de répétition, les deux autres ayant pris l'allure de tournois où les artistes ont pu s'exercer à la logomachie et à l'engueulade. Seuls Davydov et Glama savaient leurs rôles, quant aux autres, ils se fiaient au souffleur ou à leur inspiration. »

Dès le premier acte, Tchekhov ne reconnaît plus sa pièce. Un des acteurs ne dit pas une seule phrase correctement. L'actrice qui joue le rôle principal a sa petite fille en danger de mort et n'a pas sa tête à elle. Pourtant le public a l'air ravi et, fait exceptionnel, on réclame l'auteur à la fin du deuxième acte. Tout se gâte après un long entracte placé bizarrement au milieu du quatrième acte :

« Le diable sait ce qui a pu sortir de cette merde insignifiante qu'est ma petite pièce... Il y a eu dans le public et dans les coulisses une agitation comme n'en avait vu de sa vie le souffleur, qui travaille au théâtre depuis trente-deux ans. Tintamarre, braillements, applaudissements, sifflets, au buffet on a failli en venir aux mains, et, au poulailler, les étudiants ont voulu jeter quelqu'un dehors et la police en a expulsé deux. L'agitation était générale. »

La Feuille de Moscou traite *Ivanov* de « galimatias effrontément cynique et immoral ».

A partir de la seconde représentation, les choses se tassent. L'année suivante, elle est reprise avec beaucoup de succès à Saint-Pétersbourg :

« Mon *Ivanov* continue à avoir un succès colossal. A Pétersbourg, il y a maintenant deux héros du jour : la *Phryné* de Sémigradsky, toute nue, et moi habillé », ironise Tchekhov.

Mais il reste blessé par ceux qui croient que le personnage d'Ivanov n'est qu'un « homme de trop » comme la scène russe en a tant présenté. Ces personnages de la génération 1820-1840 se sentent inutiles dans la société et pensent que quelque chose doit changer en Russie. Pour son auteur, Ivanov est plus complexe. Il n'est ni un « salaud » (le mot est de Tchekhov), ni un « homme de trop » mais quelqu'un de remarquable qui a simplement ce défaut russe de tomber de l'exaltation à la lassitude, la culpabilité. Lui et les autres personnages ne sont pas des abstractions. « Ils sont le résultat de l'observation et de l'étude de la vie. Ils se dressent dans mon cerveau et je sens que je n'ai pas truqué d'un centimètre, pas faussé d'un iota. »

LA MOUETTE

Le 21 octobre 1895, Tchekhov annonce à son ami Souvorine qu'il travaille à une pièce :

« J'écris non sans plaisir, bien que j'en prenne terriblement à mon aise avec les exigences de la scène. C'est une comédie, il y a trois rôles de femmes, six de moujiks, quatre actes, un paysage (vue sur un lac), beaucoup de discours sur la littérature, peu d'action, cinq pouds d'amour. »

Il travaille encore à *La Mouette* en 1896. En août, elle est prête :

« Le censeur a marqué au crayon bleu les endroits qui ne lui plaisaient pas pour la raison que le frère et le fils sont indifférents à la liaison de l'actrice avec l'homme de lettres. »

La pièce est créée le 6 octobre au Théâtre Alexandrinski, de Pétersbourg, au bénéfice d'une actrice comique dont le public vulgaire remplit la salle. Furieux de ne pas trouver ce qu'ils attendaient, les spectateurs des premiers rangs tournent ostensiblement le dos à la scène, se mettent à parler fort, à rire et à siffler. La panique et le désespoir s'emparent des comédiens.

A l'aube, plein de froideur affectée, Tchekhov reprend le train de Moscou : « Après le spectacle, j'ai fait un somptueux repas chez Romanov, ensuite je me suis couché, j'ai dormi profondément et le lendemain je suis parti chez moi sans émettre une plainte... Ma sœur... a quitté Pétersbourg et regagné la maison en hâte, sans doute pensait-elle que j'allais me pendre. »

Il annonce : « Je n'écrirai plus jamais et je ne ferai plus jamais jouer de pièces. » A peine rentré chez lui, à Mélikhovo, il affecte de se remettre à la médecine :

« Hier un riche moujik a eu l'intestin bouché par ses excréments et nous lui avons administré d'énormes clystères. Il s'en est tiré. »

Mais Tchekhov est blessé. Curieusement, c'est à partir de cette catastrophique première qu'il parle de sa tuberculose.

En 1898, Stanislavski et Nemirovitch-Dantchenko fondent à Moscou le Théâtre d'Art. Tchekhov, cloué par la maladie à Yalta, s'inscrit comme actionnaire. Mais il refuse longtemps *La Mouette* à la nouvelle troupe. « Il la considérait comme son enfant malade, partant comme son enfant préféré », écrit Stanislavski. Nemirovitch-Dantchenko finit par obtenir le consentement de Tchekhov et la pièce est inscrite au répertoire en août. Les répétitions se déroulent dans l'angoisse. Le nouveau théâtre connaît des difficultés financières et ne peut risquer un nouvel échec. D'autre part Tchekhov est plus malade, et si *La Mouette* est de nouveau mal accueillie, cela peut affecter gravement sa santé. C'est dans ces conditions que le rideau se leva à Moscou, le 17 décembre. Stanislavski a fait le récit de cette soirée :

« Il n'y avait pas grand monde dans la salle. Je ne sais plus comment nous avons joué le premier acte; je sais seulement que tous les acteurs répandaient une odeur de valérianate. Je me souviens aussi combien j'avais peur — au point que je devais maîtriser les secousses nerveuses d'une de mes jambes — cependant que, le dos tourné au public, j'écoutais dans l'ombre le monologue de Nina.

« Il nous semblait que nous allions vers un échec. Le rideau tomba dans un silence de mort. Angoissés, serrés les uns contre les autres, nous attendions le verdict du public.

« Un silence sépulcral...

« Des machinistes avançaient la tête hors des coulisses : eux aussi attendaient.

« Toujours le même silence.

« Soudain quelqu'un fondit en larmes. Olga Knipper, elle, essayait de réprimer des sanglots hystériques. Nous nous dirigeâmes en silence vers les coulisses.

« C'est à ce moment-là que le public éclata en ovations et en applaudissements. On se hâta de lever le rideau.

« Plus tard, on me raconta que nous nous tenions de profil sur le plateau, que nous avions des têtes à faire peur, qu'aucun d'entre nous n'eut l'idée de saluer la salle et que l'un de nous resta tout bonnement assis. Visiblement, nous ne comprenions pas ce qui s'était passé.

« Dans la salle, le succès était immense. Sur la scène, régna bientôt une atmosphère de fête de Pâques. »

L'image d'une mouette en vol sert toujours d'emblème **au Théâtre d'Art.**

LES TROIS SŒURS

Tchekhov écrit *Les Trois Sœurs* pendant l'été 1900. « Ah! quel rôle tu as dans *Les Trois Sœurs*, quel rôle! » annonce-t-il à Olga Knipper en septembre. Il décrit ainsi sa nouvelle pièce à Maxime Gorki :

« Il m'a été difficile de rédiger *Les Trois Sœurs*. C'est qu'il y a trois héroïnes, chacune doit avoir son type, et toutes trois sont filles de général. L'action se passe dans une ville de province du genre de Perm, milieu de militaires, l'artillerie. »

La pièce entre en répétitions au début de 1901. La santé de Tchekhov l'avait obligé à partir pour Nice. De là, il envoyait des indications de mise en scène, des retouches, par exemple la phrase : « Balzac s'est marié à Berditchev. » A Olga, il donne ce conseil qui en dit long sur lui-même et sur son art :

« Oh! prends garde, nulle part tu n'as un visage triste; renfrogné, oui, mais pas triste. Les gens qui depuis longtemps portent en eux un chagrin en ont pris l'habitude, sifflotent et restent souvent pensifs. Prends donc assez souvent un air pensif sur la scène au milieu des conversations. »

Olga Knipper devait créer le rôle de Macha, lors de la première, au Théâtre d'Art de Moscou, le 31 janvier. Ce fut le meilleur de sa carrière. Elle allait épouser l'auteur le 25 mai. Au cours d'une tournée du Théâtre d'Art à Paris, en 1925, elle jouait toujours Macha.

Tchekhov répond à une critique de Stanislavski :

« Que la fin rappelle *Oncle Vania*, ce n'est pas un grand malheur *Oncle Vania* est ma propre pièce et non celle d'un autre, et si l'on s'évoque soi-même dans ses œuvres, c'est tout à fait ce qu'il faut, dit-on. »

Détail assez comique, Tchekhov a engagé un vrai colonel pour assister aux répétitions, comme conseiller technique, comme on dirait aujourd'hui. Mais cet officier supérieur se prend au jeu et donne ses avis sur la mise en scène.

Comme toujours, lors de la première, l'accueil du public fut mitigé. La troupe télégraphia à Tchekhov que la pièce avait eu un grand succès, mais en fait, le succès ne vint que lentement, et la critique ne fut pas bonne. « Ce n'est que trois ans plus tard, témoigne Stanislavski, que le public découvrit toutes les beautés de cette œuvre étonnante et qu'il apprit à rire ou à garder le silence aux endroits voulus. Chaque acte se terminait alors par un triomphe. »

Dans *Les Trois Sœurs* plus encore que dans ses autres pièces, Tchekhov intériorise l'action. Selon ses propres paroles : « Les gens dînent, ils ne font que dîner, et pendant ce temps s'édifie leur bonheur ou se défait leur existence tout entière. »

L'attente exaspérée de l'avenir, l'annonce du « terrible orage qui se prépare », font de cette pièce celle où les Soviétiques reconnaissent le mieux en Tchekhov un précurseur de la Révolution. « Cet auteur de nombreuses histoires tristes et même tragiques était un véritable optimiste. » (Ilya Ehrenbourg). Pour un critique officiel, Vladimir Ermilov, la conception du comique chez Tchekhov est la suivante : « L'horreur qui, selon lui, est le fait du capitalisme apparaît également ridicule parce qu'essentiellement absurde. » Nemirovitch-Dantchenko lui-même, reprenant *Les Trois Sœurs* en 1940, mit l'accent sur les tirades optimistes. L'époque le voulait ainsi. Quoi qu'il en soit, les illusoires paroles d'Olga, à la fin de la pièce, risquent de rester encore longtemps, toujours peut-être, d'actualité :

« ... pour ceux qui vivront après nous, nos souffrances se transformeront en joie, le bonheur et la paix régneront sur la terre... »

Impression Brodard et Taupin
à La Flèche (Sarthe),
le 15 mai 1992.
Dépôt légal : mai 1992.
1er dépôt légal dans la collection : juillet 1973.
Numéro d'imprimeur : 6611F-5.

ISBN 2-07-036393-7 / Imprimé en France.

56451